mtb

CHRISTINA ELLIS

DRY MY Tears

TESS UND JACK

mtb

1. Auflage 2023
Originalausgabe

Gesetzt aus der Stempel Garamond
von GGP Media GmbH, Pößneck
Druck und Bindung von CPI books GmbH, Leck
Printed in Germany
ISBN 978-3-7457-0367-2
harpercollins.de

Klimaneutral
Druckprodukt
ClimatePartner.com/15109-2009-1001

MIX
Papier
FSC FSC® C083411

Liebe Leser:innen,

dieses Buch enthält potenziell triggernde Inhalte.
Deshalb findet ihr am Romanende eine Themenübersicht,
die demzufolge Spoiler enthalten kann.

Wir wünschen euch das bestmögliche Erlebnis
beim Lesen dieser Geschichte.

Euer Team von Mira

KAPITEL 1

Tess

Das Meer umspielte sanft meine Füße, spülte weichen Schaum heran und zog sich dann zurück, nur um das Spiel mit der nächsten Welle zu wiederholen. Die aufgehende Morgensonne glitzerte rötlich am Horizont, tauchte meine Umgebung in ein Farbenmeer aus Blau und Orange. Ich schloss die Augen und atmete tief ein und aus, ehe ich erneut einer Welle zusah, die meine Füße umtanzte. Allerdings brachte sie einen weißen Plastikbeutel mit.

Sofort war meine Entspannung verpufft, und ich bückte mich, bevor der Müll wieder außerhalb meiner Reichweite schwamm. Dann also kein Yoga am Meer, sondern Unrat aufsammeln. Dafür war ich ja eigentlich auch hergekommen. Ich zog das Plastik heran und stopfte es in meinen blauen Abfallbeutel, den ich für mein tägliches Müllsammeln mitgenommen hatte.

»Jetzt, wo du das Teil endlich rausgefischt hast, können wir doch bestimmt zurückgehen«, merkte meine Freundin Anne an, die mich seit geraumer Zeit mit gerunzelter Stirn beobachtet hatte. Sie stand ein ganzes Stück von mir entfernt auf dem trockenen Sand, um keine nassen Füße zu bekommen.

Anne hatte seit zehn Minuten keine Lust mehr und nörgelte wie ein Kleinkind herum. Warum sie unbedingt hatte mitgehen wollen, war mir ein Rätsel. Normalerweise drehte ich allein meine Runden und genoss die Stille der frühen Morgenstunden.

Da ich mich aber sehr über ihr plötzliches Interesse gefreut hatte, hatte ich eine Ausnahme gemacht.

Barfuß lief ich zu ihr zurück und verabschiedete mich gedanklich von den sanften Liebkosungen des Meeres, um mich meiner Aufgabe zu widmen: den Abfall aufzusammeln.

Anne sah mir kopfschüttelnd dabei zu, wie ich den mittlerweile recht vollen Müllsack mit einem extra dafür vorgesehenen Karabiner an meinem Rucksack festmachte. Ich hatte gerne beide Hände frei, um besser agieren zu können.

»Was?«, fragte ich, als ich Annes prüfenden Blick etwas zu lange auf mir ruhen spürte.

»Warum genau studierst du doch gleich Ökonomie? Bist du dir sicher, dass du dich beim Einschreiben nicht vertippt hast und eigentlich Ökologie nehmen wolltest?«

»Haha.« Derlei Sprüche musste ich mir ständig anhören. »Ich kümmere mich in meiner Freizeit gerne um die Umwelt. Das ist mein Beitrag für eine bessere Umwelt und Zukunft.«

»Aber muss das um sechs Uhr morgens und ganz allein sein?«

Aha! Daher wehte der Wind. »Hat Lynn mit dir über meine unheimliche Begegnung mit dem Jogger gesprochen?«

Anne nickte knapp. »Das klang echt gruselig, Tess. Du kannst nicht immer ganz allein rumlaufen, zwischen den Klippen herumklettern und im Meer herumstochern, ohne dass jemand weiß, wo du bist. Dir könnte sonst was passieren.«

»Ich pass schon auf mich auf. Mach dir keine Sorgen!«

»Aber der Jogger …«

»Auch mit dem bin ich fertiggeworden. Ich hab ihm gesagt, dass er sich verpissen soll, und mein Pfefferspray gezogen, als er mir in den Weg gesprungen ist und mich angequatscht hat. Dann ist er abgehauen. Ende der Geschichte.« Ich zögerte. »Bist du nur deshalb mitgekommen?«

Anne nickte erneut. Sofort blieb ich stehen und seufzte. »Du musst dir wirklich keine Sorgen machen. Ich fühle mich am Strand sicher, bin verdammt schnell und hab immer mein Handy dabei. Und das Pfefferspray. Alles ist gut.«

»Kannst du dich nicht einfach einer Öko-Truppe anschließen? Ich weiß, du kennst Dutzende, und keine hat dich richtig überzeugen können, aber es gibt ständig Müllsammelaktionen, von denen viele auch von Studierenden geleitet werden. Mach endlich bei denen mit, und alle sind beruhigt.«

Ich musste mich zusammenreißen, um nicht die Augen zu verdrehen. Diese Diskussion hatte ich mit meiner anderen Freundin Lynn schon tausendmal geführt. Die brachte mir sogar Flyer mit, um mich umzustimmen.

»Ich bin morgens gerne für mich und genieße die Ruhe«, wich ich aus. »Nicht jeder liebt es, ständig von Menschen umgeben zu sein, so wie Lynn oder du.«

»Probier es doch einfach aus!« Anne hatte Mühe, neben mir Schritt zu halten. Um diesem Gespräch zu entkommen, war ich instinktiv schneller gelaufen, drosselte jetzt aber mein Tempo. »Ich war schon in vielen Umweltschutzgruppen«, sagte ich schließlich vorsichtig. »Das ist nichts für mich. Zu viel Gerede. Zu viel Drumherum, zu viel Erwartungsdruck. Zu viel … ›zu viel‹. Dafür habe ich einfach keine Zeit. Das Studium geht vor, selbst wenn es statt Ökologie eben Ökonomie ist.« Ich warf Anne einen eindringlichen Blick zu. »Ich hab mich beim Einschreiben nicht vertan. Das war schon genau geplant.«

»Okay, okay. Ist ja gut.« Anne hob abwehrend die Hände, doch ich sah an ihren aufblitzenden Augen, dass für sie das Thema noch nicht erledigt war.

Wir verließen den schmalen Klippenbereich und gelangten in belebtere Gefilde. Jogger passierten uns in ihren stylishen, eng anliegenden Sportklamotten. Willkommen in Santa Barbara! Hier hielten sich die Leute fit und arbeiteten akribisch an ihrer Work-Life-Balance. Die meisten der Jogger trugen Kopfhörer, was ich nicht ganz nachvollziehen konnte. Klar war Musik toll, aber das Rauschen des Meeres war für mich viel beruhigender als jeder Beat – wobei Tanzen am Strand durchaus seinen Reiz hatte.

»Jamie hat gesagt, dass sie dringend gute Leute suchen«, setzte Anne erneut an.

»Hör mir auf mit Jamie. Der nötigt mich ständig dazu, in seine Umwelttruppe zu kommen.«

»Aber er hat recht. Das würde total zu dir passen. Seine Leute engagieren sich gegen Erdölförderung im Meer, sammeln Spenden für die Rettung verletzter Meerestiere und lesen zwischendurch auch Müll auf – so wie du.« Anne hatte zu mir aufgeholt, kaum dass wir auf den befestigten Asphaltstreifen gelangten, der uns zur Straße führen würde.

Ich blieb stehen, rieb mir den Sand von den Füßen und nahm den Rucksack ab, um daraus meine Turnschuhe hervorzuziehen. Anne schüttelte derweil gefühlt eine halbe Tonne Sand aus ihren heraus.

»Ich kenne Jamie und schließe mich seinen Aktionen zwischendurch immer mal wieder an. Ständiges Mitglied will ich trotzdem nicht werden.«

Jetzt war es Anne, die die Augen verdrehte. »Aber warum denn nicht? So viel Zeit musst du nicht investieren. Ist doch alles freiwillig. Und du kämst mal unter Leute. Immer nur Büffeln ist scheiße.«

Ich musste leise lachen. Wenn Anne anfing zu fluchen, war es ernst. Zeit für mich, die Karten auf den Tisch zu legen. »Jamie sucht nicht einfach nur neue Leute. Er sucht vor allem eine Schriftführerin, eventuell eine Stellvertreterin. Er hat mir klargemacht, dass er mich perfekt dafür geeignet hält.«

»Ist doch toll und voll das schöne Kompliment!«

»Nee. Ist es nicht. Ich habe keine Lust darauf, mit Leuten das Pro und Kontra verschiedenster Aktionen zu diskutieren. Das bin ich nicht. Und ich will mich da auch nicht reindrängen lassen. Ich arbeite lieber für mich.«

Anne seufzte. »Sag doch einfach Nein zur Schriftführersache, und alles ist geritzt.«

Ich warf ihr einen skeptischen Blick zu. Wir wussten beide nur zu genau, dass ich im Nein-Sagen unfassbar schlecht war.

»Na gut. Ich akzeptiere deine Einwände. Vorerst.« Sie schüttelte sich. »Ich sollte noch duschen, bevor wir gleich zur Vorlesung müssen. Überall klebt Sand an mir.«

»Du kannst gerne bei mir duschen. Ist doch näher dran.«

»Neee, lass mal. Ich dusche lieber daheim. Treffen wir uns gleich vorm Hörsaal?«

Ich nickte und winkte ihr zu, während Anne bereits loseilte. Als Großstadtpflanze hatte sie sich noch immer nicht daran gewöhnt, dreckig zu werden und das Gefühl auszuhalten. Aber wer war ich, das zu kritisieren? Es musste sie viel Überwindung gekostet haben, überhaupt erst den langen Strandspaziergang mit mir auf sich zu nehmen. Das war ein Zeichen wahrer Freundschaft.

Nachdenklich warf ich meine Mülltüte in die dafür vorgesehene Tonne und drehte mich noch einmal zum weiten Meer um. Möwen kreischten über mir, und ein einsamer Schwimmer wagte sich ins Wasser hinein. Der hatte auch keine Angst.

Nein. Garantiert würde ich wegen dieses Vorfalls mit dem Jogger nicht meine Morgenroutine ändern. Ich hatte schon so viel aufgeben müssen. Dieser Start in den Tag gab mir die nötige Kraft, um mein Lernpensum durchzuhalten. Gleichzeitig hatte ich durch das tägliche Müllsammeln das Gefühl, etwas Gutes zu tun. Auch kleine Dinge konnten viel bewegen. Womöglich hätte eine Seerobbe die Plastiktüte für Nahrung gehalten und verschluckt. Dieses Tier hatte ich gerettet.

Entschlossen schulterte ich meinen Rucksack und lief zurück nach Hause. Ließ den Strand und den Geruch nach Salzwasser hinter mir.

Die letzten paar Meter rannte ich, eine liebgewonnene Angewohnheit von mir. Es brachte meinen Kreislauf in Schwung und sorgte dafür, dass ich hellwach war, wenn ich in meine Wohnung kam.

In eine Wohnung, die sich in letzter Zeit eher düster und trüb anfühlte.

Ich schloss die Eingangstür auf und huschte hinein. An meinem Briefkasten stockte ich kurz. *Nanu.* Da war ja ein Brief drin. Hatte ich den gestern übersehen? Mit gerunzelter Stirn zog ich ihn heraus. Der Umschlag war größer als der eines Standardbriefes und bestand aus dickem, edlem Papier.

Nein, nein, nein.

Mein Magen zog sich ruckartig zusammen, als ich den Absender erkannte. Natalie Neylan und Dan Stanton. In Verbindung mit der weiß abgesetzten Taube und den zwei eingestanzten Ringen war klar, was ich da in den Händen hielt: eine Hochzeitseinladung. Von meiner Schwester. Zu einer Feier mit der gesamten Familie.

Ich schauderte und schob den Brief zurück in den Briefkasten. Damit würde ich mich später auseinandersetzen. Dafür war ich noch nicht bereit.

Die Treppen hoch zu meiner Wohnung nahm ich diesmal mit doppelter Geschwindigkeit. Sport beruhigte mich und ließ allzu negative Gedanken verschwinden. Deshalb nutzte ich auch nie den Fahrstuhl.

Kaum war ich im dritten Stock angekommen, hielt ich kurz die Luft an. Seit Hannas abruptem Auszug beschlich mich hier oben stets ein ungutes Gefühl. Sie war von einem Tag auf den anderen gegangen. Als ich von meinem Morgenrundgang zurückgekommen war, hatte ein Karton im Flur gestanden. Hanna hatte ziemlich üble Sachen zu mir gesagt und sich beschwert, dass ich zu wenig mit ihr unternehmen würde. Dass ich zu eigenbrötlerisch geworden sei. Zu uncool. Selbst über meine Kleidung hatte sie abfällig gesprochen und sich über mein Müllaufsammeln lustig gemacht.

Das hatte wehgetan. Eigentlich sollte ich froh sein, sie los zu sein, nur war das eben nicht so. Die Wohnung erschien mir seither trüb und leer.

Seufzend steckte ich den Schlüssel ins Schloss und betrat nur wenig später mein Heim. Der Flur war winzig, sodass es hier nur eine kleine Kommode und drei Garderobenhaken gab. Darunter stellte ich meine Schuhe ab.

»Bin zurück«, sagte ich zu niemand Bestimmtem. Das hatten wir früher immer in meinem Elternhaus so gehandhabt. Es war eine alte Angewohnheit, die ich nie hatte ablegen können. Doch im Gegensatz zu damals antwortete mir leider lediglich Stille.

Mit einem Kloß im Hals zog ich meine Sneaker aus und vermied dabei den Blick ins leere Zimmer direkt neben mir. Seit Hannas Auszug suchte ich eine neue Mitbewohnerin. Ich hatte Amy das Zimmer angeboten, doch die lag nach wie vor im Krankenhaus und wartete auf ihre Entlassung. Es wäre schön, sie hier bei mir zu haben. Sehr schön.

Zwar begrüßte Nathan, ihr Partner und mittlerweile einer meiner besten Freunde, die Idee, blieb aber trotzdem eher skeptisch. Ob Amy jemals für länger hier einziehen konnte, stand in den Sternen.

Ich zückte mein Handy und schrieb Nathan kurzerhand eine Nachricht.

Tess: Wie sieht's aus? Wird Amy heute entlassen?

Ich hatte mir abgewöhnt, diese Frage direkt an sie zu richten. Es machte sie nur traurig, denn meist hieß die Antwort »nein«.

Nathan antwortete für diese Uhrzeit erstaunlich zügig.

Nathan: Ich glaube, es sieht gut aus. Die Ärzte gestern waren so anders als sonst. Ich fahre gleich zu ihr, falls sie tatsächlich entlassen werden sollte. Dann melde ich mich bei dir. Bleibt es dabei, dass Amy erst mal zu dir kann?

Tess: Ja, klar! Ich freu mich auf euch!

Sofort ging es mir besser. Wenn Amy hier einziehen könnte, wäre das ein echter Traum. Bei ihr hatte ich nicht den Eindruck, dass sie sich an meinen Sprüche-Shirts störte oder ich sie wegen meiner Umweltaktivitäten nervte. Im Gegenteil. Sie lachte meist über meine Shirts und war interessiert an dem, was ich tat.

Ich kochte Kaffee, füllte ihn in einen Thermosbecher und wechselte rasch meine Klamotten. Heute wählte ich ein recht unauffälliges Shirt aus, das lediglich eine Uhr anzeigte. Kurz vor zwölf. Ein Zeichen dafür, dass wir nicht mehr viel Zeit hatten, um unseren Planeten zu retten. Es passte perfekt zu meinem Tattoo auf dem Rücken, welches genau diese Uhr abbildete, nur dass der Zeiger dabei weinte.

Apropos Zeit. Wenn ich nicht zu spät zur ersten Vorlesung kommen wollte, musste ich mich beeilen. Ich schnappte mir noch schnell einen Apfel und verließ das Haus. Meine Tasche hatte ich zum Glück bereits gepackt, sodass ich wenig später etwas außer Atem bei Anne im Vorlesungssaal ankam. Im Gegensatz zu mir hatte sie eindeutig geduscht und roch nach frischem Shampoo.

Der Rest des Morgens zog sich wie Kaugummi. Stochastik war gar nicht mein Fach. Ich quälte mich durch jede Minute, während Anne und Lynn interessiert mitschrieben.

Mann, wie gerne hätte ich mich genauso begeistert wie sie.

Ich war unfassbar froh, als es endlich Mittagszeit war. In der Mensa schob Lynn mir grinsend einen Flyer von Jamies Umweltgruppe zu, wodurch ich lediglich die Augen verdrehte. Plötzlich piepte mein Handy.

Nathan: Bin jetzt im Krankenhaus angekommen und versuche, einen Arzt abzupassen. Nur zur Info.

Ich lächelte erleichtert, was von Anne natürlich nicht unbemerkt blieb. »Was ist los? Hat dein letztes Date dich noch mal angeschrieben?«

Mein letztes Date? Bestimmt nicht. Das war Wochen her, und ich erinnerte mich nur noch vage an den Kerl. Mir war bis heute schleierhaft, warum ich mich überhaupt mit ihm verabredet hatte. Wir hatten uns am Strand kennengelernt und waren miteinander ins Gespräch gekommen. Der Abend war dann aber ein echtes Fiasko gewesen. Er war einfach nicht darüber hinweggekommen, dass ich kein Fleisch aß, und hatte es sich zur Aufgabe gemacht, mich bekehren zu wollen.

Nie im Leben würde ich mich noch mal mit diesem Typen treffen.

»Das war Nathan«, antwortete ich Anne. »Amy kommt wahrscheinlich heute aus dem Krankenhaus raus.«

Sofort hatte ich die ungeteilte Aufmerksamkeit meiner Freundinnen. Alles, was mit der spektakulären Rettungsaktion zusammenhing, interessierte sie ungemein. Kein Wunder. Amys Geschichte hatte wochenlang die Schlagzeilen dominiert. Und da ich Nathan an dem schicksalhaften Abend zu Amys Haus gefahren hatte, wo ihre Mutter sie gerade mit einem Giftcocktail hatte vergiften wollen, war ich irgendwie auch ein Teil der ganzen Story geworden.

»Zieht sie echt bei dir ein?«, fragte Lynn ungläubig.

»So ist der Plan. Mal sehen, was daraus wird.« Ich zwang mich dazu, mich zu entspannen. Aber das war gar nicht so einfach, denn die letzten Wochen waren echt heftig gewesen.

Erst war ich mit Nathan, seinem Bruder Jack und der vermeintlich sterbenden Amy in einer einsamen Strandhütte gelandet, danach hatte ich eine Prüfung nach der nächsten vergeigt, und schließlich hatten wir Amy in letzter Sekunde vor ihrer Mutter retten können. Eigentlich stand die Verhandlung gegen Mrs. Darren kurz bevor, aber das Gericht und die Anwälte verschoben die Termine immer wieder wegen verschiedenster Beweisführungen.

»Ich geh gleich noch etwas lernen«, unterbrach Anne meine trüben Gedanken. »Kommst du mit?«

Ich nickte begeistert, und wir brachten unsere Tabletts zurück, verabschiedeten uns von den anderen und verließen die völlig überfüllte Mensa, um uns ein schattiges Plätzchen unter einem Baum zu suchen. Der Campus der University of Santa Barbara war sehr grün und grenzte direkt an die Steilklippen. Viele Studierende gingen zum Lernen an den Strand, doch das Meer lenkte mich zu sehr ab. Daher zog es mich eher in die schön bepflanzten Parks der Universität. Dass dafür Unsummen für die Bewässerung ausgegeben wurden, gefiel mir zwar nicht, doch ich wusste eine hübsch angelegte Grünanlage durchaus zu schätzen.

»Scheiße«, fluchte Anne, kaum dass sie ihre Sachen ausgebreitet und einen Blick auf ihr Handy geworfen hatte.

»Was?«

»Lilly hat sich ausgesperrt. Diese Frau ist echt die größte Chaotin der Welt. Sorry, Tess. Ich muss kurz nach Hause, um meine Mitbewohnerin reinzulassen.« Sie sprang bereits auf die Beine und sammelte ihre Bücher wieder ein.

Ich sah ihr bedauernd nach und seufzte in Gedanken auf. Schade. Mit Anne wäre es mir vielleicht leichter gefallen, die vergangene Vorlesung verstehen zu können. Allein war mir das unmöglich. Vor allem, weil meine Gedanken ständig zu Amy wanderten.

Zum bestimmt tausendsten Mal nahm ich mein Handy zur Hand und kontrollierte meine Nachrichten. Nichts. Vielleicht verzögerte sich die Entlassung aus dem Krankenhaus?

Genervt klappte ich mein Buch zu und streckte mich ausgiebig. Keine hundert Meter vor mir machte eine Gruppe Studierender Yoga unter freiem Himmel. Einige von ihnen sahen dabei äußerst professionell aus, und ihre ausgeführten Übungen hatten etwas sehr Ästhetisches. Andere schienen neu im Kurs zu sein.

Ich bemitleidete im Stillen eine junge Frau, die den Vorgaben der Trainerin mit deutlicher Verzögerung folgte und dabei eher unglücklich dreinblickte. Das hätte ich vor gut zwei Jahren sein können. Meine ersten Yoga-Versuche waren kläglich am ruhigen Atmen auf Kommando gescheitert. Mittlerweile konnte ich das problemlos, allerdings tat ich mich mit den Übungen in der Gruppe noch immer schwer.

Die Lehrerin machte ihre Sache jedenfalls wirklich gut. Es war schön zu sehen, wie ihr Körper sanft von einer Position in die nächste glitt. Ihre ruhige Art färbte auf mich ab. Auch ich atmete tief durch und bemühte mich, meine sich im Kreis drehenden Gedanken zu beruhigen.

Bloß weil Nathan bisher nicht zurückgerufen hatte, war das kein Grund, gleich durchzudrehen. Vielleicht wollten die beiden erst mal ihre Zweisamkeit genießen. Nur allzu verständlich. Und trotzdem. Der dicke Sorgen-Klumpen in meinem Magen wurde größer und schwerer. Ein Stimmchen warnte mich, dass etwas nicht stimmte. Immer und immer wieder.

Jetzt krieg dich ein, ermahnte ich mich schließlich genervt. *Er wird sich schon …*

Ich erschrak, als mein Handy klingelte.

Peinlicherweise riss ich es an mich, als würde mein Leben davon abhängen. Tatsächlich. Es war Nathan. Schon beim zweiten Klingeln nahm ich ab.

»Nathan, alles klar bei euch?«, fragte ich atemlos, obwohl ich mich um eine ruhige Stimme bemüht hatte. Auf keinen Fall sollten die beiden denken, ich würde mich in ihre Leben einmischen und sie kontrollieren wollen. Aber verdammt. Es war so viel passiert, da lagen meine Nerven blank.

»Ich brauche dein Auto«, kam die Antwort.

»Oh«, brachte ich verdutzt hervor. »Ist was mit Amy?«

»Sie wurde heute entlassen, aber das ist es nicht. Tess, ich brauche echt dein Auto. Dringend.« Nathan klang so gehetzt, dass ich kaum etwas verstand. War das Amy, die da sprach? Auch sie klang atemlos und besorgt, woraufhin ich ebenfalls in Panik geriet. Ich sprang auf.

»Klar, kannst du mein Auto haben, aber …«

»Wir sind in zehn Minuten am Tor vom Campus«, unterbrach Nathan mich – und legte auf.

Wow. Ich … Wow. Sprachlos starrte ich mein stummes Handy an, dann schnappte ich mir mein Buch und rannte zurück zu meiner kleinen Wohnung am Rand des Campus.

Vor Nervosität ließ ich meinen Schlüssel zweimal fallen, bevor ich ihn endlich ins Haustürschloss gefummelt bekam. Dabei fiel mir das Buch aus den Händen. Ich ließ es einfach vor der Tür liegen, hechtete die Treppe hoch in den dritten Stock und schnappte mir die Autoschlüssel von der kleinen Anrichte im Flur. Bevor meine Wohnungstür hinter mir ins Schloss gefallen war, hetzte ich schon wieder aus dem Gebäude raus und schnappte mir auf dem Weg das Buch. Wo hatte ich doch gleich geparkt? *Ah, ja. Da.*

Mein Monstertruck nahm wie immer beinahe zwei Parkplätze ein. Dunkelblau verchromt, glänzende Felgen. Besonders die Feuerstreifen an den Seiten ließen jeden Fußgänger innehalten und nach mir schauen. Ich liebte und hasste das Teil gleichermaßen. Es war viel zu protzig. Wenigstens war es elektrisch betrieben.

Als Nathan den Truck das letzte Mal hatte haben wollen, war daraus ein kleiner Roadtrip geworden. Er hatte Amy aus dem Krankenhaus entführt und den Wagen gebraucht, um sie zu einer einsamen Hütte am Strand zu bringen. Auf keinen Fall hatte ich ihn allein fahren lassen wollen und war zusammen mit seinem Bruder mitgefahren. Als ich an Jack dachte, verzog ich das Gesicht. Der Neandertaler war mir so was von auf die Nerven gegangen.

Der Gedanke an ihn verflog, als ich ein Motorrad um die Ecke fahren sah. Allein schon an der Art, wie Nathan fuhr, wusste ich, dass jemand hinten draufsitzen musste. So vorsichtig lenkte er sonst nie, auch wenn er gerade dennoch zügig unterwegs war. Dann entdeckte ich Amys schmale Gestalt, die die Arme um die Taille ihres Freundes geschlungen hatte.

Ich winkte, um auf mich aufmerksam zu machen. Gleichzeitig schoss mein Puls in die Höhe. Etwas Schlimmes musste vorgefallen sein, denn sonst wäre Nathan nicht mit Amy als Beifahrerin in dem Tempo gefahren.

Die Ducati schwenkte in meine Richtung und hielt direkt neben meinem Monstertruck. Das Röhren des Motors verklang, und Nathan riss sich den Helm vom Kopf, während Amy noch Schwierigkeiten damit hatte. Ich half ihr und schaute anschließend in riesige, sorgenerfüllte Augen, deren Anblick mir die Kehle zuschnürte.

»Was ist los?«, fragte ich Amy, denn ein Blick in Nathans Gesicht verriet, dass ich von ihm bestimmt keine Antwort erhalten würde.

Es war so bleich, beinahe grau. Die Lippen wirkten seltsam blutleer, die Zähne biss er fest zusammen. Ich war keine Medizinerin und hatte im Erste-Hilfe-Kurs auch nur mäßig aufgepasst, aber sah so jemand aus, der einen Schock hatte?

»Hilf mir mal runter«, riss Amy mich aus meinen Gedanken. Wie immer war sie pragmatisch und nahm ein Problem nach dem nächsten in Angriff. Ich reagierte sofort, packte ihre Hand und stützte ihren Unterarm, damit sie von der Ducati rutschen und Nathan ebenfalls absteigen konnte.

Dabei kam ich nicht umhin zu bemerken, wie dürr Amy noch immer aussah. Kein Wunder. Sie war dem Tod zwar gerade so entkommen, doch Chemo und Gift hatten ihre Spuren hinterlassen. Selbst jetzt, Wochen später, wirkte sie noch ausgemergelt und krank.

»Die Schlüssel«, sagte Nathan an mich gewandt. Seine Stimme klang rau und angespannt. Als er meinen Blick bemerkte, atmete er tief ein und aus. »Bitte«, setzte er sanft hinzu.

Mir ging es bestimmt nicht um Höflichkeitsfloskeln. Wenn mein Kumpel so aussah wie jetzt, wusste ich, dass ich ihm helfen musste. Das stand außer Frage. Aber keinerlei Informationen zu erhalten, gefiel mir ganz und gar nicht. Das laut auszusprechen, lag mir allerdings auch nicht. Zum Glück war Nathan schneller. »Amy erklärt es dir gleich. Ich … Ich kann es nicht mal aussprechen. Die Schlüssel, Tess?« Er hielt mir seine geöffnete Hand hin.

Tatsächlich hätte ich sie ihm beinahe ausgehändigt, doch dann bemerkte ich das Zittern seines Arms und die Angst in seinen Augen. Das erinnerte mich an eine ähnliche Situation, die ein ganz bestimmter Jemand auf seine eigene Art geregelt hatte. Mit einem geknurrten »Ich fahre« hatte Jack damals vor dem Krankenhaus für uns alle entschieden, Nathan nicht allein zu lassen.

Blitzschnell zog ich nun deshalb den Schlüssel aus Nathans Reichweite, ging um ihn herum, öffnete die Fahrertür und setzte mich in den Truck. »Ich fahre«, wiederholte ich Jacks Worte, nur ohne dabei zu knurren. »Wo soll's hingehen?«

»Tess«, hob Nathan zum Protest an, doch ich schüttelte so vehement den Kopf, dass er verstummte.

»Entweder du lässt mich dich bringen, oder du musst deine Ducati nehmen. Also? Wohin?«

Amy war zu meiner Überraschung ebenfalls ins Auto geklettert und schnallte sich auf dem Rücksitz an. Einzig Nathan stand noch immer wie vom Donner gerührt neben seinem Motorrad. Leichenblass. Verloren.

»Nathan!«, rief Amy. »Jetzt komm.« Sie zog die Tür zu und wandte sich über die Mittelkonsole gebeugt zu mir. »Auf Jacks Ölplattform hat es einen Unfall gegeben. Explosionen. Es gab mehrere Verletzte und Tote. Jacks Firma hat Nathan gerade angerufen. Sie fliegen Jack aufs Festland in eine Klinik in L. A.« Sie zögerte. »Es sieht nicht gut aus. Daher sollen wir so schnell wie möglich dorthin kommen. Eigentlich wollte Nathan mich nur bei dir abliefern und dann mit dem Bike weiter, aber er muss noch Kane in L. A. einsammeln und Gepäck mitnehmen. Dafür brauchen sie dein Auto.«

Entsetzt drehte ich mich in meinem Sitz zu Amy um. »Jack ist verletzt?«

»Sehr schwer verletzt«, flüsterte sie. »Der Typ am Telefon klang total merkwürdig. So eindringlich und gleichzeitig hoffnungslos. Ich …« Sie unterbrach sich, denn Nathan hatte sich endlich aus seiner Starre gelöst und stieg zu uns. Dass er die Rückbank wählte, fand ich in Anbetracht der Umstände sogar verständlich. Er griff umgehend nach Amys Hand und hielt sich an ihr fest.

Okay, Tess. Dann schalte mal in den Krisenmodus.

Ich startete den Motor und schnallte mich während des Losfahrens an. Mein Handy programmierte ich ausnahmsweise beim Fahren. Normalerweise nutzte ich es nicht am Steuer. Heute hatte ich allerdings keine Zeit für Prinzipien, vor allem, weil das Navi soeben die Zeit berechnet hatte: zwei Stunden bis zum groben Ziel.

Wo Nathans Bruder wohnte, wusste ich nicht, daher hatte ich einfach mal das Zentrum von L. A. angegeben. Bis wir das erreicht hatten, würde Nathan hoffentlich in der Lage sein, mit mir zu sprechen.

Wir fuhren weitestgehend schweigend. Ich warf immer wieder einen besorgten Blick in den Rückspiegel auf Amy, die mit geschlossenen Augen vor sich hin döste und schrecklich verloren wirkte. Solch eine Tour in ihrem Zustand war gewiss keine gute Idee. Sie gehörte auf eine Couch und nicht auf einen Trip nach L. A.

Nathans und meine Blicke trafen sich, sobald ich in seine Richtung sah, und wir verständigten uns stumm. Auch er machte sich Sorgen um seine Freundin.

Er hatte zwischendurch kurz mit Kane telefoniert und gemeinsam mit ihm eine Liste von Dingen erstellt, die sie brauchen würden: Versicherungsunterlagen von Jack, Babysitter für die Mädchen, Wechselklamotten für alle. Kane hatte herausfinden können, wo sich die Familien der verunglückten Plattform-Mitarbeiter versammeln sollten, um dort weitere Informationen zu erhalten. Zunächst mussten wir aber in die Klinik kommen, zu der Jack geflogen werden sollte.

Bei dem Gedanken klammerte ich mich fester ans Lenkrad. *Mist, Mist, Mist.* Mittlerweile war ich mir sicher, dass Jack längst tot war und uns die Firma das vor Ort und nicht am Telefon mitteilen wollte. Zumindest war es damals bei … bei …

Nicht dran denken, stoppte ich mich. *Sonst drehst du durch. Bleib cool. Bleib gelassen.*

Ich spulte mein volles Portfolio an Atemübungen ab, um mein inneres Gleichgewicht wiederherzustellen. Jetzt zahlten sich Jahre der Therapie aus. Die 4711-Methode war wie immer mein Mittel der Wahl: Bis vier zählen beim Einatmen, bis sieben beim Ausatmen, und das Ganze elf Mal wiederholen. Das brachte mich immer höchst effektiv runter und sorgte dafür, dass ich nicht in eine Panikattacke rutschte. Denn diese waren für mich nicht unüblich, sobald es um menschliche Katastrophen und Tod ging.

Der Tod. Gott, hoffentlich lebte Jack noch. Er und ich hatten uns von Anfang an ineinander festgebissen wie zwei Pittbulls, aber dass er jetzt tot sein könnte, war undenkbar für mich. Erst vor ein paar Wochen hatten wir uns in einer abgelegenen Strandhütte darüber gestritten, ob die Spaghetti mit oder ohne Fleischbällchen zubereitet werden sollten, über Neandertaler und Prinzessinnen, Öl und grüne Energie debattiert. Da wollte es nicht in meinen Kopf gehen, dass er bei einem Unfall ums Leben gekommen sein könnte.

Dafür war er noch viel zu jung. Aber leider starben nicht nur die Alten. Das hatte ich bereits auf die harte Tour lernen müssen.

Jack

Das ständige *Flappflapp* der Hubschrauberrotoren dröhnte in meinem Schädel. Es übertönte sogar das verdammte Piepen in meinen Ohren, das seit der Explosion mein Begleiter war. Wenigstens hörte ich dadurch nicht mehr so sehr meinen röchelnden Atem, mit dem ich mir schon selbst auf den Geist gegangen war. Ich war Sanitäter und wusste genau, was dieses Rasseln und Blubbern in meinen Lungen bedeutete.

Einen scheiß Tod.

Dass ich seit einer gefühlten Ewigkeit zumindest gedanklich am Fluchen war, hielt mich am Leben. Es lenkte mich von den bestialischen Schmerzen in meinem Bein ab, ließ meine Atemprobleme zur Nebensächlichkeit werden und verhinderte mein Durchdrehen. Fluchen ging immer. Solange das möglich war, lebte ich immerhin noch.

Fuck. Tat das weh.

Der Sani im Helikopter hatte sich nicht getraut, mich weiter zuzudröhnen. Verständlich. Zu viel von dem Zeug konnte mich genauso umbringen wie die Verletzungen, die ich erlitten hatte. Meine Rettung hatte Stunden gedauert. Stunden, in denen ich in diesem Gang in meinem eigenen Blut gelegen und mich gefragt hatte, an was ich zuerst krepieren würde: an den Verbrennungen oder am Blutverlust, verursacht durch eine Eisenstange, die mich durchbohrt hatte.

Es war meinem Kampfgeist geschuldet, dass ich mich nicht der Ohnmacht und damit der mir zuwinkenden Dunkelheit ergeben hatte. Hätte ich das getan, wäre ich vermutlich längst tot gewesen. Die Rettungskräfte hätten mich niemals zwischen den Trümmerstücken gefunden, wenn ich nicht um mein Leben gegrunzt hätte. Ernsthaft. Zu mehr war ich nicht mehr fähig gewesen. Grunzen. Und genau diese Laute hatten meine heldenhaften Retter zu mir geführt.

Ich verdrängte die Erinnerungen und konzentrierte mich wieder aufs Hier und Jetzt.

Gerade lag ich auf einer Liege, bis zur Bewegungsunfähigkeit festgezurrt, und kniff bei jeder Höhenänderung die Augen noch fester zu als ohnehin. *Scheiße*. Normalerweise liebte ich einen wilden Ritt im Helikopter. Wenn wir Landurlaub hatten, wurden meine Kollegen und ich normalerweise von der Bohrinsel aufs Festland und zurück geflogen. Mein Highlight in diesem

Job. Heute jedoch war mir klar, dass es um Leben und Tod ging. Um *mein* Leben, genauer gesagt.

Atme, Jack, feuerte ich mich an. *Deine Brüder zählen auf dich. Du musst Geld verdienen. Du musst …*

Mit dem Bein würde ich vermutlich nie wieder auf einer Ölplattform arbeiten können. Ich hatte es nicht so genau erkennen können, aber das fiese Metallstück im Oberschenkel stimmte mich eher semioptimistisch. Noch immer hatten die Sanis es nicht gewagt, das Teil rauszuholen, denn dann würde ich ohne Transfusion wahrscheinlich innerhalb von fünf Minuten verbluten.

Vielleicht wäre das sogar besser. Beim Gedanken an die deftige Krankenhausrechnung wurde mir übel. Wir waren am Arsch. Aber so richtig. Ich sollte besser hier und jetzt sterben, um meine Brüder vor dem finanziellen Ruin zu bewahren. Wobei …

Eventuell übernahmen die Säcke von Primaoil, dem Betreiber der Ölplattform, meine Arztrechnungen. Inklusive einer deftigen Schadensersatzklage. Wegen Körperverletzung. Grober Fahrlässigkeit. Arschloch-Dasein.

Der Gedanke daran ließ mich tatsächlich wieder munterer werden. Womöglich war Überleben doch besser als Sterben. Vielleicht …

»Bleiben Sie ruhig«, sagte der Rettungssanitäter, der das Pulsmessgerät überprüfte. Er konnte nicht wissen, dass mein Herz nicht vor Schmerzen, sondern vor Aufregung so schnell schlug. Weil ich Licht am Ende des Tunnels sah. Auch wenn es ein eher seltsames Licht war. Andere machten sich Sorgen ums Überleben. Ich machte mir Sorgen ums Geld, während ich starb. Wie kaputt konnte man sein?

Das weiße Blech der Helikopterdecke vibrierte. Ein Tropf schwankte ab und zu in mein Sichtfeld. Ansonsten war meine Sicht eher eingeschränkt, die Ränder seltsam unscharf. Ausgefranst und dunkel. *Nicht gut.*

Der Rettungssani beugte sich über mich und legte mir die warme Hand auf die völlig verkrampfte Schulter. Das war das Wirkungsvollste überhaupt: Nähe herstellen, um den Patienten zu beruhigen. Brachte bei mir normalerweise nichts, weil ich ungern angetatscht wurde. Das galt bei klarem Verstand genauso wie halb tot. Zugegebenermaßen half die Geste trotzdem.

»Ihre Familie ist informiert. Sie ist bestimmt schon unterwegs. Halten Sie durch«, überbrüllte der Sani den Lärm und das Fiepen in meinen Ohren.

Derartige Sätze waren Standardreportoire, um hysterische Sterbende zu beruhigen.

Fuck.

Wenn ich das hier überlebte, würde Kane mich umbringen. Wie oft hatte er mir gesagt, dass das mit der Bohrinsel Schwachsinn wäre? Wie oft hatte er mir damit in den Ohren gelegen, mir was anderes zu suchen?

Ich hörte sein »Ich hab's dir ja gesagt« bereits jetzt. *Doppelfuck*. Vielleicht war Sterben wirklich angenehmer als das, was auf mich zukam. Und trotzdem war Aufgeben keine Option.

Das Glück meiner Schwestern lag in meinen Händen. Der Familienplan baute momentan auf mir auf. Ich holte am Anfang das Geld ran, damit Nathan in Ruhe studieren konnte. Später sollte mein kleiner Bruder dann die Rechnungen übernehmen. Meine Brüder zählten also auf mich.

Also kämpfte ich. Wie ich noch nie in meinem Leben gekämpft hatte.

KAPITEL 2

Tess

Das Haus von Nathans Familie duckte sich zwischen superschicken Luxusvillen und ausufernden Parkanlagen. Es war auch das einzige, das nicht durch meterhohe Mauern vor neugierigen Blicken abgeschirmt wurde. Stattdessen war das Grundstück von einem leicht altersschwachen Holzzaun umrandet. Im Sandkasten dahinter lagen umgekippte Bagger, verlassene Schaufeln und jede Menge Eimer. Zwei Laufräder lehnten an einer schmalen Veranda, und auf dem von der kalifornischen Sonne verbrannten Rasen warteten Puppen und Hüpftierchen auf Kinder, die mit ihnen spielen wollten. Dies war eindeutig ein Ort, an dem Kinder wild toben durften.

Nathan deutete von der Rückbank aus auf eine kleine Parklücke direkt vorm Haus. Kaum hatte ich eingeparkt und den Motor ausgestellt, ging bereits die Haustür auf, und ein großer Mann trat mit einem kleinen Kind auf dem Arm hinaus. Direkt hinter ihm schossen zwei weitere Mädchen Richtung Gartentor heraus.

Nathan war noch nicht ganz ausgestiegen, da lagen ihm bereits seine zwei Schwestern im Arm. Peinlicherweise wusste ich ihre Namen nicht mehr. Ich erinnerte mich lediglich, dass alle drei altersmäßig zwei Jahre auseinanderlagen. Zwei, vier, sechs.

Nathan hatte vermutlich die Sechs- und die Vierjährige im Arm, zumindest ihrer Größe nach zu urteilen. Beide hatten dunkelbraune, lange Haare. Die Älteste hatte für ihr Alter ungewöhnlich breite Schultern und einen viel zu ernsten Ausdruck in den braunen Augen. Die Jüngere war eher zart gebaut und wirkte verängstigt.

Eher zögernd kletterte ich aus dem Truck und sah dem Wiedersehen der Geschwister mit einem stärker werdenden Kloß im Hals zu. Es war berührend zu sehen, wie glücklich die Schwestern über die Ankunft ihres Bruders waren. Vor Aufregung schrien sie wild durcheinander, sodass man rein gar nichts verstehen konnte.

Ein schmerzhafter Stich fuhr durch meine Brust. Auch ich hatte mich vermutlich mal so an meinen Bruder geklammert und vor Freude gejauchzt. Doch das war Jahre her und gefühlt in einem anderen Leben geschehen. Trotzdem hätte ich alles dafür getan, um solch einen Moment erneut zu erleben.

Amy stieg ebenfalls aus und lächelte zaghaft den ältesten von Nathans Brüdern an, der gerade aus dem Vorgarten heraus auf den Bürgersteig gekommen war und die Kleinste absetzte, damit auch sie Nathan begrüßen konnte. »Du musst Kane sein«, sagte sie zur Begrüßung. Offenbar waren sich die beiden noch nie begegnet.

Der Angesprochene wirkte fast noch bleicher als Nathan. Die Sorgen um Jack zeichneten sich deutlich in seinem Gesicht ab. Dunkle Schatten lagen ihm unter den Augen. Er hatte die gleichen dunklen Haare, nur trug er sie etwas länger als sein jüngerer Bruder. Den gehetzten Ausdruck in den Augen kannte ich mittlerweile bereits von Nathan. Ein unruhiger Blick, der permanent die Umgebung absuchte.

»Amy, nicht wahr?«, sagte er mit einem freundlichen Lächeln. »Ich bin froh, dich kennenzulernen.« Zu meiner Überraschung nahm er sie kurz und fest in die Arme. Dann wandte er sich mir zu. »Und du bist …?«

»Tess. Ich bin die Chauffeurin und eine Freundin von Nathan und Amy.« Mit dem Daumen deutete ich hinter mich auf den Wagen. »Ich bringe euch damit zum Krankenhaus.«

Das war das Stichwort. Kane wandte sich an Nathan. »Hast du was Neues gehört?«

»Ich hab zumindest eine Adresse, zu der wir fahren sollen.« Nathan hatte mittlerweile seine zwei jüngsten Schwestern auf dem Arm. Die eine war dafür eigentlich bereits zu groß, doch das störte ihn nicht besonders. Sie hatte die Arme um seinen Hals geschlungen und den Kopf an seine Schulter gelehnt. Die Kleinere brabbelte hingegen wild auf ihn ein und deutete hektisch auf ihre Spielsachen am Boden.

Ich reagierte ganz instinktiv, zog das unruhige Kind aus seinen Armen und hoffte gleichzeitig, dass es nicht zu schreien anfing. Die Kleine sah mich zwar verdutzt an, deutete dann aber auf ihre Schaufel im Sandkasten. »Sand«, sagte sie gewichtig.

»Das ist Emma«, sagte Nathan und deutete auf die Zweijährige auf meinem Arm. »Hanna.« Das war das Kind auf seinem Arm. »Naomi.« Die Älteste stand dicht neben ihm und sah ihm so dermaßen ähnlich, dass es verwirrend war. Einzig die langen Haare waren anders. Ansonsten war sogar die Körperhaltung identisch. Aufgerichtet, gerader Rücken, freundliche braune Augen.

»Val kommt gleich rüber, um auf die Mädchen aufzupassen. Ich habe auf die Schnelle niemand anderen gefunden.« Kane wirkte eher unglücklich darüber, Hilfe von dieser Val in Anspruch nehmen zu müssen.

»Val?« Nathan zog eine Augenbraue in die Höhe. »Sprecht ihr denn wieder miteinander?«

»In der Not …« Kane unterbrach sich, denn in dieser Sekunde schwang auf dem Nachbargrundstück völlig lautlos ein Gartentor auf, und eine hochgewachsene Blondine huschte auf den Bürgersteig. Die luftigen Sneaker passten perfekt zu ihrer weißen kurzen Hose und dem stylishen sandfarbenen T-Shirt. Ihr Stil war nicht zu aufdringlich und eher dezent, aber demonstrierte gleichzeitig ihr Modebewusstsein und ein gut gefülltes Bankkonto.

Ich hingegen trug mein verwaschenstes Shirt mit der Aufschrift »Mein Fell steht mir besser als dir« und einer kleinen weißen Robbe darauf, dazu eine abgeschnittene Jeans, da ich kein Geld für kurze Hosen hatte ausgeben wollen, und meine durchgelaufenen Turnschuhe unbekannter Marke. Sie waren bequem, und das reichte mir völlig.

Die perfekt gelockten Haare der jungen Frau wellten sich um ihr dezent geschminktes Gesicht. Sie hatte ein natürliches Lächeln und sah alles in allem einfach umwerfend aus.

»Nathan. Schön, dich mal wiederzusehen.« Sie umarmte ihn fest und zog dann wie selbstverständlich Hanna aus seinen Armen. Die klammerte sich unverzüglich an sie. »Das ist ja schrecklich, was ich gehört habe. Fahrt ihr gleich los?«

»Ja, wir … Danke, Val. Danke fürs Aufpassen.«

»Klar. Wozu hat man denn Nachbarn?« Dabei warf sie Kane einen beinahe wütend funkelnden Blick zu. »Ich bin froh, wenn ich euch helfen darf.«

Alles klar. Zwischen Val und Kane gab es definitiv eine Geschichte. Die Anspannung war beinahe greifbar, vor allem, weil die plötzlich eingetretene Stille zwischen uns allen immer länger andauerte.

Schließlich war es Amy, die die Situation rettete, indem sie sich an Val wandte. »Kann ich bei dir bleiben? Ich bin völlig erschöpft von der Fahrt und muss mich hinlegen.« Sie sah Nathan entschuldigend an. »Es tut mir leid, dass ich dich nicht begleiten kann, aber stell dir vor, ich kippe vor Ort um. Dann musst du dich um zwei Kranke kümmern. Eines Tages kann ich dir bei so etwas beistehen. Eines Tages …«

Nathan unterbrach ihre Ausführungen, indem er sie fest in die Arme nahm und ihr einen Kuss gab. »Schon gut. Ich liebe dich allein dafür, dass du hier bei mir bist«, flüsterte er in ihr Haar. So leise, dass ich es kaum hören konnte. Diese Worte waren nur für Amy bestimmt.

Kane unterbrach eher ruppig den rührenden Moment, indem

er geschäftig in die Hände klatschte. »Alles klar, Val. Packst du das mit den drei Mädchen? Kannst du auch ein Auge auf Amy werfen?«

»Kane! Ich brauche keinen Babysitter. Nur ein Bett. Sobald ich mich ausgeruht habe, kann ich Val helfen«, rief Amy empört.

Kane beachtete sie nicht sonderlich. »Wir sollten sofort los. Tess? Gibst du mir die Schlüssel? Nathan und ich sollten los«, sagte er jetzt zu mir.

»Ich fahre«, sagte ich erneut mein Sprüchlein auf.

»Das ist nicht nötig.«

»Und ob. Nathan ist völlig durch den Wind, und du siehst aus, als würdest du gleich durchdrehen. Ich fahre. Was das angeht, lasse ich nicht mit mir diskutieren.«

Kane setzte zum Protest an, gab sich dann aber geschlagen. Vermutlich war er froh, nicht selbst fahren zu müssen. Stattdessen nickte er, gab jedem Mädchen einen kleinen Kuss auf die Wange, umarmte die Älteste noch zusätzlich und schwang sich auf die Rückbank. Dabei sah er uns herausfordernd an. »Kommt ihr? Wir müssen herausfinden, ob Jack noch lebt.«

* * *

Das Krankenhaus, in das sie Jack gebracht haben sollten, war erst vor Kurzem eingeweiht worden. Es war ein hochmoderner Glaskasten an der Küste. Alles daran schien teuer und exklusiv zu sein. Richtig nervös wurde ich, als ich dem Pförtner vorne am Tor den Grund für unseren Besuch nannte und der daraufhin äußerst seltsam reagierte.

»Fahren Sie direkt hier rechts rein. Die Schattenparkplätze da hinten sind den Familien der Plattformmitarbeiter vorbehalten. Es holt Sie so schnell es geht jemand ab«, sagte er zu mir und nahm ein Telefon in die Hand, um diesen Jemand zu informieren.

Ich gab Gas und murmelte leise »Scheiße«.

Im Parkbereich für die Angehörigen standen bislang nur vier Autos. Zwei ziemlich verbeulte und zwei Luxusschlitten. Ich stellte meinen Feuertruck instinktiv etwas abseits ab, denn ich war einfach nicht gerne mitten im Geschehen, selbst wenn mir das in letzter Zeit nicht besonders gut gelungen war. Mein Truck mit den Feuerstreifen fiel zwischen den schicken Familienkutschen und Sportautos, die ich auf dem restlichen Parkplatz sehen konnte, noch mehr auf als sonst.

Wir kletterten gerade aus dem Wagen, als eine geschäftige ältere Dame mit Klemmbrett und gesetztem grauem Blazer samt Rock zu uns gestöckelt kam.

»Kane Ambrose«, begrüßte der sie, bevor sie irgendetwas sagen konnte. »Wir wollen zu meinem Bruder Jack. Wir hatten miteinander telefoniert.«

»Natürlich.« Die Frau machte einen Haken auf einem Papier und bedeutete uns, ihr zu folgen. Ich ging einfach mit. Was sollte ich am Auto versauern?

Wir betraten eine todschicke und supermoderne verglaste Eingangshalle mit hellem Marmorboden, der das Emblem des Krankenhauses in der Mitte trug und einen kleinen Springbrunnen im Zentrum besaß. Vermutlich sollte das Wasser die hysterischen Besucher beruhigen. Mich hingegen machte es nervös. Noch nervöser.

Ein junger Typ im Arztkittel kam aus einem Gang seitlich von uns angelaufen. Garantiert ein Assistenzarzt. Er sah schrecklich müde und gehetzt aus. Statt eines altmodischen Klemmbretts hatte er ein Tablet in der Hand. Da er sofort auf uns zusteuerte, schien er für uns zuständig zu sein.

»Mr. Ambrose?«, fragte er Kane. Offenbar strahlte der die Autorität des Familienoberhauptes aus.

»Was ist mit meinem Bruder Jack?«, fragte Kane direkt. Keine Begrüßung. Kein Small Talk. Bei Kane riss langsam der Geduldsfaden.

»Ihr Bruder wurde mit dem Helikopter von der Ölplattform zu uns gebracht. Er wird derzeit operiert. Kommen Sie doch bitte mit mir mit. Dann erkläre ich Ihnen alles.« Er zeigte auffordernd mit der Hand auf einen weiteren Gang, der von der Eingangshalle abführte.

Wir folgten ihm und fanden uns schon bald in einem hübschen Konferenzraum wieder. Durch die mannshohe Fensterfront konnte ich bis zum Meer blicken. Ein riesiger Eichenholztisch dominierte das Zimmer. Sogar Kaffee, Snacks und kalte Getränke gab es.

Der Arzt tippte zunächst auf seinem Tablet herum, ehe er sich wieder uns zuwandte. »Jack hat schwere Verbrennungen erlitten, die wir bereits begonnen haben zu versorgen. Sein Arm ist gebrochen, aber zum Glück ein einfacher Bruch. Er …«

»Also lebt er«, ging Nathan dazwischen.

Der Arzt blinzelte überrascht. »Ja. Hat Ihnen das denn niemand gesagt?«

»Hier redet jeder nur um den heißen Brei«, antwortete Kane gereizt und funkelte die Dame in Grau an. Die verzog bei seinen Worten keine Miene.

»Ihr Bruder Jack ist lebensgefährlich verletzt worden. Zum Glück ist er ein Kämpfer. Sonst wäre er längst tot«, sagte der Arzt in ruhigem Ton. »Die Sache ist nur die: Sein Bein hätten wir unter normalen Umständen abnehmen müssen. Im Oberschenkel stecken zu viele Fremdteile, und er hat eine Menge Blut verloren.«

Nathan stöhne leise und verbarg das Gesicht in den Händen, während Kane sich an der Tischkante festklammerte und so weiß wie die Wand wurde. Ich hingegen hielt den Atem an und erinnerte mich an eine ganz andere Situation, die sich vor Jahren abgespielt hatte. Damals hatte der Arzt genau wie dieser hier einen speziellen Ton angeschlagen. Die *Wir müssen es den Angehörigen schonend beibringen*-Wortwahl.

»Unter normalen Umständen?«, hakte ich nach, weil sonst niemand das tat und der Arzt es offenbar erwartete.

»Obwohl wir ihm davon abgeraten haben, will Ihr Bruder das Bein unbedingt behalten. Er war zwischenzeitlich bei Bewusstsein und in diesem Punkt trotz seines schlechten Zustands recht deutlich. Da er selbst Sanitäter war, scheint er sehr genau zu wissen, was vor sich geht. Wir sind seinem Wunsch zunächst gefolgt, allerdings gehen wir dadurch ein hohes Risiko ein. Es wäre sicherer, das Bein abzunehmen.« Er sah erst Kane, danach Nathan eindringlich an. »Ihr Bruder wird bereits operiert, aber der Chirurg bat mich, mit Ihnen über Jacks Situation zu sprechen. Nehmen wir das Bein ab, oder versuchen wir, es trotz aller Risiken zu behalten?«

»Volles Risiko. Erhalten Sie das Bein«, sagte Kane wie aus der Pistole geschossen.

»Auf keinen Fall eine Amputation«, stimmte Nathan zu. »Das bringt ihn sonst doch noch um.«

Ich sah die Entschlossenheit in ihren Augen und wusste, dass sie nur das Beste für ihren Bruder wollten. Hoffentlich war das auch wirklich der richtige Weg. Denn ein lebender Bruder ohne Bein war immer noch besser als ein toter Bruder mit Bein. Was das anging, hatte ich meine bitteren Erfahrungen bereits gemacht.

Jack

Meine Welt war auf Atmen, Leben, Bangen und Hoffen zusammengeschrumpft. Das *Flappflapp* des Helis war durch das Piepen mehrerer Überwachungsmonitore an meiner Seite ersetzt worden. Was ich jetzt sehen konnte, war eine weiße Krankenhausdecke. Schwestern und Ärzte wechselten sich ab. Die meisten redeten auf mich ein, doch wegen des beharrlichen Fiepsens in meinen Ohren konnte ich nichts verstehen.

»Mein Bein«, murmelte ich in diesen Momenten, immer in der Hoffnung, verstanden zu werden. »Behalten.«

Das hatte sich mittlerweile in meinem Hirn verankert. Mittlerweile war ich zu der Erkenntnis gelangt, dass mein rechter Oberschenkel vermutlich gar nicht mal die schlimmste meiner vielen Verletzungen darstellte. Wie problematisch waren die Verbrennungen? Und trotzdem drehte sich in meinem Kopf nur alles um die Frage, wie es meinem verdammten Bein ging. Ein riesiges Stahlteil war daraufgefallen. Etwas hatte es zusätzlich durchbohrt, vermutlich ein abgesplittertes Teil. Ich hatte es jedenfalls knacken und brechen hören. Allein bei dieser Erinnerung brach mir der Schweiß aus.

Mein Bein. Ich musste es unbedingt behalten. Ein Jack mit nur einem Bein war undenkbar für mich. Ich war immer der Sportler gewesen. Der Agile. Der Macher. Wie sollte ich diese Rolle mit nur noch einem Bein ausfüllen?

Das Gewusel um mich herum veränderte sich. Andere Ärzte kamen und gingen. Es wurde hektischer. Drängender. Neue Infusionen. Neue Nadeln im Arm. Eine neue Trage. *Fuck*. Jetzt wurde es ernst. Die OP stand an.

Ich dachte an meine Kollegen. An diejenigen, die es nicht geschafft hatten. Denen das tonnenschwere Teil auf meinem Bein das Leben genommen hatte. Das Feuer. Die Angst. Der Tod.

Allein wenn ich an Pete dachte, drehte sich mir der Magen um. *Pete*. Ich hatte nicht viele Typen auf der verfluchten Ölplattform gemocht, aber Pete war anders gewesen. Genauso verschroben wie alle, nur freundlicher. Umgänglicher.

Pete. Der es nicht geschafft hatte. Den ich nicht hatte retten können. Kurz bevor das Leben in seinen Augen erloschen war, hatte er mich noch einmal angesehen.

»Für mich war's das. Viel Glück, Kumpel«, hatte er mit brechender Stimme zu mir gesagt, und ehe ich etwas hatte erwidern können, war er gestorben.

Glück. Ich hatte überlebt, zumindest für den Moment. Aber zu welchem Preis? Wie sollte ich langfristig überleben? Mit nur einem Bein? Mit diesen Erinnerungen? Mit ...

»Rettet ... Bein« war alles, was ich noch sagen konnte, ehe mich der Anästhesist in die Bewusstlosigkeit schickte.

* * *

Der Kampf zurück an die Oberfläche meines Bewusstseins war heftig. Ich bemühte mich, gegen diesen Brei aus Erinnerungen und Wahrnehmungen anzukommen, doch mein Hirn oder die Medikamente ließen nicht zu, dass ich richtig wach wurde. Schmerz. Watte. Müdigkeit. Das Piepen in den Ohren.

Dann endlich bekam ich zumindest das rechte Auge einen kleinen Spalt auf. Jemand hielt meine Hand. Eine riesige Hand in einer anderen riesigen Hand. Klarer Fall. Einer meiner Brüder war da.

»Jack?«

Mist. Wieso klangen Nathan und Kanes Stimmen so ähnlich? Unscharf erkannte ich eine große Gestalt. Das hätte jeder von ihnen sein können.

Ich grunzte als Zeichen, dass ich wach war. Oder grunzte ich nur in meinem Kopf? Jedenfalls kam keine Reaktion.

»Fuck, Jack. Das war knapp.« Aha. Nathan. Eindeutig. Kane hatte sich im Namen seines Elternersatzdaseins angewöhnt, weniger zu fluchen. »Die haben dich stundenlang operiert.«

Das hatte ich mir bereits gedacht. Und ... mein Bein!

Ich bemühte mich verzweifelt, munterer zu werden und das andere Auge aufzubekommen, aber das weigerte sich. Vermutlich war es zugeschwollen. Viel sehen konnte ich daher nicht. Schon mal gar nicht das andere Ende vom Bett, wo ...

Da! Ich meinte mein Bein zu erkennen. Es war dick einbandagiert und hing in einem seltsamen Gestell. Die Hauptsache war jedoch: Es war am Rest von mir dran.

Ich grunzte erneut. Diesmal vor Erleichterung.

Endlich kapierte Nathan, warum ich diese Geräusche von mir gab. »Jaaaa«, sagte er gedehnt. »Dein scheiß Bein. Es ist noch dran, aber eins sag ich dir: Das hast du nicht den Ärzten zu verdanken, sondern Kanes Gefasel über deine geistige Gesundheit, die ohne Bein für den Arsch sein würde. Die Ärzte würden es dir lieber jetzt als später abnehmen. Also musst du schnell wieder gesund werden, damit wir ihnen zeigen können, dass es die richtige Entscheidung war, nicht zu amputieren.«

Fuck. Ich starrte das bandagierte Ungetüm so lange an, bis alles vor meinem Auge verschwamm. Ich heulte. Ernsthaft. Zum Glück sah das niemand, denn mein gesamtes Gesicht war vermutlich eine einzige blaugrüne, geschwollene Masse. Das hatte ich einer halben Plattformdecke zu verdanken, die auf mich draufgekracht war.

Mein Bein war dran, die Hoffnung nicht gestorben – und bei allem, was mich ausmachte: Ich würde dafür sorgen, dass ich es behielt.

Sobald ich mich wieder unter Kontrolle hatte und meine Freude über mein vorhandenes Bein abgeflaut war, kam die Ernüchterung. Ich schluckte, ehe ich die nächsten Worte zu formen versuchte. »Andere?« war alles, was ich hervorbrachte.

Nathans Ausdruck in den Augen wurde augenblicklich gehetzt. Ihm war die Frage sichtlich unangenehm. Dass er sofort verstanden hatte, was ich mit diesem einen Wort zu erfahren verlangte, sagte viel. »Primaoil ist recht spärlich mit Auskünften, aber ich habe zwei Angehörige auf dem Krankenhausflur getroffen. Einer, der Cal heißt, liegt auf dem Intensivzimmer nebenan. Üble Verbrennungen.«

Calvin. Wir hatten uns nie gut verstanden, aber in dieser Höllenglut abzufackeln hatte niemand verdient. Ich erinnerte mich schwach daran, verzweifelt nach ihm gerufen zu haben. Pete und ich hatten gewusst, dass er da irgendwo liegen musste. Ich … Fuck. Ich hatte ihn rausgezogen. Oder?

»Andere?«, wiederholte ich die Frage.

Nathan seufzte leise. »Ich versuche, mehr herauszufinden. Okay? Jetzt schlaf lieber. Wenn die Ärzte sehen, dass wir zu viel reden, schmeißen die mich raus. Du musst dich ausruhen, denn selbst wenn du aufgewacht bist: Über den Berg bist du angeblich noch nicht. Irgendwas mit Schädelhirntrauma. Also mach die Augen zu. Ich bleib und pass auf, dass du nicht doch versehentlich ins Licht wackelst und uns hier allein lässt.«

Ich gehorchte, zu erschöpft, um dagegen zu protestieren.

KAPITEL 3

Tess

Jacks Operation sollte noch hohe Wellen schlagen. Die Ärzte machten Druck auf seine Brüder, das Bein doch noch abzunehmen. Nathan und Kane hielten stur dagegen. Sie glaubten fest daran, dass Jack am Verlust seines Beines zugrunde gehen würde.

Ich bezweifelte das.

Jack war zäher, als sie annahmen. In der Hütte hatte ich mich immer wieder über seine bärbeißige und viel zu direkte Art geärgert, aber insgeheim seinen Starrsinn bewundert. Er ging seinen Weg. Dabei war ihm völlig egal, was die anderen dachten.

Er würde auch mit nur einem Bein klarkommen.

Doch wer war ich, das laut auszusprechen? Im Vergleich zu seinen Brüdern kannte ich Jack nur einen Wimpernschlag lang. Unsere Beziehung definierte sich über eine Momentaufnahme in einer Hütte voller Ausnahmezustände.

Wenigstens waren sich Kane und Nathan einig und wichen nicht von ihrer Meinung ab. Das Bein blieb dran. Punkt.

Wir harrten so lange wie möglich im Krankenhaus aus, wurden aber schließlich regelrecht aus der Intensivstation hinausgefegt – zusammen mit anderen Angehörigen der Ölplattformmitarbeiter. Im Anschluss gab es von Primaoil in einem kleinen Konferenzraum eine eher unbefriedigende Aufklärungsrunde. Wenn man das denn überhaupt so nennen konnte.

Die PR-Manager sprachen von einem schrecklichen Unglück.

Ein Feuer war ausgebrochen, und es hatte mehrere Explosionen gegeben. Es gab sechs Tote und beinahe zwanzig Verletzte, von denen fünf auf der Intensivstation lagen. Weitere Details nannte er nicht.

Wenigstens würde Primaoil sämtliche Rechnungen für die Behandlungen übernehmen. Das war der Moment, in dem sich Kane ein wenig entspannte und einen bedeutungsvollen Blick mit Nathan wechselte. Keiner der beiden hatte es bislang angesprochen, aber Jack war bestimmt nicht krankenversichert. Aus belauschten Gesprächen in der Hütte wusste ich, dass die Brüder knapp bei Kasse waren.

Nathan und Kane hörten sich an, was die PR-Manager von sich gaben, und verdrückten sich, sobald es ging. Hastig folgte ich ihnen zu Jack, aber es war vergebens. Die Ärzte ließen momentan keinen Besuch zu. Nathan und Kane waren zu erschöpft, um darüber zu streiten. Stattdessen zog es sie nun nach Hause zu ihren Schwestern.

Ich schloss mich den beiden mit einem unguten Gefühl im Magen an, und als wir aus dem Krankenhaus traten, wurden wir regelrecht von neugierigen Journalisten überfallen. Offenbar hatte sich rumgesprochen, dass Angehörige der Verletzten sich hier aufhielten.

Kane und Nathan nahmen mich mit grimmigen Mienen in die Mitte und wühlten sich schweigend durch die rufenden und gaffenden Reporter. Wie oft ich in Nahaufnahme zu sehen sein würde, wollte ich mir lieber nicht ausmalen. Wir schafften es irgendwie zu meinem Truck und fuhren wortlos zurück zum Haus der Familie. Dort wurden wir von aufgewühlten und völlig aufgelösten kleinen Schwestern empfangen, die natürlich längst wussten, dass etwas mit Jack geschehen war. Angesichts des Chaos' wirkten Valerie und Amy allerdings erstaunlich entspannt.

Ich hielt mich im Hintergrund, trank Wasser und suchte mir dann ein stilles Plätzchen auf der Veranda. Der Tag steckte mir tief in den Knochen.

Erst da bemerkte ich, dass ich sechs unbeantwortete Anrufe auf meinem Handy hatte. Allesamt von meiner Schwester Natalie. Seit unserem riesigen Familienkrach hatten wir uns eher vorsichtig wieder angenähert. Ein erstes Telefonat erfolgte nach einem Monat, das zweite erst Wochen später. In letzter Zeit hatten wir allerdings wieder öfter miteinander telefoniert, um ihre Hochzeit zu besprechen. Natalie wollte mich unbedingt mit einbinden, ich mied allerdings sämtliche Termine wie den Junggesellinnenabschied oder Kuchentastings.

Aber sechs verpasste Anrufe hintereinander? Hoffentlich wollte sie mich nicht auf die Einladungskarte ansprechen. Ich hatte sie mittlerweile aus meinem Postkasten geholt und ungeöffnet liegen lassen, denn ich wusste genau, welche Aufforderung am Ende der Karte auf mich wartete: *Um Antwort wird gebeten*. Bloß hatte ich noch immer keine Idee, in welchem Kästchen ich mein Häkchen machen sollte.

Seufzend rief ich Natalie zurück. Sie ging beinahe sofort ran. »Mein Gott, Tess. Was ist passiert?«

»Was meinst du?«, antwortete ich irritiert.

»Du warst überall im Fernsehen. In Großaufnahme. Wegen des Plattformunglücks. Du bist aschfahl aus einem Krankenhaus rausgekommen und wirst in sämtlichen Shows als das Gesicht der Angehörigen gezeigt.«

So viel zu Qualitätsjournalismus. »Beruhig dich. Ja, es stimmt. Ich war da. Aber den Typen, den es erwischt hat, kennst du nicht. Er ist der Bruder von einem Kommilitonen.«

Natalie atmete zischend aus. »Mann. Mir ist fast das Herz stehen geblieben, als ich dich so gesehen habe. Das hat mich so dermaßen an … an …« Sie brach ab. »… ach, du weißt schon«, setzte sie mit zitternder Stimme hinzu.

Ich wusste genau, was sie meinte. Genau wie sie hütete ich mich jedoch davor, es laut auszusprechen. Meine Familie hatte das Geschehene anfangs totgeschwiegen, so lange, bis sie sich auf einen Schuldigen geeinigt hatten: auf mich. Dann war alles eskaliert.

»Wie geht's denn dem Bruder von deinem Freund?«, lenkte Natalie ab.

»Schlecht. Er ist noch nicht über den Berg, und obwohl ich ihn kaum kenne und wir uns bei unserem letzten Kontakt eher gegenseitig genervt haben, nimmt mich das sehr mit.«

Natalie schwieg eine Weile. Trösten fiel ihr genauso schwer wie das Vermitteln zwischen unseren Eltern und mir. Sie hätte damals womöglich die völlige Eskalation verhindern können, doch im entscheidenden Moment hatte sie sich zurückgezogen. Daran knabberte ich noch immer. Wenigstens bemühte sie sich jetzt um mich.

»Tess …«, sagte Natalie in die Stille hinein. Ich wusste genau, was kommen würde, und wappnete mich innerlich. »Wahrscheinlich hast du gerade keinen Kopf dafür. Kann ich durchaus verstehen, nur … Es ist total wichtig für mich. Alle Leute fragen mich, und ich weiß nie, was ich sagen soll. Also was ist? Kommst du zu meiner Hochzeit? Bitte überleg es dir. Vielleicht ist das die Möglichkeit, um sich auszusprechen. Aufeinander zuzugehen.«

Auf deiner Hochzeit?, dachte ich schaudernd. Bestimmt nicht. Ich hatte keine Lust auf den Skandal des Jahres. Und trotzdem war es eine Tatsache: Nicht auf der Hochzeit der eigenen Schwester zu erscheinen wäre ein Statement. Der endgültige Bruch mit meiner Familie.

Wollte ich das? Eigentlich nicht. Uneigentlich …

»Mum und Dad werden mich nicht dahaben wollen«, sprach ich schließlich das Offensichtliche aus. »Gib's zu. Sie wollen unbedingt wissen, ob ich komme, damit sie dann gegebenenfalls der Hochzeit fernbleiben können.«

»Nein, das würden sie nie tun. Die reden nur …«

»Also haben sie tatsächlich so was angedeutet?«

Das Schweigen am Ende der Leitung sprach Bände. »Ach Scheiße, Tess«, sagte Natalie schließlich. »Die ganze Situation ist so vertrackt.«

»Ich bin froh, dass du mit mir darüber sprichst, und ich wünschte, ich könnte dir jetzt was anderes sagen, aber ... Ich glaube nicht, dass ich kommen sollte. Das führt nur zu Stress und Tränen, zu Streit und schlechten Gefühlen. Dabei ist das dein Ehrentag. Es sollte sich alles um dich drehen. Um dich und deine Liebe zu Dan. Ich will nicht, dass alle Aufmerksamkeit auf mir liegt. Oder dass Mum und Dad mit langen Gesichtern in der Ecke stehen und mir böse Blicke zuwerfen. Es tut mir leid, Natalie.«

»Dann lass es uns vorher hinter uns bringen. Wir machen einen Termin für eine Aussprache. Bitte, Tess. Bitte!«

»Unser letzter Versuch ist in einem völligen Fiasko geendet. Das pack ich kein zweites Mal. Ich habe ewig gebraucht, um mich davon zu erholen. Noch immer rauben mir die Gedanken daran den Schlaf. Nein. Unmöglich. Ich liebe dich, Natalie. Aber gerade weil ich das tue, werde ich nicht zu deiner Hochzeit kommen.«

Ich hörte meine Schwester schlucken. »Noch ist Zeit«, sagte sie leise. »Du kannst deine Meinung jederzeit ändern.«

Das wird nicht passieren, dachte ich traurig. Solange Mum und Dad das nicht taten, standen wir alle auf verlorenem Posten.

Sie hatten mich aus der Familie verbannt. Für etwas, das ich nicht getan hatte.

Sie gaben mir die Schuld am Tod ihres einzigen Sohnes.

Nachdem Natalie und ich aufgelegt hatten, war ich schrecklich durch den Wind. Ich bemühte mich verzweifelt, mich zusammenzureißen, doch gelang mir das nur mäßig.

»Alles okay mit dir?«, fragte Nathan mich später am Abend im Wohnzimmer, nachdem wir die Mädchen ins Bett gebracht hatten. Er sah schlimm aus. Sogar schlimmer als Amy, die schlafend auf der Couch in seinen Armen lag. Obwohl Amy nicht mehr länger von ihrer Mutter vergiftet wurde, kämpfte sie weiter mit den Auswirkungen. Wir hatten alle gehofft, dass sie zügiger zu Kräften kommen würde, aber ihre Genesung schwankte täglich.

Heute hatte sie sich eindeutig überanstrengt.

Ich betrachtete die beiden, wie sie so vertraut auf der Couch kuschelten. Auch ich wäre gerne mal so in den Arm genommen worden. Für einen ganzen Abend. Eine ganze Nacht. Vielleicht für immer.

Leider war da niemand, und vermutlich würde das für ziemlich lange Zeit so bleiben. Mein Studium hatte im Moment Priorität und ... na ja. Einen so netten Typen wie Nathan zu finden, würde schwierig werden.

»Tess? Schläfst du mit offenen Augen?«, unterbrach Nathan meine Gedanken.

»Alles in Ordnung«, log ich. »Es war nur ein sehr, sehr anstrengender Tag.«

»Wem sagst du das.« Nathan stöhnte leise, ließ den Kopf in die Kissen sinken und schloss für einen kurzen Moment die Augen. »Das mit Jack ist der absolute Horror.«

»Das schaffen wir auch noch irgendwie«, mischte sich Kane ein, als er aus der kleinen Küche ins Wohnzimmer kam. Er setzte sich zu Valerie an den großen Holztisch. Schweigend schob sie ihm einen großen Pott Kaffee zu.

Ich beobachtete die beiden schon länger und platzte beinahe vor Neugierde. Sie gingen so vertraut und gleichzeitig seltsam distanziert miteinander um. Da war eine Mauer zwischen ihnen, die unübersehbar war.

Auch jetzt beeilte sich Valerie, schnellstmöglich aus Kanes Reichweite zu kommen, nachdem sie auf ihn gewartet hatte. »Ich gehe zurück zu meinen Eltern. Soll ich morgen wieder vorbeikommen?« Sie sah Kane fragend an, doch der blickte nicht auf und schien tief in Gedanken versunken.

Es war Nathan, der antwortete. »Wir besuchen Jack abwechselnd, aber sollte was sein, dann melden wir uns.« Vorsichtig schob er die schlafende Amy aus seinen Armen und stand auf, um Valerie zur Tür zu bringen. »Vielen Dank für deine Hilfe.« Im Gegensatz zu Kane umarmte er sie freundschaftlich. Ich winkte ihr lediglich zum Abschied und beobachtete stattdessen Kane, der seinem Bruder und Val erst hinterhersah, als die längst verschwunden war.

Er wirkte traurig. Und zerrissen.

»Ich gehe dann auch schlafen«, sagte ich schließlich. Kane hatte mir sein Zimmer überlassen und wollte sich zu Naomi ins Bett legen. Nathan und Amy belegten die Couch. Ich winkte in die Runde und stapfte müde und zerschlagen die Treppe hoch.

Was für ein Tag – und der kommende würde bestimmt nicht besser werden.

Jack

Ich erwachte vom schlimmsten Albtraum, den ich je gehabt hatte. Da war Feuer gewesen, das mich bei lebendigem Leib verzehren wollte. Das Gefühl von unendlicher Hilflosigkeit. Und dieser grässliche Schmerz in meinem Bein. Neben mir lag Pete. Leblos. Mit leerem Blick. Verborgen unter einer Tonne Stahl.

Meine Atmung ging viel zu schnell, obwohl ich längst aufgewacht war. Kalter Schweiß stand mir auf der Stirn. Neben mir piepte der Überwachungsmonitor hysterisch vor sich hin.

»Jack«, sprach mich Kane an. In den letzten Tagen war er immer wieder abwechselnd mit Nathan zu Besuch gewesen. Wie viele Tage ich jetzt schon auf der Intensivstation lag, war schwer abzuschätzen. Eine Woche Koma lag hinter mir. Das wusste ich. Seitdem dämmerte ich vor mich hin.

Wenigstens war Kane jetzt hier. Mein Bruder beugte sich über mich und legte seine Hände auf meine Schultern. Ein sanfter Druck, der mir half, mich in die Welt zurückzufühlen.

Leider geriet mein gesamter Körper trotzdem noch in Aufruhr. *Verdammte Scheiße.* Was war das denn für ein Albtraum gewesen? Und warum bekam ich meine Atmung nicht in den Griff?

Kanes braune Augen waren weit aufgerissen. Nicht nur ich war panisch. Er auch. »Fuck. Was ist mit dir los?«, fragte er mich und angelte zeitgleich nach dem roten Alarmknopf für die Schwester.

Ich schüttelte hastig den Kopf. »Geht schon wieder«, wollte ich ihm sagen, doch kein Wort kam über meine Lippen. Ich war vor Schock noch immer wie gelähmt.

Kane verstand dennoch. Kein Wunder. Er und ich tickten ganz ähnlich. Wenn es nicht unbedingt nötig war, regelten wir unsere Angelegenheiten allein oder maximal mit der Familie zusammen. Allerdings holte er sich eher mal Hilfe als ich.

Ich vertraute am liebsten nur mir selbst.

Kane setzte sich ganz langsam zurück auf einen Stuhl neben meinem Bett und ließ mich dabei nicht aus den Augen. »Ich hab die Ärzte noch mal ausgefragt. Dein Bein heilt besser als erwartet«, informierte er mich in seiner typisch schnörkellosen Art. »Momentan stehen deine Brandwunden wieder oben auf der Prioritätenliste.« Er zeigte bei sich einen Bereich vom Hals bis zum Ohr. »Das wird bei dir vernarben, sagen die Ärzte. Genau wie deine Schultern bis zu den Unterarmen.« Er bemühte sich um einen lockeren Ton und ein Lächeln, doch beides prallte an mir ab.

Zumindest erklärte das, warum mein Hals wie Feuer brannte. Es war ein seltsamer Schmerz. Wie eisiges Brennen. Dass ich das trotz der Schmerzmittel spürte, sagte alles. Meine Nerven spielten verrückt.

Jetzt fehlte nur noch eine Infektion zu meinem Glück.

»Wird schon wieder werden, Kane. Mach dir keinen Kopf«, murmelte ich schwach, um meinen Bruder zu beruhigen. Seine besorgten Blicke stachen mir mitten ins Herz. Erschöpft schloss ich die Augen und öffnete sie zunächst nicht wieder.

Tagelang dämmerte ich vor mich hin, um diesem grässlichen Schmerz zu entkommen. Ärzte und Schwestern kamen und gingen. Die erste Physiotherapeutin tänzelte herein und verschwand ohne Training, da ich ihre Ansprache ignorierte.

Etwas stimmte nicht mit mir. Ganz und gar nicht. Die Ärzte redeten auf mich ein. Sprachen von OPs. Plural. Von der Möglichkeit, mich erneut, diesmal aber für eine längere Zeit, ins künstliche Koma zu versetzen, um es für mich erträglich zu machen.

Ich grunzte lediglich vor mich hin, wenn es nicht anders ging. Zum einen, weil Sprechen schrecklich wehtat. Zum anderen, weil mir nicht nach Reden zumute war. Ich schottete mich ab, um das durchzustehen.

Also wurde ich erneut operiert. Ins Koma versetzt. Aufgeweckt. Operiert. Mein Bein blieb dran, doch allmählich wurde mir klar, dass mir kämpfen allein nichts nützen würde.

Ich war auf die anderen angewiesen. Auf Ärzte, Schwestern, die Entscheidungen meiner Brüder. Ich. Der sonst immer alles selbst geregelt hatte.

Mein altes Leben war vorbei.

Und das war die schlimmste Erkenntnis überhaupt.

***

Als ich etwa einen Monat nach meiner Ankunft in diesem beschissenen Krankenhausbett einen Besucher neben mir spürte, hatte ich überhaupt keine Lust, die Augen zu öffnen. *Lasst mich alle in Ruhe*, dachte ich und schämte mich für diese Gedanken. Kane und Nathan meinten es nur gut. Sie machten sich Sorgen und rissen sich den Arsch auf, um bei mir sein zu können.

Also sei nett, ermahnte ich mich und zwang meine Augen auf.

Wen ich dann neben mir sitzen sah, hätte ich in diesem Leben nicht erwartet.

Lila Haare. Locker und wild zum Pferdeschwanz gebunden. Zarte Gesichtszüge und die hübschesten Augen der Welt. Riesig und schön. Ein eher rundes Gesicht mit leicht geröteten Wangen. Braun gebrannt. Sie saß lässig auf einem Stuhl neben meinem Bett und musterte mich eingehend.

Die Prinzessin aus der Hütte.

Sie trug wieder ein Shirt mit Aufdruck. Diesmal eins, das gegen die Öllobby schoss: »Ich trage Schwarz zu meiner Beerdigung«, stand darauf, und ein traurig blickender Pelikan mit ölverklebtem Gefieder war darunter zu erkennen. Die Umweltaktivistin ließ grüßen.

Als sie bemerkte, dass ich sie musterte, rutschte sie nach vorne, sodass sie sich gegen die Matratze des Bettes lehnte.

»Hey, Neandertaler. Ist deine Höhle über dir zusammengekracht?«, sagte sie in dieser seltsamen Mischung aus Singsang und mit vor Sarkasmus triefenden Worten.

Ich schwöre: Bei jedem anderen wäre ich an die Decke gegangen. Doch als ich das Glitzern in ihren Augen sah, musste ich unwillkürlich grinsen. Na ja. Beinahe. Zum Lächeln fehlte mir die Kraft. Und dennoch kam seit Tagen das erste Mal der Drang über mich, etwas zu sagen. »Prinzesschen«, knurrte ich. »Ausgerechnet du.«

Sie lachte glucksend. »Es ist mir wie immer ein Vergnügen, dein Knurren zu vernehmen.«

Ich warf ihr einen bösen Blick zu. Da lag man mehr tot als lebendig in seinem Bett rum, und dann tauchte ausgerechnet Tess hier auf.

Als mir klar wurde, in welch desaströsem Zustand sie mich vorgefunden hatte, wünschte ich mich gleich viel weiter weg. Es reichte bereits, sich den Ärzten und Schwestern so ausgeliefert zu fühlen. Aber dass jetzt auch noch das Prinzesschen dasaß und meinen zerschmetterten Körper bis ins Kleinste betrachten konnte, war zu viel des Schlechten.

Tiefer ging echt nicht.

»Willst du was trinken?« Sie hielt mir eine Schnabeltasse vor die Nase. Ich gab eine Mischung aus Brummen und ablehnendem Schnauben von mir. »Nein? Schade.« Die erniedrigende Schnabeltasse verschwand und wurde durch einen Wackelpudding ersetzt. In Neongrün, mit gelber Soße obendrauf. Mit Schwung zog sie den Deckel ab und steckte einen Löffel in den Nachtisch. Statt ihn mir anzubieten, futterte sie ihn selbst. Ich sah ihr schweigend und irgendwie staunend zu.

Die Frau war echt 'ne ganz eigene Nummer.

Als sie meinen ungläubigen Blick bemerkte, verharrte sie mit dem Löffel im Mund. »Sorry. Kein Wackelpudding für dich. Dafür hast du deine netten Infusionen.« Sie deutete auf einen Beutel schräg über meinem Bett. »Du darfst nur Wasser aus deiner hübschen Schnabeltasse, sagt die Schwester. Den Pudding hab ich mir gemopst. Jetzt muss ich die Beweise vernichten.«

Ich sah ihr schweigend dabei zu, wie sie den Plastikbecher bis zum letzten Klecks auskratzte. Dass sie nicht noch rundherum den Rand ableckte, wunderte mich. Vermutlich hätte sie das unbeobachtet sogar getan.

»Hmmm«, sagte sie und verdrehte genießerisch die Augen. »Nicht gerade ein Vier-Gänge-Menü, aber heute ist so ein Tag, da geht alles schief, und man lernt die kleinen Dinge im Leben wieder zu schätzen. Und sei es nur ekliger Wackelpudding aus der Krankenhauskantine.« Sie stellte den Becher sorgsam neben sich ab und seufzte leise. »Wahrscheinlich fragst du dich die ganze Zeit, warum ich hier hocke und nicht deine Brüder.«

Oh ja. Das interessierte mich brennend. Ich sah sie herausfordernd an, doch sie schwieg beharrlich. Stattdessen startete sie ein Blickduell mit mir. Schließlich gab ich auf. »Warum bist du hier?«, flüsterte ich und stellte überrascht fest, dass mir die Worte deutlich leichter über die Lippen kamen als gedacht.

»Nathan musste dringend zu Amy, weil sie überraschend ins Krankenhaus eingeliefert wurde. Kane kann leider auch nicht.

Also musst du mit meiner wunderbaren Gesellschaft vorliebnehmen.«

Sie zwinkerte mit ihren unfassbar braunen Augen. Diese vor Lebendigkeit nur so sprühenden Augen. Voller Schalk und Streitsucht.

Das Prinzesschen.

Keine Ahnung, warum ich sie von Anfang an so genannt hatte. Vermutlich, weil sie mich als Neandertaler bezeichnet hatte. Dabei erinnerte sie mich eher weniger an eine affektierte Prinzessin. Sie wirkte bodenständig. Kumpelhaft. Cool.

Und aus irgendeinem Grund weckte sie sofort meinen Kampfgeist. Ich wollte gerne mit ihr diskutieren. Mich mit ihr streiten. So richtig fetzen.

Vermutlich las sie in meinen Augen, was ich dachte, denn sie grinste frech. »Alles klar. Du bist jetzt schon genervt von mir. Das sei dir gegönnt.« Sie sah sich wie ein Agent nach allen Seiten um, bevor sie sich über mein Bett beugte und mich mit einem Schlag ernst ansah. »So, Jack. Nur damit wir uns richtig verstehen. Amy ist uns beinahe unter den Händen weggestorben. Wir konnten sie gerade noch so retten, und jetzt ist sie auf dem Weg der Besserung. Das hat nur funktioniert, weil wir zusammengehalten haben. Ich weiß, dass wir in dieser bekloppten Hütte keine Freunde waren. Und weil das so ist, darf ich es auch mit aller Deutlichkeit aussprechen: Du musst dich zusammenreißen. Deine Brüder drehen ohnehin schon durch aus Sorge um dich.«

Gutes Stichwort. »Ich liege auf der Intensivstation«, krächzte ich ungläubig. Was wollte sie von mir? »Ich tu mein Bestes.«

»Dann tu mehr. Rede mit Kane. Mit Nathan. Grins ab und zu. Hau ein paar Sprüche raus. Aber lieg nicht wie tot da und knurr vor dich hin. Mich darfst du anblaffen. Mich kannst du anbrummen. Nur mach das nicht bei deinen Brüdern. Die Ärzte sagen, du wärst langsam über den Berg, was deine körperliche Konstitution angeht. Glückwunsch, du darfst dein Bein langfristig behalten. Ab sofort konzentrieren sie sich daher auf andere Dinge und fragen sich, warum du so leblos daliegst. Sie machen sich Sorgen um deine Psyche. Das geht vom Schädelhirntrauma über Schock bis hin zur posttraumatischen Belastungsstörung. Alles kein Spaß. Das ist mir klar. Ich weiß aber auch, dass Neandertaler zäh sind. Wenn du nicht für dich gesund werden willst, dann zumindest für deine Geschwister. Die sind nämlich gerade völlig durch den Wind.«

Ich konnte nicht anders, als dieses Persönchen ungläubig anzustarren. »Wie überaus feinfühlig«, brachte ich hervor.

»Ich weiß. Feinfühligkeit ist mein zweiter Vorname«, antwortete sie im gleichen Ton.

»Wie wäre es, wenn du jetzt gehst?«

»Kann ich machen, aber nur, wenn du mir versprichst, dich zusammenzureißen.«

»Ich versprech dir gar nichts. Du tickst doch nicht ganz sauber.«

»Na, wenigstens hast du wieder Farbe im Gesicht. Und ...« Sie warf einen prüfenden Blick auf den Monitor. »... dein Puls ist zum ersten Mal seit Tagen beinahe normal, genau wie dein Blutdruck. Ich glaube, du bist wie ich.«

»Na, hoffentlich nicht.«

Sie seufzte. »Du brauchst einen Arschtritt, wenn es dir richtig dreckig geht. Das meinte ich. Komm in die Gänge. Was dir passiert ist, ist grauenhaft. Unvorstellbar schrecklich. Aber dein Bein ist noch dran, deine Narben werden verheilen, und du lebst. Packs an. Mach was draus. Ich glaub an dich.«

»Mir ist so was von egal, was du von mir denkst, Prinzesschen. Könntest du mir jetzt die Ehre erweisen und deinen königlichen Hintern aus meinem Intensivstationszimmer bewegen? Ich würde gerne ohne deine aggressive Anwesenheit gesund werden.«

»Okay.« Zu meiner Überraschung sprang sie vom Stuhl auf. Bevor sie aus dem Zimmer wuselte, drehte sie sich noch mal zu mir um. »Vergiss nicht: Solange Nathan dich regelmäßig besuchen muss, wirst du mich nicht los. An den Wochenenden komm ich nämlich mit, damit er sich auf der Fahrt hierher auf seinem Motorrad nicht den Hals bricht. Das hab ich Amy versprochen. Je schneller du also wieder auf die Beine kommst, desto weniger musst du meine Anwesenheit ertragen.« Sie lächelte mich diebisch an – und verschwand.

Ich starrte ihr sprachlos hinterher und fragte mich, ob Tess noch irrer war als befürchtet oder ob sie mich genau da gepackt hatte, wo ich grundsätzlich reagierte: an meinen Eiern. Und an meinem Stolz.

EIN HALBES JAHR SPÄTER

KAPITEL 4

Tess

Ich stand mit meiner Kaffeetasse im Türrahmen und starrte das leere Zimmer dahinter an. Schon wieder. Erst hatte Hanna wortlos ihre Sachen gepackt und Amy war eingezogen. Jetzt war sie leider zur Reha aufgebrochen und würde so schnell nicht zurückkommen. Wir hatten alle die Hoffnung gehabt, dass sie nur ein paar Monate weg sein würde, um wieder auf die Beine zu kommen. Aber die Schädigungen durch die dauerhafte Zugabe von Giften, die Bestrahlungen und Therapien hatten ihren Körper nachhaltig geschädigt. Sie musste noch eine ganze Weile in Behandlung. Leider nicht nur in Reha, sondern mittlerweile auch noch mal ins Krankenhaus. Anfangs hatte ich den Raum für sie frei halten wollen, aber ich war einfach nicht zum Alleinwohnen gemacht. Mir war innerhalb kürzester Zeit die Decke auf den Kopf gefallen. Amy war zum Glück damit einverstanden gewesen, dass wir das Zimmer weitervermieten, bis sie zurückkommen würde.

Leider lagen mir die letzten Erfahrungen schwer im Magen. War ich womöglich die mieseste aller WG-Mitbewohnerinnen?

Zumindest Amy hatte sich nie beschwert. Hanna und ich hatten eigentlich nie so richtig zusammengepasst. Da war es kein Wunder gewesen, dass es auseinandergegangen war. Und trotzdem. Das Gefühl, anders als andere Studierende zu sein, nagte an mir. Wer ging sonst um sechs Uhr morgens joggen, um Müll aufzusammeln? Niemand!

Ich nahm einen Schluck von meinem mittlerweile kalten Kaffee und seufzte tief beim Anblick der leeren Wände. Dann musste ich mich wohl wieder auf die Suche nach einer WG-Mitbewohnerin machen. Ich brauchte das Geld dringend. Die Wohnung allein zu halten war unmöglich.

Ich gab mir einen Ruck, löste mich vom Anblick des Zimmers und tapste mit gesenktem Kopf zurück in meine gemütliche Küche. Dort setzte ich mich an den Tisch und bastelte einen Zettel mit der Aufschrift »Mitbewohner:in gesucht«, als mein Handy klingelte. Nathan. Er rief mittlerweile regelmäßig an, um mich auf dem Laufenden zu halten.

»Jack wird entlassen, sagt uns aber nicht den genauen Zeitpunkt«, sagte er wie immer ohne Begrüßung, als ich das Gespräch annahm. Der Mann stand in letzter Zeit ständig unter Strom und hatte sich angewöhnt, komplett auf Small Talk und unnötige Floskeln zu verzichten.

»Aber das sind doch gute Neuigkeiten.«

»Das merkt man Jack allerdings nicht an. Er brummt wieder nur rum oder mault uns an. Wir wissen nicht mal, wie es jetzt nach der Entlassung weitergeht. Er müsste in Reha, aber ob er sich drum gekümmert hat, sagt er uns nicht.«

»Jack ist ein erwachsener Mann. Der weiß schon, was er tut.«

»Hörst du dich eigentlich selbst reden? Das ist Jack, über den wir da sprechen. Der Neandertaler. Du erinnerst dich?«

»Lass ihm ein wenig Freiraum«, sagte ich spontan, woraufhin er mit einem tiefen Seufzen antwortete.

»Genau das sagt Kane auch, nur fällt mir das echt schwer. Ich will ihm helfen, aber er lässt mich nicht.«

»Dann zügel dein Helfersyndrom und *AUA*!« Mist. Ich hatte mich am Papier geschnitten. Ich und Basteln waren zwei verschiedene Welten.

»Was ist los?«, fragte Nathan alarmiert. Seitdem er Amy aus Todesgefahr gerettet hatte, bewertete er jedes kleine *Aua* einfach anders als Menschen ohne seine Erfahrung.

»Nichts Dramatisches. Ich hab mich geschnitten. Vielleicht ist das ein Zeichen, dass ich Amys Zimmer nicht weitervermieten sollte. Dafür bastel ich nämlich gerade einen Flyer.«

»Amy wird noch eine ganze Weile weg sein. Find ich gut, dass du das endlich anpackst.« Er seufzte tief. »Sehen wir uns an der Uni?«

»Klar. Ich mach nur kurz die Anzeige fertig. Bis gleich.«

Wir verabschiedeten uns, und ich brachte es rasch hinter mich und schrieb den verdammten Zettel fertig:

Schönes, helles 12-qm-Zimmer in Zweier-WG frei!
Die Wohnung umfasst 50 qm und ist etwa 15 Gehminuten vom Campus entfernt. Balkon, Küche und Wohnzimmer sind Gemeinschaftsräume. Wenn du Lust auf entspanntes Wohnen und eine umgängliche Mitbewohnerin hast, melde dich bei mir.

Darunter hatte ich meine Handynummer notiert. Den Zettel nahm ich mit zur Uni, um ihn am schwarzen Brett festzumachen. Dort hing er zwischen gefühlt Dutzenden anderen und wirkte schrecklich verloren. Als wüsste er nicht, wer ihn aus dem Pool all der anderen Blätter auswählen sollte.

Oh Mann. Ich war echt düster drauf.

Genervt über mich selbst gab ich mir einen Ruck und wollte zu den Hörsälen gehen, als ich Jamie entdeckte. Der Typ war so riesig, dass er alle anderen weit überragte, wodurch man ihn kaum übersehen konnte. Zum Glück war er von einer Traube Freunden umringt und entdeckte mich so nicht.

Hastig duckte ich mich weg und versteckte mich hinter den Aufstellern mit den Essensplänen. Ich wollte auf keinen Fall von Jamie Sullivan in ein Gespräch verwickelt werden. Der Kerl hatte die Angewohnheit, dermaßen eloquent auf mich einzureden, dass ich jedes Mal kurz davor war, in seine Umweltschutztruppe einzutreten, bloß damit er aufhörte zu reden.

Warum er derart einen Narren an mir gefressen hatte, war mir ein Rätsel.

Eigentlich hatte ich mich nur ein wenig mehr engagiert als andere. Nach dem Bohrinselunfall war eine Menge Öl ausgelaufen. Eine ähnliche Ölpest wie im Jahr 1969 war befürchtet worden. Damals waren vor Santa Barbara zwölf Millionen Liter Öl ins Meer geflossen und hatten zahlreiche Vögel und Meeresbewohner getötet. So schlimm war es zum Glück nicht gekommen, aber es reichte: Immer wieder wurden kleinere Ölteppiche angeschwemmt, die entsorgt werden mussten – und obwohl bei Weitem nicht so viele tote Tiere entdeckt wurden wie 1969, mussten trotzdem regelmäßig welche gerettet werden. Selbst Monate nach der Katastrophe.

Wann immer ich nicht in L. A. war, um den Ambrose-Brüdern zu helfen, engagierte ich mich parallel im Umweltschutz. Jede helfende Hand wurde benötigt, um die Strände rund um L. A. zu säubern. Ich machte einfach mit. Als ein Teil des Ölteppichs dann Santa Barbara erreichte, wusste ich bereits, was zu tun war: Mit Schaufeln bewaffnet hoben wir die ölverschmierten Sandbereiche aus und sammelten sie in Abfallbehältern, wo sie von der Stadt entsorgt werden mussten.

Das hatte in Jamies Augen Eindruck geschunden. Leider. Er war noch aufdringlicher geworden und ich noch besser darin, ihm auszuweichen.

Mann. Wann ging der Typ endlich? Ich musste zur Vorlesung! Leider hatte er es nicht eilig. Schließlich war ich gezwungen, Anne eine Nachricht zu schreiben.

Tess: Komme zu spät. Halt mir einen Platz frei. Danke!

Ich brachte es einfach nicht über mich, an Jamie vorbei zum Ausgang zu huschen. Statt ihn selbstbewusst zu passieren, versteckte ich mich lieber.

Ich schwor mir, darüber niemals zu jemandem ein Wort

zu verlieren. Das war zu erniedrigend. In der Sekunde verschwand Jamie endlich, und der Weg war frei. Ich rannte los und erreichte zeitgleich mit dem Professor den Hörsaal. Anne winkte mir bereits zu und deutete hektisch neben sich. Ich saß, noch bevor der Professor den Beamer startete und zu sprechen begann.

Völlig außer Atem kramte ich meine Sachen hervor und bemühte mich, aufzupassen. Leider war es egal, ob ich mich voll konzentrierte oder nicht. Das hier war höhere Mathematik. Nathan gab mir seit Wochen Nachhilfe, aber das Fach lag mir einfach nicht.

Sofort kam mir Annes Frage in den Sinn. Damals am Strand hatte sie mich provozieren wollen. *»Warum genau studierst du doch gleich Ökonomie? Bist du dir sicher, dass du dich beim Einschreiben nicht vertippt hast und eigentlich Ökologie nehmen wolltest?«*

Ich war ihr die Antwort schuldig geblieben und hatte mich rausgewunden. Dabei war ich mir am Anfang vollkommen sicher gewesen, das richtige Fach gewählt zu haben. Ich wollte kein reines Ökologie-Studium beginnen. Es ging mir viel mehr um die Verknüpfung von Umweltproblemen, Kapitalismus und Politikversagen. Umweltökonomie und Nachhaltigkeitsdenken. Das war mein Ziel. Ich wollte das Problem an den Wurzeln angehen: bei der Umweltpolitik. Leider kam das bei meinem aktuellen Studium eher nur am Rand vor, was ich sehr bedauerlich fand.

Lustlos schrieb ich mit und verstand dabei weniger als die Hälfte. Wenigstens war ich nicht die Einzige. Selbst Anne, die sich normalerweise für Mathe begeistern konnte, runzelte die Stirn. Zumindest konnten wir dann gemeinsam in der Lerngruppe über den Aufgaben schwitzen. Um nichts auf der Welt würde ich sie missen wollen.

Am Ende der Vorlesung schwirrte mir der Kopf, und ich war müde und deprimiert. Allerdings hatte ich fünf Nachrichten von unbekannten Leuten auf meinem Handy, die sich für mein leeres Zimmer interessierten.

Das erinnerte mich an meine Bastelaktion am Morgen und an Nathans Anruf. Hastig schrieb ich ihm eine Nachricht.

Tess: Wo steckst du? Ich dachte, wir sehen uns an der Uni? Soll ich in der Mensa einen Platz frei halten?

Nathan: Es gab Probleme mit Jack. Er sollte eigentlich bei Kane und den Mädchen unterkommen und stand stattdessen plötzlich vor meiner Tür. Jetzt muss ich erst mal zusehen, was ich mit ihm mache.

Ach, herrje. Das klang nach Ärger.

Tess: Wenn ich helfen kann, sag Bescheid!

Natürlich war mir klar, dass das eine reine Höflichkeitsfloskel war. Trotzdem tat es Nathan hoffentlich gut zu wissen, dass ich hinter ihm stand, selbst wenn ich beim Gedanken an Jack schauderte. Er war über ein halbes Jahr im Krankenhaus gewesen. Ich konnte mir nicht vorstellen, wie schlimm das gewesen sein musste. Dass er jetzt durch den Wind war, konnte ich verstehen. Aber was wollte er bei Nathan?

Den Rest des Tages verbrachte ich damit, Termine mit meinen potenziellen neuen Mitbewohnern und Mitbewohnerinnen auszumachen. Das würden harte Tage für mich werden. Vor allem vor den auf mich zukommenden Absagen graute es mir. Nicht gerade meine Traumaufgabe.

»Kannst du nicht mit dabei sein?«, fragte ich Anne hoffnungsvoll, die mir am späten Nachmittag Gesellschaft leistete.

Anne schüttelte vehement den Kopf. »Ne, lass mal. Du musst doch mit den Leuten klarkommen. Wenn ich mitrede, ändert sich die ganze Dynamik.«

Da hatte sie natürlich recht. Also musste ich da durch. Ob ich wollte oder nicht.

***

Die nächsten Tage gestalteten sich dann noch schlimmer als befürchtet. Die meisten der Interessierten waren total nett und wirkten auf den ersten Blick wie Menschen, mit denen ich gerne einen Kaffee trinken gehen würde. Aber mit ihnen zusammenwohnen? Das konnte ich mir schwer vorstellen.

Um mich besser entscheiden zu können, hatte ich kleine Karteikärtchen angelegt. Darauf notierte ich Pro- und Kontra-Argumente zu den einzelnen Personen und kam mir schäbig vor, sie derart auseinanderzunehmen. Gefühlt waren alle okay und keiner perfekt.

Heute wollte ich eine Entscheidung treffen. Zunächst war ich joggen gegangen, um einen freien Kopf zu bekommen. Natürlich mit meiner obligatorischen Mülltüte im Gepäck. Einer der Bewerber war Jogger. Dem wollte ich einen Extrapunkt geben. Eine Studentin machte Yoga. Auch ein Extrapunkt.

Dann lenkten mich mehrere PET-Flaschen an den Klippen ab, sodass ich erst wieder an mein WG-Problem dachte, als ich unter der Dusche stand. Ein Bewerber konnte klempnern, hatte er behauptet. Auch praktisch. Vielleicht konnte der ja endlich den tropfenden Wasserhahn reparieren.

Etwas beschwingter zog ich mich an, brühte Kaffee auf und zog mir die Karteikarten heran. Zeit, mich zu entscheiden. Da klingelte es an der Tür. Nanu? So früh am Morgen erwartete ich eigentlich keine Besucher. Sofort sprang ich auf, schnappte mir im Vorbeigehen meine Kaffeetasse und lief zur Tür.

»Nathan?« Erstaunt riss ich die Augen auf, vor allem, weil Nathan wie der leibhaftige Tod aussah: dunkle Ringe unter den Augen, die Haut blass und der Blick irgendwie unfokussiert.

»Wir müssen reden«, sagte er mit Grabesstimme.

»Komm rein.« Ich bedeutete ihm mit der Tasse in der Hand, an mir vorbei in die Wohnung zu treten.

»Krieg ich auch einen?«

»Klar.« Ich schlug die Tür hinter ihm zu und folgte ihm in die Wohnküche, wo er sich wie selbstverständlich auf einen Stuhl plumpsen ließ. Dabei stöhnte er leise auf.

Ich goss ihm erst mal eine Herzchentasse randvoll mit dem heißen Getränk und stellte sie ihm wie den heiligen Gral vor die Nase. Erst als er einen Schluck getrunken hatte und genießerisch die Augen schloss, setzte ich mich ihm gegenüber hin.

»Du machst immer noch den besten Kaffee der Welt«, brummte er.

»Ich weiß. Sollte das mit meinem Studium nichts werden, kann ich immer noch Barista werden.« Ich wartete, bis er die Augen wieder geöffnet hatte und mich ansah. »Was ist los?«

»Jack ist los.«

»Hast du ihn unterbringen können?«

»Wenn man das so nennen kann.« Nathan seufzte tief. »Er hat bei mir geschlafen. Er im Bett. Ich auf dem Boden. Ian war begeistert.«

Das konnte ich mir vorstellen. »Klingt nicht nach einer Dauerlösung.«

»Nein.« Er räusperte sich nervös, dann deutete er auf meine Karteikärtchen. »Ist es das, was ich glaube, dass es ist?«

»Was glaubst du denn, was das ist?«

Er hob die oberste Karte an und seufzte. »Ein Bewertungssystem für WG-Mitbewohner. Ernsthaft, Tess?«

Ich zuckte gelassen mit den Schultern. »Ich kann mich doch immer so schlecht entscheiden.«

»Und genau deshalb bin ich hier.« Er warf die Karte zurück auf den Stapel und legte mir eine warme Hand auf den Unterarm. Sein Blick wurde bettelnd. »Tess. Liebe, liebe Tess. Mein Herzensmensch. Meine Retterin. Du musst mir helfen, denn ich stecke tief in der Patsche.«

»Ich vermute, das hat mit Jack zu tun?«

»Er treibt mich schon nach einer Nacht in den absoluten Wahnsinn. Ein derart unruhiger Geist kann nicht auf zehn Quadratmetern mit zwei Kerlen zusammenwohnen. Ian will, dass er auszieht. Besser heute als morgen.«

»Aber warum ist er denn nicht bei Kane und den Mädchen? Da ist doch viel mehr Platz!«

»Jack trägt noch immer viele Verbände, läuft auf Krücken und hat durchgehend schlechte Laune. Auf keinen Fall will er den Mädchen Angst machen und sie beunruhigen. Sie haben in letzter Zeit schon genug durchgemacht.«

Ich starrte ihn an und bemühte mich wirklich, zu erfassen, was er von mir wollte. Als ich es verstand, ließ ich beinahe meine Kaffeetasse fallen. *Nein!* Das konnte nicht sein Ernst sein!

»Und jetzt bist du auf die grandiose Idee gekommen, dass Jack bei mir einziehen soll? In mein freies Zimmer?«, fragte ich schließlich in die Stille hinein.

Nathan nickte eifrig.

Ich hingegen zeigte ihm einen Vogel. »Jack und ich sind wie Feuer und Wasser. Wir würden uns gegenseitig an die Gurgel gehen. Das geht auf keinen Fall gut.«

»Ich gebe zu, dass es in der Hütte nicht ganz optimal gelaufen ist, aber da waren wir doch alle total angespannt. Jack ist in Wirklichkeit echt nett.«

Redeten wir da von derselben Person? Mir war natürlich klar, dass Jacks und mein Kennenlernen eher zu ungünstigen Zeiten stattgefunden hatte, aber letztlich änderte das nichts an den Tatsachen: Wir zwei waren inkompatibel. Durch und durch.

»Er nennt mich Prinzessin«, sagte ich schwach, um mich zu wehren.

»Weil du ihn als Neandertaler bezeichnest.« Nathan seufzte. »Komm schon, Tess. Ich weiß, ich verlange viel, aber das wäre unsere Rettung.«

»Warum sucht er sich denn keine kleine Wohnung in deiner Nähe?«

»Dafür fehlt uns das Geld.«

»Auch hier müsstet ihr bezahlen«, wandte ich ein.

»Das ist mir klar, aber das ist weniger, als es bei einer eigenen Wohnung der Fall wäre.«

»Such ihm eine andere WG.« Kaum hatte ich das gesagt, sah ich Nathans verkniffenen Gesichtsausdruck. »Aha!«, rief ich triumphierend. »Du weißt genau, dass kein Mensch auf der Welt Jack als Mitbewohner auswählen würde. Er ist der grummeligste Typ, den ich kenne.«

»Das stimmt nicht. Zumindest war er das in der Vergangenheit nicht. Momentan ... Er ist nicht er selbst, aber wenn wir ihm genug Zeit geben, wird das schon wieder. Was er braucht, sind Ruhe und ein Mensch, der ein klein wenig auf ihn achtet.«

»Du willst, dass ich ihn bemuttere?«, quietschte ich schockiert.

»Nein, nein«, widersprach Nathan rasch. »Ich will nur ...« Er fuhr sich mit der Hand übers Gesicht. Wenn er das machte, war er durch und durch gestresst. Kein Wunder. »Jack kann nicht bei mir wohnen bleiben. Ian lässt das nicht zu«, sagte Nathan schließlich ruhig. »Eine eigene WG mit ihm zu gründen ist für mich aber unmöglich. Sämtliche größere Wohnungen für eine WG sind belegt. Zu Kane will er auf keinen Fall. Du bist also meine letzte Hoffnung, und ... Vergiss es. Du hast recht. Das war eine Schnapsidee.«

Er stand auf und stellte seine Kaffeetasse in das Spülbecken, ließ Wasser ein und begann wie selbstverständlich, mein dreckiges Geschirr zu spülen. Verdammt. Der Typ war zu gut für diese Welt. Warum konnte er nicht mein Mitbewohner werden?

Als ich mir jedoch vorstellte, wie Ian und Jack dauerhaft zusammenwohnten, verstand ich Nathans Problem sofort. Ian war das reine Chaos, laut und redete ununterbrochen. Das passte nicht mit Jack zusammen. Aber ich und Jack? Das passte noch weniger.

Gleichzeitig wusste ich ganz genau, dass mir mein Helfersyndrom zum Verhängnis werden würde. Mein Herz wollte Nathan unbedingt helfen, und mein verräterischer Verstand flüsterte mir zu, dass ich es zumindest versuchen konnte. So schlimm war Jack sicherlich nicht. *Oder?*

»Jack wird das niemals wollen«, sagte ich schwach.

»Er hat keine Wahl, aber fühl dich bitte nicht verpflichtet. Mir fällt schon was ein.«

Mann! Der Kerl war echt gut darin, mein schlechtes Gewissen zu aktivieren. Schließlich seufzte ich tief. »Okay, okay. Wenn Jack sich drauf einlässt, dann mach ich das auch.«

Nathan ließ mit einem Krachen meinen Lieblingsteller in das Waschbecken plumpsen und drehte sich mit vielen Wasserspritzern auf dem Shirt zu mir um. »Ehrlich?«

»Ehrlich. Allerdings gibt es Bedingungen.«

»Die wären?«

»Die mache ich lieber direkt mit Jack aus.«

Nathan nickte fleißig, wusch mit doppelter Geschwindigkeit das restliche Geschirr ab und eilte dann zur Tür, nicht ohne mir im Vorbeigehen einen raschen Kuss auf die Wange zu geben. »Ich hole ihn, okay? Dann können wir alles besprechen.«

Zu einem »Ich freu mich« konnte ich mich nicht durchringen. Stattdessen nickte ich lediglich und fragte mich gleichzeitig, in was für eine Scheiße ich mich da reingeritten hatte.

Mal wieder.

Jack

»Schniekes Haus«, sagte ich und starrte das Gebäude misstrauisch an. Es befand sich direkt am Strand, war viergeschossig und trotzdem kein Betonklotz wie die anderen Wohngebäude rundherum. Hübsche Blumen auf den einzelnen Balkonen zeugten davon, dass hier nicht nur Studierende wohnten. Alles wirkte edler und gepflegter als zum Beispiel das Studierendenwohnheim, in dem Nathan mit Ian hauste. »Da drin soll ich wohnen?«

»Jap«, antwortete Nathan seltsam knapp. Sofort fachte das mein Misstrauen noch weiter an. Wann immer Nathan ausweichende Antworten gab, war Vorsicht geboten, denn sonst war er eher redselig.

»Wo hast du denn diese Spitzen-WG so plötzlich aufgetrieben?«, hakte ich unbarmherzig nach und versuchte, einen Blick auf die Türschilder zu erhaschen. Leider hatte ich nicht gesehen, wo Nathan geklingelt hatte.

»Glück und Können.«

Er tat geheimnisvoll. Na, das konnte heiter werden. Genervt und gleichzeitig neugierig humpelte ich hinter ihm in einen frisch geputzten Hausflur hinein. Definitiv keine Studentenbutze. Oder es hausten hier lediglich die gut betuchten Studierenden, die sich eine Putzfrau leisten konnten.

»Ich schätze mal, wir nehmen den Fahrstuhl?«, fragte Nathan mich.

»Es gibt einen Fahrstuhl?«, antwortete ich ungläubig. *Scheiße*. Das war zu gut, um wahr zu sein.

Weil ich nicht sofort geantwortet hatte, hielt Nathan bereits auf den kleinen Aufzug seitlich neben dem Eingang zu. Okay. War mir recht.

Die Fahrstuhltür öffnete sich mit einem leisen *Pling*, und Nathan schob mich regelrecht hinein. Ich ließ ihn gewähren und bemühte mich gleichzeitig, mein Spiegelbild nicht zu genau zu betrachten. Warum war dieser blöde Aufzug bloß verspiegelt? Scheißteil. Ich mochte es gleich viel weniger.

Früher war ich ein Frauenmagnet gewesen. Offenbar hatte ich richtig gut ausgesehen, selbst wenn ich nicht viel auf mein Äußeres gegeben hatte. Seit dem Unfall drehte sich niemand mehr zu mir um. Die Narben im Gesicht, meine Krücken und meine zusammengesackte Haltung sorgten dafür, dass die Leute durch mich hindurchsahen. Am Anfang hatte mich das nicht so gestört, doch je länger der Zustand anhielt, desto mehr knabberte ich daran. Was, wenn ich für immer an diesen verdammten Krücken hängen blieb?

Der Fahrstuhl war erstaunlich leise. Theoretisch hätte mich das beruhigen sollen, doch das Gegenteil war der Fall. In das abgewrackte Wohnheim von Nathan passte ich besser als in diese Hochglanzbude. *Fuck.*

Der Aufzug hielt im dritten Stock und spuckte uns auf einen ordentlichen Flur mit netten Fußabtretern vor jeder Tür. *Herrje.* Ich humpelte von Willkommensgruß zu Willkommensgruß und stoppte schließlich zusammen mit Nathan an einer Matte, die nicht ganz so zuckersüß daherkam.

»Die Welt ist am Arsch«, stand dort in fetter Schrift. Darunter war ein Planet in der Form eines Hinterns abgebildet. Was sollte mir das jetzt bitte sagen? Entweder dahinter hauste ein morbider Mensch, ein Umweltfanatiker oder …

Die Tür wurde aufgerissen.

… oder das Prinzesschen.

Tess starrte mich finster an, ohne auch nur ein einziges Wort zu sagen. Augenblicklich erinnerte ich mich an einen denkwürdigen Besuch im Krankenhaus. An ganz klare Drohungen und fieses Druckmachen. Sie hatte mir deutlicher als jeder andere zu verstehen gegeben, dass ich mich nicht aufgeben durfte. Dass ich kämpfen musste.

Und dass sie mich verachten würde, wenn ich es nicht täte.

Genau das hatte tatsächlich dafür gesorgt, dass ich mich zusammengerissen hatte. Mein Brummen hatte ich weitgehend abgestellt, genau wie meinen Rückzug in mich selbst. Zumindest nach außen hin. Innerlich hatte ich mich gewunden. Noch immer fühlte ich mich seltsam hohl. Vernarbt. Nur versteckte ich das sorgsam hinter einer Mauer aus Coolness und Stärke.

Bis zu dem Moment, in dem ich entlassen worden war und feststellen musste, dass nichts mehr so war wie zuvor. Ich war der Kerl auf Krücken, der nur mühsam von A nach B kam. Der

Typ, der nicht von allein aus dem Sofa hochkam. Der ein Mittagsnickerchen machen musste.

Also hatte ich wieder gebrummt und mich in mich zurückgezogen – und prompt kam das Karma wie ein Bumerang zu mir zurück.

In Form von Tess.

Scheiße.

Ich hatte wirklich keinen Bock darauf, dass sie mich ein zweites Mal durchleuchtete und schon wieder ins Schwarze traf. Eigentlich hatte ich fest vorgehabt, ihr zukünftig aus dem Weg zu gehen.

Und jetzt sollte ich bei ihr einziehen? Im Leben nicht!

»Nathan ist auf die glorreiche Idee gekommen, dass du bei mir wohnen darfst. Ich habe gesagt, dass das eine Schnapsidee wäre, aber er wollte nicht hören. Also werde ich dir eine Chance geben. Tritt ein in mein Prinzessinnenschloss mit rosafarbenen Vorhängen und Einhornkissen.«

Urgh. Das wurde ja immer schlimmer.

»Sie verarscht dich nur, du Dummkopf«, ging Nathan dazwischen. »Tess, komm schon. Hör auf, ihn zu provozieren, bevor er überhaupt über die Türschwelle getreten ist. Könnt ihr drinnen weiterkeifen? Oder euer gegenseitiges Abneigungskonto auf null setzen und noch mal ganz neu beginnen?« Mein Bruder wollte mich an Tess vorbeidrücken. Doch diesmal ließ ich mich nicht so einfach von ihm schieben. Ich rührte mich nicht von der Stelle.

Während meiner Krankenhauszeit hatte ich arg abgenommen, vor allem an Muskelmasse. Das hieß aber nicht, dass Nathan mich herumschubsen konnte. Ich stemmte mich gegen seinen Griff und setzte meine finsterste Miene auf.

»Vergiss es, Nathan. Das hier brauchen wir gar nicht erst zu versuchen. Reine Zeitverschwendung. Ins Prinzessinnenschloss kriegen mich keine zehn Pferde.«

»He! Ich hab dich im lächerlichen Krankenhausleibchen ertragen müssen. Da kannst du ja wohl meiner Wohnung einen

Blick gönnen«, warf Tess ein. Als sie mein angriffslustiges Funkeln in den Augen bemerkte, seufzte sie tief. »Okay. Nathan hat recht. Lass uns noch mal von vorne beginnen. So ganz vorurteilsfrei. Ich bin übrigens Tess.«

Sie hielt mir ihre Hand entgegen. Ich hätte sie vermutlich genommen, aber dann wäre ich leider umgefallen. So langsam verließen mich nämlich meine Kräfte, und ich war schlicht nicht mehr dazu in der Lage, ohne Hilfsmittel zu stehen. Das hätte ich aber nie im Leben zugegeben.

Also nickte ich stattdessen lediglich. »Ich bin Jack«, sagte ich augenverdrehend. Wie albern konnte man sich fühlen? »Hübsche Türmatte. Heute schon die Welt gerettet, indem du ein paar bösen Umweltsündern ihren weggeworfenen Müll hinterhergetragen hast?«

Tess starrte mich an. Eine Sekunde. Zwei. Dann wandte sie sich übergangslos an Nathan. »Schaff diesen Lackaffen aus meinen Augen«, sagte sie, trat zurück und hätte uns vermutlich die Tür direkt vor der Nase zugeschlagen, wenn ich nicht instinktiv den Fuß dazwischengeschoben hätte. Den, an dem leider mein zerschmettertes Bein hing, wohlgemerkt.

Keine Ahnung, warum ich etwas derart Dämliches tat. Eine alte Angewohnheit von mir? Pure Dummheit? Reflex? Jedenfalls war der Stoß der Tür mörderisch und schickte einen derartigen Schmerz durch meinen gesamten Körper, dass mir die Spucke wegblieb.

Ich brach zusammen. Einfach so. Vermutlich wäre ich schmachvoll zu Boden gegangen, wenn Nathan mich nicht halbwegs aufgefangen hätte. Leider verhedderte er sich in meinen Krücken und stürzte ebenfalls. Zum Glück landete er nicht auf meinem Bein, sondern ließ sich geistesgegenwärtig gegen die Tür fallen, die daraufhin gegen Tess stieß und sie straucheln ließ.

Auch sie versuchte, uns irgendwie vorm endgültigen Fall zu bewahren – mit dem Ergebnis, dass sie direkt neben mir auf dem Boden landete.

Anders als ich sah sie dabei allerdings ziemlich niedlich aus. Die Nase gekräuselt. Die Augen verwirrt aufblitzend. Und, ja, ich gebe es zu: Einen Moment hatte ich tatsächlich einen hübschen Einblick in ihr Dekolleté.

Ich konnte so was sogar genießen, auch wenn ich kurz vorm Kotzen war durch den Schmerz.

»Verdammte Scheiße«, brachte Nathan es schließlich auf den Punkt. »Ihr zwei treibt mich noch in den Wahnsinn.« Schnaufend kam er auf die Knie. Auch Tess kam hoch. Nur ich lag da, neben mir meine verdammten, in mich verhedderten Krücken, wie gefallene Mikadostäbe.

In der Sekunde verließ mich jeglicher Kampfgeist. Mein Bein brannte wie die Hölle.

Nathan sprach mich an, doch auf eine Antwort musste er verzichten. Ich war gerade mit meinem brodelnden Magen beschäftigt. Wenn ich jetzt auch noch auf Tess' bekloppte Türmatte kotzen musste, hätte das den letzten Rest meines ohnehin zusammengeschmolzenen Stolzes pulverisiert. Für immer.

»Jack sieht nicht gut aus«, meinte ich aus Tess' Mund zu hören. Oder hatte das Jack gesagt? Ne. Moment. Ich war Jack.

»Nimm die Krücke da weg. Jack! Mann. Konzentrier dich.«

Konzentrier dich. Guter Witz.

Jemand nahm mir die Krücken weg. Vermutlich vier Hände packten mich unter den Achseln, zogen an mir. Ich schlug einen Arm recht rüde fort, woraufhin alle Hände verschwanden.

»Lasst mich«, fuhr ich die beiden an und bemühte mich, möglichst klar zu sprechen.

»Jack, du ...«

»Ich ruf einen Krankenwagen.« Wieder Tess.

»Wehe. Ich schwöre dir, wenn du das tust, dann ...« Ich brachte meine Drohung nicht zu Ende, denn eigentlich hatte ich keine Ahnung, was *dann* hätte geschehen sollen. *Dann* sprach ich nie wieder mit ihr? Hatte ich eh nicht vor.

»Du bist so ein Arsch«, antwortete sie mir prompt in einem Tonfall, der schneidender kaum hätte sein können. »Ich will dir nur helfen, du Neandertaler.«

Okay. Deeskalation. Das war die einzige Richtung, die ich jetzt noch einschlagen konnte. Ich bemühte mich, tief einzuatmen, klarer zu denken. »Sorry«, brachte ich irgendwie hervor, doch selbst in meinen Ohren klang die Entschuldigung fahl und unglaubwürdig. Immerhin gelang es mir, Nathan eine Hand hinzuhalten. Er verstand sofort, packte zu und zog mich in die Höhe, stützte mich parallel unter den Achseln. Auch Tess sprang hinzu. Mir wäre es lieber gewesen, wenn sie sich rausgehalten hätte, doch die Wahrheit sah düster aus: Ich brauchte sie als Stütze.

Mann.

Irgendwie bekamen sie mich durch einen durchaus hübschen Flur ins Wohnzimmer bugsiert, wo sie mich auf der durchgesessensten Couch aller Zeiten absetzten. Nathan schob mir einen alten Schemel unter die Beine, und das Feuer in meiner Seite wurde weniger. Ich konnte durchatmen.

Erst jetzt bemerkte ich, dass ich meine Finger tief ins Polster gebohrt hatte. Weil ich meine Zähne so fest zusammengebissen hatte, um den furchtbaren Schmerz aushalten zu können, tat mir der gesamte Kiefer weh. Von meinem klatschnass geschwitzten Hemd ganz zu schweigen. Wie peinlich. Tess musste quasi in meinem Schweiß gebadet haben.

Nathan kam mit einer riesigen Packung tiefgefrorener Erbsen zu mir. »Wohin?«, fragte er mich.

Ich deutete aufs Knie. Auf den Oberschenkel. Scheiße. Auf das ganze Bein. Er entschied sich für das Knie und die Hälfte des Oberschenkels.

Uff. Das tat gut.

In der gesamten Zeit hatte ich die Augen fest zusammengekniffen. *Atmen, Jack*, feuerte ich mich an. *Gleich geht es besser. Gleich!*

Als ich nach gut fünf Minuten Höllenqualen die Lider vorsichtig öffnen konnte, blickte ich als Allererstes in die schönen braunen Augen von Tess. Sie stand etwa einen Meter von mir entfernt und hatte die Fäuste vor Schreck gegen den Mund gepresst.

»Das wollte ich nicht«, hauchte sie. »Echt nicht. Das mit der Tür … deinem Fuß … sorry. Großes Sorry.«

»Wenn der Vollidiot die Tür nicht hätte blockieren wollen, wäre das alles nicht passiert. Du kannst da rein gar nichts für.« Nathan gab mir einen Klaps gegen den Hinterkopf, den ich definitiv verdient hatte. »Geht's wieder?«, hakte er dann etwas milder gestimmt nach.

Ich konnte lediglich nicken, allerdings war mein gesamter Körper noch immer in Aufruhr, und mir war nach wie vor schlecht.

Die beiden blieben wie festgetackert neben mir stehen und starrten mich an, was ich äußerst unangenehm fand. Vor allem die mitleidigen Blicke gingen mir unter die Haut und fachten meine Wut an. Eine Wut, die ich seit dem Unfall wie einen festen Ball in mir trug. Teilweise hasste ich mich sogar selbst. Wobei, teilweise? Eigentlich so gut wie immer.

»Könntet ihr mich außerhalb dieses Zimmers bemitleiden?«, brachte ich schließlich leicht hechelnd hervor. »Gebt mir einen Moment.«

»Jack, meinst du nicht, du …«

»Gebt mir einen Moment!«, fuhr ich Nathan an. Fast sofort bedauerte ich meinen Tonfall, allerdings sorgte er dafür, dass mein Bruder sich fügte – wenn auch widerwillig.

Tess und er verließen das Zimmer.

Erschöpft lehnte ich meinen Kopf gegen die Couch und bemühte mich, meinen Körper wieder unter Kontrolle zu kriegen. Wann wurde es denn endlich besser? Wie lange konnte ein Mensch den Scheiß ertragen? Jeden Tag ertrank ich in einem endlosen Kampf gegen das Feuer in meinem Bein.

Und jetzt hockte ich in Tess' Wohnzimmer auf ihrer Blümchencouch. Mein Bein lag auf einem Omahocker, und von der Wand starrte mich ein fluffiges Robbenbaby an. Darunter stand übergroß geschrieben: *Lass mir mein Fell. Es steht mir besser als dir.*

Ich musterte ungläubig das Bild und fragte mich, ob ich in der Vorhölle gestrandet war. Und ob es noch schlimmer kommen konnte.

KAPITEL 5

Tess

Ich machte uns erst mal einen Kaffee und kippte Nathan auf Nachfrage einen Schnaps hinein. Mein Kumpel sah nicht sehr viel besser aus als sein Bruder, der gerade zusammengesunken auf meiner Couch lag.

»Sollen wir nicht vielleicht doch einen Krankenwagen rufen? Jack macht den Eindruck, als hätten wir ihm sein Bein erneut zerschmettert«, merkte ich nach kurzem Zögern an.

Nathan schüttelte den Kopf und nahm einen tiefen Schluck vom Kaffee. Gleich darauf spuckte er ihn quer über den Tisch. »Hilfe, Tess! Wie viel Schnaps hast du da denn reingepackt?«

»Meine Spezialmischung gegen Schock. Trink. Das wird dir helfen. Nur Jack darf davon nichts haben. Ich bin mir unsicher, ob sein Medikamentencocktail damit kompatibel ist.« Ich setzte mich, schnappte mir Nathans Tasse und gönnte mir selbst einen Schluck. Normalerweise trank ich selten was, aber heute hatte ich das Bedürfnis, meinen Kopf in Nebel zu hüllen.

Bloß änderte das auch nichts am eigentlichen Problem.

»Und jetzt?«, fragte ich.

»Wir warten.«

Also warteten wir. Und warteten. Und warteten. Nach gut eineinhalb Stunden wurde es mir zu blöd. »Was macht er denn da? Ist er eingeschlafen? Meditiert er?«

»Er berappelt sich. Lass ihm Zeit. Sonst wird er nur wieder zum Neandertaler.« Als sich auch nach einer weiteren Stunde nichts tat, setzte Nathan diesen schrecklichen Hundeblick auf, der immer dann zum Einsatz kam, wenn er etwas von mir wollte. »Könnte er vielleicht hier übernachten? Bitte. Quasi als Testlauf?«

»Was denn für ein Testlauf? Jack wird niemals hier einziehen. Niemals!«

»Er braucht Hilfe. Das hast du doch gesehen.«

Grrrr. Nathan wusste genau, was für Knöpfe er bei mir drücken musste, um mein Mitgefühl zu wecken. Das Ärgerliche daran war, dass es tatsächlich funktionierte. Was ich vorher als unmöglich erachtet hatte, zog ich jetzt ernsthaft in Erwägung.

»Na gut. Er kann bleiben. Eine Nacht. Aber nur auf der Couch.«

Die Erleichterung in Nathans Augen zu sehen berührte mich sehr. Schlagartig wirkte er weniger blass und müde. »Das ist toll«, sagte er rasch. »Wenn du willst, bleib ich über Nacht hier.«

»Und wo willst du schlafen? Die Couch ist belegt, genau wie mein Bett. Nathan, du siehst aus, als würdest du gleich im Stehen einschlafen. Fahr nach Hause. Leg dich in dein eigenes Bett. Mit Mr. Superneandertaler komme ich schon klar. Glaube ich zumindest. Falls nicht, schicke ich ihn postwendend zu dir zurück.«

Nathan hatte dennoch sichtlich Sorge, mir seinen Bruder nach den Geschehnissen im Flur aufs Auge zu drücken. Sein Ursprungsplan hatte vermutlich einen deutlich agileren Jack einkalkuliert. Wir wechselten von der Küche ins Wohnzimmer und musterten unseren Patienten. Ob Jack jetzt schlief, nur so tat oder ohnmächtig war, blieb unklar. Er reagierte auf keine Fragen, was laut Nathan nicht so wahnsinnig viel aussagte. Jack neigte dazu, seine Umgebung auszublenden.

»Ich wünschte, du würdest dich irren, aber ich fürchte, du hast recht. Ich muss mich echt hinlegen. Jack hat mich die ganze letzte Nacht wach gehalten, und ich muss unbedingt büffeln. Also wenn das wirklich okay für dich ist, dann verdrücke ich mich jetzt. Jack wird sich ohnehin schlafend stellen. Falls es ihm schlechter geht, ruf den Krankenwagen und ignorier seinen Protest.«

Na, das waren ja tolle Aussichten. Als wahnsinnig gute Freundin nickte ich trotzdem brav, musste Nathan danach aber regelrecht aus der Wohnung schieben.

»Sei lieb!«, rief er seinem Bruder zu und hörte sich dabei an, als würde er seinen Hund ermahnen. »Ärger Tess nicht und …«

Ich schnitt ihm rigoros das Wort ab, indem ich die Tür direkt hinter ihm zuknallte. Diesmal schob kein Volltrottel sein zerschmettertes Bein dazwischen. Ein Fortschritt.

»Danke«, kam es trocken aus dem Wohnzimmer.

»Ausnahmsweise mal gern geschehen«, antwortete ich im gleichen Tonfall. Wenigstens hatten wir jetzt den Beweis: Jack lebte und stellte sich lediglich schlafend. Ich blieb im Türrahmen vom Wohnzimmer stehen und starrte den monströsen Typen auf meiner geblümten Couch an. Wie war das denn bloß passiert?

»Brauchst du was?«, fragte ich eher widerwillig.

»Nope.«

»Wasser?«

»Nope.«

»Noch ein Kühlkissen?«

»Nope.«

»Unterricht in Manieren?«

Ich meinte, ein ganz leichtes Lächeln auf seinen Lippen zu entdecken. Hätte aber auch ein ärgerliches Schmollen sein können. »Geh ruhig mit deinen Puppen spielen, Prinzesschen. Ich komm klar.«

»Das sehe ich«, antwortete ich. »Dann leide du mal still vor dich hin. Ich geh ins Bett und hoffe, dass das alles nur ein skurriler Albtraum gewesen ist.«

Die Antwort kam erst, als ich fast schon in meinem Raum verschwunden war. »Schlaf gut«, sagte Jack ganz, ganz leise.

»Du auch«, erwiderte ich, schlüpfte in mein Zimmer und schloss die Tür. Die eine Nacht würden wir ja wohl hinter uns bringen, ohne uns gegenseitig zu lynchen. Hoffte ich zumindest.

Ich brütete gerade über einer Übung zu Bilanzierungen, als es erneut an meiner Tür klingelte. Verwirrt sah ich auf die Uhr. Wochenlang bekam ich keinen einzigen Besuch und dann an einem Tag gleich mehrmals? Und das zu immer skurrileren Zeiten? Mittlerweile war es kurz vor zehn.

Vielleicht hatte es sich Nathan doch anders überlegt und holte seinen Bruder ab?

Müde und zerschlagen vom Büffeln und von den Ereignissen des Tages zog ich mir meinen dünnen Bademantel über und tappte zur Wohnungstür. Im Wohnzimmer rührte sich nichts.

»Wer ist da?«, fragte ich misstrauisch.

»Ich bin's. Komm. Mach auf, Tess.«

Die Stimme kam mir bekannt vor, doch konnte ich sie zunächst nicht zuordnen. Trotzdem machte ich auf. Weil ich neugierig war. Weil ich vertrauensselig war. Weil ich doof war.

Einen Moment brauchte ich, um in dem schwankenden, betrunkenen Etwas vor mir den Verlobten meiner Schwester zu erkennen. Seine Haare standen ihm wirr zu Berge, sein Blick huschte unruhig umher, und er stank zum Himmel. Nach Alkohol und Zigaretten.

»Dan?«, fragte ich ungläubig und entdeckte zeitgleich drei weitere Typen im Flur. Sie wirkten allesamt eher unglücklich.

»Hey, Tess«, grüßte mich der Mann direkt hinter Dan. Vage erinnerte ich mich, dass er Dans bester Freund und auch Trauzeuge war. Blieb trotzdem die Frage, was sie von mir wollten.

»Wir müssen reden«, lallte Dan und machte Anstalten, in meine Wohnung kommen zu wollen.

Nie im Leben!

Ich hielt ihn auf, indem ich ihm meine Hand auf die Brust legte und ihn zurückdrückte. Was war heute los, dass ich ständig Leute daran hindern musste, in mein Heim einzudringen?

»In dem Zustand bestimmt nicht«, sagte ich selbstbewusst und mit möglichst fester Stimme. In Wirklichkeit zog sich mein Magen vor Schreck zusammen, und meine Kehle wurde eng. Mein gesamter Körper war blitzartig in Alarmbereitschaft.

Dans Auftauchen konnte nichts Gutes bedeuten. Das letzte Mal hatten wir uns bei der desaströsen Aussprache mit Mum und Dad gesehen. Soweit ich mich erinnerte, hatte er sich auf ihre Seite geschlagen und war mir und Natalie mehr oder weniger in den Rücken gefallen. Er war es auch gewesen, der mich aufgefordert hatte zu gehen.

Der Bitte war ich nachgekommen. Und hielt mich bis heute von meiner Familie fern.

»Was willst du hier?«, sprach ich schließlich die Frage aller Fragen aus und sah dabei seinen Kumpel hinter ihm an, vor allem, weil der erneut versuchte, ihn zurückzuziehen.

»Komm schon, Dan. Wir gehen«, bat sein Trauzeuge eindringlich.

»Lass mich.« Dan machte sich ruckartig von ihm los und gleichzeitig einen Schritt Richtung Tür. Diesmal eindeutig bedrohlicher als zuvor. Er wollte ernsthaft in meine Wohnung.

Ich krallte mich mit beiden Händen am Türrahmen fest und versperrte den Eingang. Sollte ich sie zuschmettern? Dan aussperren? Das war bei Jack ziemlich schiefgegangen.

»Wo ist die scheiß Einladungskarte für dich?«, lallte mein Schwager in spe mit schwerer Zunge. »Du kannst nicht zu unserer Hochzeit kommen. Ich werde das verhindern.«

Wenn er mir fest in den Magen getreten hätte, wäre das Gefühl vermutlich ganz ähnlich gewesen. Das war also der Grund für sein Auftauchen. Vor Schock konnte ich mich kaum rühren, geschweige denn antworten.

»Natalie glaubt, dass die Hochzeit *die* Gelegenheit ist, um den Familienstreit beizulegen. Völliger Blödsinn. Wenn du kommst, sprengst du bloß die Feier«, blubberte Dan nur schwer verständlich. Das Blitzen in seinen Augen beunruhigte mich jedoch. Da war viel Wut und Frust zu erkennen. »Natalie ignoriert meine Einwände. Sie vermisst dich. Allerdings ist sie die Einzige. Keiner will dich dahaben. Jeder ...«

»Dan, hör auf. Komm schon. Das hier willst du nicht wirklich auf so eine Weise ausfechten«, ging der Trauzeuge dazwischen, doch Natalies Verlobter ließ sich weiterhin nicht wegziehen.

Stattdessen hob er nun sogar seinen Zeigefinger und fuchtelte damit vor meiner Nase herum. »Wehe, du setzt dein Kreuz bei ›Ich komme‹. Wenn ...«

Ein Krückstock schob sich an mir vorbei. Ich brauchte einen Moment, um zu kapieren, was vor sich ging. Dann sah ich Jack, der sich an mir vorbeischob und sich drohend vor Dan aufbaute.

»Mach die Biege, du Arsch«, knurrte er. »Sonst setzt es was.«

Dan stierte Jack verwirrt an. In seinem vernebelten Gehirn war vermutlich kein Platz für einen Hünen auf Krücken und mit einem mörderischen Funkeln in den Augen. »Äh«, machte er lediglich, während Jack bereits die Faust ballte.

Ich stand ungläubig halb von ihm verdeckt hinter ihm und starrte auf seinen breiten Rücken. Jeder Muskel darin war angespannt. Beinahe meinte ich das Testosteron riechen zu können. Was ...

Scheiße. Wollte Jack etwa wirklich zuschlagen? Ich packte seinen Arm von hinten, bevor er etwas Dummes tun konnte. Dan war zwar alkoholisiert, boxte aber seit Jahren – leider mit seinen beiden Saufkumpanen im Flur. Ich bezweifelte, dass Jack mich auf seinen Krücken lange verteidigen konnte. Ganz davon abgesehen, dass das unnötig war.

Mit aller Kraft zerrte ich an Jacks Arm, bis ich mich quasi daran vorbeiquetschen konnte. Gar nicht so einfach. Für einen Kerl auf Krücken stand er wie eine Eins.

»Willst du Ärger?«, nuschelte Dan wie befürchtet. Mittlerweile war seine Überrumpelung verschwunden. Er roch einen Kampf und einen einfachen Sieg.

»Hier will niemand Ärger«, unterbrach ich das drohende Unheil und baute mich so gut es ging zwischen den beiden auf. Okay. Das war jetzt nicht besonders eindrucksvoll. Beide Männer konnten sich bequem über meinen Kopf hinweg anstarren.

In meiner Not legte ich Dan erneut beide Hände auf die Brust und drückte ihn weg. Sein Trauzeuge reagierte zum Glück auf die Bewegung und zog in die gleiche Richtung. Dadurch zwangen wir Dan, zumindest einen kleinen Schritt nach hinten zu machen – fort von Jack.

»Es ist jetzt besser, wenn du gehst«, sagte ich eindringlich.

»Das mach ich auch, aber erst, wenn du dieses verkackte Häkchen an der richtigen Stelle gesetzt hast. Wehe, du kommst zu meiner Hochzeit.«

»Glaub mir: Nach diesem Auftritt habe ich noch viel weniger Lust, dort aufzukreuzen«, versicherte ich ihm mit bebender Stimme. *Jetzt bloß nicht heulen. Sonst eskaliert das hier komplett.*

Eigentlich hatte ich mich immer recht gut mit meinem Schwager in spe verstanden und ihn als gute Partie für meine Schwester angesehen. Vielleicht musste ich das noch mal überdenken.

Als Dan drohend einen Finger in meine Richtung hob, veränderte sich die Stimmung erneut.

»Verpiss dich bloß, du Affenarsch«, knurrte Jack. Zeitgleich schob sich eine Krücke seitlich an mir vorbei, um Dan weiter nach hinten zu befördern.

Dieser explodierte förmlich. Mit einer Hand versuchte er, mich zur Seite zu drücken, um an Jack ranzukommen. Ich duckte mich instinktiv, um einem möglichen Schlag auszuweichen, und rammte ihm kurzerhand meinen Kopf in den Bauch, um ihn wegzuschieben. Der Trauzeuge taumelte, als Dan gegen ihn stieß. Er fluchte. Jack schnaubte verächtlich.

Vermutlich wäre Dan nun deutlich rabiater gegen mich vorgegangen. Zum einen, weil ich ihm mit meiner Kopframmmethode garantiert wehgetan hatte. Zum anderen, weil er echt besoffen war und unbedingt an Jack ranwollte.

»Ich ruf gleich Natalie an«, brachte ich keuchend hervor. Das wirkte. Dans Hände verharrten in der Bewegung, was sein Trauzeuge nutzte und ihn endlich komplett aus unserem Türeingangsbereich zurückzog.

»Wir gehen«, sagte er eindringlich zu ihm. »Wenn Tess Natalie anruft, bekommst du den Einlauf deines Lebens. Das hier war eine beschissene Idee.«

»Der ganze Abend ist beschissen«, antwortete Dan giftig. In meine Richtung brüllte er: »Wegen dir wird meine ganze Hochzeit beschissen! Ständig muss ich mir das Geheul von Natalie anhören. Ständig ist Drama. Ich kann's nicht mehr hören. Verschwinde aus unserem Leben, damit das endlich aufhört!«

»Dan, es reicht.« Der Trauzeuge schaffte es, den Rüpel die ersten drei Stufen runterzuschieben. Die anderen Typen folgten ihm. Bevor er ebenfalls verschwand, drehte er sich noch mal zu mir um.

»Sorry. Echt, Tess. Tut mir leid. Aber ich schätze, das hier sollte dir eine Warnung sein. Wenn du dir selbst einen Gefallen tun willst, dann bleib der Hochzeit fern.«

Ich konnte lediglich nicken und ließ parallel die Tränen laufen. Der Abend war der pure Horror. Schlimmer hätte er sich wirklich nicht entwickeln können.

Ich drehte mich erst zu Jack um, als ich die Haustür unten ins Schloss knallen hörte. Meine unwillkommenen Gäste waren fort. Zumindest die meisten. Einer war noch da.

»Bist du komplett irre?«, fragte ich zunächst ruhig, verlor dann aber die Fassung, sodass ich losbrüllte. »Dan hätte dich und dein Bein zu Mus verarbeitet!«

»Mit dem wäre ich fertiggeworden.«

»Ach, ja? Du bist vor Anstrengung ganz grün im Gesicht, du

Möchtegern-Superheld. Schon mal gehört, dass die Zeiten für solche Machoaktionen vorbei sind? Ich kann das selbst regeln und brauche keinen testosterongesteuerten Kerl, der anstatt zu reden die Fäuste fliegen lassen will.«

»Das sah für mich aber ganz anders aus. Der Typ wollte zu dir reinkommen und hätte das auch getan, wenn ich ihn nicht daran gehindert hätte.«

»Glaubst du das ernsthaft? Du …« Ich unterbrach mich, weil unser Streitgespräch im gesamten Hausflur zu hören war. Kurzerhand schob ich Jack rücklings in die Wohnung. Mit den Fersen schloss ich die Tür und funkelte den Hünen vor mir böse an. »Das hier ist meine Wohnung«, zischte ich ihn an. »Und ich brauche keinen Neandertaler, der sie für mich bewacht.«

»Das sehe ich aber anders, Prinzesschen.«

»Kümmer dich gefälligst um deinen eigenen Kram und misch dich bei mir nicht ein. Ich komme zurecht.«

»Ach ja? Dein Auftritt war nicht gerade filmreif. Was lässt du dich von dem Arsch so vorführen? Wer war das überhaupt? Und warum sollst du nicht auf seine bekloppte Hochzeit gehen – mal abgesehen davon, dass du generell auf diese Hochzeit verzichten solltest? Es sei denn, du willst den Affenarsch genau dann mit Eiern beschmeißen, wenn er gerade seine Braut küssen will. Falls das der Plan ist, bin ich dabei und bringe gerne meine Kartoffelkanone mit.«

Diese Aussage war so surreal, dass ich einen Moment brauchte, um sie zu erfassen. Als ich verstand, sorgte das zumindest dafür, dass ich mich beruhigte. »Du kapierst nicht, wie ernst die Sache für mich ist«, sagte ich erschöpft und winkte ab. »Vergiss es, Neandertaler. Geh wieder auf die Couch und ruh dich aus, damit ich dich morgen rausschmeißen kann, ohne ein schlechtes Gewissen haben zu müssen.«

Ich drehte mich um und wollte in mein Zimmer gehen, da spürte ich eine Hand an meinem Arm. Jack hielt mich nicht wirklich fest, trotzdem verharrte ich. »Ich geb es zu. Das Verhalten war nicht okay. Weder das von Dan noch von mir. Sorry. Worum es da auch immer ging: Lass dich nicht fertigmachen.«

Jacks ruhiger, beinahe freundlicher Tonfall irritierte mich mehr, als wenn er rumgebrüllt hätte. Seine verständnisvollen Worte sorgten allerdings nur dafür, dass der Kloß in meiner Kehle größer wurde. Daher nickte ich lediglich knapp und flüchtete mich in mein Zimmer.

Was für ein Abend. Was für eine Nacht. Hoffentlich kam da nicht noch mehr.

Jack

Ich starrte die Tür an, hinter der Tess verschwunden war. *Ja, klasse gemacht, Jack. Ganz toll.* Den Karren hatte ich voll gegen die Wand gedonnert.

Keine Ahnung, was da eben mit mir los gewesen war. Als der Typ Tess derart angegangen war, hatte ich rotgesehen. Eigentlich mied ich grundsätzlich Streitigkeiten, die mich nichts angingen. Streit hatte es in meinem Leben schon genug gegeben. Auch in Form von körperlichen Auseinandersetzungen. Und obwohl man mir das nicht zubilligte, war Zuschlagen immer mein letztes Mittel der Wahl. Ich hasste Gewalt, selbst wenn man aufgrund meiner Statur etwas anderes erwartete. So war das nun mal mit Vorurteilen.

Und jetzt hatte ich genau dieses Vorurteil genährt.

Tess hielt mich ab sofort wirklich für einen hirnlosen Neandertaler. Ich konnte es ihr nicht mal verdenken. Wie bescheuert von mir, Dan herauszufordern. Allein an seiner Haltung hatte ich ablesen können, dass er mir als Gegner haushoch überlegen war. Noch vor ein paar Monaten wäre das anders gewesen. Da hätte ich ihn schon durch einen Blick oder ein drohendes Zucken meiner Muskeln zum Schweigen gebracht. Aber heute?

Dass Tess auf sich aufpassen konnte, war mir durchaus bewusst. Sie war tough. Klein, aber oho. Und trotzdem. In dieser Sekunde hatte ich eingreifen müssen. Denn etwas an ihrer Haltung war ein Alarmsignal für mich gewesen. Es hatte mich an mich selbst erinnert.

An einen Menschen ohne Ausweg. Ohne Fluchtmöglichkeit. Ohne Hilfe.

Ich ballte die Hände zu Fäusten und atmete tief ein und aus, bemühte mich, das Adrenalin aus meinen Adern zu verdrängen. Leider kehrten damit auch die Schmerzen in meinem Bein zurück. Müde und zerschunden humpelte ich wieder zurück zur Couch und versuchte, eine halbwegs erträgliche Liegeposition zu finden. Vergebens.

Die meisten blickten nur auf das Bein, doch in Wahrheit bereitete mir der Rücken viel größere Probleme. Gut verborgen unter meinem T-Shirt und Lagen von Mull quälten mich Verbrennungen der Extraklasse. Theoretisch sollte ich sie jeden Tag mit einer Salbe eincremen, doch leider kam ich nicht wirklich an die entsprechenden Stellen auf meinem Rücken ran. Nathan zu fragen war gegen meinen Stolz gegangen, weshalb ich mich mit seltsamen Verrenkungen vor dem Spiegel begnügt hatte. Mit jedem Tag schuppte sich meine Haut allerdings mehr, die Verbrennungen wurden röter und wulstiger.

Zehn Minuten mühte ich mich damit ab, auf der Couch eine andere Position einzunehmen, die sowohl meinen Narben als auch meinem Bein gelegen kamen. Leider ohne Erfolg. Die Unterlage war zu weich. Mich auf den Boden zu legen war jedoch unmöglich. Nachher lag ich da wie ein gestrandeter Wal und konnte nicht selbst wieder hochkommen.

Hierbleiben war also keine Option. Zumindest nicht auf der Couch. Bei Nathan war es okay gewesen. Er hatte mir zumindest das Bett überlassen. Unvermittelt dachte ich allerdings an den müden Ausdruck in den Augen meines Bruders. An die herabhängenden Schultern. An die totale Erschöpfung, die von ihm ausstrahlte – und meine Umzugspläne verpufften. Um Amy hatte er sich lange genug Sorgen gemacht. Nein. Ich musste korrigieren. Auch um Amy machte er sich noch immer große Sorgen. Und dann war da jetzt die Angst um mich. Um unseren Plan für die Familie. Um das Finanzloch in unserem …

Fuck!

Ich stöhnte. Eine eigene Wohnung war momentan einfach nicht drin. Primaoil übernahm zum Glück die Kosten für die Behandlung und zahlte den Unfallopfern weiter die Löhne. Wegen einer Entschädigung verhandelten die Anwälte allerdings noch hart mit den Betroffenen. Momentan stellte sich Primaoil stur, weil es teilweise um hohe Summen gehen musste. Doch solange ich keine Entschädigung bekam, war das Geld für unsere Familie knapp.

Momentan war ich dafür zuständig, Geld heranzuschaffen, damit Nathan in Ruhe studieren gehen konnte. Später sollte Nathan dann die Finanzen der Familie übernehmen. Ich hatte uns immer ein Extra erarbeitet, indem ich jede Überstunde annahm, die ich kriegen konnte. Auch Gefahrenzulagen und Sonderaufträge waren lukrativ gewesen. Das fiel jetzt alles weg und machte sich in unserem Geldbeutel bemerkbar.

Also nein. Das Einzige, das ich mir leisten konnte, war vermutlich dieses bescheuerte kleine WG-Zimmer mit der Prinzessin als Mitbewohnerin. Eine gruselige Vorstellung. Beinahe noch gruseliger als die Aussicht darauf, die komplette Nacht auf dieser Couch verbringen zu müssen.

In der Sekunde reichte es mir. Ich war schon immer ein pragmatischer Typ gewesen. Vor allem, wenn ich Schmerzen hatte, war ich an schnellen, unkomplizierten Lösungen interessiert – selbst wenn die Ärger bedeuteten.

Also ja. Mir war durchaus klar, dass ich eine Schnapsidee hatte. Allerdings war mir das völlig egal. Hauptsache, ich konnte auch nur eine halbe Stunde schlafen. Vielleicht sah ich dann ja wie durch ein Wunder eine Lösung für all unsere Probleme auftauchen.

Erschöpft, zerschlagen und wirklich schlecht gelaunt kam ich auf die Beine und humpelte so leise wie möglich zum einzigen Zimmer mit einem Bett.

Vermutlich würde sich gleich die Hölle auftun. Verdenken konnte ich es ihr nicht. Ganz vielleicht konnte sie jedoch auch meine gut versteckte Verzweiflung spüren und akzeptieren, dass ich keine Wahl hatte.

Tess

Die Matratze senkte sich leicht. Dann tiefer und tiefer. *Meine Matratze*.

Sofort saß ich senkrecht im Bett und starrte verwirrt in die Dunkelheit. Außer Schatten sah ich nicht viel, aber das musste ich auch nicht. Das angestrengte Atmen neben mir sprach Bände.

»Keine Panik. Ich bin's nur.«

Keine Panik? »Jack?«, fragte ich ungläubig und spürte in dem Moment rechts von mir deutlich menschliche Wärme. Da war ein Körper, der momentan noch saß und Anstalten machte, sich hinzulegen.

»Was glaubst du eigentlich, was du da tust?«, quietschte ich. Erst jetzt pumpte Adrenalin durch meine Venen, hervorgerufen durch Stress und plötzliches Aufwachen. Mein Kreislauf fuhr abrupt hoch, weshalb mir ein wenig schwindelig war.

»Beruhig dich. Alles prima.«

Der Kerl hatte Nerven. »Nichts ist prima. Du legst dich hier gerade in mein Bett. In *mein* Bett. Soweit ich mich erinnern kann, habe ich dich nicht dazu eingeladen. Was dein Handeln extrem übergriffig macht.«

»Ich tu dir nichts. Ich leg mich nur hin. Bin ganz brav.«

Jack legte sich ernsthaft auf die Seite neben mich. Voll angezogen. Wenigstens hatte er die Schuhe nicht mehr an. »Bei dir piepts ja wohl. Raus aus meinem Bett.«

»Bei mir piept es vor allem in den Ohren. Jetzt hör auf hier rumzukeifen. Ich liege ganz am Rand. Du wirst mich nicht mal bemerken.«

»Ich hab dir großzügigerweise die Couch überlassen. Das muss an Hilfsbereitschaft reichen. Mein Bett geht echt zu weit.«

»Die Couch ist unbequem. Zu kurz.«

»Dann leg dich auf den Boden. So wie es ein richtiger Neandertaler halt macht.«

»Dieser Neandertaler liegt aber lieber in einem fluffigen Bett neben der Prinzessin.«

»Nur dass diese Prinzessin kurz davor ist, den Neandertaler im Schlaf zu erdrosseln. Raus. Sofort!«

Er rührte sich nicht. Stattdessen seufzte er abgrundtief. Ich spürte das Vibrieren sogar in der Matratze. »Ich gebe es nicht gern zu, aber dieser Neandertaler ist nicht mehr in der Lage dazu, in seine Höhle zu kriechen. Wenn er einmal auf dem Boden liegt, kommt er niemals wieder hoch. Von der Couch ganz zu schweigen. Die bringt mich schneller um, als du es tun könntest.«

Das ernüchterte mich für ein paar Sekunden. »Dann nimm mehr Schmerzmittel.«

»Die Familie Ambrose hat eine sehr spezielle Meinung zu Schmerzmitteln. Ich bin bei der maximalen Dosis angekommen für Medikamente, die nicht abhängig machen. Alle anderen gehören in den Bereich der Morphine. Bevor ich die nehme, muss mir schon mein Bein amputiert worden sein.«

Okay. Das klang nach einer Geschichte hinter der Geschichte. Was seine Familie anging, war Nathan ausgesprochen zugeknöpft. Er sprach höchstens von seinen Brüdern, selten von seinen Schwestern – und niemals von seinen Eltern. Mir war längst bewusst, dass in der Vergangenheit etwas Schreckliches geschehen sein musste. Nur was, wusste ich nicht. Irgendwann würde Nathan es erzählen, hatte ich angenommen. Freiwillig.

Wird wohl Zeit, dass ich da mal genauer nachhake. Die ganze Situation war völlig surreal. Da hockte ich im Stockdunkeln neben einem riesigen Kerl, der es sich in meinem Bett bequem gemacht hatte. Na ja. Bequem war es eher nicht. Er lag am äußersten Rand, die Arme fest an den Körper gepresst.

Und jetzt? Ich konnte ihn schlecht gewaltsam aus meinem Bett schubsen. Vermutlich hätte ich das sogar geschafft, nur wäre er beim Aufprall vor Schmerz ohnmächtig geworden. Außerdem hatte er womöglich recht, und wir würden ihn kaum wieder auf die Beine bekommen.

Mann!

Mit einem leisen Fluch stand ich auf, holte eines von meinen vielen Dekokissen und hielt es ihm hin. »Hier. Für dein Bein.«

»Was soll ich damit?«

»Leg es unter deine Stinkefüße. Lager das Bein hoch. Das wird helfen.«

»Ui. Darf ich das als Friedensgeste werten und als wohlwollendes Entgegenkommen, in deinem Bett liegen bleiben zu dürfen?«

»Ich gestatte dir eine Nacht ganz am Rand dieser Matratze. Glaub nicht, dass ich auf die Couch umziehe. Die ist zugegebenermaßen zum Schlafen nicht sehr bequem.«

Jack lachte leise. Ein interessantes Geräusch, das ich noch nie von ihm gehört hatte. Genervtes Grunzen, verächtliches Knurren oder ratloses Schnauben kannte ich mittlerweile von ihm. Das hier war neu.

Ich half ihm, sein Bein hochzulagern. Danach krabbelte ich wieder auf meine Seite des Bettes. Ein seltsames Gefühl. Bislang hatte ich hierin keinen Kerl liegen gehabt. Für Liebschaften hatte ich schlicht keine Zeit – und auch keinen Nerv. Ich musste mich voll aufs Studium konzentrieren. Da mied ich derlei Ablenkungen.

Allerdings hatte ich mir meine erste Nacht mit einem Mann in diesem Bett definitiv anders vorgestellt. Wenigstens roch er gut. Erstaunlich gut.

Ich drehte ihm den Rücken zu und bemühte mich, keinen Muskel zu rühren. Leider blieb der Schlaf aus. Ich war einfach zu aufgeregt. Zu viel Adrenalin. Zu viel … Jack in meiner Nähe.

Erschwerend kam hinzu, dass er bei jedem Ausatmen leicht stöhnte. Es war kaum zu hören, aber trotzdem eindeutig. Der Kerl litt vor sich hin.

»Langsam verstehe ich, warum Ian dich aus seinem Zimmer geschmissen hat«, murmelte ich genervt.

»Was denn? Ich lieg doch hier ganz brav und rühre keinen Muskel.«

»Du stöhnst.«

»Tu ich nicht.«

»Tust du wohl. Bei jedem Ausatmen ist da ein leises Seufzen. Das ist nicht mal ein Vorwurf. Es ist nur schwer zu ertragen.«

»Ian hat das Stöhnen garantiert nicht gestört. Der schnarcht so laut, dass man kaum was anderes hören kann.«

»Und warum hat er dich sonst rausgeschmissen?«

Jack schwieg so lange, dass ich keine Antwort mehr erwartete. »Neugierige Prinzessinnen müssen nicht alles wissen«, sagte er schließlich.

»Diese Prinzessin aber schon. Zumindest wenn der Neandertaler in ihrem Bett bleiben will.«

Ich hörte Jacks verärgertes Zähneknirschen überdeutlich in der Stille meines Zimmers. Er rang mit sich. Ich wartete und war erstaunt, als ich tatsächlich eine Antwort erhielt. »Ich hab seinen dämlichen Computer aus dem Fenster geschmissen und zugegebenermaßen damit beinahe einen anderen Studenten erschlagen. Mal ganz davon ab, dass der Computer jetzt Kernschrott ist.«

Ungläubig drehte ich mich zu Jack um. »Du hast Ians Allerheiligstes aus dem Fenster geworfen?«, hakte ich nach.

»Jupp.«

»Aber warum denn?«

»Weil er genervt hat. Der Computer. Und Ian.«

»Aber …«

»Lass gut sein, Tess. Es war eine dämliche Aktion. Bei mir sind die Sicherungen durchgebrannt, ich hab überreagiert und mich nicht beherrschen können. Und Nathan muss das jetzt ausbaden.«

»Nicht nur er.«

Jack antwortete mit einem leicht amüsiert klingenden Schnauben. Konnte aber auch Verärgerung sein. »Mir tut das alles ehrlich leid, aber … um Nathans willen: Kannst du es dir noch mal überlegen mit meinem Rausschmiss? Ich weiß sonst echt nicht, wohin.« Er klang beinahe flehend, aber nur beinahe. Trotzdem berührte mich der Ton unter seinen Worten. Jack war am Ende. Er kämpfte noch, war aber so angeschlagen, dass er nicht mehr lange durchhalten konnte. Ich kannte diesen Ton noch von meinem Bruder. Damals hatte ich ihn überhört. Überhören wollen. Ich war viel zu sehr mit meinen eigenen kleinen Dramen beschäftigt gewesen, um auf diese Schwingung aufmerksam zu werden. Ich hatte es bitter bereut. Bis heute.

Ach, Mann. Genervt drehte ich mich wieder von Jack weg und biss mir auf die Lippen, um keine Antwort zu geben, die ich später bereute. Mir war trotzdem klar, dass ich ihm so oder so entgegenkommen würde. Für Nathan. Für die kleinen Schwestern. Womöglich auch für Jack.

»Na gut«, gab ich nach einer gefühlten Ewigkeit inneren Kampfes von mir. »Du darfst bleiben. Auf Probe.«

Jack war vermutlich neben mir eingedöst, sodass er eine Weile brauchte, um meine Worte zuordnen zu können. »Cool«, sagte er dann müde.

Kein »Danke«. Nur »Cool«.

Aber ich bildete mir ein, so was wie Dankbarkeit zu hören.

Den Rest der Nacht verbrachten wir still nebeneinander. Keine Ahnung, ob Jack wirklich schlief. Ich dämmerte jedenfalls nur ein wenig vor mich hin und dachte dabei über den nächsten Morgen nach. Über den Tag mit Jack. Über eine gemeinsame WG.

Als es endlich Zeit zum Aufstehen war, war ich regelrecht erleichtert. Sechs Uhr. Zeit, es anzupacken. Ich hüpfte aus dem Bett, kritzelte meine Gedanken der Nacht rasch auf einen Zettel und hüpfte damit bewaffnet zurück ins Bett. »Wach auf, lieber Jack. Es gibt viel zu tun.« Nach kurzem Zögern zwickte ich dem Hünen in meinem Bett in die Nasenwurzel. Das wirkte. Er setzte sich mit einem letzten, kaum hörbaren Schnarcher im Bett auf und stöhnte laut, sobald die Bewegung den Schmerz in seinem Bein auslöste.

»Fuck, Tess!«

»Dir auch einen schönen guten Morgen, mein Engelchen.« Ich drückte ihm kommentarlos den Zettel in die Hand. »Dein Mietvertrag inklusive Zusatzklauseln, extra für dich.«

Jack musste mehrmals blinzeln, ehe er es schaffte, im Hier und Jetzt anzukommen. Ärgerlicherweise bemerkte ich durchaus, dass er dabei recht hübsch und beinahe süß aussah. *Nein, stopp!* Der Kerl konnte nicht süß aussehen … Trotzdem. Irgendwie wirkte er momentan nicht ganz so kernig wie sonst. Verletzlicher.

Lag vielleicht auch am Kissenabdruck in seinem Gesicht und dem müden Ausdruck in den winzig kleinen Augen.

»Können wir das mit dem Mietvertrag nicht erst nach dem Kaffee erledigen?«, knurrte er böse, woraufhin ich wortlos das Blatt umdrehte.

»Deine Zusatzklauseln. Extra für Neandertaler.«

»Kein Geknurre am frühen Morgen«, las er laut vor.

»Ich bin ein Sonnenschein und möchte deine schlechte Laune nicht ständig ertragen müssen. Du wirst also mit meinem Frohsinn klarkommen müssen oder dir ein anderes Zimmer suchen«, erläuterte ich vergnügt und hielt ihm den Stift für eine Unterschrift hin.

Jack ignorierte meine Geste, denn er las weiter. Beim nächsten Punkt bekam er große Augen. »Kein offenes Feuer im WG-Zimmer?« Er ließ das Papier sinken und sah mich fragend an.

»Neandertalerhöhle. Erinnerst du dich?«

»Du tickst echt nicht mehr sauber.«

Daraufhin tippte ich heftiger auf den nächsten Punkt. »Kein Beleidigen der Vermieterin. Für jedes ›Prinzessin‹ ist eine Abgabe von einem Dollar in die Fluchkasse abzugeben, und solange du wegen deines Beins keinen Müll am Strand aufsammeln kannst, wirst du dich anderweitig bilden, um deinen ölverseuchten Fußabdruck auf diesem Planeten auszugleichen. Du wirst dir jeden Abend einen kurzen Vortrag, wahlweise auch einen Kurzfilm, über Umweltkatastrophen reinziehen. So lange, bis du es kapiert hast.«

»Ich schätze, Katastrophen hatte ich schon genug.«

»Ganz genau. Denk mal drüber nach, was dir dein Job eingebracht hat. Du bist nicht der Erste, der unter dem Kapitalismus der …«

»Bitte! Bitte, liebste Tess. Mein Kopf explodiert. So früh am Morgen ertrage ich das noch nicht. Ich bin nicht blöd. Echt nicht. Ich weiß schon ganz genau, dass Primaoil umstritten ist, gerade bei euch Umweltfuzzis …«

Erbost tippte ich auf die Zeile darüber. »Keine Beleidigungen, erinnerst du dich? Dazu gehört auch das Wort ›Umweltfuzzi‹. Es sind gerade …«

»Tess! Scheiße. Lass gut sein. Nathan hat eigentlich gesagt, dass du gar nicht so eine bist.«

»Eine was?«

»Eine, die jeden bekehren will. Lass es einfach. Okay?«

Ich atmete tief durch. Überlegte. Dann nickte ich. »Ein Vortrag, einmal die Woche?«, schlug ich vor.

Widerstrebend gab Jack nach. »Meinetwegen. Solange du nicht wegen jeder Kleinigkeit Streit mit mir anfängst.«

Huldvoll nickte ich. »Abgemacht.«

Wir wechselten einen kämpferischen Blick, dann las Jack weiter. »Keine ungebetenen nächtlichen Besuche mehr im Zimmer der Vermieterin. Na, endlich ein Punkt, dem ich in vollem Umfang beistimme. Kein … Egal. Gib den Stift her. Ich unterschreibe.« Nur Sekunden später stand sein Name neben meinem und ich hatte das Gefühl, womöglich eine echte Dummheit begangen zu haben. Letztlich wusste ich aber, dass ich keine Wahl gehabt hatte.

Ich hatte zugestimmt, für Nathan. Für meinen eigenen Geldbeutel. Für Jack.

Es würde schon gutgehen. Es musste.

»Dann rufe ich mal Nathan an und sag ihm, dass ich bei Ihrer Hoheit eingezogen bin«, unterbrach Jack meine düsteren Gedanken. Als er meinen finsteren Ausdruck bemerkte, grinste er mich frech an. »Was? ›Prinzessin‹ darf ich nicht mehr sagen. Von ›Eurer Hoheit‹ stand da nichts. Oder wäre dir ›Königstochter‹ lieber? ›Infantin‹? ›Durchlaucht‹?«

Was hatte ich mir mit dem Kerl bloß eingebrockt?

KAPITEL 6

Jack

Hätte mir jemand in der einsamen Strandhütte erzählt, dass ich eines Tages bei Tess einziehen würde – ich wäre aus dem Lachen nicht mehr herausgekommen. Tess und ich waren schlimmer als Wasser und Öl. Eine Mischung, die bei einer falschen Bewegung explodierte.

Erstaunlicherweise bewegten wir uns nun jedoch einen Schritt aufeinander zu, um gemeinsam unsere Probleme zu lösen.

Nathan war völlig aus dem Häuschen, als er mich am Morgen bei Tess besuchte. Wir hatten uns nicht umgebracht. Nie im Leben hatte er damit gerechnet, dass sein Plan wirklich aufgehen würde, es war vielmehr eine Verzweiflungstat gewesen. Umso erfreuter reagierte er, als er uns beide lebend antraf.

»Wir kaufen dir sofort ein Bett. Ein paar Möbel. Deinen Seesack und den ganzen Kram bringe ich dir rüber und …«

»Nathan, hol erst mal Luft!«

»Können wir dein Auto haben, Tess? Sonst wird das schwierig mit dem Bett.«

Tess kannte das offensichtlich längst, denn sie holte bereits den Schlüssel. Wie üblich warf sie mir einen mahnenden Blick zu. »Ich fahre«, machte sie klar und spielte damit auf einen längst vergangenen Streit auf dem Weg zur Strandhütte an. Damals hatte ich gewonnen.

Ich gab klein bei. Dass ich momentan überhaupt nicht Auto fahren konnte, ließ ich unerwähnt. Es reichte schon, dass mich jeder für einen Vollinvaliden hielt. Da musste ich das nicht ständig betonen.

Auch beim spontanen Einkauf kam ich mir völlig fehl am Platz vor. Als wäre ich ein Statist meines eigenen Lebens. Tess und Jack liefen wie selbstverständlich von einem Bett zum nächsten, riefen mich zu dieser Lampe, zeigten mir jenen Schrank. Mir war das alles völlig egal, solange ich möglichst zügig mein Bein wieder hochlegen konnte. Das zu sagen ging aber gegen meinen Stolz. Das schwächste Glied in der Kette zu sein war eine völlig neue Erfahrung. Eine, auf die ich gerne verzichtet hätte.

Im Stillen verfluchte ich erst die beiden, dann mein Bein und anschließend wie immer Primaoil, bei denen ich Riesendepp gegen den Rat meiner Brüder angeheuert hatte. »Ihr müsst nicht für mich entscheiden«, sagte ich irgendwann deutlich gereizter, als für die erste Ermahnung eigentlich angemessen gewesen wäre. In letzter Zeit passierte es mir immer öfter, dass mir von jetzt auf gleich der Geduldsfaden riss. Der war noch nie besonders stabil gewesen, aber seit dem Unfall war er noch dünner. Kein Wunder. Mit ständigen Schmerzen rumzulaufen war auf Dauer nicht gut für die Gesundheit. Mein Arzt hatte mir schon mehrmals ins Gewissen geredet, eine höhere Schmerzmitteldosis zu akzeptieren. Morphine zu nehmen. Ich hatte ziemlich deutlich gemacht, was ich davon hielt. Jetzt musste ich mit den Konsequenzen leben – genau wie meine Umwelt.

Energisch pfiff ich einen Verkäufer ran. »Ich nehme ein Bett, das wir direkt mitnehmen können. Das hier? Perfekt. Dazu die Matratze da, Hauptsache härter. Die sieht gut aus. Den Schrank. Hässlich, aber praktisch. Die komische Lampe da drüben ist die hellste und diesen Nachttisch bitte, weil der günstig und breit ist. Dazu die passende Birne für die Lampe und ein paar Kleiderbügel für den Schrank. Haben Sie Sortierfächer, die man dazu kaufen kann? Ja? Dann nehme ich die auch. Das muss nichts Neumodisches sein. Die mit der einfachsten Aufteilung. Wie teuer wird das? Wo kann ich unterschreiben?«

»Aber das Bett ist total schmal«, warf Nathan ein. »Und die Lampe ist hässlich.«

»Das Bett reicht mir völlig und passt wenigstens ins Auto – im Gegensatz zu dem Monsterteil, das ihr mir ausgesucht habt. Das Aussehen der Lampe ist mir scheißegal. Hauptsache, sie leuchtet und ich kann was lesen.«

»Du kannst lesen?« Das war Tess. Ihr waren die Worte vermutlich nur so rausgerutscht, jedenfalls wurde sie augenblicklich rot.

Ich warf ihr einen genervten Blick zu und ignorierte ihre Frage. Unser Neandertal-Prinzesschen-Ding musste warten. Die Schmerzen in meinem Bein waren bestialisch, und mein Rücken brachte mich um. Das war echt nicht mehr lustig.

Ich bemühte mich, gelassen und kompetent zu wirken. Das sorgte in der Regel dafür, dass alles schneller ablief. Wenn ich auch nur das Wort Schmerzen in den Mund nahm, würde Nathan gleich wieder das Ruder übernehmen wollen. Was das anging, schoss mein kleiner Bruder manchmal übers Ziel hinaus. Nicht, dass er das nicht konnte. Im Organisieren war er wirklich großartig. Ich war nur leider schlecht darin, jemanden meine Angelegenheiten regeln zu lassen.

So schnell es ging, wickelte ich die Zahlung der Möbel ab und ließ mich dann hinter Tess und Nate zurückfallen, um mich heimlich auf einer Couch auszuruhen. Sie war jedenfalls deutlich bequemer als das Höllenteil von Tess. Vermutlich suchten die beiden mich bereits und hielten mich für ein undankbares Arschloch, aber besser ein Arschloch als ein hilfsbedürftiger Kerl, der nicht mal ein Bett kaufen konnte, ohne zusammenzuklappen.

Nachdem ich mich so weit berappelt hatte, dass ich keine Sternchen mehr sah, raffte ich mich auf. Ich schlich mich an Tess vorbei, die gerade eine wesentlich schönere Lampe als die von mir erwählte beäugte, und kaufte mir im kleinen Café des Möbelhauses eine Cola, um wieder auf Touren zu kommen. Als ich gerade das Wechselgeld einsteckte, entdeckte Tess mich.

»Wo bist du denn gewesen? Lässt uns einfach hier im Möbelhaus stehen wie zwei Volldeppen. Nathan sucht dich schon überall«, fuhr sie mich an.

»Ich war pinkeln. Wird ja wohl erlaubt sein«, antwortete ich, trank die Cola auf ex und warf die Dose in den Müll. »Können wir dann heimfahren, Mami?«

»Du Riesenarsch«, entgegnete sie.

»Besser ein Riesenarsch als eine Helikoptermama. Die produzieren nämlich Riesenärsche.«

»Wir sind hier, um dir zu helfen! Falls es dir entgangen sein sollte: Dein verdammtes Bett transportieren wir mit *meinem* Auto in *meine* Wohnung. Da kann man ja wohl erwarten, dass du nicht einfach verschwindest. Du könntest …«

»Bist du fertig? Ja? Dann lass uns gehen. Deine kleine Dramaszene ist mir peinlich.«

»Dir ist das hier peinlich? Was meinst du …?« Tess atmete zischend ein und aus. »Ach, weißt du, was? Das ist mir langsam zu blöd. Sieh doch zu, wie du dein dämliches Bett in mein Auto bekommst.«

Damit drehte sie sich um und stapfte davon, die kleinen Hände zu festen Fäusten geballt, der gesamte Körper vor Verärgerung angespannt. Ich musste zugeben, dass sie in diesem Moment unfassbar süß aussah. Ihr standen sogar die lilafarbenen Haare ein klein wenig ab, zumindest sah es so aus. Vermutlich lag es allerdings eher an der seltsamen Möbelhausluft, die alles elektrisierte.

Ich gönnte mir noch einen kurzen Blick auf ihren knackigen Po, ehe ich mich an das aus meiner Sturheit resultierende Problem machte. Wenn ich ihr die Wahrheit gesagt hätte, wäre sie wahrscheinlich verständnisvoll gewesen. »Dein Bein tut weh?

Du musstest dich hinlegen? Natürlich. Mach du ruhig. Ich kümmere mich um alles.« Es hätte tatsächlich die einfachere Lösung bedeutet – eine, die mir ganz und gar nicht behagte.

Allein der Gedanke verursachte mir Bauchgrimmen.

Ich trieb zwei kräftige Kerle auf, die mir für zehn Dollar die Pakete in den Wagen hievten. Dabei tauchte dann auch endlich Nathan auf, der ebenfalls mit mir schimpfte, allerdings nur kurz. Er hatte schlicht keine Energie mehr, um seinen älteren Bruder zu bemuttern, zumal ich längst eine eigene Lösung gefunden hatte. Zwar teurer und uneleganter, aber auf das Ergebnis kam es an. Ich sparte mir jegliche Erklärungen, da Nathan Lügen roch und die wiederum seine Neugierde erweckten.

Tess ließ uns verständlicherweise ein wenig in der heißen Sonne Kaliforniens auf einem überfüllten Parkdeck warten, ehe sie sich wieder zu uns gesellte. Schweigend stieg sie in den Truck ein, eine eiskalte Aura um sich herum. Höchstwahrscheinlich bereute sie ihren Entschluss bereits, mich bei sich wohnen zu lassen.

Tja, zu spät, kleines Prinzesschen.

Ich unterließ es allerdings, Öl ins Feuer zu gießen. Mir war durchaus klar, dass ich mich wie ein Arsch aufführte, nur sah ich keine andere Möglichkeit. Nathan und Tess besaßen diesen enervierenden Beschützerinstinkt, der mich wahnsinnig machte. Da musste ich die beiden schon auf Abstand halten, um gelassen bleiben zu können.

Das Bett in den Aufzug zu bekommen brachte mich fast um. Tess ließ uns unten am Auto allein und stapfte ins Haus, ohne sich noch einmal umzudrehen. Nathan schimpfte erneut mit mir und rief schließlich genervt Ian an. Der half nur zu gerne. Hauptsache, ich kehrte nicht in seine WG zurück und warf mit seinem Computer um mich. Seit meinem Ausraster behandelte er mich wie einen Molotowcocktail. Er war distanziert, kühl und sehr, sehr vorsichtig, damit ich nicht explodierte.

Alles klar. Damit kam ich gut zurecht.

Ich humpelte hinter den beiden her und schwor mir, so schnell wie möglich wieder mit anpacken zu können. Um das vor mir selbst zu beweisen, erlaubte ich Nathan lediglich, mein Bett aufzubauen. »Den Rest schaff ich allein«, grummelte ich.

»Und wie?«

»Ich bin erwachsen. Da kann ich ja wohl einen verdammten Schrank aufbauen. Ihr habt schon genug getan.«

Nathan und Ian sahen sich ratlos an und gaben sich dann geschlagen. Mittlerweile roch es in der gesamten Wohnung verführerisch nach Pizza. Tess hatte ein riesiges Blech vorbereitet, warf mir allerdings weiterhin feindselige Blicke zu. Ich beschloss spontan, mich ihrer schlechten Laune lieber zu entziehen, bevor die Sache bereits vor meinem endgültigen Einzug komplett eskalierte.

»Ich bin nicht hungrig«, sagte ich deshalb und nickte Nathan und Ian knapp zu. »Danke fürs Anpacken. Ab jetzt komme ich klar.« Damit schob ich die beiden quasi aus meinem Zimmer, schloss die Tür hinter ihnen und lehnte mich dagegen. *Fuck.*

Ich schleppte mich auf mein neues Bett und ignorierte dabei die restlichen Pakete um mich herum. Dafür hatte ich später noch Zeit.

Mit zusammengebissenen Zähnen ertrug ich das Brennen in der Hüfte möglichst tapfer. Dabei war das noch nicht mal das Schlimmste. Auch nicht die Kompressionskleidung, die ich wegen meiner Verbrennungen tragen musste. Sie machte mich wahnsinnig, genau wie der Juckreiz auf meiner heilenden Haut oder die durch ständige Schonhaltung verspannten Muskeln. Das war ätzend, aber überlebbar. Nein. Viel gruseliger als all das waren die Nächte, in denen ich mich dem stellen musste, was ich tagsüber ignorieren konnte.

Mein Unterbewusstsein kramte immer und immer wieder dieselben Bilder hervor. Bilder, die ich definitiv vergessen wollte. Verdrängen musste.

Flammen. Todesangst. Pete.

Tess

Ich grinste, als ich die Sprachnachricht von Amy abhörte. Sie schrie beinahe in den Hörer.

> **Amy:** Du bist mit Jack zusammengezogen?! Bist du verrückt geworden? Erinnerst du dich noch an die Zeit in der Hütte? Ich meine, damals ging es mir echt dreckig, aber das hab sogar ich in meinem Zustand mitbekommen: Jack und du – ihr seid zusammen eine wandelnde Katastrophe. Bitte, Tess. Sag, dass das ein ganz schlechter Scherz ist. Sonst sehe ich mich gezwungen, meine Reha abzubrechen und Jack persönlich aus meinem alten Zimmer zu schmeißen.

Um zu antworten, brauchte ich zwei Anläufe. Es musste beruhigend, lustig und deeskalierend klingen. Ich traute Amy nämlich durchaus zu, tatsächlich ihre Reha abzubrechen und zu meiner Rettung zu eilen.

> **Tess:** Jack und ich haben einen Deal. Wir reißen uns am Riemen und versuchen es. Wenn's nicht klappt, muss er sich eine neue Bleibe suchen. Eine richtige Alternative hatten wir nicht. Ich brauchte dringend einen Mitbewohner, er konnte nirgendwohin. Außerdem helfen wir Nathan damit. Mach dir keine Sorgen. Es wird schon funktionieren.

* * *

Leider irrte ich mich. Und wie! Die nächsten Tage war ich schwer damit beschäftigt, meinen Ärger herunterzuschlucken. Ich war wirklich niemand, der anderen seine Meinung aufdrückte. Mir war längst klar, dass ich nicht alle bekehren konnte. Umweltschutz ging alle etwas an, und ich wurde nicht müde, das an bestimmten Stellen deutlich zu machen. Nur nicht ständig. Aufdringlichkeit und Besserwisserei verärgerten die Leute nur und sorgten dafür, dass sie in den entscheidenden Momenten nicht zuhörten.

Bei Jack kam ich jedoch an meine Grenzen.

Er ließ jede Nacht das Licht an. Komplette Beleuchtung. Den Nachttisch hatte er nicht mal aufgebaut und nur die Lampe auf den Boden neben das Bett gestellt. Die brannte ständig. Genau wie die Funzel an der Decke.

Ich ignorierte es. So gut es ging.

Doch dass er drei Mal am Tag duschen ging, war für mich schwer zu ertragen. Drei Mal? Und dann brauchte er Stunden im Bad. Stunden! Ohne Unterlass lief das Wasser, und ich fragte mich schon lange, was er da trieb.

Leider konnte ich nicht nachfragen, denn er wäre sofort ausgeflippt, hätte mich wieder Prinzessin genannt oder wäre wortlos an mir vorbeigegangen. Gleichzeitig hatte ich aber auch die Nase voll davon, in meiner eigenen Wohnung wie ein Geist herumzuhuschen und jedes Wort auf die Goldwaage zu legen. So hatte ich mir ein Zusammenleben auf keinen Fall vorgestellt. Ich war ungern allein. Die Schwere meiner Gedanken belastete mich in diesen Momenten beinahe unerträglich. Bereits die Anwesenheit eines anderen Menschen half mir normalerweise, nicht in die Dunkelheit abzurutschen. Jack hingegen verursachte das genaue Gegenteil. Er war wie eine dunkle Wolke, die sich langsam über uns ausbreitete. Finster und bedrückend.

Zunächst fraß ich alles in mich rein, dann merkte ich jedoch, dass ich mit jemandem darüber reden musste. Also schrieb ich Amy eine Nachricht.

Tess: Okay. Das mit Jack entwickelt sich in eine unschöne Richtung. Er steht völlig neben sich und ist noch grummeliger als befürchtet. Was mach ich denn jetzt? Ich will ihn nicht vor die Tür setzen, aber mittlerweile ist es sogar so weit, dass ich möglichst wenig Zeit in der WG verbringe.

Amy: Wenn er dich anbrüllt, dann schmeiß ihn raus. Wenn er dich lediglich meidet, dann gib ihm noch ein paar Tage zur Eingewöhnung. Vielleicht will er nur vermeiden, dass ihr euch zofft, und geht dir deshalb aus dem Weg?

Tess: Das könnte durchaus sein. Okay. Ich geb ihm noch etwas Zeit und akzeptiere, dass er einfach nicht so ist wie du. Vielleicht nutze ich die Chance und mache wieder mehr mit den Mädels aus der Lerngruppe. Immer positiv denken und so!

Genau das tat ich dann auch, und ich stellte schnell fest, wie schön es war, mehr Zeit außerhalb der Wohnung zu verbringen. Anne tat mir mit ihrer fröhlichen Art sehr gut, und Lynn überredete mich zu einer Runde Shoppen, obwohl ich das normalerweise wirklich hasste.

Ich machte bei Yoga im Park mit, meldete mich bei Mathe-Nachhilfegruppen an und nahm sogar an einer gemeinsamen Müllsammelaktion teil. Da traf ich natürlich wieder unweigerlich auf Jamie, der sich prompt auf mich stürzte.

»Na, willst du dich uns endlich komplett anschließen?«, fragte er mit einem warmen Lächeln, das normalerweise Herzen zum Schmelzen brachte. Bei mir schmolzen lediglich meine Nerven. Ich hatte einfach keine Lust auf solche Gespräche.

»Ich bin Einzelkämpferin«, antwortete ich gereizter, als vermutlich angebracht war.

»Solltest du trotzdem mal Begleitung benötigen, bin ich gerne dabei.« Als er meinen skeptischen Blick bemerkte, seufzte er auf.

»Komm doch bitte zu unserem nächsten Treffen. Ich schick dir die genauen Daten, und wir können in Ruhe reden.« Er zwinkerte mir zu, dann wandte er sich zum Glück wieder ab.

Ich starrte seinen Rücken an und beschloss, ihn zukünftig zu ghosten. Das war nicht nett, aber Absagen zu formulieren war eine echte Herausforderung für mich.

Den Rest des Tages verbrachte ich lernend mit Anne am Strand. Um ehrlich zu sein, stand es nicht besonders gut um meine Prüfungen. Ein Essay hatte ich verhauen, weil ich wegen Jack und seinen Brüdern zu wenig Zeit gehabt hatte, um viel Energie reinzustecken. Ich musste bei einem Professor antanzen und erklären, warum ich in letzter Zeit so abgelenkt war. Dann fiel ich auch noch bei einem Mathetest durch.

Mann. Das entwickelte sich alles nicht sonderlich zufriedenstellend.

Ich war daher genervt von der gesamten Situation und hätte mich nur zu gerne daheim zusammengekugelt, um die Welt auszublenden. Leider war es da auch nicht sehr viel besser. Ich war gerne für mich in meiner Wohnung, genoss die Stille und die Ruhe – solange ich wusste, dass im Nebenraum noch jemand war. Mit Amy war es perfekt gewesen. Sie hatte häufig in ihrem Zimmer geschlafen. Auch tagsüber. Doch wenn sie rauskam, war es immer lustig, locker und leicht gewesen. Ich vermisste sie schrecklich.

Jack hingegen trampelte von seinem Zimmer ins Bad, ab und zu in die Küche und wieder zurück in sein Zimmer. Morgens lebten wir quasi aneinander vorbei. Den Tag über war er bei der Physiotherapie und ich an der Uni, und abends … da mieden wir uns, so gut es eben ging. Auf Dauer war das aber total anstrengend. Für beide Seiten.

Mir war klar, dass wir unweigerlich auf die große Explosion zusteuerten.

Als er sich an diesem Tag zum dritten Mal im Bad verschanzte und ich wirklich dringend aufs Klo musste, war es dann so weit.

Ich tickte aus und hämmerte so lange mit der Faust gegen die Tür, bis er reagieren musste.

»Was?«, hörte ich seine aggressive Stimme dumpf hinter der Tür erklingen.

»Ich muss pinkeln. Seit einer halben Stunde. Jetzt mach endlich fertig, was immer du da tust. Es reicht langsam!«

Es dauerte enervierend lange, bis ich überhaupt eine Reaktion vernehmen konnte. Etwas polterte. Ein Fluch. In dieser Zeit wurde mir heiß und kalt, weil ich so dringend musste. *Ruhig*, dachte ich. Gleich darauf hämmerte ich noch mal mit aller Kraft gegen die Tür.

»Jack, ich schwöre dir …«

Die Tür ging auf, und ich blickte in Jacks zornige Augen. Mir war nie klar gewesen, wie dunkel sie werden konnten. Beinahe schwarz. Faszinierend und unheimlich zugleich. Ich trat einen Schritt zurück. Als mir jedoch bewusst wurde, was ich tat, rückte ich wieder nach vorn und reckte das Kinn kampfbereit vor. Von dem Kerl ließ ich mich nicht einschüchtern.

Ich wollte ihn gerade so richtig zur Schnecke machen, als mein Gehirn endlich registrierte, was an ihm anders war. Normalerweise trug er schlichte Longshirts und eine kurze Hose, damit seine Schiene Platz fand. Jetzt war das Longshirt verschwunden. Stattdessen starrte ich auf eine Art dunkelblaue Uniform, die knalleng an seinem Körper anlag. Schwach erinnerte ich mich an einen sehr gut gebauten Körper. Damals. In der Hütte. Ich hatte es mit aller Macht ignoriert und mir eingeredet, ihn überhaupt nicht attraktiv zu finden. Weil er ein Neandertaler und Affenarsch war. Trotzdem war ich nicht umhin gekommen, ihn heimlich anzustarren.

Diese Muskeln waren jetzt verschwunden. Der seltsame Anzug ließ nicht viel Spielraum für Fantasie und offenbarte schonungslos, was los war: Jacks Körper war völlig ausgemergelt. Die breiten Schultern waren noch vorhanden, doch wirkten sie knochig und ohne Substanz.

»Bist du fertig mit Gaffen?«, unterbrach er meine Gedanken, während ich den seltsamen Anzug anstarrte, den er trug.

Eng anliegend. Gummiartig. »Gehst du tauchen?«, fragte ich verwirrt.

»Bist du dumm?«, antwortete er gereizt, und ehe ich protestieren konnte, schloss er die Tür direkt vor meiner Nase.

Ich starrte das Holz den Bruchteil einer Sekunde verdutzt an, dann hämmerte ich erneut dagegen. »Mir ist scheißegal, was du da für einen Anzug anziehst. Von mir aus zieh dir eine Gummipuppe über. Aber kannst du das nicht auf dem Klo machen? Ich muss noch immer, also komm endlich raus!«

Ich rechnete nicht wirklich mit Erfolg, doch tatsächlich ging die Tür mit einem Ruck auf, und Jack stapfte raus. Weil ich zu langsam aus dem Weg sprang, prallten wir schmerzhaft an den Schultern zusammen. Ich kam ins Straucheln und fing mich in letzter Sekunde ab, bevor ich gegen die Wand knallen konnte. Mir trieb es trotzdem die Luft aus den Lungen. Vor Schmerz, doch vor allem vor Schreck. Jack ignorierte mein Straucheln und hinkte auf Krücken in sein Zimmer. Sein Longshirt trug er dabei über einem Arm, genau wie seine kurze Hose und etwas, das wie ein Beinstrumpf aussah. Wegen der Schiene konnte ich die Art seiner Verletzungen auch jetzt nicht erkennen. Doch das angeblich gesunde Bein sah ich zum ersten Mal. Die Haut war an vielen Stellen teils weißer, teils röter als der Rest. Ich brauchte eine Weile, um zu verstehen, dass es Narben waren. Sehr viele Narben.

Kurz bevor Jack in seinem Zimmer verschwand, warf er mir einen letzten bitterbösen Blick zu. Dann ging die Tür hinter ihm zu, sodass ich allein im Flur vor dem Badezimmer stand und wie vom Donner gerührt kaum denken konnte.

Mir war das Ausmaß seiner Verletzungen nie bewusst gewesen. Ständig markierte er den starken Mann und sorgte durch ätzende Kommentare dafür, dass man das gar nicht erst infrage stellte. Jeder sah auf sein geschientes Bein und hielt das für das eigentliche Problem. So langsam dämmert mir, dass das Bein vielmehr vom eigentlichen Problem ablenkte.

Was war mit dem Rest seines Körpers los?

Meine Blase meldete sich und lenkte mich vom Grübeln ab. Ich huschte rasch aufs Klo und kämpfte dabei gegen die plötzlich aufsteigenden Tränen an. *Scheiße.* Dieser Zusammenprall, wenn auch zufällig, war heftig gewesen. Emotional und körperlich. Sofort stieg Wut in mir hoch. Es reichte. Ja, Jack hatte Probleme. Ganz eindeutig. Wahrscheinlich war er vor Schmerzen wie ein wütender Stier, der bei jeder Kleinigkeit explodierte. Das gab ihm aber noch lange nicht das Recht, mich wie Dreck zu behandeln.

Während ich mir die Hände wusch, starrte ich mich im Spiegel an. Ich sah müde aus. Frustriert. Selbst meine lilafarbenen Haare wirkten heute stumpf.

Nein. Das reichte jetzt. Ich sah gar nicht ein, mich in meiner Wohnung unterdrücken zu lassen. Entschlossen drehte ich den Wasserhahn zu und stapfte aus dem Klo, um gleich darauf an seine Tür zu hämmern.

»Du hast mich umgerempelt!«, schrie ich erbost. »Und mir eine Heidenangst eingejagt. Scheiße, Jack. Ich musste nur aufs Klo. Das ist kaum ein Verbrechen, vor allem, wenn sich der Mitbewohner ständig im Bad einschließt und wer weiß was dort treibt. Es reicht! Reiß dich zusammen und hör auf, dich wie ein verwundetes Tier aufzuführen. Und solltest du das nicht können, dann rede zumindest mit mir. Andernfalls musst du wieder ausziehen. Sofort. Haben wir uns verstanden?«

Ich bekam selbstverständlich keine Antwort. Frustriert trat ich noch mal gegen die Tür, tat mir damit nur selbst weh und fluchte leise. Was für ein Scheißtag.

Humpelnd zog ich mich in die Küche zurück und stand dann dort mitten im Raum. Ratlos und aufgewühlt. *Und jetzt?*

Ich öffnete den Kühlschrank. Sah die Tonnen an Fertiggerichten. Cola. Energydrinks. Sofort packte mich wieder die

Wut. Ich riss das Zeug aus den Fächern und pfefferte es in den Müll. Weil der ohnehin schon übervoll war, ging nicht alles rein. Frustriert stopfte ich kräftig nach und erwischte dabei den Rand einer offenen Dose. *Scheiße*. Ich schnitt mich prompt daran und sah erst recht rot. Dosenravioli. Wer zur Hölle aß so ein Zeug in Massen? Wutentbrannt zog ich die leere Verpackung aus der Tonne und warf sie quer durch die Küche in den Flur. Eigentlich hatte ich Jacks Zimmertür erwischen wollen, doch die Dose kam zu früh auf dem Boden auf, verstreute dabei übrig gebliebene Tomatensoße über den Flur bis an die weiße Wand und blieb kurz vor dem anvisierten Ziel liegen.

Fuck.

Ich trat gegen den Müll und bemerkte erst jetzt, dass meine Hände nicht nur wegen der Tomatensoße rot waren. Ich blutete. Das brachte mich zumindest wieder halbwegs zur Besinnung. Ich wusch meine Hände und wollte mir ein Pflaster auf die Wunde kleben, doch das war viel zu klein. Der Schnitt brannte und tat richtig weh. Außerdem sah ich vor lauter Tränen kaum etwas und …

»Jetzt setz dich erst mal hin.« Jack war wie ein Geist direkt vor mir aufgetaucht. Ohne Krücken. Stattdessen hielt er das verletzte Bein in die Höhe und hangelte sich hüpfend an der Küchenzeile entlang zu mir. Als er meinen Arm greifen wollte, schlug ich nach ihm.

»Finger weg von mir«, giftete ich.

»Okay«, antwortete Jack. »Ich hab verstanden. Dann setz dich trotzdem. Ich hol ein richtiges Pflaster. Mit Prinzessinnen-Pflästerchen kommen wir hier nicht weiter.«

»Wenn du noch einmal Prinzessin zu mir sagst … Ich schwöre dir … Ich bringe dich um!«

»Meinetwegen. Das ändert trotzdem nichts an der Tatsache, dass da auf diesem Pflästerchen eine Prinzessin drauf ist. Setz dich. Bin gleich wieder da.«

Er hüpfte aus dem Raum, und ich ließ mich auf einem der

Küchenstühle nieder. Dabei bemerkte ich, dass er recht hatte. Da war wirklich eine Prinzessin. Ein Elsa-Pflaster. Ich hatte die für Nathans Schwestern gekauft. Einfach so. Nur hatten sie nie ihren Weg zu ihnen gefunden, weil Jack vorher aus dem Krankenhaus entlassen worden war.

Jack. Der gerade zurück zu mir kam.

Diesmal hatte er zumindest eine Krücke dabei, sodass er sich besser bewegen konnte. Er zog sich einen Stuhl ran und setzte sich, bevor er ein ganzes Arsenal an Verbandszeug auf den Tisch legte.

»So schlimm ist es nun auch wieder nicht«, merkte ich genervt an.

»Tomatensoße und tiefe Schnitte vertragen sich nicht so super«, antwortete Jack. Er deutete auf meine Hand. »Soll ich?«

»Nö. Das kann ich allein.« Ich nahm ihm das Desinfektionsmittel ab, klatschte es auf einen Tupfer und wischte mir recht rabiat die Wunde aus. Es brannte wie die Hölle. Danach wickelte ich mir irgendwie den Mull um die Hand und vermied es dabei, Jack anzusehen.

Der seufzte leise. »Du weißt schon, dass ich Rettungssanitäter bin? Lass mich das doch bitte machen.«

»Ich brauche keinen Rettungssanitäter für eine Wunde, bei der es ein Elsa-Pflaster auch getan hätte«, antwortete ich. »Kümmer dich lieber um deine eigenen Angelegenheiten.«

Jack blieb reglos sitzen. Er schwieg. Ich ertrug diesen Anblick für etwa fünf Sekunden. Dann sprang ich auf. »Weißt du, was? Vielleicht gehst du wieder zurück in dein Zimmer, um dort deine düstere Aura auszudünsten. Ich brauche das hier in meinem Umfeld nicht. Stattdessen …«

»Es tut mir leid«, unterbrach Jack meinen Redeschwall.

Ich verstummte augenblicklich. »Was genau?«, hakte ich schließlich nach, als nichts weiter von ihm kam.

»Dass ich dich angerempelt habe. Das tut mir ehrlich leid. Ich wollte dir nicht wehtun. Sorry. Das war doof. Ich war zornig und genervt von mir selbst. Das hätte ich nicht an dir auslassen dürfen.«

»Du bist eigentlich immer zornig und genervt. So eine Situation hatten wir bereits an der Wohnungstür. Du erinnerst dich? Ich bin nicht dein Punchingball. Kommt das noch mal vor, musst du ausziehen.«

Jack nickte. »Versteh ich. Ich reiß mich zusammen. Versprochen.«

»Und wo wir schon mal dabei sind: Deine stundenlangen Badsessions müssen aufhören.«

»Alles klar.« Das klang jetzt nicht mehr so freundlich wie zuvor. Jacks Ärger war zurück. Prompt stand er auf und ging zu seinem Zimmer.

»Wenn wir zusammenwohnen wollen, müssen wir uns beide am Riemen reißen!«, rief ich ihm hinterher.

»Vielleicht können wir uns so viel am Riemen reißen, wie wir wollen. Wir zwei werden niemals friedlich in einer Wohnung leben. Niemals«, antwortete er mit eisiger Stimme und verschwand im Zimmer.

»Renn ruhig vor jedem Konflikt davon!«, brüllte ich die nun geschlossene Tür an. »Das ist total erwachsen. Weißt du, was, Jack Ambrose? Ich habe dich durchschaut. Du willst, dass dich alle für ein Arschloch halten. Ein Arschloch, das in Wirklichkeit voll den weichen Kern hat. Nur leider *bist* du das Arschloch, das du zu sein vorgibst! Also tu uns den Gefallen und gib nicht länger vor, keins zu sein.«

Stille schlug mir entgegen. Natürlich. Ich stand mitten in der Küche und bebte vor Zorn. Dieser Kerl brachte mich mehr auf die Palme, als ich es je für möglich gehalten hätte.

Ich runzelte die Stirn. Oder war das hier nur ein Stellvertreterkrieg? Ein Konflikt, den ich mir aussuchte, um dem eigentlichen Problem auszuweichen?

Langsam drehte ich mich um und starrte den Küchentisch an, auf dem die Karte meiner Schwester lag. Sie war immerhin von meinem Schreibtisch hierhergewandert. Seitdem ignorierte ich sie. Eine hinreißende, süße Hochzeitseinladung. In Weiß und Rot und Pastell. Noch immer hatte ich das alles entscheidende Kreuz nicht gesetzt, allerdings wusste ich längst, dass ich keine Wahl hatte.

Da dieser Tag ohnehin nicht mehr schlimmer werden konnte, schnappte ich mir die Karte, setzte im Stehen das Kreuzchen bei »Ich kann leider nicht kommen« und begann dann, hemmungslos zu weinen.

Gleichzeitig hatte ich die Antwort auf meinen Verdacht. Nein. Der Konflikt mit Jack war kein Stellvertreterkrieg. Er war eine weitere Front, an der ich zu verlieren drohte.

Jack

Ich stand im abgedunkelten Raum und lauschte auf neue Beschimpfungen von Tess, doch da kam nichts mehr. Offenbar war sie fertig. Ich hörte sie eine Weile rumoren, dann tapste sie ins Wohnzimmer. Wie immer barfuß. Vor meinem inneren Auge sah ich sie, wie sie sich auf die Couch verkrümelte. Vermutlich verheult. Höchstwahrscheinlich ähnlich durcheinander wie ich.

Scheiße.

»Toll gemacht«, sagte ich leise zu mir selbst und hätte mich tatsächlich gerne geohrfeigt. Verdient hätte ich es jedenfalls.

Normalerweise war mir scheißegal, was andere Leute von mir dachten. Die Lehrpersonen. Mein Ausbildungsleiter. Meine Mitschülerinnen und Mitschüler, Kollegen, Nachbarn. Konnte mir egal sein.

Nur dass Tess mich für ein echtes Arschloch hielt, traf mich. Tiefer als erwartet. So richtig tief.

Natürlich war mir bewusst gewesen, dass wir keine wirklichen Freunde werden konnten. Dafür waren unsere Ansichten zu unterschiedlich. Wir hatten uns in der Strandhütte wie die Kesselflicker gestritten und es zugleich meisterhaft verstanden, nie beleidigend zu werden. Prinzesschen und Neandertaler. Irgendwie war das unser Ding.

Und jetzt?

Der letzte Streit war übel gewesen. Und er war auch nicht der erste dieser Art, der über mich hereingebrochen war. Nathan hatte ähnliche Dinge zu mir gesagt. Dass ich mich seit dem Unfall extrem verändert hätte. Dass ich mich besser unter Kontrolle bringen müsse. Dass das so nicht mehr weitergehen würde.

Kane war sogar noch resoluter gewesen. Er hatte mir zu verstehen gegeben, dass ich in diesem Zustand keine gute Gesellschaft für unsere Schwestern wäre. Recht hatte er. Ich war unkontrollierbar. Seltsam enthemmt. Natürlich hatten mir meine Brüder Hilfe angeboten. Sehr viel Hilfe. Sie hatten mich angefleht, mir psychologischen Rat zu suchen. Hatten mich im Krankenhaus zu einem Therapeuten geschleppt. Ich war einmal bei ihm gewesen, danach nie wieder. Kane und Nathan waren deshalb echt angepisst gewesen.

Das alles hatte ich nicht als so grässlich empfunden wie diesen Streit mit Tess. Er war der berühmte Tropfen gewesen. Der Tropfen, der bis in mein Innerstes vorgedrungen war.

Ich war ein seelisches Wrack. Ein Arschloch.

Das Ärgerliche war, dass ich aus der Nummer nicht rauskam, ohne aus der Deckung zu treten. Um zu erklären, warum ich mich so verändert hatte, musste ich Dinge verraten, über die ich nicht sprechen wollte.

Über meine Schlaflosigkeit. Die Albträume. Die Panikzustände.

Die tiefe Unruhe in mir drin.

Das ständige Gefühl, unter Strom zu stehen. Schweißausbrüche und Adrenalinschübe inklusive.

Mir war längst klar, dass ich nach draußen gehen musste. Raus an die frische Luft. Mich bewegen. Sonne tanken. Andere Leute sehen. Aber dann stellte ich mir vor, wie sie mich alle anstarrten. Ich war keineswegs fixiert auf mein Aussehen. Null. Das allein war mir egal. Was mich traf, war der Ausdruck in ihren Augen. Mitleid wegen der Schiene. Neugierde wegen des Shirts, das sich so seltsam bewegte. Die Krücken. Meine gebeugte Haltung. Der verkniffene Ausdruck im Gesicht.

Sie sahen mich so, wie ich jetzt war – schonungslos. Und das gefiel mir nicht.

Daher blieb ich drin. In meinem Zimmer. Wenn ich keine Wahl hatte, huschte ich zur Physio, spulte da mein Sportprogramm runter, quälte mich mit den neugierigen Fragen des Physiotherapeuten und machte Wassergymnastik wie ein alter Mann. Das musste ich tun, um wieder gesund zu werden. Und trotzdem fühlte es sich nicht richtig an.

Ich fühlte mich hohl. Und brannte gleichzeitig.

Wenn ich jetzt auch noch meinen letzten Rettungsanker vergraulte, hatte ich ein ernstes Problem. Tess hatte mir geholfen, als keiner wusste, wohin mit mir. Sie bereute es bereits. Zutiefst. Dass ich sie sogar verstehen konnte, ärgerte mich maßlos.

Wieso war es so schwer, sich zusammenzureißen? Nicht in jeden Boxkampf mit ihr einzusteigen? Ihr vielleicht zu erzählen, warum ich mich stundenlang im Bad einschloss?

Dann geh hin zu ihr. Sag ihr die Wahrheit.

Doch ich konnte einfach nicht – und das war eindeutig meine größte Charakterschwäche überhaupt. Ich war zu stolz, Hilfe anzunehmen, was sich jetzt zu einem riesigen Problem entwickelte. Mittlerweile war es so schlimm, dass ich zu einem ziemlich einsamen Menschen geworden war. Denn selbst meine Brüder vermieden Telefonate, weil ich eh kaum sprach und eher patzig war.

Ich musste was ändern. Das war klar. Nur leider war ich wie gelähmt und konnte mich kaum aufraffen, irgendetwas zu tun. Ich brauchte Stunden, um mich in die eine oder andere Richtung zu bewegen – zumindest mental. Sollte ich zu Tess gehen und mich entschuldigen? Brachte das überhaupt etwas? Die ganze Zeit über lag ich auf dem Bett und lauschte auf jedes Geräusch. Schließlich stand ich auf und ging zum Fenster, hielt es da aber auch nicht lange aus. Zum Schluss lag meine Hand sogar schon auf der Türklinke. Sie runterzudrücken empfand ich als erstaunlich schwierig. Doch sobald das geschafft war, ging es leichter: Tür auf, den Flur entlang, rüber ins Wohnzimmer.

Dann blieb ich wie angewurzelt stehen. Tess war eingeschlafen.

Da hatte ich stundenlang wegen einer großen Aussprache mit mir gerungen, und endlich war es so weit, da machte mir die Nacht einen Strich durch die Rechnung. Ein Blick auf die Uhr zeigte mir auch, wieso.

Es war drei Uhr. Definitiv keine normale Zeit, um miteinander ins Gespräch zu kommen. Seltsam war allerdings, dass Tess es nicht mehr in ihr Zimmer geschafft hatte.

Sie lag zusammengerollt auf der Wohnzimmercouch, einen Arm halb über dem Kopf, als wolle sie sich vor der Welt verstecken oder sich hinter einer Mauer ducken. Trotzdem sah ich den Stress der letzten Tage in ihren nun entspannten Gesichtszügen. Sofort rollte das schlechte Gewissen über mich herein.

Ich wollte den Leuten um mich herum nicht wehtun. In Momenten des puren Zorns war ich nur leider unkontrollierbar. Hinterher bereute ich mein Handeln meist, doch mich ständig zu entschuldigen lag mir nicht.

Mist, verdammter.

Unschlüssig stand ich eine Weile vor meiner schlafenden Mitbewohnerin. Dann fiel mein Blick auf die kleine Karte auf dem Wohnzimmertisch vor ihr. Daneben ein leeres Weinglas. Vermutlich war das die Erklärung für ihre plötzliche Müdigkeit. Ich reckte den Hals, um die Schrift entziffern zu können.

Fuck. Die verdammte Hochzeitseinladung. Sie hatte ihr Häkchen mittlerweile gesetzt. Natürlich bei »Ich kann leider nicht kommen«. *Okay*. Das erklärte das Weinglas.

Jetzt war ich froh, dass sie schlief. Mein Mitleid hätte bei ihr bestimmt denselben Effekt wie das anderer Menschen bei mir. Sie hasste Mitleid. Vermutlich ähnlich wie neugierige Mitbewohner, die ihre Nase in Dinge steckten, die sie nichts angingen. Hochzeitseinladungen inklusive. Trotzdem interessierte es mich natürlich brennend, was in Tess' Familie derart schiefgelaufen war, dass man sie verbannt hatte.

War das Prinzesschen womöglich doch nicht so lieblich, wie ich immer dachte? Oder tat man ihr unrecht? So oder so fand ich die Vorgehensweise höchst verwerflich. Brutal.

Erst jetzt wurde mir bewusst, wie einsam sie sein musste. Wenn die ganze Familie gegen einen stand, war das sicherlich ein grässliches Gefühl. Ich hatte immer Kane und Nathan hinter mir gewusst. Natürlich war es oft genug brenzlig geworden, und es hatte auch Situationen gegeben, in denen die beiden mir nicht hatten helfen können. Aber zu wissen, dass sie hinter mir standen, hatte mir ungemein geholfen. In jeder Lebenslage.

Bis jetzt.

Der Stich in meinem Herzen tat überraschend weh, denn die Wahrheit wurde mir soeben bewusst. Kane, Nathan und ich. Wir hatten immer die gleiche Bürde getragen. Ähnliche Verantwortungen. Ähnliche Dramen. Ähnliche Ausgangslagen. Jeder von uns hatte auf seine Weise dafür gesorgt, dass wir als Familie funktionierten. Jeder hatte seinen festen Platz. Seine Rolle, die er spielte.

Kane, der Beschützer.

Nathan, der Planer.

Ich, der Macher.

Nur dass ich jetzt ausfiel. Aus der Gleichung flog.

Der Gedanke machte mir mehr Angst als die Erinnerung an den Brand. Die Plattform. Pete. Er … Nein. Stopp. Die Erinnerungen an meinen Unfall konnte ich nicht mal streifen, ohne dass mir schlecht wurde oder dieses verdammte Zittern in den Fingern anfing. Ich war Meilen entfernt, mich dem jetzt zu stellen.

Ich warf Tess einen finsteren Blick zu. Toll. Da hatte sie mich selbst im Schlaf getriggert. Wir gingen uns selbst auf den Nerv, wenn sie schlief.

Kopfschüttelnd wollte ich wieder aus dem Raum gehen, doch etwas hielt mich davon ab. Keine Ahnung, was da über mich kam. Vielleicht Kane, der mir mit ständigen Kopfnüssen so was wie einen moralischen Kompass eingehämmert hatte. Oder Nathan, der einfach ein herzensguter Mensch war.

Jedenfalls schnappte ich mir beim Rausgehen die Decke von der Couch, ging zu Tess und deckte sie zu. Draußen war es warm, doch hier drin war es erstaunlich kühl. Zumindest abends.

Danach nahm ich mir das Weinglas und lief in die Küche, um es auf die Spüle zu stellen. Das hatte ich in meiner Kindheit ziemlich oft getan. Biergläser. Weingläser. Schnapsgläser. Wie viele hatte ich gespült, damit sie nicht die ganze Luft in der Wohnung verpesteten? Es mussten Tausende gewesen sein.

Ich wusch das Glas sorgfältig aus, denn allein vom Geruch der Flüssigkeit wurde mir ganz anders. So war es schon immer. Alkohol war für mich der Inbegriff für Schläge und Drama. Sobald ich ihn roch, geriet mein Körper in Alarmbereitschaft. Mittlerweile hatte ich gelernt, den Würgereiz zu kontrollieren. Ein Kerl, der kein Bier trank? Der bei Schnaps kotzen musste, bevor er auch nur einen Schluck getrunken hatte? Ich wäre als Jugendlicher dermaßen uncool gewesen, hätte ich die Abstinenz nicht durch pure Muskelmasse wieder wettgemacht. Es hatte nie jemand gewagt, mich dumm anzumachen.

Sobald ich das Glas in den Schrank geräumt hatte, zog ich mein Handy hervor und tippte eine Nachricht an Kane. Wäre ich Nathan, hätte ich angerufen, aber dafür fehlten mir die Nerven. Außerdem war es zu spät.

Jack: Liebe Mami. Sorry, dass ich plötzlich zur Dramaqueen geworden bin. Ich bin bald wieder in der Spur. Mach dir keine Sorgen um mich. Ich komme klar.

Ich rechnete nicht wirklich mit einer Antwort, doch die kam keine halbe Minute danach. So schnell, dass ich noch nicht mal in mein Zimmer hatte zurückkehren können.

Kane: Jetzt mache ich mir erst recht Sorgen. Du schreibst mir von dir aus? Und schreibst, wenn auch eher kryptisch, von deinem Gefühlsleben? Inklusive Entschuldigung? Jack! Wir müssen reden.

Ach, kacke. Genau wegen solcher Sachen schrieb ich meinen Brüdern ungern. Sie legten jedes Wort auf die Goldwaage. Kane war, was das anging, schlimmer als alle misstrauischen Ehepartner zusammen. Ärgerlicherweise hatte er fast immer recht und durchschaute mich schneller als ich mich selbst. Sehr nervig.

Aus einem mir unerklärlichen Grund wollte ich zunächst zurückschreiben, ließ es dann aber doch. Das würde mich nur noch mehr in die Scheiße reiten. Also schmiss ich das Handy auf mein Bett, schloss die Tür und setzte mich im Stockdunkeln in die Ecke. Das hatte ich mir angewöhnt, seitdem es mir … schlechter ging. Keine Ahnung, was das war. Manchmal schwankte urplötzlich die Welt. Ich bekam keine Luft mehr. Mir brach der Schweiß aus, und ich verlor die Orientierung. Solange ich mit dem Rücken in einer Ecke hockte, gut beschützt von zwei Seiten, passierte mir das nicht.

Für meinen Körper war das natürlich die Hölle, für meinen Kopf das einzig Wahre. Natürlich wusste ich, dass ich bald mit jemandem darüber reden musste. Spätestens dann, wenn die Anfälle schlimmer wurden. Oder häufiger.

Noch häufiger als ohnehin schon.

KAPITEL 7

Tess

Ich joggte, um einen klaren Kopf zu bekommen. Diesmal hatte ich sogar meine Müllbeutel zu Hause gelassen, weil ich mich so richtig verausgaben wollte. Das war längst überfällig.

Die Nacht steckte mir tief in den Knochen. Der Zusammenprall mit Jack. Der Wein, den ich zu schnell getrunken hatte, und das Aufwachen. Vor allem das Aufwachen.

Jemand hatte mich zugedeckt, das Glas gespült und alle Lichter ausgemacht. Das konnte nur Jack gewesen sein. Und trotzdem war es kaum vorstellbar.

Um eine Begegnung mit ihm zu vermeiden, war ich so früh es ging aufgebrochen und rannte seitdem viel zu schnell. Meine Muskeln brannten, doch das ignorierte ich. Als geübte Läuferin konnte ich das Tempo eine ganze Weile halten, und genau das hatte ich auch vor.

Schon bald spürte ich, wie ich innerlich ruhiger wurde und in einen gesünderen Rhythmus fand. Meine Bewegungen wurden geschmeidiger, meine Gedanken klärten sich.

Dann hatte Jack mich eben zugedeckt. Na und? Deshalb waren wir noch lange keine Freunde, würden das vermutlich auch niemals werden. Die Frage war, ob ich damit langfristig leben konnte und ob es nicht besser war, jetzt die Reißleine zu ziehen und Jack rauszuschmeißen.

Und dann?

Ich dachte an Nathan, der bereits zu viele Probleme jonglierte. An Kane, der Jack aufnehmen musste, und an die Mädchen, die ich längst in mein Herz geschlossen hatte. Während Nathan und Kane im Krankenhaus waren, hatte ich zusammen mit Valerie und Amy die Babysitterin gespielt. Die Mädchen und ich hatten oft miteinander Brettspiele gespielt, waren Eis essen gegangen oder hatten den Kinderspielplatz besucht.

Konnte ich es ihnen antun, ihnen diesen knurrigen Kerl aufs Auge zu drücken? Solange die Antwort Nein war, blieb mir wohl nichts anderes übrig, als ihn zu ertragen.

Meine Smart Watch piepte. Das Zeichen, dass ich es nicht übertreiben sollte. Sofort wurde ich langsamer, joggte nun vom asphaltierten Bereich runter zum Meer. Auf Sand zu laufen hatte ich mir abgewöhnt. Mir war das Risiko, auf dem weichen Untergrund umzuknicken, zu hoch.

Aber Dehnen ging ganz gut – und während ich das tat, entschloss ich mich zu einem weiteren Schritt. Jack verpestete die Wohnung? Dann war es Zeit, sie mit Leben und Lachen zu füllen. Kurzerhand schrieb ich meinen Freundinnen und lud sie zu mir ein. Das hatte ich noch nie getan. Um ehrlich zu sein, war mein Zuhause meine Festung. Mein Rückzugsort. Aber jetzt war es so weit, das zu ändern und aus der Komfortzone auszubrechen.

Anne, Lynn und Amber sagten begeistert zu, und wir verabredeten uns zunächst zum Lernen und wollten später auf eine Party. Sofort ging es mir besser, vor allem, weil ich ausnahmsweise direkt ins Bad gehen konnte, als ich wieder in der Wohnung ankam, ohne Jack vertreiben zu müssen. Hatte meine Ansprache womöglich etwas gebracht? Meinen Verdacht teilte ich Amy schnell mit, die ich mittlerweile recht offen auf dem Laufenden hielt. Sie verstand mich besser als jede andere, und es tat gut, ehrlich mit ihr sein zu können.

Amy: Wenn es schlimmer wird, sollten wir Nathan als Mediator Bescheid geben, aber vielleicht hast du ja recht und Jack hat's kapiert.

Dass sie das bezweifelte, las ich zwischen den Zeilen. Ich seufzte leise auf und drückte gedanklich beide Daumen, dass sie sich irrte.

Danach bereitete ich alles für meine Gäste vor, die zwei Stunden später mit lautem Getöse in der Wohnung einfielen. Jack hatte ich nach wie vor nicht zu Gesicht bekommen. Umso besser.

So richtig wohl fühlte ich mich in meiner Rolle als Gastgeberin noch nicht. Meine Mum war damals die Partyplanerin schlechthin gewesen. Sobald ich auch nur zwei Freundinnen zu mir eingeladen hatte, fuhr sie das volle Programm auf: kleine Snacks, Musik oder Filme ohne Ende, jedes Getränk für jeden Geschmack. Ich hatte es gehasst. Dieser Perfektionismus war mir bereits als Sechsjährige auf den Geist gegangen.

Jetzt allerdings stellte ich fest, dass man mit Wasser aus der Leitung und ein paar Äpfeln nicht ganz so gut aufgestellt war.

»Hast du Cola?«, fragte Anne mich schon nach etwa fünf Minuten, nachdem wir uns in die Küche gesetzt hatten.

»Äh, ich glaube nicht. Apfelsaft müsste im Kühlschrank sein.« Ich wollte aufstehen, doch Anne saß näher. Sie zog im Sitzen bereits die Tür auf und musterte skeptisch den Inhalt. Dann hellte sich ihre Miene auf. »Energydrinks. Sogar noch besser.« Sie schnappte sich einen.

»Die sind nicht von mir. Die sind von meinem Mitbewohner«, antwortete ich schnell und runzelte zugleich die Stirn. *Mann.* Eigentlich hatte ich den Gedanken an Jack komplett vermeiden wollen.

»Dein Mitbewohner?« Sofort war die Neugier bei den anderen entflammt.

Amber lugte prompt in den Flur, als würde Jack dort auftauchen. »Wie heißt er denn?«, hakte sie nach, weil ich mich nicht weiter erklärte.

»Jack. Er ist Nathans älterer Bruder. Der Mittlere von den dreien.«

Da hatte ich was gesagt. Alles, was mit Nathan zusammenhing, interessierte meine Freundinnen brennend. Vermutlich waren alle drei in unserer gemeinsamen Lerngruppenzeit in Nathan verschossen gewesen. Nur ich war nie auf ihn geflogen. Aus irgendeinem Grund hatten wir uns von Anfang an in der Friendzone befunden und waren auch dabei geblieben.

»Hey, Jack? Darf ich was von deinen Energydrinks haben?«, riss Anne mich in der Sekunde aus meinen Gedanken. Sie hatte die Frage einfach quer durch den Flur gebrüllt.

Instinktiv hielt ich die Luft an und betete, dass Jack den Ruf ignorieren würde. Mein Flehen wurde natürlich nicht erhört. Die Tür ging auf, und Jack erschien auf dem Flur, erstaunlicherweise ohne Krücken. Er humpelte relativ elegant zu uns in die Küche und musterte die Runde.

»Hallo, Mädels«, sagte er in einem seltsam schnurrenden Ton. Sobald er mich sah, nickte er mir knapp zu. »Hoheit.«

Grrrr. Wären wir allein gewesen, hätte ich ihm direkt den Hals umgedreht. »Hey, Jack«, erwiderte ich lediglich und hielt das »Neandertaler« in letzter Sekunde zurück.

Die Mädels warfen mir natürlich augenblicklich neugierige Blicke zu, die ich allesamt ignorierte. Stattdessen sah ich Jack herausfordernd an. »Ich hab lediglich Leitungswasser und Apfelsaft da. Darf Anne was von deinen Sachen aus dem Kühlschrank haben?«

Sofort erschien das breiteste Grinsen auf Jacks Gesicht, das ich je gesehen hatte. Pure Genugtuung und Vergnügen. »Werden deine Kindergarten-Säfte etwa verschmäht? Klar, bedient euch. Es ist sogar genug Fertiglasagne für alle da.«

Ich atmete tief durch und versuchte, ihm mit Blicken zu verstehen zu geben, dass er wieder gehen sollte. Stattdessen setzte er sich auf Annes Platz, die aufgestanden war, um besser im Kühlschrank wühlen zu können.

»Was treibt ihr Hübschen denn hier?«, fragte Jack.

Er fuhr die volle Machoschiene auf. Das Schlimme war, dass die drei tatsächlich darauf eingingen.

»Wir lernen Ökonomie. Echt ätzend«, meldete sich nun Amber zu Wort, die Ruhigste von uns vieren. In der Gruppe hielt sie sich meist zurück und beobachtete lieber. Die Wortführerin war ganz klar Anne, die sich endlich für einen Energydrink entschieden hatte und sich zu uns umdrehte. Als sie Anstalten machte, sich auf Jacks Schoß zu setzen, blieb mir fast die Spucke weg.

Ernsthaft?

Zum Glück hielt Jack Anne in letzter Sekunde auf, indem er wenig elegant ihren Hintern zurückschob. Das sah dermaßen skurril aus, dass nicht nur ich erstaunt die Augen aufriss. Am irritiertesten von allen war dabei Anne. Dass sie abblitzte, war sie nicht gewohnt.

»Sorry, Hübsche, aber mein Bein macht das nicht mit«, sagte Jack eher lässig und in einem Tonfall, als wäre das völlig nebensächlich.

Anne lief dunkelrot an und nickte eilig. »Klar. Sorry. Sieht man ja. Was war doch gleich passiert?«

»Arbeitsunfall«, murmelte Jack, zog Anne seinen Energydrink aus der Hand und trank ihn in einem Zug leer.

Sie sah ihm ungläubig dabei zu, während ich mir ein Grinsen verkneifen musste. Offenbar benahm Jack sich nicht nur bei mir wie der letzte Neandertaler. Er machte das sogar bei Frauen, die er womöglich hätte abschleppen können.

»Jetzt sagt mir bitte nicht, dass ihr den ganzen Tag mit Lernen verplempern wollt.« Jack deutete auf mich. »Bei unserer Hoheit bin ich nichts anderes gewöhnt. Aber ihr? Habt ihr keine besseren Pläne?«

»Wir gehen heute Abend auf die Verbindungsparty bei Delta Omega«, brachte Anne hervor, da niemand anderes etwas sagte.

»Wann geht ihr los?«

»Um …«

»Du kannst nicht mit«, unterbrach ich Anne. Das ging jetzt langsam doch zu weit. »Ist nur für Studierende.«

»Und deren Begleitungen«, warf Lynn wenig hilfreich ein.

Annes Gesichtsausdruck hellte sich schlagartig auf. »Wenn du willst, können wir zusammen hingehen.«

Jack zögerte nur eine winzige Spur, dann nickte er. »Klar. Ich könnte mal einen Tapetenwechsel gebrauchen.« Dabei warf er mir einen bezeichnenden Blick zu.

He! Was konnte ich für sein Einsiedlerleben? Bevor ich jedoch etwas sagen konnte, war er halb aus dem Raum. »Dann bis heute Abend«, sagte er mit mir unbekannter, weicher Stimme. Für mich hatte er wieder nur ein knappes Nicken übrig. »Eure Hoheit.«

Und weg war er. Immerhin verließ er die Wohnung und nicht nur die Küche. Ich sah noch, wie er im Flur seine an der Wand lehnenden Krücken einsammelte, schon fiel die Tür ins Schloss, und ich atmete leise auf.

Erst jetzt bemerkte ich die Stille um mich herum und die lauernden Blicke der anderen.

»Echt jetzt, Tess? Du wohnst mit Jack Ambrose in einer WG und hältst es nicht für nötig, uns das bis ins Kleinste zu erzählen?«, sagte Anne trocken.

Ich spürte, dass ich rot wurde. »Da gibt es nicht viel zu erzählen. Er brauchte ein Zimmer. Ich hatte eins frei. Er ist eingezogen. Ende der Geschichte.«

»Aber es ist Jack *Ambrose*«, empörte sich Lynn.

»Ja, und? Er ist ein Arsch.«

»Aber ein extrem hübscher Arsch.«

»Vor allem momentan ein Arsch mit einem Haufen Probleme«, erwiderte ich.

»Na gut«, lenkte Anne ein. »Er ist echt knurrig und total seltsam, aber Mann, hat der einen Body.«

»Er *hatte* einen Body«, korrigierte ich, ehe ich meinen Fehler erkannte.

»Aha!«, rief Amber. »Er interessiert dich also doch. Zumindest hast du seinen Körper bemerkt.«

»Vor allem habe ich sein Murren bemerkt. Seit dem Unfall ist es noch schlimmer geworden.« Fehler Nummer zwei. Die Bluthunde witterten natürlich eine gute Story.

»Was genau ist denn passiert?«, fragte Anne.

»Weiß ich nicht. Er hat auf einer Bohrinsel gearbeitet. Da ist ein Feuer ausgebrochen, und er hat ordentlich was abbekommen.«

Die drei wechselten untereinander Blicke, die mir nicht gefielen.

»Was?«, fragte ich verwirrt.

»Er nennt dich Hoheit«, stellte Amber fest.

»Das macht er nur, um mich zu ärgern. Früher hat er Prinzessin gesagt. Ich hab ihn Neandertaler genannt. Seitdem er hier wohnt, darf er mich nicht mehr so nennen. Stattdessen sagt er jetzt Hoheit. Das ist nicht besser.«

Wieder diese eigenartige Stille. »Was?«, fragte ich erneut.

»Na ja, da ist was zwischen euch.«

»Ja, ein Kleinkrieg der Extraklasse. Wir zwei sind wie Feuer und Wasser.«

»Eher wie Flammen, Feuer und Funken.« Anne hob rasch die Hände, als ich protestieren wollte. »Schon gut. Ich kann mich ja auch irren, aber wenn du nicht interessiert bist … Hab ich deine Absolution, dass ich ihn ein wenig … äh … besser kennenlerne? Wenn du verstehst, was ich meine.« Sie zwinkerte mir zu.

»Tu dir keinen Zwang an, aber sag hinterher nicht, ich hätte dich nicht gewarnt. Jack Ambrose ist anders als sein jüngerer Bruder. Er ist weder charmant noch nett noch rücksichtsvoll. Er ist ein Arsch.« Als ich Annes Gesichtsausdruck sah, verdrehte ich die Augen. »Ja, okay. Ein Arsch mit einem hübschen Arsch. Ich geb es zu. Können wir jetzt weiterlernen?«

Wir konnten. Oder eher: Wir versuchten es. Nach etwa einer Stunde wanderten wir ins Wohnzimmer ab, sahen eine

Realityshow, gingen dann an den Strand und verplemperten die Zeit. Es war ein wirklich schöner Tag, den ich dringend gebraucht hatte. Vor allem, weil ich heute endlich den blöden Antwortbrief für die Hochzeit abgeschickt hatte. Ich hatte es getan. Jetzt gab es kein Zurück mehr.

In den nächsten Tagen würde ich höllisch aufpassen müssen, Natalies Anrufe zu ignorieren. Ihr würde die Antwort so was von missfallen. Womöglich stieg sie sogar ins Auto und besuchte mich. Wenn das passierte, musste ich mir gute Argumente zurechtlegen. Zunächst hatte ich aber vor, diesen Tag in vollen Zügen zu genießen.

Kichernd kehrten wir schließlich wieder in meine Wohnung zurück, um uns für die Party fertig zu machen. Anne, Lynn und Amber hatten ihre Klamotten bereits mitgebracht. Ich für meinen Teil hatte noch keine Ahnung, was ich anziehen wollte. Der Großteil meiner T-Shirts war für eine Party eher untauglich. Die meisten Sprüche darauf waren düster, manche beinahe morbid. Sie alle handelten von Umweltschutz und der Rettung der Erde. Ein echter Partykiller.

Ich schüttelte mir gerade meine Sneaker von den Füßen, als Jack wie aus dem Nichts im Flur auftauchte.

»Startklar?«, fragte er in die Runde, und die anderen kicherten.

»Wir müssen uns erst noch schick machen«, winkte Anne ab. »Das kann dauern.«

Jack verdrehte die Augen, kehrte aber nicht wie von mir erwartet in sein Zimmer zurück, sondern setzte sich in die Küche. Von dort hatte er einen guten Überblick, denn wir restlichen vier wanderten hektisch vom Wohnzimmer in mein Zimmer, zurück ins Bad und zwischendurch in die Küche. Es war lustig und ausgelassen, da sich alle zeitgleich fertig machen wollten.

»Seid ihr fertig?«, rief ich schließlich in die Runde.

»Moment«, schrie Anne aus dem Bad zurück.

»Sektchen?«, antwortete Lynn und kam mit zwei Sektgläsern in der Hand auf mich zu. Ich nahm eins davon mit einem unguten Gefühl. Das Zeug vertrug ich eher schlecht. Trotzdem prostete ich zurück und nippte daran.

Lynn schwankte bereits ein klein wenig und donnerte mit der Hüfte gegen meine kleine Kommode im Flur. Das Bild darauf kippte krachend um. Ich musste meine gesamte Energie darauf verwenden, es nicht wieder aufzustellen. Es war mein Lieblingsbild von Logan und mir, auf dem wir mit hochroten Köpfen und völlig verschwitzt über die Ziellinie von unserem ersten Halbmarathon liefen – Hand in Hand. Wir hatten uns gemeinsam darauf vorbereitet, und obwohl Logan wesentlich schneller gewesen wäre, war er die ganze Strecke über bei mir geblieben. Dieses Bild bedeutete mir wirklich viel, doch wenn ich es jetzt wieder aufstellte, würde das nur Aufmerksamkeit auf meinen toten Bruder ziehen.

Das wollte ich auf keinen Fall, zumal Lynn in dieser Sekunde mit leicht kieksender Stimme brüllte: »Wow, Anne, du siehst toll aus!«

Das stimmte. Das schwarze Minikleid stand ihr super. Sie hatte ihre dunkle Wallemähne zu einem hohen Zopf gebunden und sich die Augen so dick mit schwarzem Kajal umrandet, dass es bei jeder anderen übertrieben ausgesehen hätte. »Du aber auch«, antwortete Anne genauso kieksend und knuddelte Lynn fest.

Ich nahm noch einen Schluck, in Gedanken noch immer beim Bild, als mir die Blicke der anderen bewusst wurden. »Tess? Willst du wirklich das Shirt anziehen?«

Ich sah an mir runter. »Ja, klar«, sagte ich. »Ihr habt gesagt, dass Schriftzüge verboten sind auf Partys. Daher hab ich das rausgesucht.«

»Aber es ist schnöde weiß. Ohne Ausschnitt. Ohne Pepp.«

»Jack trägt auch nur ein einfaches weißes Shirt«, beschwerte ich mich und deutete auf Jack, der gerade in den Flur gekommen war. »Über den meckert ihr nicht.«

»Der ist ja auch ein Kerl. Soll ich mal schauen, ob ich in deinem Schrank was Tauglicheres finden kann?«

»Da kannst du suchen, bis du alt und grau wirst. Tess ist eben Tess. Können wir?«, ging Jack dazwischen und schob Lynn bereits an den Schultern vor sich her. Angesichts der Tatsache, dass er heute Morgen kaum hatte laufen können, war er erstaunlich gut zu Fuß. Zumal er weiterhin seine Krücken ignorierte. Ich knirschte unwillkürlich mit den Zähnen. Trotzdem nahm ich diesen Ausweg gerne an. Um nichts auf der Welt hätte ich den Nerv dafür gehabt, dass Anne meinen Kleiderschrank durchwühlt und bei jedem Shirt ungläubig guckte.

Eigentlich hatte ich keine Lust mehr auf die Party, nur blieb mir keine Wahl. Ich musste die Kröte schlucken – selbst wenn die in diesem Fall Jack hieß. Dass ich mal mit ihm feiern gehen würde, hätte ich niemals für möglich gehalten.

Jack war der Letzte von uns, der die Wohnung verließ, und ließ sich übertrieben lang Zeit, bevor er an mir vorüberging und mir leicht zunickte. Seine Krücken hatte er sich in letzter Sekunde noch geschnappt. Ich schloss hinter uns ab und folgte den anderen in den Fahrstuhl.

Also keine Treppe. Schade. Ich wäre nur zu gerne zu Fuß gegangen, um mich nicht dicht an Jack pressen zu müssen. Ich hatte mir in der einsamen Strandhütte bereits ein Zimmer mit ihm teilen müssen. Das war Strafe genug für ein ganzes Leben. So aber spürte ich seine breite Brust an meinem Rücken.

Die anderen schnatterten fröhlich vor sich hin. Nur Jack und ich schwiegen. Das war die längste Fahrstuhlreise meines Lebens.

Als wir endlich auf der Party ankamen, war ich ein totales Nervenbündel. Die anderen waren mit jedem Schritt fröhlicher geworden, ich hingegen bedrückter. Jack musste es ähnlich gehen wie mir, denn er wurde langsamer. Oder verließen ihn die Kräfte? Sofort schöpfte ich Hoffnung, ihm und einen Abend an seiner Seite doch noch entkommen zu können.

Die Feier fand zunächst direkt am Strand statt und sollte mit Einbrechen der Dämmerung noch zusätzlich in den verschiedenen Verbindungshäusern auf dem Campus weitergehen. Alkohol wurde dabei unter der Hand ausgeschenkt, da viele Studierende noch zu jung zum Trinken waren. Als mir ein Bier von einem fremden Kerl in die Hand gedrückt wurde, entsorgte ich das Getränk unauffällig.

Lynn war schon in bester Feierlaune und schob sich mit Amber an der Hand zwischen die Tanzenden, die sich auf einem gepflasterten Vorplatz direkt am Strand versammelt hatten. Eine gigantische Bühne war aufgebaut worden, auf der ein DJ ordentlich einheizte. Die Bässe fingen mich prompt ein.

Ich liebte Tanzen. Ob Ballett, Modern Dance oder Standardtanz. Hip-Hop und Techno mochte ich genauso wie Elektrobeats oder Klassik. Einzig mit Jazz tat ich mich schwer.

»Ich besorg uns was zu trinken!«, brüllte mir Anne ins Ohr, während ich bereits halb in Trance war. So was konnte nur Musik erreichen. Ich hörte ein paar Klänge, und schon war die Welt vergessen. Nur die Beats und meine Bewegungen zählten. Daher tanzte ich und verlor mich vollkommen im Moment, für eine kleine Ewigkeit, die mir wie ein Wimpernschlag vorkam.

Ich kam erst wieder halbwegs zu mir, als Anne mir einen Drink in die Hand drückte. Ich nahm ihn dankend an und bereute es gleich darauf. Bäh. Bier. Definitiv nicht das Getränk meiner Wahl.

Mittlerweile war es dunkel geworden. Ups. Wann war das denn passiert? Ich musste mich regelrecht zwingen, nicht wieder in die Musik abzutauchen und mich stattdessen auf Anne zu konzentrieren, die neben mir tanzte. Um mich herum roch es nach künstlich erzeugtem Nebel. Lichter flackerten über die Tanzfläche, und der DJ heizte uns mit lauten Rufen an. Anne zog mich dennoch weiter zum Rand, rüber Richtung Strand. Hier entdeckte ich auch Lynn, Amber und … Jack.

Der wirkte trotz seiner Krücken beinahe unverschämt selbstsicher. Zum ersten Mal überhaupt fiel mir auf, dass er mir ohne seine Muskelberge sogar noch besser gefiel. Nicht mehr so aufgemotzt. Normaler. Vielleicht lag es aber auch an seinem Gesichtsausdruck, der ausnahmsweise entspannt und beinahe fröhlich wirkte. Hatte er etwa ebenfalls Spaß? Doch halt. Da war es wieder gewesen. Nur kurz. Das Schmerzgesicht, das er gut zu verstecken versuchte. Ich konnte es mittlerweile zweifelsfrei identifizieren. Dann runzelte er ganz leicht die Stirn und kniff die Lippen zusammen.

Er …

Boah, Tess. Hör auf, dir den Abend mit Gedanken über Jack zu ruinieren.

Entschlossen wand ich mich aus Annes Griff und bedeutete ihr, dass ich wieder tanzen gehen wollte.

»Echt jetzt? Gönn dir mal 'ne Pause«, antwortete sie, doch ich ignorierte sie, wandte mich dem DJ zu und bemühte mich, wieder von der Musik eingefangen zu werden. Leider hatte ich Schwierigkeiten, die Umgebung auszublenden.

Vor allem, weil ich den Eindruck hatte, dass Jack mir zusah.

Ein Kribbeln, das ich schwer zuordnen konnte, huschte über meinen Rücken. Nervosität? Anspannung? Unbehagen?

Nein. Es war eher Aufregung. Ein Gefühl, das mich beflügelte und anspornte, mich noch intensiver auf die Musik einzulassen. Und plötzlich ging es ganz leicht.

Ich tanzte wie noch nie zuvor in meinem Leben.

Und ja. Ich tanzte auch, um Jack zu beeindrucken. Doch das gab ich ungern vor mir selbst zu.

Jack

Wow. Wer hätte das gedacht? Tess konnte tanzen. Und wie! Wie von selbst wanderte mein Blick immer wieder zu Tess, die mit halb geschlossenen Augen gut fünfzig Meter von mir entfernt am Rand der Menge stand und sich auf eine Weise bewegte, die mich faszinierte. *Schau weg*, ermahnte ich mich genervt und wandte mich von ihr ab.

In der Sekunde bemerkte ich zum ersten Mal das Lagerfeuer am Strand, ein paar Meter unterhalb des befestigten Bereichs, auf dem wir uns befanden. Eigentlich hätte ich wissen müssen, dass Studierende jede Gelegenheit nutzten, um die Pyromanen raushängen zu lassen. Nichts war cooler und gleichzeitig anziehender als so ein riesiges Feuer am Ufer des Meeres. Je größer, desto besser. So dachten sie, so hätte ich noch vor Kurzem gedacht, so …

Mein Kopf leerte sich mit einem Schlag. *Krach. Wumm.* Die Welt stand still, und ich sah nur noch das Feuer. Spürte die Hitze. Die orangefarbenen Flammen, die immer näher zu kommen schienen. Roch den Rauch, der mich nahezu umhüllte.

Mein Blickfeld verengte sich, meine Atmung wurde schneller. Gleichzeitig zog es mich in meinem Kopf fort vom Strand und katapultierte mich in eine längst vergangene Szene. Auch dort waren Flammen gewesen. Ich hatte mich hindurchgekämpft, mit nichts anderem an mir als meiner Sanitäteruniform.

Männer brüllten um mich herum. Einige wenige schrien Befehle, versuchten, Herr über das Chaos zu werden. Doch viele Schreie waren voller Angst und Panik. Und Schmerz. Zu jenen war ich unterwegs.

Während sich die meisten an mir vorüber nach oben bewegten, fort von den Flammen, den Explosionen und der Gefahr, kämpfte ich mich in die tief liegenden Bereiche der monströsen Ölplattform vor. Das war mein Job. Dafür war ich ausgebildet worden.

Pete war an meiner Seite und strahlte dabei eine unfassbare Ruhe und Kraft aus. »Das wird übel«, sagte er zu mir. Trotz der Gefahr bewegten wir uns weiter hinab. Zu den Schreien. Es wurde dunkler und dunkler um uns. Stickiger. Vor uns winkte ein Feuerwehrmann. Er hockte neben einem leblosen Körper unter einem gigantischen Stahlträger. Ich brauchte nicht mal sein Handgelenk fühlen, um die Wahrheit zu erkennen. Für ihn kam jede Hilfe zu spät.

Pete blieb dennoch zurück, um sich zu vergewissern. Ich hingegen schloss mich dem Feuerwehrmann an, der mich zu einem weiteren Verletzten führte. Der hatte die Augen zumindest geöffnet. »Hilf mir«, flehte er, während ich mich bereits hinhockte und meinen Sanitätskoffer auspackte.

»Wir bringen euch noch zwei Verletzte!«, brüllte mich der Feuerwehrmann in der Zwischenzeit an. Ich nickte. Pete war indessen wieder bei mir angekommen. Er griff gerade nach sterilen Kompressen, als es passierte.

Etwas explodierte. Direkt neben uns, vielleicht auch über uns. Keine Ahnung. Auf jeden Fall sehr nahe. Die Druckwelle erfasste mich nur den Bruchteil einer Sekunde später, warf mich zu Boden. Und dann die Hitze. Die Flammen. Die Dunkelheit und die Schreie. So viele Schreie.

Erst danach kamen die Schmerzen. So schlimm, wie ich es noch nie erlebt hatte. Ich verbrannte. Bei lebendigem Leib – und niemand würde mich retten können.

KAPITEL 8

Tess

Der DJ machte einen winzigen Fehler und vermurkste den Übergang von einem Lied zum nächsten. Das riss mich recht unvermittelt aus meiner tranceartigen Tanzerei und katapultierte mich zurück in die reale Welt. Jetzt roch ich den Schweiß um mich herum und den Muff ungewaschener Partyklamotten.

Gleichzeitig erinnerte ich mich daran, weshalb ich mich hatte wegträumen wollen: um nicht ständig zu Jack zu linsen. Um nicht für ihn zu tanzen, sondern für mich. Wie ich es sonst zu tun pflegte.

Ach, fuck. Ich drehte mich zu Anne, Lynn und Amber um. Die standen noch immer an der gleichen Stelle. Von Jack keine Spur. Dann bemerkte ich Annes Haltung. Sie wirkte irritiert. Alarmiert. War etwas geschehen?

Ich löste mich aus dem Gedränge und kam wenig später bei meinen Freundinnen an. »Was ist los?«, fragte ich.

»Keine Ahnung. Was stimmt mit dem Kerl nicht?« Lynn deutete Richtung Meer. »Jack hat uns einfach stehen lassen. Mitten im Gespräch dreht er sich um und läuft wie ein Zombie zum Lagerfeuer. Er steht immer noch da rum und starrt in die Flammen.« Sie zeigte auf einen Typen, der definitiv zu nahe am Feuer stand.

Ich brauchte etwa drei Sekunden, um die Situation einzuschätzen. Dann drückte ich Amber mein halb ausgetrunkenes Bier in die Hand und lief los.

»Sollen wir mitkommen? Der Kerl wirkte irre!«, brüllte Anne mir hinterher.

»Ich komme schon klar!«, rief ich zurück und beschleunigte gleichzeitig meine Schritte. Das ungute Gefühl in mir steigerte sich mit jedem Meter. Mittlerweile hatte ich den Sandbereich erreicht und kam durch den weichen Untergrund nur noch langsam voran, spürte sogar die Hitze des Feuers. Die Delta Alpha Dingsdas hatten ordentlich gezündelt. Ein Feuerchen war unter ihrer Würde. Es musste schon ein Monsterbrand sein. Wenigstens hatten sie Wassereimer rundherum verteilt. Die Musik vom Tanzplatz wurde hier leiser und durch die deftigen Bässe von Techno-Beats abgelöst, die aus einem kleineren Lautsprecher neben dem Feuer ertönten. Einige wenige Studierende tanzten auch hier, doch die meisten tranken Bier aus mitgebrachten Fässern. Sogar ein Trichter kam zum Einsatz.

Jack stand reglos keinen Meter vor der Feuerwand und starrte hinein. Dabei war sein Blick leblos. Starr. In der Sekunde, in der er einen weiteren Schritt auf das Feuer zu machen wollte, erreichte ich ihn endlich und riss ihn zurück. »Bist du irre?«, fuhr ich ihn an, bekam aber weder eine Antwort noch irgendeine Reaktion.

Er starrte nur weiterhin in die Flammen. So intensiv, dass mir bei seinem Anblick eine Gänsehaut über den gesamten Körper lief. Unwillkürlich erinnerte ich mich an mein altes Leben. An meinen Bruder, der an manchen Tagen still dagestanden hatte. Tief versunken in seinen eigenen Kopf. Bilder von anderen Orten. Erinnerungen. Erlebtes. All das hatte ihn gefangen gehalten und in diesen Momenten gelähmt. Ganz ähnlich, wie ich es jetzt bei Jack sah.

Bei meinem Bruder hatte ich tausend verschiedene Dinge ausprobiert, um ihm zu helfen. Schütteln. Ansprechen. Anschreien. Umschubsen. Letztlich hatte aber nur eine Sache geholfen: ihn umarmen und warten, bis er von selbst zurück in die Gegenwart fand.

Bei Jack traute ich mir diese Art von Nähe nicht zu. Daher blieb ich zunächst unschlüssig neben ihm stehen und fühlte die brennende Hitze auf meiner Haut. Zu nah. Wir standen definitiv zu nah. Fünkchen tanzten um uns herum. Eins hatte sich bereits in mein Shirt gefressen. Ein anderes verglühte auf meinem Arm. Der Schmerz war kaum spürbar, erinnerte mich aber daran, dass wir hier unmöglich bleiben konnten.

»Jack, wir müssen zurück«, sagte ich zu ihm und legte ihm jetzt doch eine Hand auf den Arm. Wie immer trug er selbst bei diesen Temperaturen ein langärmliges Shirt. Seltsam. Es fühlte sich gar nicht wie normaler Stoff an. Als würde er darunter noch ein weiteres Kleidungsstück tragen. Aber welcher Mensch machte das bei über fünfundzwanzig Grad?

Als ein besonders großer Funken direkt vor meiner Nase herschwebte, reichte es mir. Wir konnten hier echt nicht stehen bleiben.

Ich packte Jacks Arm beherzter und zog. Eine Krücke lag am Boden. Er hatte sie offenbar einfach fallen gelassen. Auf die andere stützte er sich schwer, als könnte er nicht mehr lange stehen. Ich zog noch mal und schob dabei meine Hand in seine. Ganz vorsichtig. Als müsste ich eine wilde Bestie zähmen. Überrascht hielt ich inne, denn statt Wärme fühlte ich Eiseskälte. Seine Hand war so frostig wie bei minus zehn Grad. Als wäre all sein Blut daraus verschwunden.

In der Sekunde fühlte ich, wie seine Finger ganz langsam meine Hand umschlossen. »Komm mit«, sagte ich leise zu ihm und zog erneut behutsam. Diesmal folgte er meiner Bewegung. Er machte einen zaghaften Schritt weg vom Feuer. Noch immer starrte er hinein, drehte dafür sogar seinen Kopf, aber wenigstens entfernte er sich. Leider begann er gleichzeitig zu zittern.

»Pete verbrennt«, flüsterte er kaum hörbar. »Wir müssen ihm helfen.«

Verwirrt blickte ich ins Feuer und rechnete nicht wirklich damit, dort jemanden zu sehen. Pete gab es wohl nur in Jacks

Kopf. »Pete ist nicht da«, sagte ich zögerlich. Die Krücke ließ ich im Sand zurück. Es hätte mich überfordert, sie zu holen.

Im Schneckentempo bewegten wir uns von den Flammen fort. Ich bemühte mich, die neugierigen Blicke zu ignorieren. So mancher zeigte sogar mit dem Finger auf uns. Einige schüttelten den Kopf.

»Wohl zu viel gesoffen?«, lallte jemand.

Nicht drauf reagieren. Einfach weitergehen. Weiter! Als wir weit genug vom Lagerfeuer entfernt waren, sah ich mich um und entdeckte eine kleine Düne seitlich von uns. Darauf ging ich zu, in dem Bewusstsein, dass Jack nicht mehr weit gehen konnte. Er klammerte sich regelrecht an meiner Hand fest und bemühte sich parallel, mit nur einer Krücke das Gleichgewicht zu halten. Es wäre einfacher gewesen, wenn er nicht gleichzeitig ständig zum Feuer gestarrt hätte, das ihn weiterhin gefangen hielt.

Ich zwang ihn, sich hinzusetzen, was vermutlich wenig elegant aussah. Wir purzelten regelrecht in den Sand, vor allem, weil ich weiterhin seine Hand in meiner hielt.

Jetzt erkannte ich erst richtig, wie weiß Jack war. Blutleer. So sah definitiv ein beginnender Schock aus.

Ansprechen. Berühren. Beruhigen.

An viel mehr erinnerte ich mich nicht. Daher musste ich auf meine Instinkte vertrauen. Ich legte Jack die andere Hand auf den Unterarm. »Jack? Hörst du mich?«, fragte ich sanft. Er nickte schwach. Na, immerhin.

»Sieh mich an«, sagte ich eindringlich. Als er weiterhin Richtung Feuer starrte, packte ich möglichst sachte sein Kinn und zwang seinen Kopf zu mir herum. »Du bist nicht mehr im Feuer auf der Bohrinsel. Du bist hier bei mir. Am Strand. Es ist nur ein Lagerfeuer. Kein unkontrollierbarer Brand. Du bist in Sicherheit.«

Jacks Blick wurde ein klein wenig belebter. Dass er nicht direkt wieder den Kopf drehte, um weiterhin das Feuer anzustarren, verbuchte ich als Erfolg.

Ich hockte mittlerweile vor ihm und ging meine Möglichkeiten durch: Warten. Krankenwagen rufen. Nathan informieren. Warten. Definitiv warten. Jack war weiß wie eine Wand und kalt wie ein Eisklumpen, aber er wirkte nicht mehr völlig entrückt.

In der Sekunde änderte er seine Haltung. Er richtete sich etwas auf, zog das unverletzte Bein an sich heran und legte den Kopf auf das Knie. Seine linke Hand blieb, wo sie war. Fest in meiner.

»Pete ist tot«, murmelte er. »Nicht wahr?«

»Wer ist Pete?«, fragte ich vorsichtig, weil mir nichts anderes einfiel.

»Ein Arbeitskollege. Mein Partner. So was wie ein Freund.« Er stöhnte leise. »Nein. Nicht so was. Er *war* ein Freund.«

War. Vermutlich hatte er sich gerade seine verwirrte Frage selbst beantwortet. »Das tut mir leid«, sagte ich nach kurzem Zögern. »Das alles tut mir schrecklich leid.«

»Spar dir dein Mitleid.«

Ooookay. Der alte Jack kam wieder hervor. Ich war noch nie so froh gewesen, den Stinkstiefel wiederzusehen. »Alles klar. Hab verstanden. Kein Mitleid.« Ich zögerte. »Hattest du vorher schon mal Flashbacks?« Das kannte ich noch von meinem Bruder. Es war unheimlich, was so ein Erinnerungsblitz mit einem Menschen anstellen konnte. In der einen Sekunde war alles gut. In der nächsten veränderte sich alles. Das konnte einen Menschen nach und nach zerstören.

Jack hob den Kopf und mied dabei meinen Blick. »Es geht mir gut«, sagte er unwirsch.

»Klar. Erzähl das deiner Großmutter. Du siehst noch immer so aus, als hättest du ein Gespenst gesehen. Mit Flashbacks ist nicht zu spaßen.«

»Ach ja? Seit wann studierst du Psychologie? Ich dachte, du machst einen auf Wirtschaft.«

»Versuch gar nicht erst, ein Streitgespräch mit mir anzufangen. Das kannst du vergessen. Dafür ist das hier zu ernst. Du warst völlig weggetreten und in Panik. Also spiel das nicht runter.«

»Tu ich nicht. Ich weiß, dass es ernst ist. Hör trotzdem auf, mich zu bemuttern. Schon vergessen? Ich bin ein Neandertaler. Unkaputtbar.« Er entzog mir seine Hand und machte Anstalten, aufzustehen.

Die Wut, die mich daraufhin erfasste, war unbeschreiblich. So was hatte ich zuvor selten erlebt. Ich packte sein Handgelenk und hielt ihn fest, sodass er nicht aufstehen konnte. »Du kapierst es nicht«, giftete ich ihn an. »Wenn du nichts gegen die Flashbacks unternimmst, werden sie dich nach und nach zerstören.«

»Lass los«, zischte er.

»Nein.«

»Tess, ich schwöre dir …«

»Bist du in Therapie?«

»Tess, ich …«

»Nein? Hat man dich schon mal auf PTBS untersucht? Weißt du, was das ist?«

»Das ist mir gerade scheißegal. Lass mich los!«

»Das ist eine posttraumatische Belastungsstörung. Ein ganz fieser Schutzmechanismus des Körpers. Erst wird das Erlebte verdrängt, damit man nach außen hin weiterleben kann wie bisher. Nur funktioniert das nicht. Das Erlebte muss verarbeitet werden. In Träumen. Oder in diesen Rückblenden. Den verdammten Flashbacks.«

»Was juckt dich das? Vergiss, was du da gesehen hast. Vergiss, was du dir gerade so dramatisch in deinem hübschen Köpfchen ausmalst. Vergiss einfach diesen ganzen verkackten Abend. Und jetzt, verdammt noch mal, LASS LOS!« Er hatte so gebrüllt, dass sich die Leute am Feuer zu uns umdrehten. Ich sah das nur aus den Augenwinkeln, denn meine ganze Aufmerksamkeit galt ihm.

»Du bist Nathans Bruder«, antwortete ich so ruhig wie möglich. »Und Nathan ist mir wichtig. Also bist du mir wichtig. Deshalb versuch gar nicht erst, mich durch dein Verhalten von der Wahrheit abzulenken.«

»Welche Wahrheit denn?«

»Du hast PTBS.«

»Boah, Tess. Ich wusste ja, dass du eine Schraube locker hast, aber dass es gleich mehrere sind, ist neu.«

»Punkt eins: Du kapselst dich von der Umwelt ab und weist Anzeichen einer Depression auf.«

»Ich kann kaum laufen und bin ständig bei der Physio. Mein kleiner Bruder muss sich um seine schwer kranke Freundin kümmern, und mein großer Bruder muss Mama spielen. Mit wem sollte ich mich denn treffen? Natürlich kapsel ich mich von der Umwelt ab. Erst muss ich gesund werden, damit ich wieder auf Partys tanzen kann.«

»Punkt zwei: Du bist nervös und total angespannt«, zählte ich ungerührt weiter auf. »Außerdem bist du aggressiv.«

»Wer ist hier aggressiv? Du bist es, die mich hier festhält.« Jack reichte es. Er drehte sein Handgelenk so ruckartig, dass ich es nicht festhalten konnte und loslassen musste. Seine Augen funkelten wütend. Hastig bückte er sich und schnappte sich seine Krücke, starrte mich dabei an. So wie er guckte, sah er zum Fürchten aus.

»Bleib mir mit deinen Theorien vom Leib, Tess.«

»Aber …«

»Es geht dich nichts an«, unterbrach er mich grob. Dann drehte er sich um und humpelte mit nur einer Krücke langsam in die Richtung, in der unsere Wohnung lag.

Ich sah ihm traurig hinterher und rappelte mich schließlich auf, um die verbliebene Krücke neben dem Lagerfeuer zu holen und heimzugehen. Der Abend war sogar noch schlimmer gewesen, als ich befürchtet hatte.

Jack

Ich rettete mich mit letzter Kraft ins Bad und setzte mich dort erst mal auf den Klodeckel, um Luft zu holen. Meine Arme und Beine zitterten vor Anstrengung. Nur mit einer Krücke zu laufen war schwieriger gewesen als erwartet.

Ich stöhnte leise, was in dem sterilen Bad seltsam widerhallte. Ich hatte mich zum Affen gemacht. Vor den Augen sämtlicher Studierenden – und, was noch viel schlimmer war: vor Tess. Keine Ahnung, warum es mir wichtig war, was sie von mir dachte, doch ich konnte nichts dagegen tun. Ich wollte auf keinen Fall schwach auf sie wirken. Wie ein Tier, das sie in die Rettungsauffangstation bringen musste.

Stattdessen klappte ich vor ihr zusammen. Das Warum und Wieso meines Zusammenbruchs packte ich gedanklich lieber nicht an. Mir war natürlich klar, dass genau das mein allergrößtes Problem war. Neben dem Familiendrama. Und meinen körperlichen Wunden.

Apropos.

Ich richtete mich vorsichtig auf und atmete den stechenden Schmerz in meiner Hüfte so lange weg, bis ich ihn ertragen konnte. Beim Gedanken an den vielen Sand in meinen Klamotten schauderte ich. Wieso war ich bloß an den Strand gegangen?

Die nächsten zehn Minuten bemühte ich mich, meine Kleidung abzulegen. Das war generell ein Staatsakt, doch in Verbindung mit meiner Erschöpfung und meiner Überanstrengung war es beinahe unmöglich. Die bleierne Müdigkeit war langsam definitiv unnormal.

»Depressiv« hatte Tess gesagt.

Ne. Ich nicht. Ich war ein ganzer Kerl. Eine Eiche. Der Fels in der Brandung. Depressionen und diese Traumareaktionen passten nicht zu mir. So was passierte mir nicht. Egal, was ich erlebt hatte. Sonst wäre ich in meiner Jugend schon längst zusammengeklappt. Ich war zäh wie Leder.

Hoffte ich zumindest.

Als ich die Haustür aufgehen hörte, verharrte ich in der Bewegung. Lauschte. Nach wie vor saß ich auf dem Klodeckel, so was wie meine zweite Heimat. Ich hasste das Bad mittlerweile mehr als meine Krücken. Niemand sollte so viel Zeit in einem Raum verbringen, in dem eine Toilette stand. Echt nicht. Leider blieb mir keine Wahl.

Wenigstens lenkte mich eine Erkenntnis vom Geruch ab: Tess war zurück.

In Gedanken sah ich, wie sie sich die Schuhe im Flur von den Füßen schüttelte. Ich mochte ihre gesamte Erscheinung: die lilafarbenen Haare, die meist eng anliegenden Jeans und die skurrilen Sprücheshirts.

Flossen weg von meinen Flossen. Dein Mantel war mal ein süßes Robbenbaby, du Arsch.

Der Verbrennungsmotor verbrennt unsere Zukunft.

Ich hatte mir jedes einzelne Shirt eingeprägt und hielt mich daran fest, wenn ich Sternchen sah oder ein Flashback über mich hinwegspülte. Manchmal brachte mich das wieder zurück. Manchmal nicht.

In der Küche rauschte Wasser. Sie machte sich vermutlich einen Tee. Bio-Tee natürlich. Danach … *fuck!* Sie kam zum Bad. Mit einem schlechten Gefühl sah ich dabei zu, wie sich die Klinke nach unten bewegte und Tess quasi gegen die geschlossene Tür anrannte. Mal wieder.

»Ernsthaft, Jack? Du sitzt schon wieder auf dem Klo? So viel scheißen kann kein Mensch! Nicht mal ein Mastschwein schafft das. Komm da raus. Ich muss pinkeln.«

Diese Szene hatten wir bereits ein Dutzend Mal durchgekaut. Es war wie ein Déjà-vu. Ich ignorierte sie. Sie flippte aus. Heute schneller als üblich. Vermutlich war sie durch den Vorfall am Strand im Moment dünnhäutiger.

Leider traf das auch auf mich zu. Normalerweise konnte ich ihr Gezeter gut überhören. Aber heute ... Heute zerrte ihr Gebrüll an meinen Nerven und sorgte dafür, dass ich vom Klo aufsprang und die Tür aufriss, bevor ich mich stoppen konnte.

»Fuck, Tess. Hör auf mit dem Geschrei! Ich verbarrikadiere mich nicht freiwillig im Bad, okay? Lass mich einfach in Ruhe, dann geht's auch schneller.«

Tess sah wild aus. Ihre Haare standen ihr vom Kopf ab, und ihre Wangen waren gerötet. Verschwitzt und sandig, aufgebracht und wütend. In ihren Augen sah man förmlich das Adrenalin.

Bis ihr Blick auf meinen Oberkörper fiel und ihre Haltung sich abrupt veränderte. Von aggressiv zu verwirrt zu fassungslos. Dabei sah sie lediglich meine nackte Brust, nicht meinen Rücken mit viel mehr Narben. Wie würde sie erst reagieren, wenn sie den sah?

Das Oberteil hatte ich mittlerweile ausziehen können, es war wie eine Jacke gearbeitet. Beim Unterteil war es schwieriger. Mein Bein wollte einfach nicht so wie ich. Theoretisch hatte ich gelernt, wie ich ihn ordentlich an- und ausziehen konnte, doch heute hatte ich keinen Nerv dafür gehabt. Ich hatte ihn so weit es ging von mir runtergezerrt.

»Das ist ein Kompressionsanzug. Kein Taucheranzug«, sagte ich, bevor sie wieder fragen konnte. Ihr Stirnrunzeln erinnerte mich daran, dass nicht jeder sich mit derart schweren Verbrennungen auskannte.

Wir starrten uns an, und ich bemühte mich, meine Wut weiter aufrechtzuerhalten. Die half mir normalerweise, um nicht so verletzlich zu wirken. Doch bei Tess' Ausdruck in den Augen vergaß ich das. Sie wirkte schockiert. Aber nicht wegen der Narben an sich, sondern weil ihr gerade bewusst wurde, was mit mir los war. Ich hatte ihr gekonnt seit Wochen den Neandertaler vorgespielt, und sie erfasste nun die Wahrheit in ihrer vollen Tragweite.

Mein Zorn verflog zum ersten Mal seit langer, langer Zeit. »Ach, Tess«, seufzte ich. »Ich will nicht mehr mit dir streiten. Für heute ist es genug.«

»Sehe ich genauso. Dann erklär mir einfach, was los ist. Kann ich helfen?«

Ich hätte nie für möglich gehalten, dass ich nicken würde. Doch genau das tat ich. Weil ich müde war. Ratlos. Am Ende.

»Ich bekomme die Kompressionskleidung nicht über die Hüfte, und es tut echt weh. Da ist Sand reingekommen.«

Vermutlich wusste Tess noch immer nicht so richtig, wofür der Anzug eigentlich gut war, doch sie nickte, als hätte sie verstanden. Gleichzeitig fragte ich mich, ob ich verrückt geworden war. Denn ab diesem Moment würde sie mich mit anderen Augen sehen.

Abrupt drehte ich mich um, damit ich Tess nicht weiter ansehen musste. »Der Anzug muss runter«, sagte ich.

Tess zögerte. Kein Wunder. Wir überschritten eine Grenze, die wir uns selbst gesetzt hatten. Sie würde mich berühren müssen – und nicht nur das. Sie würde mich an meiner Hüfte berühren. Ein Bereich, der einfach sehr intim war.

Wenigstens starrt sie nur meinen Arsch an, dachte ich resigniert und ballte gleichzeitig die Hände zu Fäusten.

Ganz davon abgesehen, dass sie nun freien Blick auf das wahre Ausmaß meiner Verbrennungen hatte. Mein Rücken war ein Desaster und offenbarte schonungslos die Wahrheit: Ich war dem Tod gerade so davongekommen.

Als ich schließlich ihre Finger auf meiner Haut spürte, hielt ich die Luft an. Ich hatte erwartet, dass es mir unangenehm sein würde. Peinlich. Doch nein. Es war eine so zarte Berührung, dass ich Mühe hatte, eine Gänsehaut zu unterdrücken. Was war das denn?

»Du musst den Anzug nach unten ziehen. Wie eine Strumpfhose.« Vorne war ein langer Reißverschluss, den ich bereits geöffnet hatte. Was von außen so leicht aussah, war für mich jedoch eine Herausforderung. Allein der gleichzeitige Zug nach unten und das Beugen der Hüfte waren kompliziert.

Für Tess war das ein Klacks. Sie zog die Hose mit einer sanften Bewegung Richtung Boden, als wäre das nichts. Ich hielt mich am Türrahmen fest und hob abwechselnd ein Bein. Auf dem kaputten zu stehen war natürlich eher ungünstig. Mein Physiotherapeut wäre ausgeflippt. Mich jedoch erst bis zum Klodeckel zu quälen, um mich zu setzen, kam definitiv nicht infrage.

Tess schwieg, während sie mir half. Vermutlich war sie damit beschäftigt, meine Narben anzustarren. Verübeln konnte ich ihr das nicht.

»Die Kompressionskleidung soll das Wuchern der Brandnarbe eindämmen«, sagte ich schließlich. »Der permanente Druck sorgt dafür, dass sie nicht wulstig und hart werden kann, und auch der Juckreiz wird ein wenig vermindert. Ich muss die Kleidung noch eine Weile tragen.«

Ich nahm meinen ganzen Mut zusammen und drehte mich zu Tess um, nahm ihr den Anzug aus den Händen. Dass ich beinahe komplett nackt vor ihr stand, war mir unangenehm bewusst. Tess war attraktiv. Sehr sogar. Selbst wenn wir oft nicht einer Meinung waren, fand ich sie niedlich. Spannend.

Früher hätte ich jetzt irgendwelche Sprüche gerissen. Heute fühlte ich mich unwohl in meiner eigenen Haut, die überall spannte und juckte und brannte. Ich war voller Narben. Äußerlich und innerlich.

»Du willst wissen, warum ich mich ständig im Bad einschließe?« Ich deutete in den Raum, wo ich bereits meine tausend Cremetuben aufgebaut hatte. Meistens verstaute ich sie in einem Beutel und versteckte sie ganz hinten im Schrank. »Ich muss häufig duschen, um die Hautschuppen von der Narbe runterzubekommen. Das macht mich sonst wahnsinnig. Danach creme ich mich ein. Komplett. Zumindest so weit, wie ich kann, denn beim Rücken wird es kompliziert. Danach muss das Zeug eine halbe Stunde einziehen. In dieser Zeit wasche ich meinen Kompressionsanzug im Waschbecken. Ich hab nur zwei, die ich im Wechsel tragen muss. Tag und Nacht. Ist die Salbe eingezogen, muss ich die frische Kleidung anziehen. Das dauert eine Ewigkeit, weil ich meistens nach dem Eincremen völlig fertig bin. Also nein. Ich kacke nicht die ganze Zeit wie fünf Mastschweine. Ich versorge meine verdammten Verletzungen.«

Den letzten Rest hatte ich schärfer betont als angebracht. Mir war schon klar, dass Tess keine Ahnung gehabt hatte. Wie denn auch? Ich hatte ihr schließlich nichts verraten. Gleichzeitig ärgerte es mich, dass ich jetzt gezwungen war, sie aufzuklären.

»Ich kann natürlich ständig nackt zwischen Bad und meinem Zimmer hin und her laufen, damit du zwischendurch pinkeln kannst. Ansonsten wäre es schön, wenn du mir einfach die Zeit gibst. Es ist bereits schwer genug, auch ohne dass du gegen die Tür hämmerst.«

Sofort blitzte Verärgerung in ihren Augen auf. Ich hatte sie mit meinem letzten Satz absichtlich reizen wollen, damit die Atmosphäre nicht noch seltsamer wurde. Immerhin stand ich halb nackt vor ihr und ließ mich von ihr mustern.

»Wenn ich all das gewusst hätte, wäre ich geduldiger gewesen«, antwortete sie mit einer gewissen Schärfe in der Stimme. Zu meiner Überraschung vertiefte sie das Thema jedoch nicht, sondern drängte mich zur Seite, um ins Bad zu gehen. Dort nahm sie eine der Tuben in die Hand. »Das ist die für den Rücken?«

Ich ahnte bereits, was sie plante. »Vergiss es.«

»Was denn? Du brauchst Stunden, um dir deinen Rücken einzucremen. Ich benötige dafür höchstens fünf Minuten. Jetzt dreh dich um und halt die Klappe.«

»Ich muss erst duschen, damit der Sand runterkommt.«

»Dann mach das. Ich warte in der Küche.«

Ich konnte hinterher nicht sagen, was mich geritten hatte. Vermutlich war es der verdammt lange Tag, die Party, mein Zusammenbruch und Tess' Blick. Jedenfalls hatte ich keine Kraft mehr, um zu protestieren. Ich wartete, bis sie das Bad verlassen hatte, duschte danach und tupfte mich vorsichtig ab. Den Anzug legte ich erst mal ins Waschbecken und verließ das Bad, um mich in der Küche seitlich auf einen Stuhl zu setzen. Zum Stehen war ich schlicht nicht mehr in der Lage.

Tess wartete dort bereits auf mich und drehte die Tube auf. »Dick oder dünn auftragen?«

»Eher dünn, sonst zieht sie ewig nicht ein.«

»Einmassieren, oder tut das dann weh?«

»Mach einfach«, knurrte ich und bemerkte gleich darauf, dass das fehl am Platz war. »Einmassieren wäre toll. Danke«, setzte ich etwas sanfter hinterher.

Ich spürte Tess' Hände an meinem Rücken. Warm und lebendig. Seltsam zart und entschlossen. Ich schloss die Augen und erwartete das überwältigende Gefühl von unglaublichem Unwohlsein. Doch wie zuvor reagierte mein Körper ganz anders. Er entspannte sich.

Und das war wohl das Unheimlichste, das mir seit Längerem passiert war.

KAPITEL 9

Tess

Jacks Haut fühlte sich seltsam unter meinen Händen an. Uneben. Rau. Unergründlich. So wie sein gesamtes Wesen. So viele Narben. So viel zerstörte Haut. So viel Schmerz.

Gleichzeitig war ich überfordert. Jack hatte mir endlich die Wahrheit gesagt. Zumindest einen Teil davon. Dass es da noch mehr gab, was er mir verschwieg, war mir natürlich klar. Da gab es weitere Dinge, die ihn beschäftigten, doch ich hütete mich, ihn darauf anzusprechen. Immer einen Schritt nach dem anderen.

Konzentrier dich erst mal auf diese Aufgabe, ermahnte ich mich schließlich, nahm noch mehr Creme und massierte Jacks unteren Rückenbereich. Hier waren die Verbrennungsnarben nicht ganz so dick, geschwollen und rot.

Die Hitze seiner Haut beruhigte mich. Wenigstens war er nicht mehr bleich und kalt wie ein Schneemann. Wenn wir nur miteinander reden würden. Das hätte die Situation etwas aufgelockert. Ihn schweigend einzucremen fand ich seltsam. Gleichzeitig fiel mir kein geeignetes Gesprächsthema ein.

Wie hätte ich übers Wetter quatschen können, während ich meine Finger über seine verbrannte Haut gleiten ließ?

»Die Ärzte sagen, ich hätte Glück gehabt«, sagte Jack unvermittelt. Waren seine Gedanken in eine ähnliche Richtung gewandert wie meine? »Viele Verbrennungsopfer müssen häufiger operiert werden. Ich hab die schlimmste Phase durch mein

Koma quasi verschlafen. Für die Verbandswechsel danach wurde ich manchmal noch in Vollnarkose gelegt, ansonsten konnte ich die Behandlung einigermaßen aushalten. Die Wunden heilen gut. Keine Komplikationen. Solange ich brav zur Physiotherapie gehe und die Kompressionskleidung trage, bin ich auf einem guten Weg.«

Aha. Damit wollte er mir wohl mitteilen, dass ich mir keine Sorgen machen und schon gar nicht Nathan informieren sollte.

»Ich bin nur schneller müde und gereizter als sonst. Das liegt vermutlich an den Schmerzen. Sorry, falls ich dich öfters mal angefahren haben sollte.«

Okay. Das reichte jetzt. »Du musst mir keinen Honig um den Bart schmieren. Ich helfe dir gerne. So oder so. Aber hör auf, mir einreden zu wollen, dass alles in Ordnung ist. Das ist es nicht.«

Sofort spürte ich, dass sich Jacks Muskeln unter meinen Fingern anspannten. Ich ignorierte das und massierte stattdessen so vorsichtig wie möglich weiter. »Deine Narben sind nur ein Problem von vielen. Ich glaube dir, dass du damit klarkommst. Vor allem, weil ich dir jetzt helfen kann, wirst du viel Zeit und Kraft sparen …«

»Tess, das hier wird einmalig bleiben! Unter normalen Umständen kann ich das allein.«

»Kannst du wahrscheinlich tatsächlich mit viel Kraftaufwand, aber das ist albern. Wir stehen fast immer zeitgleich auf. Wir sind beide Stubenhocker. Also, wo ist das Problem? Ich kann dich morgens und abends eincremen, du trocknest vor dich hin und belegst nicht ständig das Bad, sodass auch ich weniger gereizt sein werde. Allerdings mache ich das nur unter einer Bedingung.«

»Jetzt gibt es schon Bedingungen? Wer sagt denn, dass ich deine Hilfe überhaupt annehmen möchte?«

Ich zögerte mit meiner Antwort. Letztlich wusste ich aber längst, dass ich diese Karte so oder so ausspielen musste. Theoretisch hätte mir Jack mit seiner sturen Art egal sein können. Er wollte sich nicht helfen lassen? Schön für ihn. Dann halt nicht. Doch so einfach war es nicht. Er war immerhin Nathans Bruder und außerdem … Niemand sollte mit solch einem Problem allein sein. »Wenn nicht, rufe ich Nathan an«, ließ ich die Bombe platzen.

Die Reaktion war erwartbar. Jack sprang regelrecht vom Stuhl auf. »Du erpresst mich?«

»Nur zu deinem Besten, mein Brummbär«, antwortete ich möglichst ruhig. »Jetzt hör auf, mich anzugrummeln. Da sind noch zwei Stellen ohne Creme.«

»Ich hab dir das nicht erzählt, damit du mit deinen Informationen zu Nathan rennst«, sagte Jack, ohne auf meinen Befehl einzugehen.

»Das ist mir durchaus bewusst. Du hast mir das alles nur erzählt, damit ich nicht weiter nachbohre und Nathan erzähle, wie schlimm es wirklich um dich steht.« Ich seufzte. »Hör zu. Mir macht das alles auch keinen Spaß, aber so kann es nicht weitergehen. Entweder du lässt dir weiter von mir helfen, oder du musst ausziehen. Es geht jedenfalls nicht mehr länger, dass du in deinem Zimmer oder in meinem Bad hockst und dich von Tag zu Tag quälst. Ich creme dich ein und …« Ich zögerte, den Satz zu vervollständigen. Jack würde vermutlich ausflippen.

»Und …«, hakte Jack schließlich nach.

»Und du lässt dich noch mal auf PTBS untersuchen.«

Jack starrte mich an. Eine Sekunde. Zwei. Dann nahm er mir kommentarlos die Tube aus der Hand und humpelte Richtung Flur.

»Wenn du jetzt deine Zimmertür schließt, wähle ich direkt Nathans Nummer«, sagte ich voller Verzweiflung.

Jack stoppte in der Bewegung, dann drehte er sich langsam zu mir um. »Warum nervst du mich damit? Dir kann doch total egal sein, ob ich PTBS habe oder nicht. Lass mich einfach in Ruhe damit.«

»Das kann ich nicht.«

»Kannst du. Ist ganz einfach. Mach den Fernseher an, schau dir eine Serie an und vergiss, dass ich in meinem Zimmer sitze.«

»Jack, hör auf, mich verärgern zu wollen. Das klappt nicht. Lass dir helfen. Sonst musst du gehen.«

Er nickte, womit ich nicht gerechnet hatte. »Die WG war ohnehin eine Schnapsidee. Das mit uns konnte nur schiefgehen. Ich packe morgen meine Sachen.«

»Echt jetzt?«

»Ja, echt jetzt. Zufrieden?«

Nicht wirklich, aber in die Falle hatte ich mich selbst hineinmanövriert. Und mal ehrlich: Vielleicht war es besser, wenn Jack aus meinem Leben verschwand und ich mich auf mich selbst konzentrieren konnte. Immerhin hatte ich auch so meine eigenen Probleme.

»Weißt du, was, Jack? Flieh ruhig vor deinen Problemen. Sie werden dich so oder so verfolgen. Ob du jetzt hier wohnst oder nicht«, antwortete ich verbittert. »Viel Spaß mit deiner PTBS.«

»Du bist so dermaßen verbohrt in deine Theorie.« Kopfschüttelnd verschwand Jack hinter seiner Tür. Als sie ins Schloss fiel, zuckte ich zusammen und ärgerte mich sehr, dass mir mit einem Schlag zum Heulen war.

Zwei Stunden später hatte ich alles versucht, um mich abzulenken, doch leider gelang mir das nicht. Lesen, Film gucken, schlafen gehen. All das hatte nicht die Geräusche überdeckt, die aus Jacks Zimmer kamen. Er packte.

Dass mich das dermaßen mitnahm, wunderte mich selbst. Seit Tagen hatte ich überlegt, wie ich ihn zum Auszug bewegen kann. Er war nicht gut für mich. Ich brauchte eine fröhliche Person, die meine eigenen schwarzen Erinnerungen verdrängte. Leben. Sonnenschein. Jack hingegen war ein unheimliches Spiegelbild meiner Seele – ein wunder Punkt, den ich, wenn möglich, ignorierte.

Nach außen hin gab ich mich stets fröhlich und bunt. Meine lilafarbenen Haare hatte ich mit viel Bedacht gewählt. Sie sollten nicht nur von meinem Zynismus ablenken, sondern mich selbst daran erinnern, wer oder was ich einmal gewesen war. Lustig, schräg, eine schillernde Persönlichkeit.

Davon waren nur noch Bruchstücke übrig.

Und jetzt führte mir Jack das mit seiner düsteren Aura eindrucksvoll vor Augen. Früher hätte ich wahrscheinlich die Kraft gehabt, mich mit ihm auseinanderzusetzen. Ihm zu helfen. Heute … Ich konnte es nicht. Nicht noch mal.

Die Erinnerungen an meinen Bruder sorgten dafür, dass die Kälte in meinem Bauch zunahm. Ein fester, harter Klumpen im Magen, den ich nicht loswerden konnte. *Logan.* Ihm hatte ich nicht helfen können. Weil ich zu dumm gewesen war. Zu naiv. Zu selbstsüchtig.

Ich hatte mich nicht genug reingekniet und darauf vertraut, dass andere das Richtige tun würden. Dass meine Eltern sich kümmern oder die verdammte Army eingreifen würde. Aber nein. Sie alle hatten weggesehen. Bis es zu spät gewesen war.

Das erinnerte mich an das umgekippte Bild im Flur. Ich stand auf und tappte auf Zehenspitzen zur Kommode. Dann erstarrte ich. Jemand hatte es bereits aufgestellt, an die exakt gleiche Stelle wie zuvor. Sogar der kleine Porzellanschuh, der immer danebenstand, war geradegerückt worden.

Wenn nicht ich das Bild wieder aufgestellt hatte … blieb nur eine einzige Person, die es getan haben könnte. Jack. Ich starrte das Foto an und bemühte mich, nicht zu viel reinzuinterpretieren. Dann hatte Jack eben den Rahmen wieder aufgestellt. Keine große Sache. Aber dass er den Schuh exakt so positioniert hatte, wie er vorher gestanden hatte, zeigte, dass er es mit Bedacht getan hatte.

Mittlerweile war es still im Zimmer nebenan geworden. Jack hatte vermutlich alles gepackt oder keine Kraft mehr für weitere Aktionen. Kein Wunder. So ein Flashback nahm einen nicht nur emotional, sondern auch körperlich mit. Zumindest hatte mein Bruder mir das mal erzählt.

Nachdenklich starrte ich das Bild an, rang mit mir und drehte mich um. Musterte eine ganz bestimmte Tür. *Ein letzter Versuch*, schwor ich mir. *Danach kann er mich mal kreuzweise.*

Ich atmete tief ein und aus, ehe ich anklopfte. Keine Antwort. Na, das fing ja gut an.

Sollte ich wieder gehen?

Anders als sonst fiel diesmal kein Licht unter der Tür hindurch. Jack schien es ausgeschaltet zu haben. Äußerst ungewöhnlich. Das beklemmende Gefühl in meinem Inneren wurde stärker, bis ich es nicht mehr aushielt.

»Jack? Lass uns noch mal reden. Darf ich reinkommen?«

Keine Antwort. Verdammter Mist. Die Möglichkeit hatte ich nicht bedacht. Und jetzt? Ich haderte mit mir, dann drückte ich die Klinke runter und öffnete die Tür ein kleines Stück. Totale Finsternis empfing mich. Sie war so dicht, dass ich kaum etwas erkennen konnte. Das Bett mitten im Raum nahm ich nur als dunklen Schemen wahr. Daneben stand der Karton mit dem Nachttischchen. Ansonsten …

»Jack?«, fragte ich bang und trat schließlich ganz ein. Er hatte die Rollläden heruntergelassen, sodass nicht mal Licht von draußen reinschien. Wenigstens drang vom Küchenfenster aus ein wenig Straßenbeleuchtung bis zu uns.

Da sah ich ihn.

Er saß mit dem Rücken zur Wand in der Ecke. Das gesunde Bein angewinkelt, das verletzte lang ausgestreckt. Die Stirn hatte er auf das eine Knie abgelegt, beide Arme darumgeschlungen. So hatte er bereits am Strand gesessen. Vermutlich spürte er meinen Blick, denn er löste seinen Griff etwas und ließ den Kopf nach hinten gegen die Wand fallen. Im wenigen Licht sah ich das Glitzern seiner halb geschlossen Augen. Er seufzte.

»Jetzt hast du mich erwischt«, sagte er bitter.

Ich zögerte, tappte dann aber zu ihm rüber und setzte mich

neben ihn. Genau wie er mit dem Rücken zur Wand. Sie war kühl und fest und ungemütlich.

Zunächst schwiegen wir. Vielleicht zehn Minuten, vielleicht auch weniger. Das war schwer zu schätzen. Ich hörte Jacks flaches Atmen überdeutlich im ansonsten stillen Raum und fragte mich die ganze Zeit, was ich jetzt tun sollte.

Schließlich räusperte ich mich. »Warum sitzt du hier in der Ecke?« Ich meinte jedoch, die Antwort zu kennen.

Jack brauchte lange für eine Reaktion. Vermutlich rang er mit sich und seinem Stolz. »Weil ich voll der Psycho bin.«

»Sag so was nicht.«

»Aber wenn es doch so ist.« Er schüttelte den Kopf und legte wieder die Stirn aufs Knie. »Ich bin am Arsch. Willst du wirklich wissen, warum ich hier sitze?«

»Definitiv.«

»Weil ich es im Bett nicht aushalte. Die Welt schwankt um mich herum. Ich meine zu fallen und gleichzeitig zu brennen. Ein Scheißgefühl. Natürlich weiß ich, dass das alles nur in meinem Kopf stattfindet, und trotzdem kann ich nichts dagegen machen. Wenn ich hier in der Ecke hocke und mein Rücken die Wand berührt, erdet mich das. Die Welt rückt sich wieder gerade, und ich kapiere, dass ich nicht bewegungslos auf dem Rücken unter einem Stahlträger …« Jack schluckte hörbar. »… brenne. Die Haltung ist eine Katastrophe für meinen Rücken und meine Hüfte, aber sie hilft mir, zur Ruhe zu kommen. Damit ich zumindest etwas dösen kann.« Nun hob er den Kopf, sah mich an. Allmählich hatten sich meine Augen an die Dunkelheit gewöhnt, sodass ich ihn besser sehen konnte. »An richtigen Schlaf ist nicht zu denken.«

Fuck. Mir war klar gewesen, dass es Jack scheiße ging. Aber wie sehr, wurde mir erst jetzt bewusst. Er hatte das sorgsam vor mir versteckt. Vor der ganzen Welt.

»Ich bin ein Psycho«, wiederholte er leise. »Total verrückt geworden.«

»Du bist krank, Jack. Psychisch krank. Das ist weder eine Schande noch etwas, das du verheimlichen solltest. Mit deiner Hüfte bist du doch auch regelmäßig beim Arzt. Warum lässt du nicht deinen Kopf behandeln? Früher oder später wird dich das sonst zerstören.«

»Ich weiß.« Das sagte er so leise, dass ich es kaum hören konnte. »Das Ausmaß hat mich kalt erwischt. In der Klinik war noch alles okay, und ich dachte, die Brandwunden und die kaputte Hüfte wären meine größten Probleme, und dann kam ... das. Schleichend und immer heftiger. Ich bin stark. Ein Neandertaler. So was passiert einem wie mir nicht.«

»Das hat nichts mit Stärke zu tun. Dein Geist bemüht sich gerade darum, das Vergangene zu verarbeiten. Eine Art Schutzmechanismus. Das ist schon ziemlich beeindruckend, was dein Körper da leistet. Er versucht, dir klarzumachen, dass da was ist, das unverarbeitet ist, das du aber verarbeiten musst. Verdrängst du es, wird es nur schlimmer.«

»Du klingst wie ein Lehrbuch.«

»PTBS ist gar nicht so selten, wie du denkst. Sie trifft nicht nur Soldaten im Kriegseinsatz oder Polizisten, sondern auch Leute nach schlimmen Ereignissen. Und eine brennende Ölplattform *ist* ein schlimmes Ereignis.« Ich wartete so lange, bis er mir in die Augen blickte. Er sah müde aus. Und verzweifelt. »Ohne Hilfe wirst du da nicht rauskommen. Das ist nichts, was du mit dir selbst ausmachen kannst. Ich weiß, dass du am liebsten alles allein regelst, aber in diesem Fall musst du über deinen Schatten springen und dir Unterstützung suchen. Ich meine das ernst. Es gibt so gute Therapieansätze. Du musst nur endlich mit jemandem über deine Probleme sprechen.«

»Mach ich doch gerade.«

»Ich bin keine Therapeutin.«

»Fühlt sich aber so an, Frau Freud.«

Ich musste grinsen, und sogar um Jacks Mundwinkel meinte ich ein kleines Lächeln entdecken zu können. Sofort war die

Stimmung viel gelöster. »Also? Hörst du auf mich?«, fragte ich schließlich vorsichtig.

Jack seufzte tief auf. »Ich hätte nie gedacht, dass ich das mal sagen werde, aber ja: Ich werde mich dem Willen der Prinzessin beugen.«

»Du tust das nicht für mich, sondern für dich – und ganz besonders für deine Familie.«

»Du weißt wirklich, wo du deine Hebel ansetzen musst, damit ich nach deiner Pfeife tanze«, grummelte er.

Ich schnaubte. »Das ist das erste Mal, soweit ich mich erinnere.« Nachdenklich musterte ich ihn. »Woher der Sinneswandel? Ich dachte, du willst ausziehen und mich nie wiedersehen.«

»Das war nur ein letztes Zucken meines Stolzes. Ich habe versucht zu packen und musste einsehen, dass ich es nicht kann.« Er deutete schwach irgendwo ins Innere des Zimmers. Was immer er mir zeigen wollte – es blieb von der Dunkelheit verborgen. »Ich habe einen halben Karton mit meinen Klamotten vollgepackt. Danach hab ich aus Frust ein paar Sachen kaputt gemacht und mich hierhingesetzt. Ende meines Umzugs.« Müde fuhr er sich mit der Hand übers Gesicht und schüttelte gleichzeitig den Kopf. »Ich musste einsehen, dass du recht hattest.«

»Bekomme ich das schriftlich? Damit ich es mir einrahmen und im Wohnzimmer aufhängen kann?«

»Übertreib es mal nicht.«

Er sagte es zwar mit ernsthafter Stimme, doch ich sah das Funkeln in seinen Augen. Ein wenig Leben kehrte darin zurück. Ich genoss diesen Moment stiller Genugtuung und ruhiger Zweisamkeit noch einen Atemzug lang, dann stand ich auf.

»In dem Fall lass uns loslegen.«

»Womit denn bitte?«

»Dich aus der Ecke hochzubekommen, damit du schlafen gehen kannst.«

»Tess! Ich schlafe seit zwei Monaten kaum. Sobald ich liege, beginnen die Flashbacks. Dann bin ich wieder auf der Bohrinsel, begraben unter einem riesigen Stahlgerüst, und die Flammen brutzeln um …« Er verstummte. Vermutlich war ihm aufgefallen, wie viel er über sein Trauma preisgab.

»Darüber berichten zu können ist der wichtigste Schritt überhaupt«, erklärte ich sanft. Wie oft hatte ich das zu Logan gesagt? Er hatte sich jedoch nie geöffnet. Nie. Bis es zu spät gewesen war. Jack hatte mir bereits mehr erzählt, als mein Bruder in einem Jahr mit mir geteilt hatte. »Mit diesem Schritt beginnt die Verarbeitung«, fügte ich lahm hinzu.

»Um ehrlich zu sein, will ich diesen Moment einfach vergessen. Dieses Gefühl. Die Hilflosigkeit. Die Angst.«

»Nur funktioniert das nicht. Dein Körper erinnert sich trotzdem. Verdrängst du die Erinnerung aus dem Hier und Jetzt, drängt sie sich in dem unpassendsten Moment wieder in dein Leben. Du musst dich deinem Trauma stellen und lernen, damit klarzukommen.«

»Das klingt aus deinem Mund so einfach.«

»Nein. Ich weiß, dass das echt schwierig ist.« Diesmal zögerte ich, doch ich spürte, dass ich einen Schritt weitergehen musste, um Jack aus seiner Ecke zu bekommen. »Ich hab lange Zeit mit Panikattacken zu tun gehabt«, erzählte ich schließlich. »Sie überfallen dich aus dem Nichts, und du denkst, du stirbst jeden Moment. Mittlerweile habe ich meine Techniken, um dagegen angehen zu können. In den allermeisten Fällen stoppe ich sie, bevor es richtig schlimm werden kann. Trotzdem sind sie ein Teil von mir. Diese Erfahrungen haben mein Leben verändert – und auch meine Sicht auf psychische Krankheiten. Du hast sie dir genauso wenig ausgesucht, wie man sich Krebs oder einen Bandscheibenvorfall aussucht. Du kannst nichts dafür. Aber du kannst durchaus etwas dagegen tun, indem du dir Hilfe holst. Das ist der erste Schritt. Der wichtigste überhaupt.« Ich hielt ihm meine Hand hin. »Wie wäre es, wenn du zuerst meine Hilfe annimmst?«

»Ich dachte, das hätte ich bereits getan.« Er sagte es leichthin, doch ich spürte die Bitterkeit zwischen den Zeilen. Immerhin hob er die Hand und legte sie in meine. Ganz zart. Ganz ruhig. Sie war wie am Lagerfeuer eiskalt.

»Du schaffst das«, bekräftigte ich ihn sanft. »Du bist tatsächlich so stark, wie du immer tust. Gerade bist du gestrauchelt, aber schon bald wirst du wieder in der Lage sein, mir so richtig auf den Geist zu gehen.« Ich sah ihn nun sanfter an. »Und danke, dass du das Bild wieder aufgestellt hast.«

Jacks Blick bewies, dass er um die emotionale Tragweite sehr genau wusste. »Gern geschehen«, sagte er lediglich und ließ dann das Thema fallen. Der klare Beweis dafür, dass Jack Ambrose durchaus dazu in der Lage war, mitfühlend zu sein. Ein weiterer Punkt, in dem ich mich geirrt hatte.

Jack

Tess hatte recht. So ging es wirklich nicht mehr weiter. Mir schmeckte es gar nicht, ihre Hilfe annehmen zu müssen – und gleichzeitig fühlte es sich gut an. Wie ein Schritt in die richtige Richtung.

Es erstaunte mich selbst, wie erleichtert ich war.

Wir machten uns noch einen Tee in der Küche und blieben dort so lange, bis ihr die Augen im Sitzen zufielen. Sie war völlig fertig mit sich und der Welt.

»Wir sollten schlafen gehen«, sagte ich, stand mühsam auf und nahm ihr die Teetasse aus den Händen.

»Kannst du das denn?«

»Nein, aber die eine Nacht mehr wird mich nicht umbringen. Ich kümmere mich morgen darum, dass die nächsten Nächte besser werden. Okay? Jetzt müssen wir uns nicht beide um den Schlaf bringen.«

Sie grummelte vor sich hin, erhob sich und stapfte zu ihrem Zimmer. Kurz vor der Tür blieb sie stehen und drehte sich zu mir um. »Ich bin froh, dass wir endlich miteinander geredet haben.«

Ich nickte. Das fand ich tatsächlich auch. Die Alternative wäre der Auszug gewesen, etwas, das ich nicht wirklich gewollt hatte. Ja, ich hatte gepackt. Ja, ich war genervt gewesen. Aber um ehrlich zu sein, fühlte ich mich jetzt, wo ich bleiben konnte, wesentlich besser.

Wir verabschiedeten uns, ich stellte die Tassen in die Spüle und lief langsam in mein Zimmer zurück. Dort setzte ich mich bei diesmal eingeschaltetem Licht in meine Ecke und holte mein Handy heraus, um nach PTBS zu googeln. Blass erinnerte ich mich daran, dass mein Arzt genau das in Betracht gezogen hatte. Ich hatte ihn abgebügelt und jedwede Behandlung in diese Richtung verweigert.

Während ich mir die Symptomliste durchlas, wurde mir kalt. Verdammte Scheiße! Das klang ja wirklich nach mir und meinen Problemen. Die Erkenntnis erschütterte mich zutiefst, und gleichzeitig sah ich ein klein wenig Licht am Horizont. Dass ich jetzt einen Namen für mein dramatisch in Schieflage geratenes Gefühlsleben hatte, tröstete mich auf eine seltsame Art und Weise.

Es gab mir außerdem einen Schub, den ich schon lange nicht mehr verspürt hatte. *Pack es an.* Das hatte ich seit Monaten nicht gedacht, sondern mich nur von Tag zu Tag gehangelt.

Also packte ich es an.

In der Nacht tat ich trotzdem kein Auge zu. Bloß weil Tess mein Problem erkannt haben könnte, löste es sich dadurch nicht in Luft auf. Aber ich kam ein wenig besser mit meiner Schlaflosigkeit zurecht. Jetzt, wo ich zumindest einen Plan hatte.

* * *

Am nächsten Morgen ließ ich es tatsächlich ohne Drama zu, dass Tess meine Narben auf dem Rücken versorgte. Ich wusch meinen Anzug nun ganz offen in der Küche, damit Tess sich in Ruhe im Bad fertig machen konnte. So viel Frieden in dieser WG war mir beinahe unheimlich.

»Bist du schon fertig mit deiner Morgenrunde am Strand?«, fragte ich sie, kaum dass sie zurück in der Küche war. Ihre Haare glänzten feucht. Offenbar hatte sie kurz geduscht.

»Ja, aber heute bin ich nicht lange unterwegs gewesen. Der komische Kerl war wieder da, also hab ich zugesehen, dass ich nach Hause kam.«

»Welcher komische Kerl?«

»Ein Jogger, der mich ständig anspricht. Ich gehe ihm normalerweise aus dem Weg. Jetzt schau nicht so. Mit dem werde ich fertig. Und was hast du heute vor?«

Ihr Ablenkungsversuch war offensichtlich, doch ich ließ ihn durchgehen. Bis gestern hatten Tess und ich meist keine zwei Worte am Morgen miteinander gewechselt. Da hatte ich kein Recht, ihr in ihre Morgenroutine reinzureden. Selbst wenn das mit dem Jogger seltsam klang.

»Ich überlege, ob ich mich wirklich bei einem Psychodoktor melde. Ganz brav, damit du nicht schimpfen musst.«

Tess warf mir einen mahnenden Blick über den Rand ihrer Müslischüssel hinweg zu. »Wenn du aufhörst, ihn Psychodoktor zu nennen, bekommst du ein Lob von mir.«

Ich grinste sie frech an und setzte mich nach kurzem Zögern zu ihr, um mein Toast mit Roastbeef zu verspeisen. Sie musterte mein Frühstück mit einem leicht missbilligenden Blick, danach aßen wir in stiller Zweisamkeit. Auch mal ganz angenehm.

Schließlich musste sie zur Uni und ich mich um … um mich selbst kümmern. Also verzog ich mich in mein Zimmer und stellte zum ersten Mal überhaupt fest, wie unpersönlich alles aussah.

Schweigend holte ich meinen Thriller aus einer halb gepackten Kiste hervor und legte ihn auf den Nachttisch zurück. Meine Klamotten hatte ich noch immer in einem Koffer verstaut, der Schrank aus dem Möbelladen war nach wie vor nicht aufgebaut. Sollte ich es endlich über mich bringen und das Zimmer aufhübschen? Damit ich mich wohler fühlte?

Leider kehrte im gleichen Moment diese bleierne Müdigkeit zurück, die mich seit Wochen lähmte. Bloß weil ich jetzt beschlossen hatte, mich besser zu fühlen, funktionierte das natürlich nicht automatisch. Ich war gezwungen, mich für mehrere Stunden hinzulegen. Richtig schlafen konnte ich zwar nicht, aber es half, dass ich mich nicht mehr ganz so wattig im Kopf fühlte.

Danach tat ich etwas, das ich seit Tagen nicht getan hatte: Ich ging allein vor die Tür. Ohne Ziel. Ohne es zu müssen. Einfach nur ein wenig bewegen und frische Luft tanken. Denn Bewegung konnte nie schaden.

Tatsächlich war ich schockiert, wie wenig Kondition ich besaß. Der Ausflug zur Strandparty hatte mir bereits alles abverlangt und steckte mir noch in den Knochen. Heute kam ich gar nicht in die Gänge. Ich schaffte es bis zu einer einsamen Bank mit Blick auf den Strand und das Meer. Der perfekte Ort, um durchzuatmen. Gleichzeitig spürte ich ein beklemmendes Gefühl im Brustbereich, das ich zunächst nicht einordnen konnte.

Das Geräusch der Wellen. Der Schrei der Möwen. Der Geruch nach Salz.

Meine Brust wurde enger und enger. Mein Atem schneller und flacher. Mir brach der Schweiß aus, während sich meine Beine und Arme seltsam taub anfühlten. *Scheiße*.

Die Panikattacke überrollte mich wie ein rasender Lastwagen.

Verzweifelt schloss ich die Augen und bemühte mich darum, die Umwelt auszublenden. Das Meer wegzuschieben. Das Rauschen der Wellen zu überhören. All das zu ignorieren, das dieses Gefühl in mir ausgelöst hatte.

Leider funktionierte das nicht.

Hinterher konnte ich kaum sagen, wie lange ich auf dieser Bank gesessen hatte. Vermutlich war es nur eine halbe Stunde gewesen, doch es war die längste meines Lebens. In dieser Zeit kam es mir in jeder einzelnen Minute so vor, als sei mein Leben gleich vorbei.

Immerhin blieb ich von dem Gefühl des Verbrennens verschont. Die aufflammenden Bilder in meinem Kopf verblassten, bevor ich sie richtig sehen konnte. Kein Feuer. Kein Pete, der mich im Sterben anstarrte.

Und dann, ganz plötzlich, löste sich mein Brustkorb wieder. Wurde weiter und freier. Das Atmen funktionierte auf einen Schlag viel besser. Meine Hände hörten auf zu zittern, und ich schaffte es sogar, die Augen zu öffnen. Die Attacke war vorüber.

Das Meer. Ausgerechnet das Meer hatte mich getriggert.

Der Gedanke machte mich so dermaßen traurig, dass ich mich nicht rühren konnte. Für die meisten Menschen waren Wellen der Inbegriff für Ruhe und Geborgenheit. Für entspanntes Leben. Für Glück. Auch mich hatte das Meer angezogen. Ich war gerne am Strand. Hatte den Sand geliebt.

Dass all das jetzt für mich das Symbol für eine brennende Ölplattform sein sollte, war erschreckend. Was …

»Jack? Du in freier Wildbahn? Ein seltener Anblick!« Tess hatte mich auf ihrem Nachhauseweg erspäht. *Mist.* Wie hatte ich das nur vergessen können? Sie hatte mir irgendwann mal erzählt, dass sie gerne auf dem Heimweg von der Uni am Strand entlanglief. Dabei kam sie natürlich unweigerlich an dieser Bank vorbei. Sie sah so frisch wie eine Sommerbrise aus: Die Bluejeans und das weiße Shirt standen ihr wie immer beinahe unverschämt perfekt. Der Spruch darauf war mindestens genauso gut.

Die Erde zu reparieren wird teurer,
als sie jetzt zu schützen.
Herzliche Grüße, dein Kapitalismus.

Ich musste lächeln, wodurch ich den unangenehmen Moment überbrückte, als Tess sich neben mich setzte und mich eingehend musterte. »Alles in Ordnung?«

»Ging mir nie besser«.

Tess verdrehte die Augen. »Alles klar. Der Neandertaler schwingt die Keule. Lass sie stecken und atme lieber tief durch.«

Ich bemühte mich und hatte gleichzeitig Angst davor, dass genau das wieder einen Flashback auslösen könnte.

Das war der Moment, in dem ich mich entschloss.

So konnte und wollte ich nicht weiterleben. Immer in meinem Zimmer. Immer Angst vor etwas, das dieses grässliche Gefühl in mir verursachen konnte. Ich musste was dagegen tun.

Ich musste mich wirklich um eine Therapie kümmern.

Obwohl es unhöflich war, mit Tess neben mir zu telefonieren, holte ich mein Handy hervor und rief die Klinik an, bei der ich derzeit zur Physio ging. Auch da hatten sie mir ein Psychologengespräch ans Herz gelegt, das ich aber abgelehnt hatte. Doch genau danach fragte ich jetzt. Zunächst versuchte mich jeder abzuwimmeln, doch ich war nervig genug und ergatterte sogar einen erstaunlich frühen Termin in zwei Wochen. Offenbar zahlte Primaoil horrende Summen, sodass ich weiterhin mit einer Sonderbehandlung rechnen konnte.

Ich bestätigte den Termin und legte auf, sah Tess triumphierend an. »Zufrieden?«

Sie hob beide Daumen und grinste wie ein Honigkuchenpferd. »Ich bin stolz auf dich. Dafür hast du jetzt wirklich ein Eis verdient.«

»Lad mich lieber zu einem Steak ein.« Als ich ihr Lächeln erlöschen sah, gab mir das einen seltsamen Stich in den Magen. Schuldgefühl. Reue. Ganz neue Empfindungen. »Aber Eis ist auch okay«, hörte ich mich wie aus weiter Ferne sagen.

Sie sprang auf und wartete, bis ich meine Krücken sortiert hatte. Danach gingen wir zu der kleinen Eisdiele einen halben Block von unserer Wohnung entfernt. Hier reihte sich ein Hochhaus an das nächste, wetteiferte um den Blick aufs Meer. Kleine Ladengeschäfte fingen Touristen ab, ansonsten war es recht studentisch. Kein Wunder, mit der gigantischen Uni in der Nähe.

Tess ergatterte uns einen Tisch am Rand des kleinen Gastronomiebereichs direkt neben dem Strand. Wie selbstverständlich rückte sie mir einen Stuhl zurecht, sodass ich problemlos mit den Krücken daraufgleiten konnte. Normalerweise ärgerte ich mich über solche Gesten. Ich wollte keine Extrabehandlung. Doch Tess tat solche Dinge wie nebenbei, wodurch es kaum auffiel. Ich beschloss daher, es ihr durchgehen zu lassen und stattdessen froh zu sein, dass ich nicht vor aller Augen mit dem Stuhl und den Krücken herumhantieren musste.

Ich brauchte dringend mehr Routine. Andere Menschen mit Krücken bewegten sich viel eleganter im Alltag als ich.

Trotzdem konnte ich einen erleichterten Seufzer kaum unterdrücken, als ich saß. Da ich mich mit dem Rücken zum Meer gedreht hatte, konnte ich es jetzt nicht mehr sehen. Viel besser.

»Was willst du?«, riss Tess mich aus meinen Gedanken. »Du kannst frei wählen, nur alles über fünf Dollar ist nicht drin. Ich hab nur zehn dabei.«

Ich lachte leise, als sie mir die Karte reichte und ich feststellen musste, dass ich dafür definitiv keinen Eisbecher bekommen würde. Also bestellte ich lediglich einen Kaffee, woraufhin sich Tess einen Becher für sieben Dollar gönnte. »Du darfst auch bei mir naschen«, entschuldigte sie sich bei mir.

Wieder dieses Ziehen, das ich nicht recht einordnen konnte. Irgendwo in meinem Magen. Ich dachte nicht weiter darüber nach und konzentrierte mich lieber darauf, was Tess erzählte.

»… kein Wort verstanden. Echt nicht. Vielleicht muss ich Nathan noch mal fragen, ob er mir Nachhilfe in Mathe gibt, aber der ist ein denkbar schlechter Lehrer. Dass jemand die fünf

Rechenschritte in seinem Kopf nicht nachvollziehen kann, liegt jenseits seiner Vorstellungskraft. Für ihn ist das alles logisch. Für mich ist es verwirrend und frustrierend.«

»Wenn du Nathans Erklärungen in Mathe verstehen willst, brauchst du gleichzeitig noch einen zweiten Nachhilfelehrer, der dir Nathans Erklärung erklärt«, sagte ich grinsend. Da hatte ich selbst so meine Erfahrungen gemacht. Schon in der ersten Klasse hatte mein kleiner Bruder meine Hausaufgaben gemacht. Zum Spaß. Ich lachte leise bei der Erinnerung. »Nathan hat sich sehr gefreut, als ich binomische Formeln in Mathe büffeln musste. Er ging da richtig drin auf.«

Der Eisbecher und der Kaffee kamen. Selten hatte ich jemanden gesehen, der sich dermaßen für so etwas begeistern konnte. Tess stürzte sich darauf, als hätte sie in den letzten Monaten gefastet. »Ich liebe Eis«, erklärte sie nach dem fünften Bissen.

»Das sehe ich.«

Schuldbewusst schob sie mir den Becher hin. »Willst du probieren?«

»Nein, lass mal. Ich wage es nicht, dir auch nur einen Bissen davon zu nehmen. Genieß dein Eis. Ich bleib beim Kaffee.«

Die nächsten zehn Minuten war Tess damit beschäftigt, ihr Eis in Rekordzeit zu vertilgen. Dabei unterhielten wir uns auf eine Weise, die ganz neu für uns war. Streitgespräche waren sonst Alltag für uns gewesen, die Basis unserer Beziehung: Der Neandertaler und die Prinzessin bekriegten sich. Jetzt kam eine weitere Komponente hinzu.

Ich hörte Tess wirklich zu und lauerte nicht nur darauf, sie zu provozieren. Sie hingegen erwähnte nicht einmal das Wort Neandertaler. Stattdessen erzählte sie völlig locker von der Uni, ihrer Freundin Anne, der alten Mitbewohnerin Hanna und was Kryptisches über Yoga. *Mist.* Da hatte ich kurz nicht aufgepasst. Meine fehlende Aufmerksamkeitsspanne nervte mich mittlerweile selbst. Normalerweise war ich ein guter Zuhörer. Jetzt fühlte sich mein Hirn so löchrig wie ein Sieb an.

Ich war kaum in der Lage, fünf Minuten am Stück meine Gedanken zu fokussieren. Ob das auch an meinem angeblichen Trauma lag?

Als Tess sich mitten im Satz unterbrach, die Eiskarte schnappte und dahinter in Deckung ging, war ich entsprechend irritiert.

»Was ist los?«, fragte ich alarmiert und richtete mich unverzüglich im Sitz auf.

»Jamie ist da. Mitsamt seinen Anhängern.«

»Wer ist Jamie?«

»Der Kerl, der mich unbedingt in seiner Umweltschutztruppe haben will. Ich will da aber nicht rein.«

»Dann hast du jetzt die Möglichkeit, es ihm persönlich zu sagen. Dein Versteckspiel hat wenig genützt. Er hat uns gesehen und kommt her.«

Tess ließ tatsächlich ihre Karte sinken und seufzte. »Verdammt«, brummte sie.

Der Typ, der jetzt zu uns herüberschlenderte, hatte ein so selbstsicheres Auftreten, das selbst mich beeindruckte. Mit einem Wink bedeutete er seinen Untergebenen, dass sie vor dem Café auf ihn warten sollten, dann trat er an unseren Tisch heran.

»Hey, Tess«, sagte er mit einem warmen Lächeln. Tess winkte schwach.

»Hey, Jamie«, antwortete ich für sie und imitierte dabei seine süßliche Stimme.

Wie erwartet reagierte dieser irritiert und schien mich erst jetzt zu registrieren. Bislang hatte er nur Augen für Tess gehabt. »Hey«, sagte er zu mir und reichte mir die Hand.

Ich nahm sie pflichtschuldig und drückte besonders fest zu. Er erwiderte den Druck nicht minder kräftig, und einen kurzen Moment battelten wir uns stumm.

»Du hast auf meine letzte Nachricht nicht reagiert. Kommst du morgen zum Infoabend? Gegen sieben. Völlig unverfänglich. Du wirst es nicht bereuen«, sagte Jamie, nachdem er unser stummes Duell verloren hatte.

»Ich muss mal sehen, ob ich da kann«, wich Tess aus. Ich trat sie unter dem Tisch, woraufhin sie mir einen finsteren Blick zuwarf.

»Ach, komm schon. Das wird lustig. Du darfst auch deinen Freund mitbringen.« Jetzt sah er mich herausfordernd an.

»Ne, lass mal. Ich arbeite in der Ölbranche und vergifte lieber die Umwelt. Sonst hättet ihr schließlich nichts zu tun.«

Diesmal war es Tess, die mich unter dem Tisch trat.

Jamie hingegen war nur den Bruchteil einer Sekunde verwirrt, dann lächelte er schwach. »Ein echter Witzbold«, stellte er lässig fest. »Hau du ruhig deine Sprüche raus, aber in dem Punkt wirst du bei Tess nicht landen können. Wir nehmen die Sache ernst. Umweltschutz geht uns alle was an.«

»Amen«, sagte ich trocken.

Diesmal war der Tritt so fest, dass ich ein leises »Aua« nicht unterdrücken konnte. »Ich schaue mal, ob ich vorbeikomme«, sagte Tess in die unangenehme Stille hinein. Als sie Jamies zweifelnden Blick sah, seufzte sie. »Okay. Versprochen. Ich komme.«

Sofort erhellte sich seine Miene. »Perfekt. Ich freue mich. Und falls es sich Mr. Öllobby anders überlegen sollte, darf er natürlich auch mitkommen.«

»Danke für die Einladung. Ich bring Grillzeug mit. Wären Würstchen vom Discounter genehm?«

Jamies Blick war unbezahlbar. Zum Glück für uns alle beschloss er, mich zu ignorieren. Stattdessen nickte er Tess noch einmal zu und verzog sich.

Tess hingegen strafte mich mit dem Blick des Todes. »Du bist unmöglich.«

»Nein. Ich bin nur ehrlich.« Um sie zu ärgern, nahm ich ihren Löffel und schob mir das letzte bisschen Eis in den Mund.

Ihre Gesichtsfarbe änderte sich von Rosa zu Dunkelrot, was ich sehr charmant fand. »Jamie hat recht: Umweltschutz ist eine ernste Sache. Deine flapsigen Sprüche sorgen nur dafür, dass uns niemand für voll nimmt und jeder belächelt. Wir …«

»Jamie ist ein Arsch. Er ist einer von der Sorte, die sich gerne wichtigmachen und in den Mittelpunkt stellen. Hast du gesehen, wie er seine Leute um sich schart? Als wäre er der Rockstar und sie seine Groupies. So was hast du überhaupt nicht nötig.«

Tess' Gesichtsfarbe wurde noch dunkler. Ob vor Ärger oder durch mein nebenbei eingeflochtenes Lob, war schwer zu sagen. »Ich kann mir meine Meinung über die Leute selbst bilden«, sagte sie verschnupft, rupfte mir den Löffel wieder aus der Hand und kratzte den kläglichen Rest Eis im Becher zusammen.

»Und warum bist du dann eingeknickt?«

»Weil ich ihn loswerden wollte, bevor ihr noch Armdrücken angefangen hättet. Nicht er war oberpeinlich, sondern du.«

»Nö. *Du* warst peinlich.«

Mit einem lauten Klappern warf sie den Löffel in den Becher rein. »Was?«, hakte sie fassungslos nach.

So viel dazu, dass wir zwei ohne Streit entspannt beieinandersitzen konnten. Weil sie mich ohnehin anfunkelte, konnte ich sie gleich weiter reizen. »Sprich mir bitte diesen Satz nach: ›Nein, Jamie, ich möchte nicht in deine Umweltschutzorganisation. Ihr seid öde.‹«

»Du bist so ein Arsch.«

»Der Satz hätte auch gut gepasst. Aber du musst das nicht zu mir sagen, sondern zu Jamie.«

Tess starrte mich an. Eine Sekunde. Zwei. *Jetzt flippt sie gleich aus und macht dir eine Szene im Café.*

Stattdessen schien sie mit einem Schlag gegen Tränen ankämpfen zu müssen. Hilfe! Das war noch schlimmer, als wenn sie mir meinen halb ausgetrunkenen Kaffee ins Gesicht geschüttet hätte. »Du hast recht«, murmelte sie. »Ich hätte einfach Nein sagen müssen.«

Ich winkte als Antwort den Kellner heran. »Noch mal bitte die gleiche Eisbombe hier«, sagte ich zu ihm. Er nickte und verschwand.

»Ich hab nicht genug Geld dabei«, protestierte Tess.

»Diesmal lade ich dich ein. Als Aufmunterung und Lob für deine Erkenntnis. Nein sagen tut gut. Vor allem, wenn man etwas wirklich nicht will. Ich bin überrascht, dass du das nicht kannst. Bei mir sagst du ständig Nein.«

Tess wirkte seltsam nachdenklich. Vermutlich als Rache für ihr geklautes Eis nahm sie meinen Kaffee und trank ihn ungefragt aus. Dann nickte sie. »Sich mit dir zu streiten fühlt sich irgendwie anders an. Du triffst einen ganz bestimmten Nerv bei mir, den sonst keiner erreicht. Nimm es als Kompliment oder nicht, ich weiß selbst nicht, was das bedeutet. Bei anderen hingegen ... Ich winde mich seit Monaten, aber Jamie stellt sich taub.«

»Jamie ist ein Jäger. Du machst dich rar und damit unbeschreiblich interessant. Sobald er dich eingefangen hat, lässt er dich fallen wie eine heiße Kartoffel und schiebt dir lediglich die nervigen Aufgaben zu. Ich glaube, der hält dich für eine wunderbare Arbeitsbiene und gleichzeitig nicht für selbstbewusst genug, als dass du ihm seinen Rang streitig machen würdest.«

»Das hast du mit einem einzigen Blick gesehen?«

Ich zuckte mit den Schultern. »Kann mich auch irren, aber solche Psychopathen kenne ich zur Genüge. Jetzt hast du drei Möglichkeiten. Du kannst morgen hingehen und dich einspannen lassen, dann lässt er dich vermutlich in Ruhe. Oder du sagst ihm unmissverständlich, dass du kein Interesse hast und er sich verpissen soll.«

»Und die dritte Möglichkeit?«

»Ich gehe morgen zum Treffen und benehme mich wie ein Neandertaler. Danach wirst du inklusive mir auf die rote Liste gesetzt.«

Wir grinsten uns daraufhin breit an, und sobald das Eis auf dem Tisch stand, war die alte Leichtigkeit wieder zurück. Zu meinem Erstaunen fand ich diese Stimmung besser als unsere Streitgespräche. Vor allem, weil ich Tess dabei entspannter beobachten durfte. Was ich sah, gefiel mir. Ihr Humor hatte es mir bereits seit Längerem heimlich angetan, doch jetzt kam eine Tiefe hinzu, die uns bislang in unseren Gesprächen gefehlt hatte.

Ja, verdammt. Sie war toll. Viel toller, als ich je für möglich gehalten hätte.

KAPITEL 10

Tess

Wir rauften uns zusammen. Und das war nicht mal sonderlich kompliziert. Jack war ein aufmerksamer Beobachter, der mich vermutlich schon vor einer ganzen Weile durchschaut hatte.

Wenn ich von meiner Joggingrunde zurückkehrte, wartete bereits frischer Kaffee auf mich, manchmal sogar mit Milchschaum. Im Gegenzug cremte ich ihn ein. Beinahe absurd einfach fanden wir in einen Rhythmus, den wir beide mochten.

Morgens frühstückten wir zusammen, manchmal trafen wir uns zum Abendessen wieder. Nach und nach verschwanden die richtig fiesen Fertigprodukte aus meinem Kühlschrank. Ein stummes Zugeständnis von Jack. Ich hingegen meckerte nicht mehr länger über die vielen Energydrinks. Vielleicht brauchte er die, um überhaupt auf Touren zu kommen.

Als ich ihm ein Buch über die Öllobby und Umweltschutz hinlegte, nahm er es beinahe kommentarlos hin. »Ich hatte gehofft, du hättest diese Bedingung unseres Mietvertrags vergessen«, merkte er lediglich an.

Am nächsten Tag sah ich kleine Klebezettel im Buch. Es lag zwar auf dem Klo, aber immerhin las er darin.

Die Nächte waren nach wie vor heikel. Ich hatte ihm gesagt, er müsste sich nicht in seinem Zimmer einschließen, wenn der Schlaf auf sich warten ließ. Das Ergebnis war, dass ich ihn danach ständig in der Küche rumoren hörte. Mal um zwei, mal um vier Uhr nachts. Einmal wanderte er unruhig auf dem Flur auf und ab, bemerkte dann aber, dass ich wach war. Sofort kehrte er in sein Zimmer zurück. Wenigstens hatte er bald einen Termin beim Psychologen. Der konnte womöglich etwas gegen die Schlafstörungen tun.

Mit jedem Tag entspannte ich mich mehr. Ich kam gern nach Hause. Freute mich sogar auf eine Begegnung mit Jack. Er war nach wie vor ganz anders als ich und oft auch in sich gekehrt, aber er grummelte nicht mehr herum und bemühte sich spürbar, sich nicht einzuigeln.

»Wie wäre es, wenn du mal eine Morgenrunde mit mir mitgehst?«, schlug ich schließlich vor. »Du musst ja keinen Müll aufsammeln. Ein wenig Gesellschaft reicht mir.« Dass mich schon unzählige Leute hatten begleiten wollen und ich außer Anne alle abgelehnt hatte, ließ ich natürlich unerwähnt.

»Und ich dachte, wir könnten Freunde werden«, antwortete Jack trocken.

»Wieso? Was hat das eine mit dem anderen zu tun?«

»Du willst mich umbringen. Eindeutig.« Er hob die Krücken an. »Schon vergessen?«

Genervt verdrehte ich die Augen. »Jetzt hab dich mal nicht so. Wir können auch eine ganz kleine Runde machen und müssen nicht runter zum Meer. An der Straße gibt es genug weggeworfenes Zeug.«

Jack sparte sich eine Antwort, und ich gab auf, bevor wir uns stritten. Das taten wir nämlich immer noch recht regelmäßig, aber nie wirklich heftig. Es war eher wie ein Spiel zwischen uns.

Als ich mir am nächsten Morgen meine Schuhe anzog, war ich umso erstaunter, als Jack sich zu mir gesellte.

»Jack Ambrose meldet sich zum Dienst«, salutierte er vor mir. »Bereit, seinen ökologischen Fußabdruck zu verbessern.«

Ich freute mich und drückte ihm in der gleichen Sekunde eine Müllzange in die Hand. »Dann mal los.«

Wir kamen nicht wirklich weit. Krücken und Zange vertrugen sich schlecht miteinander, aber ich spürte, dass es Jack ernst war. Er wollte wieder mehr raus, mehr tun.

Am nächsten Tag kam er erneut mit, genau wie am nächsten. Ganz langsam erweiterte er seine Wegstrecke.

»Bald laufe ich dir davon«, brummte er, als ich mich an diesem Tag nach unserer Runde von ihm verabschiedete. Er wollte zurück und ich ein wenig joggen.

»Bestimmt«, versicherte ich ihm, winkte noch einmal und lief los, weiterhin breit grinsend. Kaum war ich außer Sichtweite, zog ich mein Handy hervor, um Amy eine Nachricht zu schreiben.

Tess: Jack ist eigentlich ganz nett.

Amy: Geht es dir gut? Hast du gestern zu viel auf einer Party getrunken und dir Jack schöngesoffen?

Tess: Nein, ehrlich! Jetzt, wo wir beide wie gesittete Menschen miteinander umgehen, könnte das doch noch was werden mit unserer WG. Ich habe zumindest Hoffnung.

Vergnügt lief ich weiter und kehrte nach gut einer Stunde müde und weiterhin gut gelaunt nach Hause zurück. Im Flur blieb ich dann allerdings wie vom Donner gerührt stehen. Aus dem Bad kamen so wilde Flüche, dass es mir die Röte in die Wangen trieb. Seltsamerweise stand die Tür zu dem Raum offen.

»Alles okay?«, fragte ich noch immer schwer atmend.

»Jup«, kam die gepresste Antwort.

Sofort ließ ich alles stehen und liegen und eilte zum Bad. Dort fand ich Jack am Boden vor, in einem ganz seltsamen Winkel zusammengekrümmt. »Scheiße, bist du gestürzt? Hast du dich verletzt?«, rief ich und sah erst dann die Rohrzange, mit der Jack rumhantierte.

Genervt senkte er das Werkzeug in seinen Händen. »Ich repariere den bescheuerten Wasserhahn. Also nein. Ich bin nicht gestürzt. Ich handwerkele.«

Erst jetzt bemerkte ich, dass Jack in einer übel stinkenden Wasserlache lag. »Ach so«, sagte ich. »Dann ist ja gut.« Ich wandte mich ab, um meine Schuhe an der Garderobe abzustellen.

»Danke, Jack, dass du mein Heim vor dem Verfall rettest«, hörte ich Jack leise murmeln und musste grinsen. Solange er Sarkasmus anwandte, war alles in Ordnung.

»Willst du Kaffee?«, rief ich ihm zu.

»Ich will ein neues Abflussrohr.« Ein Brummen folgte. »Kaffee geht auch.«

Etwa zehn Minuten später kam er ohne Krücken in die Küche, noch immer nass und genervt, aber unter seiner grummeligen Fassade sah ich genau, dass er zufrieden wie eine Katze vorm Sahnetopf war.

»Ich darf vermelden: Wasserhahn tropft nicht mehr, Wasser fließt wieder.«

»Braver Klempner«, antwortete ich und prostete ihm mit meinem Kaffee zu.

Jack ließ sich mit einem leisen Ächzen auf den Küchenstuhl sinken und nahm einen Schluck aus der Tasse, die ich auf den Tisch gestellt hatte. Dabei musterte er mich seltsam.

»Was?«

»Ich wollte mich gestern ein wenig auf diesen winzigen Balkon setzen, um mich zu sonnen. Das ist zwar nicht so gut für meine Narben, soll mich aber glücklich machen. Vitamin D und so. Jedenfalls … kam ich nicht weit.«

Ich wusste genau, was er meinte, und seufzte leise. »Du bist an meinem Gartenprojekt gescheitert.«

»Das soll ein Gartenprojekt sein? Was haben dir die armen Pflanzen getan? Mal ganz davon ab, dass man den Balkon nicht betreten kann, weil da so viel rumsteht.«

»Ich bin nicht dazu gekommen«, murmelte ich.

Jack zog eine Augenbraue hoch. »Darf ich die Sachen entsorgen?«

»Nein! Sobald ich Zeit habe, wird das ein Gartenparadies. Mein persönlicher Wohlfühlort. Jetzt stress nicht rum. Bloß weil du beschlossen hast, die Wohnung auf Vordermann zu bringen, musst du mich nicht deswegen nerven. Nicht jeder hat so viel Zeit wie du!« Jacks Miene verfinsterte sich umgehend, und genauso schnell bereute ich meine harten Worte. »Sorry«, schob ich rasch hinterher.

»Schon gut. Hast ja recht. Vergiss es einfach.« Jack machte Anstalten zu gehen.

»Jetzt sei nicht gleich beleidigt!«

»Bin ich nicht. Ich hab nur beschlossen, dass es mich wirklich nichts angeht. Mach mit deinem Balkon, was du willst.«

Mann, dachte ich genervt, als Jack verschwunden war. *Ganz toll gemacht*. Frustriert nahm ich meinen Kaffee mit zu meinem Schreibtisch, um mich mit Lernen zu quälen. Ich kam fünf Fachbuchseiten über Stochastik weit, dann stand ich wieder auf. Dieser verflixte Garten ging mir nicht aus dem Kopf, und ich hatte ein schlechtes Gewissen Jack gegenüber.

Also tat ich das Einzige, das mir jetzt helfen konnte: Ich packte es an, schnappte mir die vertrockneten Pflanzen, sammelte sie in einem Mülleimer und begann danach, die kleinen Blumenkästchen nach einer alten Anleitung zusammenzubauen. Darauf musste ich mich so konzentrieren, dass ich Jack erst deutlich später bemerkte.

»Stehst du schon lange da?«, fragte ich, als ich mich umdrehte und ihn lässig an der Balkontür lehnen sah. Allein, dass er das mittlerweile konnte, war ein kleiner Grund zum Feiern. Es ging ihm körperlich mit jedem Tag besser.

»Lange genug, um mich zu fragen, was zur Hölle du da mit dem Schraubendreher veranstaltest. Soll ich mein Werkzeug holen?«

Etwa drei Sekunden kämpfte ich mit meinem Stolz, dann nickte ich und hielt die Anleitung hoch. »Später soll es so aussehen.«

Jack lachte leise in sich hinein, als er den Text auf dem Papier mit meiner Ausführung verglich, dann verschwand er und kam wenig später mit Werkzeug zurück. Von seiner zuvor grummeligen Aura war nichts mehr zu spüren. Offenbar war er kein nachtragender Mensch.

Die nächsten zwei Stunden werkelten wir vor uns hin. Oder besser gesagt: Jack werkelte vor sich hin. Ich sah ihm zu und hielt die schweren Teile. Mit jedem Brett konnte ich sehen, wie sich der Mann vor mir mehr entspannte.

»Hast du schon immer gerne gehandwerkelt?«, fragte ich ihn schließlich, um das Eis zu brechen.

»Sachen zu reparieren ist meine Art, die Welt ein wenig besser zu machen. Du sammelst Müll auf, ich schraube kaputte Teile zusammen. Oder baue wahlweise neue auf.«

»In dem Fall tob dich bitte aus. An dieser Wohnung ist einiges zu tun.«

»Du wirst lachen, aber ich hab schon eine Liste gemacht.« Jack zog einen zerfledderten Zettel aus der Hosentasche und reichte ihn mir.

»Badezimmerspiegel korrekt aufhängen«, las ich laut vor. »Hallo? Der hält doch super!«

»Er hält durch puren Zufall, und zwar auf eine Weise, die mich fasziniert. Jeder Statiker hätte seine helle Freude daran, herauszufinden, warum das funktioniert.« Abrupt legte Jack das Holz in seinen Händen fort und stand auf, um sich zu strecken.

Als er Anstalten machte, mich mit dem Haufen hier allein zu lassen, protestierte ich. »Wo willst du denn hin? Wir sind noch lange nicht fertig?«

»Für heute ist Schluss. Kleine Schritte. Schon vergessen?« Er verschwand und ließ mich zurück.

Und dann geschah etwas Unheimliches: Ich ertappte mich,

wie ich seine Nähe vermisste. Tatsächlich hatte ich die entspannte Atmosphäre mit Jack sehr genossen. Viel mehr, als ich für möglich gehalten hätte.

Jack

Ich hatte mich an eine alte Übung von dem ersten Therapeuten erinnert, der mir zugeteilt worden war. Es war die erste und einzige Sitzung mit ihm gewesen.

Er hatte mir empfohlen, ein Gefühlstagebuch zu führen. Vielleicht hätte er das Ding einfach anders nennen sollen, dann hätte ich es womöglich schon eher ausprobiert. So aber hatte ich das kleine Büchlein, das Nathan mir wortlos ausgehändigt hatte, zur Seite gelegt und nie wieder angerührt.

Bis vor zwei Tagen.

Im Internet hatte ich mich über PTBS und Gefühlstagebücher informiert. Das konnte sehr nützlich sein, um seine Trigger herauszufinden und sich selbst mit der Thematik auseinanderzusetzen. Natürlich stand da auch, dass ich das besser mit einem Psychologen besprechen sollte, aber bis dahin dauerte es noch mehr als eine ganze Woche. So lange wollte ich nicht mehr warten.

Also schrieb ich vorsichtig meine ersten Gefühle auf, verband sie mit bestimmten Szenen und notierte auf der jeweils anderen Seite des Buches Dinge, die mich glücklich gemacht hatten.

Den tropfenden Wasserhahn repariert.

Ohne Krücken durch die Wohnung gelaufen.

Mit Tess Kaffee getrunken.

Wohnung ohne Unterbrechung gestaubsaugt.

Mit Tess auf dem Balkon gearbeitet.

Mit Tess…

Als ich mir die Liste durchlas, runzelte ich die Stirn. Bei fast jedem Wohlfühlmoment stand ein ganz bestimmter Name.

Trotzig trug ich noch *»Mit Nathan telefoniert«* hinterher. Dann schrieb ich bereits auf:

Mit Tess im Blumengeschäft Pflanzen gekauft.

Tatsächlich war das mein Highlight des Tages gewesen, nachdem mich der Physiotherapeut fast bis zum Kotzen malträtiert hatte.

Weil ich gerade so gut drauf war, rief ich gleich noch Kane an, frotzelte eine Weile mit ihm hin und her und spielte danach per *FaceTime* eine Runde Karten mit den Mädchen. Kane hatte in der Zeit Pause, doch er nutzte sie nicht. Stattdessen tauchte er immer wieder im Bild auf. Mal mit einem Wäschekorb. Dann mit einem Staubsauger und mit verdreckten Kindergummistiefeln. Mein schlechtes Gewissen meldete sich stärker denn je. Kane brauchte dringend Hilfe. Bislang hatte ich mich bedeckt gehalten, doch so langsam musste ich mehr für meine Familie tun.

Nachdem ich den Mädchen noch eine Geschichte vorgelesen hatte, übernahm Kane wieder den Bildschirm.

»Danke«, sagte er. »Das hat mir Luft verschafft.«

»Das können wir gerne öfter machen«, antwortete ich. »Lass uns doch einen festen Termin ausmachen.«

»Klar. Donnerstag um die Zeit passt perfekt.«

»Und ich denke, ich bin bald so weit, dass ich euch besuchen kann. Nächstes Wochenende?«

»Du bist jederzeit willkommen, allerdings möchte ich nicht, dass du dich überanstrengst. Wenn du dir zu viel zumutest, haben wir da alle nichts von.«

Ich seufzte leise in mich hinein. »Verstanden. Deine Vorsicht ehrt dich, aber ich bin auf dem aufsteigenden Ast. Bald könnt ihr wieder auf mich zählen.«

Kane starrte mich durch den Bildschirm hindurch so eindringlich an, dass ich es sogar als Prickeln an der Stirn zu fühlen meinte. »Wir konnten immer auf dich zählen, Jack«, sagte er schließlich fest. »Da gab es nie Zweifel dran.«

Erwischt. Kane wusste ganz genau, in welche Richtung ich mich bewegte. Für einen so kantigen Kerl war er unfassbar feinfühlig.

»In dem Fall lass uns Folgendes ausmachen: Ich beginne nächste Woche meine Therapie – und wenn der Therapeut keine Einwände hat, dann komme ich das Wochenende danach zu euch.«

Kane gab schließlich sein Einverständnis und wirkte dabei beunruhigend erleichtert. Verdammt. Er brauchte echt Hilfe. Deshalb beschloss ich, mich wieder ganz der Familie zu verschreiben. Also verabschiedete ich mich von ihm und den Mädchen und schrieb danach eine Mail an Primaoil. Gezielt fragte ich nach einer Wiedereingliederung, obwohl alles in meinem Inneren dagegen rebellierte. Ich wollte nie wieder auf eine Bohrinsel zurückkehren. Aber wer außer meinem alten Arbeitgeber mit Angst vor einer Klage würde mich schon nehmen? Viele Optionen hatte ich nicht.

Mit grummelndem Magen schickte ich die Mail ab und verließ danach mein Zimmer, um nach Tess zu schauen. Ich fand sie im Wohnzimmer auf dem Boden in der Stellung des kotzenden Hundes – oder so ähnlich. Dabei kam ich nicht umhin, ihren schönen Körper zu bestaunen, inklusive perfekter Aussicht auf ihren Po. Weil ich sie nicht stören wollte, drehte ich mich um.

»Du darfst dich gerne meiner Yogastunde anschließen!«, rief sie mich zurück.

»Darf ich auch nur zuschauen? Sieht ja gefährlich aus.«

»Yoga könnte dir guttun!«

»Oder mir einen endgültigen Hüftschaden bescheren.«

Sie lachte leise in sich hinein. »Als ob du während deiner Physio bislang von Yoga verschont geblieben wärst.«

Sie lag richtig, allerdings hatte ich schnell festgestellt, dass Yoga und ich zwei getrennte Welten waren. »Ich mach lieber am Gartenprojekt weiter«, lenkte ich rasch ab.

»Ooooder… du schaust dir diese Reportage an. Ist über die Ölpest im Jahr 1969 hier in Santa Barbara.« Tess schnappte sich bereits die Fernbedienung und zappte mit nur zwei Klicks zu dem Film, den ich mir anschauen sollte. »Denk an unsere Abmachung«, erstickte sie meinen Protest im Keim. »Eine Weiterbildungsform pro Woche, damit du hier wohnen darfst.«

»Findest du es nicht pietätlos, mich mit einer brennenden Ölplattform zu konfrontieren? Können wir nicht was über die Abholzung des Regenwaldes sehen?«

»Ich hab vorgespult. Ab hier geht es nur noch um die Auswirkungen des Unglücks – und die waren verheerend.«

Als ich in ihre entschlossen blitzenden Augen blickte, wusste ich, dass ich verloren hatte. Ergeben setzte ich mich auf die Couch und ließ Bilder von über zwölf Millionen Liter ausgelaufenen Öls über mich ergehen. Wenigstens machte Tess weiter ihren Sport.

Für diesen Anblick hätte sie mich zu tausend Reportagen verdonnern dürfen. Doch das war etwas, das ich natürlich niemals laut ausgesprochen hätte.

KAPITEL 11

Tess

Als ich Jack aus der Klinik kommen sah, sprang ich unverzüglich auf die Beine. Ich hatte in der Sonne auf einer der vielen Bänke gesessen und auf ihn gewartet. Nicht, dass er das gewollt hätte, aber was das anging, hatte ich nicht mit mir reden lassen. Womöglich hatte ich auch sichergehen wollen, dass er wirklich zur Therapie ging.

Jacks Bewegungen waren am Ende eines langen Tages ruckartig und hakelig. Mit den Krücken kam er immer besser zurecht, doch gegen Abend verließen ihn die Kräfte. Er bemühte sich zwar, das vor mir zu verheimlichen, aber ich sah es trotzdem jedes Mal. Der Rückweg würde schwierig werden.

»Und?«, begrüßte ich ihn, kaum dass er neben mir angekommen war. »Was sagt der Arzt?«

»Dass du seinen Job übernehmen kannst.« Jacks Miene war unergründlich. Ich bemühte mich, zu erkennen, ob er erleichtert war oder nicht. Der Kerl war noch immer schlechter zu durchschauen als zerkratztes Eis. Weil ich ihn weiter beharrlich fragend anstarrte, seufzte er schließlich tief. »Er geht von PTBS aus und schlägt mir eine Therapieform mit noch mehr Abkürzungen vor.«

»EMDR?«

Jack verdrehte die Augen. »Genau das. Was studierst du doch gleich? Traumatherapie?«

Schön wär's. Das wäre zumindest was Sinnvolles. Der Gedanke versetzte mir wie immer einen Stich in den Magen. Das Gefühl, mich in eine Ecke manövriert zu haben, aus der ich nur schwer wieder rauskam, drohte mich in solchen Momenten zu überrollen. Ich stemmte mich dagegen und konzentrierte mich auf Jack. »Die Therapie sollte mein Bruder bekommen«, sagte ich möglichst nebenbei, obwohl es mich innerlich erbeben ließ.

»Sollte?«, hakte Jack nach und humpelte an mir vorüber, sodass ich ihm nachgehen musste.

»EMDR ist effektiv«, wich ich ihm aus. »Da verarbeitest du dein Trauma durch Augenbewegungen.«

»Klingt nach abgefahrenem Scheiß.«

»Nur dass dir der abgefahrene Scheiß den Arsch retten kann.« Den Satz hatte ich lauter und hitziger gesagt, als ich beabsichtigt hatte. Eigentlich hatte ich mir vorgenommen, entspannt und lässig zu bleiben. Fehlanzeige.

Jack verstand die Botschaft. »Schon gut«, brummte er gutmütig. »Ich mach das ja. Schließlich müssen wir im Namen der Umwelt die Ölheinis so richtig bluten lassen, nicht wahr?«

Er grinste mich schief an, um mir die Möglichkeit zu geben, auf seinen flapsigen Spruch einzugehen und die Stimmung zu retten. Ich nahm die Rettungsleine nur zu gerne an, um nicht länger über mein mysteriöses Wissen über PTBS sprechen zu müssen. »Du hast es erfasst«, sagte ich und sah parallel erstaunt dabei zu, wie Jack die Hand hob und sich ein Taxi heranpfiff. »Was ist los?«

»Ich pack den Weg zurück nicht mehr. Zu weit.«

Dass er das zugab, sagte eine Menge aus. Ich war erleichtert, das zu hören, immerhin hatte ich kurz vorher bereits überlegt, wie zur Hölle wir jemals zu Hause ankommen sollten. Ich liebte Strandspaziergänge, aber nicht mit einem wild ächzenden Jack neben mir.

Es brauchte seine Zeit, bis uns ein Taxi bemerkte und hielt. Aus Loyalität kletterte ich mit hinein. Die Fahrt über schwiegen wir. Vermutlich musste Jack viele Dinge überdenken, während ich müde von meinem Alltag war. Ich lernte wie eine Verrückte und kam gefühlt nicht voran. Erst gestern hatte ich wieder einen Test verhauen. Das lag mir schwer im Magen.

»Was ist eigentlich aus Jamies Umwelt-AG geworden? Bist du hingegangen?«, fragte Jack völlig unerwartet.

»Nö. Ich hab geschwänzt.«

»Du Angsthase. Ich hätte dich nicht für eine Wortbrecherin gehalten.«

»Ich hab mich brav entschuldigt und versprochen, es irgendwann mal nachzuholen. Das Irgendwann hab ich allerdings nicht näher definiert.«

Jack schnaubte und sah aus dem Fenster. Ich ebenfalls. Diesmal fühlte sich die Stille zwischen uns eher unangenehm an. Es störte mich, dass er mich für schwach hielt. »Ich sag ihm noch ab«, nahm ich das Gespräch wieder auf.

»Wie du meinst.« Die Skepsis war unüberhörbar.

Ich kam zu keiner Antwort, denn das Taxi hielt vor unserem Haus, und mein Blick fiel auf eine zierliche Frau im Sommerkleid, die davor wartete. Obwohl ich sie seit bestimmt zwei Jahren nicht mehr gesehen hatte, erkannte ich sie sofort. Die damals langen Haare waren kürzer, und sie trug nun Pony. Ihr Kleidungsstil war aber unverkennbar. Schick. Elegant. Etwas Besonderes, ohne übertrieben zu sein. Das Kleid hätte sie zu einer Dinnerparty oder auch zu einem Strandfest anziehen können.

Ich konnte sie nur anstarren, aber mich nicht rühren. Natürlich hatte ich geahnt, dass sie bald hier auftauchen würde. Ich hatte mich gefragt, was ich dann tun oder sagen würde. In Gedanken war ich unser Aufeinandertreffen an die tausendmal durchgegangen. Jetzt, wo es so weit war, fiel mir nicht eine einzige Variante ein.

Scheiße. Was sollte ich machen?

Jack hatte sich mittlerweile aus dem Taxi gequält und den Fahrer bezahlt. Fragend beugte er sich nach vorne, um in das Innere hineinzusehen. »Kommst du?«

Ich antwortete nicht, starrte stattdessen die Frau an, die mich zum Glück noch nicht entdeckt hatte. Ob ich dem Fahrer einfach sagen konnte, dass er weiterfahren sollte? Ja, genau, das …

In der Sekunde bemerkte sie mich. Jacks riesige Gestalt, die sich ins Wageninnere lehnte, das ungewöhnlich lange wartende Taxi, der genervt wirkende Fahrer. Das alles hatte zu viel Aufmerksamkeit erregt.

Vermutlich hatte sie mich noch nicht wirklich gesehen, doch der Moment zur unauffälligen Flucht war vorüber. Außerdem war es mir vor Jack unangenehm. Er hielt mich ohnehin schon für eine Ja-Sagerin. Da wollte ich nicht auch noch ein doppelter Hasenfuß sein.

Mit einem leisen Stöhnen stieg ich aus und schlug die Tür zu, woraufhin der Fahrer bereits Gas gab und davonbrauste. »Vollpfosten«, brummte Jack verstimmt und bedeutete mir mit einem Wink, endlich von der Straße zu kommen. »Was ist denn los?«, fragte er mich, kaum dass ich neben ihm angekommen war.

In der Sekunde trat die junge Frau neben uns. Sie war ein klein wenig größer als ich, hatte aber die gleichen dunklen Augenbrauen und meine Augenfarbe. Die hatten wir beide von Dad geerbt.

Natalie. »Hey, Tess«, begrüßte sie mich eher schüchtern und nahm mich nach einem kurzen Zögern vorsichtig in die Arme. Ich blieb steif wie eine Schaufensterpuppe und konnte mich nicht überwinden, die Umarmung zu erwidern. Dazu war ich zu überrascht.

Natalie bemerkte natürlich meine Körpersprache und trat hastig einen großen Schritt zurück, brachte Abstand zwischen uns. Ihr Gesicht lief dunkelrot an. Gleichzeitig schimmerten Tränen in ihren Augen. Meine stumme Zurückweisung musste wehgetan haben. Mit eindeutig zitternden Fingern zog sie eine zerknitterte Karte aus ihrer Handtasche. Ich erkannte sie sofort. Die Hochzeitseinladung.

»Du willst also wirklich nicht kommen?«

Ich schluckte und kämpfte nun ebenfalls mit meinen Emotionen. Der Druck in meinem Magen wurde immer größer, genau wie das unbändige Gefühl, fliehen zu wollen. Doch vor diesem Gespräch gab es kein Entrinnen.

»Es ist besser so«, murmelte ich defensiv. Was hätte ich sonst auch zu meiner Verteidigung sagen sollen? Dan war diesbezüglich sehr deutlich geworden.

Zwei Tränen rannen über Natalies Wangen. So hatte ich sie zuletzt auf Logans Beerdigung gesehen. Bei dem nachfolgenden Streit mit meinen Eltern hatte sie irgendwann wie schockgefroren danebengestanden und sich nicht gerührt.

Jemand bewegte sich neben mir, und eine Hand berührte mich. Zaghaft. Sanft. Eher fragend. Jack, der mir beistehen wollte und unsicher war, ob ich das wünschte. Ich sah ihn mit möglichst ruhigem Blick an. »Geh schon mal vor«, sagte ich zu ihm. Mir war es unangenehm, die Familienangelegenheit vor ihm zu regeln. Dazu kannten wir uns zu wenig.

Jack schien es zu widerstreben, zu gehen. Gleichzeitig sah er wohl ein, dass momentan nicht der richtige Moment war, mit mir zu diskutieren. Außerdem sah er müde und abgekämpft aus. Er musste sich eindeutig hinlegen.

Wir warteten, bis Jack sich von uns entfernt hatte, dann seufzte Natalie leise auf. »Ist das dein neuer Mitbewohner?«

»Ja.«

»Er wirkt sehr … nett.« Die Pause davor war bezeichnend. Natalie wusste eindeutig nicht so recht, was sie von Jack halten sollte.

»Jack trägt sein Herz am rechten Fleck. Er weiß es nur noch nicht«, antwortete ich möglichst locker, dann seufzte ich tief auf. »Du hättest nicht extra herkommen müssen, Natalie. An meiner Entscheidung wird sich nichts ändern.«

»Dan hat mir seinen Auftritt gebeichtet«, platzte Natalie heraus. »Er hat mir erzählt, wie unmöglich er sich benommen hat.

Ich war stinksauer und kurz davor, die Hochzeit abzusagen. Es tut mir so leid, Tess.«

Darauf wusste ich nun erst recht nichts zu sagen. Nie im Leben hätte ich ihr von Dans Drohungen berichtet, aber es ehrte ihn, dass er es getan hatte. Offenbar war die Reue direkt nach dem Suff gekommen.

»Dan hat nur das ausgesprochen, was im Grunde alle denken«, sagte ich nach einer längeren Pause. »Es ändert nichts. Mum und Dad werden ausflippen, wenn ich auf der Hochzeit erscheine.«

Eine weitere Träne löste sich aus Natalies Augenwinkel. »Können wir uns nicht mal in Ruhe aussprechen? Wir nehmen uns einen Abend Zeit, um alles mal loszuwerden. Es tut mir so leid, wie das alles gelaufen ist. Ich hätte für dich einstehen müssen. Aber damals ...« Natalie fing nun richtig an zu weinen. »... Das war alles so schrecklich, und es ging so furchtbar schnell. Plötzlich hatten sich alle auf dich eingeschossen, und ich hatte nicht die Kraft zu protestieren. Heute könnte ich mich dafür ohrfeigen, dass ich nichts unternommen habe.«

Mir wurde warm ums Herz. Vermutlich das erste Mal, seit alles so schrecklich schiefgelaufen war und meine Familie mich vor die Tür gesetzt hatte. Dass Natalie sich endlich dazu äußerte, bedeutete mir die Welt. Langsam trat ich vor und nahm diesmal sie in die Arme. Fest und voller Liebe. »Danke«, wisperte ich in ihr Ohr. »Das brauchte ich. Ich hab schon an meinem Verstand gezweifelt. So allein habe ich mich noch nie im Leben gefühlt.«

Natalie schniefte. »Na, immerhin hast du jemanden an deiner Seite, der dich wie ein Berserker zu verteidigen weiß. Krücken hin oder her. Dan war über sich selbst schockiert, wie sehr er deinen Freund angegangen ist.«

Ich brauchte einen Moment, um ihre Worte zu verstehen. Sofort schüttelte ich den Kopf. »Jack ist nur mein Mitbewohner und ist selbst übers Ziel hinausgeschossen. Männer halt.«

Wir seufzten unisono, und ich trat wieder zurück, musterte

das verheulte Gesicht meiner Schwester. »Du solltest dich auf die Hochzeit freuen«, sagte ich streng. »Das ist die Aufgabe einer Braut.«

»Aber ich möchte dich dabeihaben. Logan wäre entsetzt über unseren Familienzwist. Das hätte er nicht gewollt.«

Der Stich direkt in mein Herz war so heftig, dass ich einen Moment die Augen schließen musste. Dann erst konnte ich nicken. »Stimmt«, gab ich zu. »Und trotzdem gibt es nichts, was wir daran ändern können. Heirate erst mal deinen Dan. Danach sehen wir weiter.«

Natalie erkannte vermutlich, dass sie verloren hatte. Endlich nickte sie, wenn auch äußerst widerstrebend. »In Ordnung. Ich werde dich nicht länger bedrängen. Aber … Ich hab eine weitere Idee, wie du teilhaben kannst. Komm doch bitte mit zum Brautkleidaussuchen, ja? Nur du, meine Trauzeugin und ich.«

»Mum wird sich das garantiert nicht entgehen lassen wollen«, protestierte ich.

Ein harter Ausdruck erschien in Natalies Augen, den ich so noch nie gesehen hatte. »Das hat sie sich selbst zuzuschreiben. Sie darf zur Hochzeit. Du kommst stattdessen mit zum Brautkleidgucken. Bitte, Tess.«

Alles in mir sperrte sich. Natalie zu sehen brach alte Wunden auf. Wunden, die ich tief in mir vergraben hatte. Neben dem Schmerz loderte ein gut verborgener Zorn auf meine Familie in mir. Das Gefühl, zu Unrecht bestraft worden zu sein. Und, ja. Auch meiner Schwester gab ich eine Teilschuld. Konnte ich das beiseiteschieben? Ihr verzeihen? So schnell und so spontan?

»Wann gehst du denn Brautkleidgucken?«, hörte ich mich wie aus weiter Ferne sagen.

Sofort leuchteten ihre Augen auf. »In drei Wochen.«

Ich atmete tief ein, überlegte. Völlig unerwartet tauchte Jacks Gesicht vor meinem inneren Auge auf. Ich hörte meine eigenen Worte, die ich selbst zu ihm gesagt hatte. *Du musst dich deinem Trauma stellen.*

»Gib mir noch zwei Tage Bedenkzeit. Dann melde ich mich«, sagte ich möglichst ruhig, doch meine Stimme zitterte trotzdem.

Natalie kannte mich gut genug. Allein diese Aussage war so gut wie eine Zusage. Sie umarmte mich diesmal stürmisch und gab mir sogar einen kleinen Kuss auf die Wange. »Danke.«

Ich nickte eher schwach und wand mich aus ihren Armen. »Ich muss jetzt wirklich los«, log ich und beeilte mich, ins Haus zu kommen. Dabei fühlte ich Natalies Blicke überdeutlich in meinem Rücken, und mir wurde klar, dass ich erneut vor dem floh, was mir Angst machte.

Vielleicht hatte Jack recht. Vielleicht musste ich diese Angewohnheit wieder ablegen.

Als ich in die Wohnung kam, schleuderte ich mir meine Sneaker halb im Gehen von den Füßen und wollte rasch in meinem Zimmer verschwinden, doch ein Blick in die Küche ließ mich erstarren.

Jack saß am Tisch und schnippelte Möhren. Ernsthaft. Er schälte frisches Gemüse!

Mein lautstarkes Poltern war von ihm nicht unbemerkt geblieben. Genau wie mein entgeisterter Blick, als ich vor der Küchentür zum Stehen kam. Jack grinste mich schief an.

»Du sahst unten aus, als könntest du einen kleinen Vitaminkick gebrauchen. Da du von meiner Fertiglasagne nicht so begeistert gewesen wärst, dachte ich mir, ich mach mal was anderes. Allerdings ist das dein Gemüse. Es ist also eher eine Geste, um dir … äh …« Er kam ins Schleudern, was ich erstaunlich niedlich fand. Jack und niedlich schlossen sich eigentlich aus, doch genau so war es. »… um dich zu unterstützen«, beendete er seinen Satz lahm und klang ein wenig genervt über sich selbst.

Ich vergaß meinen Plan, mich in meinem Zimmer zu verkriechen. Stattdessen setzte ich mich zu Jack und sah ihm dabei zu, wie er erstaunlich geschickt die Möhren schnippelte. »Ich hätte nicht gedacht, dass du überhaupt weißt, wie man Gemüse zubereitet.«

»Ich hab eine Armee an hungrigen Geschwistern. Sie alle mit Fertiggerichten sattzubekommen, wäre unmöglich gewesen. Glaub mir. Ich bin Weltmeister im Easy Smashed Potatoes zubereiten.«

Wir lächelten uns an, und ich stand noch mal auf, um mir erst einen Tee zu machen und danach die Kartoffeln zu holen. Eine ganze Weile bereiteten wir schweigend unser Gemüse vor, bis Jack eher nebenbei fragte: »Willst du drüber reden?«

Ich schüttelte den Kopf. »Es ging wieder um die Hochzeit.«

»Also war das wirklich deine Schwester? Hab ich mir zwar gedacht, aber sicher war ich mir nicht. Ihr seht so unterschiedlich aus. Bis auf die Augenfarbe.«

»Ja, Natalie kommt eher nach Dad. Ich nach Mum. Wir hatten früher sogar einen ähnlichen Kleidungsstil.« Ich sah an mir hinab, auf mein Lieblingsshirt. »Das wird jetzt wohl nicht mehr der Fall sein. Wir haben uns seit zwei Jahren nicht mehr gesehen.«

Jack ließ kurz die Möhre sinken, musterte mich. Dann entschied er, das Thema fallen zu lassen. Ich war ihm unendlich dankbar dafür, vor allem, weil ich sonst hätte zugeben müssen, dass ich mal wieder im Nein-Sagen versagt hatte. Auch wenn ich mich nach wie vor nicht auf der Hochzeit blicken lassen wollte, hatte ich mit der Brautkleidsuche doch klein beigegeben. Die ganze Sache machte mich nervös.

»Während du draußen mit deiner Schwester geredet hast, hab ich übrigens Nathan angerufen. Er kommt heute Abend vorbei.«

Überrascht sah ich ihn an. »Sag bloß, du willst ihm endlich erzählen, was los ist?«

Jack seufzte. »Ja, du hast einen ganz üblen Einfluss auf mich. Auf einmal ist mir so blümerant ums Herz, und ich habe das dringende Bedürfnis, ständig und überall jedem meine Gefühle darzulegen.«

Ich lachte. »Der Neandertaler wird vernünftig. Finde ich gut.«

Fasziniert sah ich dabei zu, wie Jack weiter an seinen Easy Smashed Potatoes mit Spiegelei und Gemüse arbeitete. Es klang ein wenig abenteuerlich, aber ich ließ mich drauf ein. Jack wollte mir zuliebe sogar aufs Hackfleisch verzichten und deckte wie selbstverständlich den Tisch.

Als es klingelte, öffnete ich die Tür. Nathan grinste mich breit an und umarmte mich zur Begrüßung. Sofort ging es mir etwas besser.

»Jack ist in der Küche. Immer dem Geruch nach«, sagte ich zu ihm und bemerkte gleichzeitig seinen durchdringenden Blick. »Was ist?«, fragte ich irritiert.

»Das wollte ich dich eigentlich fragen. In letzter Zeit habe ich den Eindruck, dass du mir ausweichst.«

Sofort bekam ich wieder ein flaues Gefühl im Magen. Ich fühlte mich ertappt. »Du bist doch auch nie zu sprechen«, ging ich in den Gegenangriff über.

»Stimmt. Sorry dafür. Allerdings sagt Anne ebenfalls, dass du oft abwesend wirkst. Was ist los?«

Ich seufzte tief, haderte mit mir, aber ich brachte es nicht über mich, ihm von meinem Unistress zu erzählen. »Ich muss halt mehr lernen als ein Superhirn wie du«, antwortete ich und knuffte ihm absichtlich heftig in die Seite. »Mach dir keine Sorgen. Schon gar nicht um mich. Du hast genug um die Ohren. Jack zum Beispiel.« Es schepperte in der Küche. Ein Fluch folgte.

Nathan verdrehte die Augen. »Nervt er dich sehr?«

Ich überlegte kurz und kam zu dem erstaunlichen Ergebnis, dass ich die Frage definitiv verneinen musste. »Wir fangen langsam an, uns einzugrooven.« Mit diesen Worten lotste ich Nathan nun Richtung Küche. Zum Glück ließ er sich ablenken, denn die Easy Smashed Potatoes standen bereits auf dem Tisch. Es roch richtig gut, und mein Magen kommentierte das mit einem leisen Knurren.

»Wer ist hier jetzt der Brummbär?«, fragte mich Jack grinsend. »Setz dich, bevor du deine Manieren komplett vergisst.«

Ich lächelte glücklich, als Nathan mir meinen Stuhl wie ein Gentleman zurückzog, damit ich mich problemlos setzen konnte. Es war toll, gemeinsam zu essen. Generell fing ich an, die Gesellschaft der Ambrose-Brüder schön zu finden – die von beiden.

»Ihr zwei seid ganz bezaubernde Küchenfeen«, lobte Nathan uns beim Anblick des Essens. »Und ihr seid so seltsam friedlich! Muss ich mir Sorgen machen?«

»Sei still und iss dein Gemüse«, antwortete Jack und klatschte Nathan schwungvoll eine Kelle davon auf dessen Teller. »Und genieß vor allem das Ei. Es ist vergoldet und von besonders glücklichen Hühnern.«

Ich funkelte ihn böse von der anderen Seite des Tisches an und stellte allein am Glitzern in seinen Augen fest, dass er mich hatte provozieren wollen. Da konnte er in diesem Fall aber lange warten, denn ich kostete den ersten Bissen und verdrehte genießerisch die Augen. »Mensch, Jack! Du darfst ab sofort immer kochen!«, rief ich begeistert.

Jack brummelte etwas vor sich hin, das ich nicht verstand, doch ich war mir sicher, dass er sich über mein Lob freute. Auch Nathan stürzte sich aufs Essen, und eine Weile blödelten wir einfach nur so vor uns hin. Nathan und ich diskutierten über die Uni und die Unterschiede zwischen Coke und Pepsi, und Jack hörte zu.

Erst als ich zum Nachtisch Eis auf den Tisch stellte, wurde Nathan mit einem Schlag ernst. »Jetzt mal raus mit der Sprache. Was ist passiert? Die Harmonie zwischen euch beiden ist ja fast unheimlich.«

»Der Neandertaler und die Prinzessin haben beschlossen, sich weiterzuentwickeln und ihre Höhle und das Schloss auf eine gemeinsame Basis zu stellen. Seitdem klappt unser Zusammenleben überraschend gut«, sagte ich in die entstandene Stille hinein.

»Und ich besuche jetzt einen Seelenklempner«, warf Jack wenig hilfreich ein.

Nathan ließ vor Erstaunen den Eislöffel sinken. Erst sah er mich an, danach Jack. »Ich weiß nicht, was verrückter ist. Dass ihr euch gesittet gegenübersitzen könnt, ohne euch gegenseitig an die Gurgel zu gehen, oder dass Jack in Therapie ist.« Jetzt musterte er mich eingehender. »Was hast du in seinen Energydrink gemixt?«

Ich lachte, stand auf und gab jedem Bruder noch einen Klecks Eis in die Schüssel. »Ich hab lediglich den Sparschäler etwas fester angesetzt, um die raue Schale abzupellen. Aber keine Sorge. Wenn du ihn nur genug nervst, kommt der alte Brummbär wieder hervor. Ich lasse euch dann mal allein, damit ihr in Ruhe miteinander reden könnt.«

»Was? Du lässt mich mit dem allein?«, rief Nathan gespielt entrüstet.

Jack warf ihm einen finsteren Blick zu, während ich bereits halb aus der Tür war. »Sei brav zu deinem Bruder«, sagte ich und überließ es den beiden, wen ich damit gemeint hatte.

Als ich wenig später allein in meinem Zimmer saß, grinste ich noch immer vor mich hin. Mein Lächeln entglitt mir erst, als ich meinen verhauenen Test durchging und feststellte, dass ich selbst mit ganz viel Büffeln niemals verstehen würde, wo sich mein Rechenfehler versteckte.

Natürlich hätte ich zu Nathan in die Küche gehen können, um ihn zu fragen, doch ich wollte nicht stören. Stattdessen klappte ich meine Bücher zu und legte die Stirn darauf.

Jetzt nervte zwar mein Mitbewohner nicht mehr ganz so stark, dafür musste ich mich der bitteren Wahrheit stellen: Dieses Studium war einfach nicht für mich gemacht.

Jack

»Okay, Brüderchen. Was ist los?« Nathan kam unverzüglich zur Sache. »Was ist das für eine Therapie, warum bist du so unheimlich friedfertig, und wieso sieht Tess trotzdem irgendwie verheult aus?«

Also erzählte ich. Erst stockend, dann immer schneller. Von meinen Flashbacks. Meinem Rückzug. Dem Beinahe-Rausschmiss aus Tess' Wohnung und unserem anschließenden Gespräch. Ich zeigte ihm sogar einen Zipfel meines Kompressionsanzugs und ließ ihn ganz kurz tiefer in mein Seelenleben blicken. Aber nur kurz. Mehr konnten wir beide nicht verkraften. Es war seltsam, mit meinem kleinen Bruder über meine Probleme zu sprechen. Normalerweise war das immer andersrum gewesen. Ich war der Zuhörer, nicht der Sprecher.

»Mir geht es echt dreckig«, schloss ich schließlich eher zögerlich. »Ich schlafe schlecht und neige dazu, mich einzuigeln. Tess hat mir in den Hintern getreten. Übermorgen geht's los mit meiner komischen Augenbewegungs-Therapie, damit ich mit meinem Trauma besser umzugehen lerne.«

Nathan hatte sich seit gut fünf Minuten kaum gerührt. Vermutlich war es auch für ihn seltsam, mich so viele Sätze an einem Stück reden zu hören. Es war mir schwergefallen, aber ich hielt es da wie beim Handwerkeln: Oft musste erst alles raus, damit man neu ansetzen konnte.

»Du gehst wirklich und wahrhaftig in Therapie?«, brachte Nathan schließlich hervor. Als er meine sich verengenden Augenlider bemerkte, hob er rasch die Hand. »Ich find das gut. Total. Es ist nur schwer vorstellbar.«

Genau so eine Reaktion hatte ich befürchtet. »Den alten Jack gibt es momentan nicht. Der Neandertaler ist jetzt voll das Mimöschen und muss an die Hand genommen werden«, antwortete ich ruppig.

»So meinte ich das doch überhaupt nicht, Jack! Im Gegenteil. Es zeugt von Stärke, die eigenen Probleme anzufassen. Lass mir nur einen kleinen Moment Zeit, um das zu verdauen.« Er schloss kurz die Augen. »Das klingt nach einer langwierigen Aktion«, meinte er dann.

»Nicht unbedingt. Manchmal hilft die Therapie innerhalb weniger Wochen. Manchmal dauert es länger. Was mich beruhigt, ist die Tatsache, dass PTBS heilbar sein kann. Mein Leben lang unter Flashbacks zu leiden wär' jetzt nicht so prickelnd.«

Leise pfiff Nathan durch die Zähne. »Tess muss echt harte Geschütze aufgefahren haben. Sie ist definitiv dein Endgegner.«

Ich schnaubte, musste dann aber als Antwort leicht grinsen. So ganz falsch lag er da wohl nicht.

»Ich hab schon mit meinem alten Arbeitgeber gesprochen. Primaoil zahlt die Therapie, solange ich im Anschluss zurückkomme.«

»Was?« Nathan schrie die Frage regelrecht in mein Gesicht. »Bist du bescheuert?«, hakte er dann etwas ruhiger nach. »Auf keinen Fall setzt du auch nur einen Fuß auf diese scheiß Plattform. Nie wieder!«

»Auf die Bohrinsel kann ich auch gar nicht zurück. Die wurde dichtgemacht. Ist ja halb abgefackelt«, antwortete ich trocken.

»Jack …«, knurrte Nathan böse.

Ich verdrehte die Augen. »Jetzt mach dir nicht ins Hemd. Ich regel das schon. Und jetzt mal ehrlich: Was bleibt uns anderes übrig? Wir brauchen mein Gehalt. Schon vergessen?«

»Wie könnte ich das je vergessen …«, murmelte Nathan und wich ganz plötzlich meinen Blicken aus.

Sofort flammte mein Misstrauen auf. »Was ist los?«, fragte ich alarmiert.

»Nichts.«

»Erzähl keinen Scheiß. Was ist los?«

Nathan hielt es auf seinem Stuhl nicht mehr aus und stand auf. Unruhig ging er in der Küche auf und ab. Endlich blieb er stehen und sah mich finster an. »Die Biting Snakes sind wiederaufgetaucht. Die Geldeintreiber, die Kane schon mal fast ins Krankenhaus geprügelt haben. Die zehntausend Dollar aus dem Verkauf von Amys Kette haben geholfen, um sie vorerst zu beruhigen. Jetzt wollen sie mehr. Wir haben sie damit vertröstet, dass du einen schönen Batzen Schmerzensgeld bekommen wirst, doch darauf wollen sie nicht warten.«

»Ich kann das Angebot von Primaoil auch direkt annehmen. Die haben zwanzigtausend Dollar geboten, damit wir nicht klagen. Die meisten Angehörigen und Verletzten wollen sich nicht darauf einlassen, aber wenn es brennt, dann zahlen die auch sofort.«

Nathans Blick kehrte sich nach innen. Vermutlich ging er im Geiste unsere Optionen durch. Schließlich seufzte er tief. »Ich hab Angst, dass die Kane wieder eine reinhauen, sollten wir nicht bald liefern. Und trotzdem bleibt es dabei, dass wir anschließend noch immer mit zwanzigtausend Dollar in der Kreide stehen. Kane hält sich mit Gelegenheitsjobs über Wasser, ich jobbe in zwei Cafés und erledige nebenbei Buchhaltung für mehrere Firmen …«

»Mach ja nichts Illegales«, knurrte ich ihn an und beschloss, das Thema erst mal fallen zu lassen. Daher stand ich auf und trug die Teller zur Spüle. Dafür benötigte ich mittlerweile keine Krücken mehr. Ein paar Schritte schaffte ich. *Was für ein Fortschritt.*

Ach, nein. Halt! Ich musste mich laut Psychodoktor mehr über das Positive in meinem Leben freuen. »Ich kann schon laufen wie ein junges Reh«, sagte ich daher laut zu Nathan. Der sah ein wenig verdutzt aus und versuchte herauszufinden, ob ich Witze machte oder es ernst meinte.

Er stand auf, reichte mir ein Geschirrtuch und klopfte mir dann auf die Schulter. »Hier, du süßes Bambi. Trockne du ab. Ich spül.«

Einträchtig kümmerten wir uns also um das Geschirr, wobei ich mich zwischendurch einmal kurz hinsetzen musste. So lange zu stehen ging dann doch nicht. Aber hey: Ich konnte zumindest wieder für fünf Minuten den Abwasch erledigen.

Kaum war der letzte Teller verstaut, deutete ich auf mein Zimmer. »Ich benötige leider weiter deine Hilfe.«

Nathan riss spielerisch die Augen auf. »Der unglaubliche Jack fragt nach Unterstützung? Was zur Hölle hat Tess mit dir gemacht?«

Sie hat mir die Augen geöffnet, dachte ich verstimmt, sagte das aber nicht laut. Stattdessen blieb ich Nathan die Antwort schuldig und wechselte rüber in mein chaotisches Zimmer. »Spar dir die Sprüche«, unterbrach ich ihn, bevor Nathan auch nur einen Ton herausbringen konnte. »Ich weiß, dass es schlimm aussieht.«

»Seit wann wohnst du hier doch gleich?«, krächzte Nathan schließlich. »Das sieht aus, als wärst du erst vor einer Stunde eingezogen.«

»Dann hilf mir gefälligst. Hier. Das Paket dort drüben müsste ausgepackt werden. Da ist mein Schreibtisch drin. Jetzt schau nicht so entsetzt. Ich weiß, dass du vom Möbelbau keine Ahnung hast, aber ich pass schon auf, dass du dir nicht mit dem Hammer auf deine wertvollen Chirurgenfingerchen haust.«

Nathan fügte sich. Mein kleiner Bruder war eine Seele von Mensch und vermutlich froh darüber, dass er etwas für mich tun konnte. Selbst wenn ich zwischendurch Angst um seine Hände hatte. Wie konnte jemand, der sich sonst so geschickt anstellte, so linkisch mit einem Hammer umgehen?

»Ich hoffe für deine Karriere, dass du doch niemals Chirurg wirst«, sagte ich trocken.

»Mein Plan ist eh die Diagnostik.« Nathan gab genervt auf und überreichte mir das Brett und das Werkzeug. Dass ich mich auf mein Bett hatte setzen müssen, verletzte meinen Stolz, doch gleichzeitig stachelte es mich auch an. Ich wollte wieder selbst handwerklich tätig werden. Das mochte ich. Das liebte ich.

Wir fanden ganz entspannt in unsere Arbeitsaufteilung hinein. Nathan studierte die Anleitung, setzte die größeren Sachen zusammen und reichte mir den Kleinkram, um alles vorab zusammenzusetzen. Nach dem Tischchen kam direkt der Kleiderschrank, der aus vielen Schubladen bestand. Dadurch hatte ich einiges zu tun.

»Sag einmal, warum sah Tess so seltsam aus?«, fragte Nathan schließlich in die Stille hinein.

»Familiendrama«, antwortete ich ausweichend. Das Aufeinandertreffen mit ihrer Schwester hatte Tess furchtbar mitgenommen. Richtig geweint hatte sie eigentlich nicht, aber man sah es ihrem gesamten Gesicht an, wie sehr sie das Aufeinandertreffen aufgewühlt hatte.

Nathan ließ mit einem Krachen die Schrankwand zu Boden knallen und fluchte laut, weil jetzt eine Macke in der Wand war. Erst nachdem er das sture Holzstück zurechtgerückt und festgezogen hatte, drehte er sich zu mir um. »Aus ihrer Familiengeschichte bin ich bislang nicht schlau geworden. Was das angeht, ist sie verschlossener als wir drei Ambrose-Brüder zusammen.«

»Eigentlich wirkte ihre Schwester ganz nett«, antwortete ich zögernd. »Sie will Tess auf ihrer Hochzeit haben, doch Tess will nicht. Offenbar hat sie einen Riesenkrach mit ihren Eltern. Nur was genau passiert ist, weiß ich nicht. Geht mich auch nichts an.«

Wir wechselten einen vielsagenden Blick. »Du stirbst vor Neugierde, oder?«, sagte Nathan trocken.

»Na klar! Du nicht? Was zur Hölle ist mit ihrem Bruder geschehen? Ist er tot? Ich weiß nur, dass er PTBS hatte. Das war's dann auch.«

»Dann weißt du sogar mehr als ich.« Jetzt wurde Nathans Blick noch intensiver. Er musterte mich auf diese spezielle Weise. Als wollte er all meine Gedanken und Gefühle ergründen. »Ihr zwei scheint euch echt zusammengerauft zu haben.«

Ich grummelte vor mich hin.

»Läuft da was zwischen euch?«

Ich schnaufte empört. »Im Leben nicht. Ich bin mir nicht mal sicher, ob sie mich wirklich mag oder einfach nur duldet, weil ich ihr leidtue und sie ihr Helfersyndrom an mir ausleben kann.«

»Tess mag dich«, widersprach Nathan nach kurzem Überlegen. »In der Hütte definitiv nicht, aber mittlerweile sieht sie dich zumindest nicht mehr an, als wollte sie dich vermöbeln.«

Wir lachten beide leise vor uns hin, bis Nathan abrupt stoppte. »Jetzt mal im Ernst. Mit Tess ist was nicht in Ordnung, doch sie weigert sich, mir Näheres zu erzählen. Hat sie Schwierigkeiten an der Uni? Oder ist es wirklich nur das Familiendrama?«

»Schwer zu sagen.« Als ich Nathans bohrenden Blick bemerkte, seufzte ich tief auf. »Ich hab ein Auge auf sie. Versprochen. Und sobald ich was weiß, erfährst du es als Erster. Können wir jetzt weitermachen?«

Nathan ließ das Thema ruhen und schnappte sich stattdessen die Schrankwände, um sie aufzustellen. Es dauerte nicht lange, bis er wild zu fluchen begann. »Allein schaff ich das hier nicht. Du musst die andere Wand mit aufstellen. Sonst bekomme ich das obere Teil nicht drauf.«

Also stand ich auf und ging zu meinem Bruder, doch bereits nach kurzer Zeit war klar, dass ich wenig hilfreich war.

»Tess, kannst du mal kommen?«, brüllte Nathan daraufhin los.

Mir war es unangenehm, dass er meine Mitbewohnerin holte. Tess machte auch so schon genug für mich. Vor allem, dass sie meinen Rücken jeden Morgen und jeden Abend eincremte, war mir immer noch peinlich. Diese kleine Tatsache hatte ich Nathan gegenüber natürlich nicht erwähnt. Er hätte mich noch monatelang deswegen aufgezogen.

Tess kam wenig später rein. »Brecht ihr hier das Zimmer ab?«

»Kannst du mal helfen?« Nathan reichte ihr bereits den Schraubendreher.

Tess zögerte keine Sekunde, nahm das Werkzeug an sich und trat direkt neben mich. Ich hielt die Schrankwand wie ein alter

Mann aufrecht, indem ich mich parallel gegen die Wand lehnte. Gleichzeitig die Schrauben festzudrehen war einfach nicht drin gewesen. Tess hingegen hatte damit kein Problem. Eine Schraube nach der nächsten verschwand im Holz. Dabei bemerkte ich durchaus, wie gut sie roch. Nach Meer, ihrer Hautcreme mit Hafermilch und ihrem ganz eigenen Geruch, den ich kaum in Worte fassen konnte. Schokoladig. Vielleicht bildete ich mir das aber auch nur ein.

Und ich? Ich roch vermutlich nach Schweiß.

Sie trat noch dichter an mich heran, um die obere Schraube anzuziehen. Dabei berührte sie mich. Erst mit der Hüfte, danach ganz kurz mit einem Ellbogen und schließlich mit … verdammt. Mit ihrer Brust. Mir brach ernsthaft der Schweiß aus, und ich hielt den Atem an, als ich ihre Wärme durch mein T-Shirt spürte. *Sei nicht der Neandertaler, für den sie dich hält*, ermahnte ich mich und dachte an tanzende Waschbären im Zirkus.

Klappte super. Nicht.

Da half es wenig, dass sie sich jetzt auch noch an mir vorbeidrücken musste, um die Schrauben an der anderen Seite festzuziehen. Dabei bemerkte ich durchaus ihren Blick, der erst über meine Arme und dann über meine Schultern glitt. Prompt bedauerte ich es, dass ich nicht mehr so gut gebaut war wie noch vor einem halben Jahr. Da hätte ich ordentlich meinen Bizeps spielen lassen können. Jetzt sah er eher semi-eindrucksvoll aus. Hoppla. Woher kam denn da der Wunsch, Tess zu beeindrucken?

Ich zwang mich, von ihr fortzusehen und betont lässig einen Blick auf die Bauanleitung zu werfen, die vor mir auf dem Boden lag. Viel erkennen konnte ich nicht, aber es lenkte mich ein wenig ab und verschaffe mir die Möglichkeit durchzuatmen.

Dass mit mir die Hormone durchgingen, kam eher selten vor. In meiner Jugend hatte ich nichts anbrennen lassen, aber seit meiner Zeit auf der Bohrinsel hatte ich gelernt, ohne Frauen auszukommen. Vielleicht lag es gerade daran. Ich lag viel zu lange auf dem Trockenen. Da fand ich sogar den Nacken von Tess attraktiv.

Sie hatte ihre lilafarbenen Haare zu einem Pferdeschwanz zusammengebunden, der bei jeder Bewegung auf und ab wippte. Einmal strich er mir über die Hand, als sie sich herabbeugte, um die unteren Schrauben festzuziehen. Seidig weich. Ich hätte zu gerne meine Hand hindurchgleiten lassen.

Mannomann. Jetzt, wo es mir körperlich besser ging, kam mein Kopf auf ganz seltsame Gedanken.

Entsprechend froh war ich, als sie endlich fertig mit dem Schrauben war und auf Abstand ging, um Nathan zu helfen. Dabei bemerkte ich durchaus den Blick meines Bruders. Er grinste breit und sah vielsagend zwischen Tess und mir hin und her.

Ich verdrehte die Augen und beschäftigte mich stattdessen wieder mit meinen Schubladen. Die brachten mich wenigstens nicht auf dumme Ideen.

Ganz dumme Ideen.

KAPITEL 12

Tess

Was bitte war denn da zwischen Jack und mir los gewesen? Selten in meinem Leben war ich so froh, aus einem Zimmer fliehen zu können. Dabei bemühte ich mich natürlich, nicht durchscheinen zu lassen, wie durcheinander ich war. Ich hatte Jacks Blick durchaus bemerkt. So sanft hatte ich ihn bisher nicht erlebt. So ruhig. Freundlich. Aber da war noch mehr gewesen.

Bei dem Gedanken daran kniff ich fest die Augen zusammen, um mich zu sammeln. Das *noch mehr* war das Problem. Ohne dass ich es genauer definieren konnte, war da plötzlich was zwischen uns gewesen, das bislang komplett gefehlt hatte.

Ich trug ihm jeden Tag die Creme auf. Jeden Tag. Und noch nie hatte ich mir großartig Gedanken darüber gemacht. Es war mein täglicher kleiner Auftrag, um sein Leben besser zu machen. Es hatte uns nähergebracht. Dafür gesorgt, dass wir uns angefreundet und endlich mal richtig miteinander geredet hatten.

Aber das hier gerade war etwas anderes gewesen.

Es hatte geknistert. Definitiv. Unsere kurze Berührung. Seine Reaktion darauf. Er hatte gezuckt und mich mit einem Schlag anders angesehen. Vermutlich dachte er, ich hätte es nicht registriert, aber es war mir durchaus aufgefallen.

Oh Mann. So langsam drehte ich durch.

Müde rettete ich mich in mein Zimmer, aber hielt es dort nicht lange aus. Stattdessen schnappte ich mir meine Laufschuhe, zog mir rasch meine Joggingsachen an und tappte dann auf Zehenspitzen an Jacks Zimmer vorbei – nur um zu hören, wie Nathan voller Sarkasmus sagte: »Da ist nichts zwischen euch. Klar.«

»Es ist Tess, Nathan. Lass gut sein«, antwortete Jack brummig, woraufhin ich mich schnell aus der Wohnung flüchtete.

Es ist Tess.

Das »nur« hatte er wenigstens nicht ausgesprochen. Ich kannte diesen Satz bereits zur Genüge. Ich war nichts Halbes und nichts Ganzes. Nicht besonders bemerkenswert, aber auch nicht unattraktiv. Weder dumm noch schlau. Durchschnitt. Eben Tess.

Ich schluckte und begann dann zu rennen. Ich rannte, als wären tausend Höllenhunde hinter mir her. Ich jagte zum Strand hinunter, erreichte in Rekordtempo das Ufer und erhöhte das Tempo trotz des unsicheren Untergrundes. Ich rannte und rannte. Andere Jogger überholte ich, Spaziergänger ließ ich hinter mir, Möwen hatten Mühe, rechtzeitig vor mir in die Luft zu gelangen. Ihr empörtes Kreischen wurde meine Hintergrundmusik.

Schon lange hatte ich mich nicht mehr derart verausgabt. Noch nie war ich so gerannt. Selbst nach Logans Tod und dem unfassbaren Verhalten meiner Familie nicht. Ich war stoisch geblieben. Hatte alles ertragen und nur so viel darauf reagiert, wie ich wirklich gemusst hatte.

Ich war zu einer Opportunistin geworden.

Dass das so war, hatte mir erst Jack vor Augen geführt. Ich konnte nicht Nein sagen. Wollte allen und jedem gefallen. Dass ich damit nicht weit kam, zeigte sich jetzt in beeindruckender Weise.

Ich hatte Jamie am Hals, meine Eltern hassten mich, meine Schwester bedrängte mich, und Jack …

Abrupt blieb ich stehen. Meine Lunge schrie nach Luft, mein Herz schlug so heftig gegen meine Brust, dass es zu flattern schien, und meine Beine schmerzten. Gleichzeitig fühlte sich mein Kopf so heiß an, als müsste er zerbersten.

Keuchend stützte ich mich auf meinen Knien ab und bemerkte erst jetzt das Zittern meiner Glieder. Mein Verstand drehte sich. *Mist. Mist. Mist.*

Da ich spontan zum Joggen aufgebrochen war, hatte ich nicht mal was zu trinken dabei, und durch meinen rasanten Lauf war ich weit ab von den belebteren Bereichen des Strands. Nicht, dass ich um Hilfe gerufen hätte.

Ich rief nie um Hilfe.

Tränen traten mir in die Augen, als mir dieser simple Satz zum ersten Mal richtig bewusst wurde. Der letzte verhauene Test kam mir in den Sinn. Wie oft hatte Nathan nachgefragt, ob er mir Nachhilfe geben solle. Wie oft hatte Anne angeboten, sich mit mir zusammen hinzusetzen. Ich hatte immer so getan, als ob alles okay wäre.

Mühsam schluckte ich, und als das nicht funktionierte, spuckte ich den Speichel auf den feuchten Sand aus. Sofort rebellierte mein Magen bei dem Anblick. Meine Haltung tat ihr Übriges. Ich lief ins Meer, damit ich mich nicht auf den Sand erbrach, wo andere Leute spazieren gingen. Sofort wurden meine Schuhe nass. *Na, prima.* Sich in diesem Wellengang vorzubeugen war auch keine so gute Idee. Zweimal brach sich das Wasser ungünstig an meinen Beinen und schoss bis zu meinem Hals hoch. Einige Male würgte ich noch, doch als nichts kam, schleppte ich mich mit Mühe zurück auf den trockenen Sand und ließ mich dort auf den Hintern plumpsen.

Ich blieb lange so sitzen und rappelte mich erst auf, als es mir zu kalt wurde. So durchgeschwitzt, wie ich war, kühlte mich der Wind direkt an der See rasch aus. Außerdem war es mittlerweile dämmrig geworden. Ich musste dringend zurück.

Leider fühlte sich mein gesamter Körper wie zerschlagen an. Die Knochen schmerzten, genau wie mein Herz.

Bei der Überlegung, warum das so war, erschauderte ich. Als Gewohnheitstier mochte ich Veränderungen nicht besonders. Bereits die Tatsache, dass ich mich Jack angenähert hatte, war ein bemerkenswert großer Schritt für mich gewesen. Mich ihm noch weiter zu öffnen war dann wohl zu viel. So, wie es bis heute in unserer WG abgelaufen war, gefiel es mir. So konnte es bleiben. So musste es bleiben. Jack und ich als Freunde. Mitbewohnerin und Mitbewohner. Das passte perfekt.

Sein Blick hingegen wollte sich nicht in dieses Bild einfügen, genau wie meine so unerwartete Reaktion darauf.

»Scheiße«, murmelte ich. Als hätte ich nicht schon genug Probleme, allen voran meine Schwierigkeiten an der Uni. Und Natalie. Ich stöhnte laut auf. Hatte ich etwa ernsthaft zugesagt, mit ihr das Kleid auszusuchen? Es war ein Schritt auf sie zu, der zu viel in mir aufwühlte. Sie wollte garantiert wieder die Familienversöhnung vorantreiben. Womöglich würde sie sogar über Logan reden wollen oder mich nach dem verflixten Ökonomie-Studium fragen. Bohrte in Wunden, die sich gerade eben geschlossen hatten.

Es war Zeit, dass ich nach Hause kam. Mich zu einem leichten Trab zu animieren war schwierig, zumal ich erstaunlich weit gerannt war. Ich brauchte zehn mühsame Minuten, um zu meiner normalen Joggingroute zu gelangen. Hier war es auch deutlich belebter und …

War das Jack?

Ich blieb abrupt stehen, als ich einen jungen Mann auf Krücken durch den Sand humpeln sah. Er sah sich immer wieder suchend um. Als er mich erkannte, hob er eine Hand leicht in die Höhe, die Gehhilfe dabei zwischen den Achseln eingeklemmt. Er sah erleichtert aus. Sofort kehrten meine Kräfte zurück, und ich lief rasch zu ihm.

»Ist was passiert?«, fragte ich atemlos.

»Das frage ich dich. Du bist seit fast zwei Stunden weg, und es wird dunkel. Erst dachte ich: *Mach dir nichts ins Hemd, du bist nicht ihre Mami.* Aber dann fiel mir wieder die Sache mit dem komischen Jogger ein, der dich ständig belästigt hat. Da wurde ich unruhig und bin los.« Er musterte mich eingehend.

»So ganz unrecht hatte ich nicht. Du siehst völlig zerstört aus.«

Und plötzlich brachen alle Dämme. Ich stand einfach vor ihm und weinte. So heftig und so schlimm, dass sich mein gesamter Körper schüttelte.

Jack sah mich einen Moment erst verdutzt, dann erschrocken an. Schließlich ließ er seine Krücken in den Sand fallen und überbrückte die kleine Distanz zwischen uns, um mich fest in den Arm zu nehmen. Ich lehnte mich dankbar an ihn und verkroch mich in seiner Wärme.

»Du bist ja klitschnass«, murmelte er. »Bist du im Meer geschwommen?« Das klang jetzt eher ungläubig.

Ich konnte nicht antworten, zumindest nicht mit Worten. Stattdessen schob ich meine Arme um seine Taille und legte meinen Kopf gegen seine Brust. Jetzt hörte ich sein Herz schlagen. Etwas zu schnell, aber kraftvoll und gleichmäßig. Er verstand meinen wortlosen Wink und hielt mich eine Weile einfach nur fest, wartete, bis ich mich beruhigt hatte.

Schließlich schob er mich ein Stück von sich, sodass er mir ins Gesicht sehen konnte. Noch immer rannen mir Tränen die Wange hinunter. Vermutlich aus einem Instinkt heraus strich er zwei davon mit den Fingerspitzen seiner linken Hand fort, während seine Rechte locker hinten auf meinem Rücken lag. Mich festhielt. Dadurch erinnerte er sich dann auch wieder an meine klamme Kleidung. Sofort ließ er mich los, und ehe ich ihn daran hindern konnte, zog er sich sein Langarm-Shirt über den Kopf. Darunter kam sein Kompressionsanzug zum Vorschein.

»Hier«, er hielt mir das Shirt hin. »Zieh das nasse Oberteil aus und meins an. Ist grad nichts los am Strand, sodass dich niemand sieht. Ich dreh mich um.«

Ohne auf mein Okay zu warten, tat er genau das und starrte aufs Meer. Ich blickte kurz unschlüssig auf das Shirt und befolgte mit einem leisen Seufzen seinen Vorschlag. Dabei gönnte ich mir den Moment, um tief seinen Geruch einzuatmen. Es roch nach seinen Kochkünsten und Holz. Sofort schoss mir die Schrankszene durch den Kopf, und ich war froh, dass er zumindest im Moment meine immer heißer werdenden Wangen nicht sehen konnte.

»Fertig«, murmelte ich, kaum hatte ich das Shirt an. Mein nasses hielt ich locker in der Hand.

Jack drehte sich um und musterte mich. »Du bist an Stirn und Schläfen weiß wie die Wand und ansonsten rot gepunktet. Kippst du mir gleich um?«

Tatsächlich war meine Schläfe weiter unnatürlich heiß, und mir war leicht schwummrig. Trotzdem schüttelte ich den Kopf. »Geht schon.« Um seinem forschenden Blick auszuweichen, bückte ich mich und hob die beiden Krücken auf. Nacheinander reichte ich sie ihm. »Danke fürs Nach-mir-Schauen«, murmelte ich.

»Immer«, antwortete er ebenso leise und hielt meinem Blick stand.

Sofort schlug mein Herz schneller. Das daraus resultierende Kribbeln setzte sich schließlich in meiner Brust fort und in meinem Magen fest. Ich musste fortsehen.

»Erzählst du mir, was los ist?«, hakte Jack sanft nach. »Du wirkst völlig durch den Wind. Eigentlich war doch alles in Ordnung … Oder liegt es an der Begegnung mit deiner Schwester? Wenn du wirklich gar nicht mit ihr shoppen gehen willst, dann sag ihr das!«

Ich war zwei Schritte vorgegangen und blieb jetzt wieder stehen. Ganz ungewollt rollten zwei neue Tränen los. Ich wischte sie rasch fort und wartete, bis Jack neben mir angekommen war. »Ich glaub, ich schaff mein Studium nicht. Wahrscheinlich werde ich nächstes Semester exmatrikuliert«, brach es schließlich aus mir heraus und verriet damit eines meiner vielen Probleme. »Ich hasse dieses Studium«, setzte ich hinterher. »Ich hasse alles daran. Die Zahlen. Die Wirtschaft. Die Zukunftsaussichten. Ich will das alles nicht.«

Jacks besorgtes Gesicht verschwamm vor meinen Augen, und ich beugte mich vor, als sich mein Magen drehte. Kurz bevor ich spucken musste, spürte ich Jacks warme Hand in meinem Kreuz. Sanft strich er mir über den Rücken, schob sogar ein paar meiner Haarsträhnen, die sich aus dem Zopf gelöst hatten, nach hinten, damit sie mir nicht länger vor dem Gesicht hingen. »Setz dich erst mal hin, Knie anwinkeln, Kopf dazwischen«, sagte er ruhig und dirigierte mich in die angegebene Position. Er selbst ließ sich nach kurzem Zögern hinterherfallen. Nicht sehr elegant, aber vermutlich ging es mit seiner Hüfte nicht anders.

»Der Sand«, protestierte ich schwach.

»Egal. Kopf runter. Atmen.«

Ich spürte seine Handfläche auf meinem Hinterkopf. Unter normalen Umständen hätte ich garantiert gereizt auf seine Bevormundung reagiert, doch ich beschloss, sie für den Moment zu dulden. Also atmete ich und bemühte mich dabei, seine wandernde Hand zu ignorieren. Er hatte sie mittlerweile auf meinem Rücken abgelegt, strich beruhigend auf und ab. Als er spürte, dass ich mich entspannte, hörte er leider damit auf.

Vergiss das »leider«, ermahnte ich mich. *Du bist nur ausgehungert nach Berührungen. Allmählich brauchst du dringend einen Freund. Aber garantiert nicht Jack!*

»Deine finsteren Gedanken höre ich bis hierher«, merkte Jack an.

Ich linste zu ihm rüber und bemühte mich, meine heißer werdenden Wangen unter Kontrolle zu bringen. *Wenn du wüsstest, worüber ich wirklich nachgedacht habe.*

»Geht's dir besser?«, fragte Jack, nachdem weitere Minuten vergangen waren, und ich nickte. Dann rückte er noch weiter von mir ab, hob den Kopf und blickte zum Meer. Seine Art, mir Raum zu geben.

Mein Herz flog ihm in diesem Moment zu. Mir wurde plötzlich klar, wie rücksichtsvoll Jack sein konnte – solange man ihn nicht reizte. Er versteckte diese Eigenart gut, doch im Grunde genommen kümmerte er sich um die Leute, die ihm wichtig waren. Offenbar gehörte ich allmählich dazu.

»Ich weiß zurzeit einfach nicht, was ich jetzt machen soll«, sagte ich schließlich zögernd. »Ich hab das Gefühl, mein Leben vor die Wand gefahren zu haben.«

Jack drehte endlich den Kopf, um mich eingehend zu mustern. »Wie schlimm sieht's denn aus?«

Ich überlegte. »Schlimm«, gab ich zu. »Das Problem sind nicht mal die letzten verhauenen Klausuren, sondern das große Ganze. Ökonomie ist nichts für mich. Ich bin einfach kein Zahlengenie.«

»Und warum studierst du das dann überhaupt?«

Das war die große Frage. Die, die so viele stellten. Meistens wand ich mich um die Antwort herum, doch diesmal wollte ich es endlich erzählen. Mich erklären. Und deutlich machen, in was für einer Zwickmühle ich mich befand. »Für meinen Bruder Logan«, sagte ich leise. »Er wollte unbedingt studieren. Immer. Dafür hat er sich jeden Cent zurückgelegt. Während ich mich mit meinen Freunden getroffen habe, um zu feiern, ist er jobben gegangen. Er hatte drei kleinere Jobs und hätte vermutlich noch einen vierten angenommen, wenn meine Eltern nicht eingeschritten wären. Dad verdiente als Schaffner nicht besonders viel, genau wie meine Mum. Sie arbeitete morgens in einer Bäckerei und saß abends an der Kinokasse. Und ich? Ich hab mein Leben genossen, mich für die Umwelt engagiert und jeden Tag ohne Pläne verbracht. Bis … bis zu Logans Tod.«
Jack schwieg, sodass eine längere Pause entstand, die ich füllen musste oder das Gespräch war beendet. Also zwang ich mich zum Weiterreden. »Er hatte tatsächlich ein Testament gemacht. Mein großer Bruder. Der Perfektionist. Darin stand, dass ich all sein Geld und seinen Wagen erben sollte. In einem Brief hatte er mich dazu aufgefordert, an die Uni zu gehen. Was aus meinem Leben zu machen, um es mit seinen Worten zu sagen. Aber ich hatte keinen Plan. Meine einzige Leidenschaft war der

Kampf für die Umwelt, doch um in die Richtung zu studieren, waren meine Noten schlicht zu schlecht. Ökonomie war eine Notlösung. Damit glaubte ich, nichts falsch machen zu können. Außerdem hatte Logan das vorgehabt, kurz bevor er … bevor … Jedenfalls hab ich seinen Traum zu meinem gemacht. Nur dass ich das Studium komplett verhauen habe – und das fühlt sich einfach nur schrecklich an. Als hätte ich auf ganzer Linie versagt.«

Müde fuhr ich mir über das Gesicht. Wenn ich das so aussprach, klang es so plump. So einfach. Dabei hatte ich mich lange Zeit mit der Entscheidung gequält, und als ich sie einmal getroffen hatte, war sie unumstößlich für mich geworden. Ich hatte ein Versprechen einzulösen, das ich Logan lautlos bei seiner Beerdigung gegeben hatte.

Ich will etwas aus meinem Leben machen. Ich wollte studieren gehen. Ich musste ihn stolz machen.

Wenn er mich so hätte sehen können, wäre er sehr traurig gewesen. »Das Studium aufzugeben fühlt sich wie ein Verrat an meinem Bruder an«, sagte ich leise, und endlich, endlich legte Jack mir wieder seinen Arm um den Rücken, rückte näher. Ich nutzte die Chance, um mich an ihn und meinen Kopf an seine Schulter zu lehnen.

Ich seufzte leise auf, als ich seine Hand spürte, die sich um meine linke Seite legte, beinahe Richtung Bauch wanderte. Es war ein erstaunlich schönes Gefühl, so gehalten zu werden.

Jack gab uns einen Moment, ehe er weitersprach. »Du hast dir den Arsch aufgerissen, um das Studium zu schaffen. Ein Studium, das dir überhaupt nicht liegt. Vielleicht sperrt sich alles in dir drin dagegen, weil es nicht das Richtige für dich ist. Was wäre denn dein Traum?«

Ich hatte befürchtet, dass er mich das fragen würde. Die Antwort darauf war lediglich nebulös in meinem Kopf vorhanden. »Ich wünschte, ich wäre eine Kämpferin für die Natur«, sagte ich schließlich leise. »Ich würde mich so gerne auch beruflich engagieren – und nicht nur still für mich Müll aufsammeln. Leider liegt mir das Protestieren überhaupt nicht. Dazu bin ich zu schüchtern. Zu still. Also würde ich gerne etwas hinter den Kulissen bewirken. Ich möchte aufklären. Über den Müll in den Meeren, über Ölgesellschaften, über Ideen, wie wir unsere Strände besser schützen können. Ich fände es toll, mit Kindern zu arbeiten oder an Schulen Projekte zu betreuen. So was in der Art.«

»Das klingt doch schon nach einem sehr gut durchdachten Plan.«

Bekümmert schüttelte ich den Kopf. »Ich wüsste nicht, was ich da studieren soll. Dafür hab ich vermutlich nicht die richtigen Voraussetzungen.«

»Vermutlich?«

Ich spürte, dass ich rot wurde. Die letzten Monate hatte ich mich so dermaßen in mein Ökonomie-Studium verbissen, dass ich weder nach rechts noch nach links gesehen hatte. »Ich weiß es nicht genau«, gab ich zu.

»Dann frag Jamie.«

Erstaunt sah ich ihn an. »Dein Ernst?«

»Klar. Der Typ wirkte zwar wie ein Gockel, hatte aber auch was Cleveres an sich. Frag ihn. Kitzel ein wenig sein Ego, geh einen Schritt auf ihn zu und horch ihn aus. Vielleicht kann er dir ja wirklich weiterhelfen.«

»Aber ...«

»Du musst ihn doch nicht heiraten! Netzwerken heißt nicht, dass man sich lieb hat, sondern voneinander profitiert. Er sucht jemanden, der seine Umwelttruppe organisiert. Da hat er dich ins Auge gefasst. Offenbar sieht er etwas in dir, das du gerade selbst nicht in dir erkennst. Jemanden, der sich unaufdringlich Gehör verschafft. Der aktiv beim Umweltschutz tätig ist, ohne ihm seine Position streitig zu machen. Das ist doch genau das, was du brauchst.«

»Und mein Studium?«

»Hast du doch eh schon vergeigt.« Jack grinste, um seine harten Worte abzumildern.

Ich knuffte ihn in die Seite, musste dann aber lachen. »Das stimmt«, gab ich zu und drehte mich in seinem Arm, um sein Lächeln besser sehen zu können.

Und da geschah es. Ich bemerkte seinen Blick, der schlagartig sanfter und beinahe liebevoll war. Sah das Funkeln in seinen Augen und registrierte zum ersten Mal kleine Lachfältchen um seine Mundwinkel herum. Mein Herz machte einen Sprung, dehnte meine Brust, ließ meinen Atem einen Moment ins Stocken geraten. Vor allem, weil sein Blick für eine winzige Sekunde auf meine Lippen gefallen war, nur um hastig wieder hochzuwandern. Doch ich hatte ihn gesehen. Ganz genau.

War es Zufall, dass sich sein Griff an meiner Hüfte verstärkte? Dass er mich noch ein klein wenig näher heranzog, mich an sich drückte? Vermutlich nicht. Hoffentlich nicht. Mein Verdacht bestätigte sich, als er sich nun ebenfalls weiter in meine Richtung drehte und den freien Arm hob, um mir sanft eine vorwitzige Strähne hinter das Ohr zu kämmen. Es war eine so triviale und gleichzeitig schöne Geste. Ich hatte sie in tausend Filmen gesehen und jedes Mal aufgeseufzt vor Glück. Genau das tat ich jetzt auch, ganz für mich, nur in meinem Kopf, aber allein das zeigte mir, dass ich Jack wirklich mochte.

Aufrichtig und tief aus meiner Seele.

Seine Finger strichen hinter meinem Ohr entlang und folgten dann der Linie meines Kinns. Nur ein winziges Stück, und ich wünschte mir sofort, dass er weitermachen würde. Doch er zog die Hand zurück. Langsam und zögernd. Noch einmal huschte sein Atem gemeinsam mit dem Seewind über mein Gesicht, ein letztes Mal, ehe er sich abwenden wollte. Vermutlich, um mir erneut Freiraum zu geben. Vielleicht auch, um dieser seltsamen Stimmung zu entkommen. Immerhin hatte er seinen Arm nicht zurückgezogen.

Bevor er jedoch wieder Richtung Meer sehen konnte, hatte

diesmal ich meine Hand gehoben. Ich legte sie ihm an die Wange und verhinderte so, dass er den Kopf von mir wegdrehte. Unsere Blicke verhakten sich ineinander.

»Wir sollten das nicht machen«, sagte er mit rauer Stimme zu mir.

»Hmhm«, brummte ich als Antwort und tat genau das, was ich mir zuvor von ihm gewünscht hatte: Ich strich mit den Fingerspitzen über sein Kinn. Es war rauer als erwartet und fühlte sich trotzdem fantastisch an. Jack schloss bei meiner Berührung die Augen und rührte sich ansonsten nicht. Ich verstand das als Aufforderung, weiterzumachen. Also fuhr ich ihm zart die Kinnpartie entlang bis zum Hals, ließ die Finger von dort Richtung Kompressionsanzug wandern. Sein Seufzen war anders als bei mir hörbar. Seine linke Hand fing meine wandernde ein, hielt sie einen Moment fest und drückte sie schließlich sanft gegen die Stelle auf seiner Brust, an der sein Herz schlug. Ich spürte es durch den dicken Stoff pulsieren. Kräftig und ruhig, wobei sich die Frequenz erhöhte.

Ich blieb still und wartete, bis Jack die Augen wieder geöffnet hatte. Ganz heimlich hatte ich mich gefragt, was für eine Art Küsser Jack wohl war. Der Impulsive, Überfallartige. Da war ich mir sicher gewesen. Die Realität sah ganz anders aus.

Er wartete.

Also war ich es, die den entscheidenden Schritt machte. Ich musste mich nur ein Stück nach vorne bewegen, damit sich unsere Lippen näher kommen konnten. Näher und näher und näher. Neckisch ließ ich meinen Mund zunächst beinahe unmerklich über seinen wandern. Ein winzig kleines Stück hinauf, den Weg zurück, ehe ich den Kontakt intensivierte. Er kam mir zaghaft entgegen und hatte dabei die Augen wieder geschlossen. Als müsste er sich ganz auf dieses Gefühl zwischen uns konzentrieren.

Ich verspürte ein wunderbares, intensives Prickeln, das von meinen Lippen über meine Kehle bis tief in den Bauch führte.

Ich verharrte einen Moment, um das auszukosten. Wartete, bis Jack mich endlich wieder ansah. Dann erst schmiegte ich meine Lippen spürbar an seine, öffnete sie leicht, sodass sie weicher wurden. Jack kam mir entgegen. Der Laut aus seiner Brust war eine Mischung aus leisem Aufseufzen und Grollen. Etwas blitzte in seinen Augen auf. Leidenschaft. Feuer. Gefühle, die er bislang zurückgehalten hatte. Mit einer ruckartigen Bewegung zog er mich so fest an sich, dass mir einen kurzen Moment der Atem fehlte. Dann fühlte ich seine Zunge an meinen Lippen, die deutlich fordernder war als der Rest von ihm.

Was diese kleine Berührung in mir auslöste, war vermutlich nicht normal. Konnte es nicht sein, denn so etwas hatte ich nie zuvor gespürt. Die Welt schmolz auf uns zwei zusammen. Auf den Punkt, wo wir uns so eindringlich berührten. Jeder Gedanke, jeder Zweifel verflog und machte Platz für Erregung und den Wunsch, Jack niemals wieder freizugeben.

Ganz instinktiv drängte ich mich weiter an ihn und fuhr mit den Fingern in sein Haar. Er hingegen verirrte sich vermutlich eher zufällig unter mein beziehungsweise sein zu weites Shirt, sodass seine warme Haut auf meiner zum Liegen kam. Er strich für eine kurze Sekunde an meiner nackten Seite entlang, danach über meinen Rücken. Das hatte er bereits zuvor getan, nur hatte uns dabei Stoff voneinander getrennt. Das hier fühlte sich ganz anders an.

Noch schöner. Noch intensiver.

Bis sich Jack abrupt zurückzog, seine Lippen von meinen löste und mich mit zu schnell fließendem Atem anstarrte. »Wir …«, setzte er an, und ich unterbrach ihn unwillig, indem ich ihn erneut küsste.

Zu meiner Überraschung ließ er es tatsächlich zu. Ich hätte schwören können, dass er mich wegdrücken würde. Aber das Gegenteil war der Fall. Das Feuer zwischen uns brannte auf meiner Haut, in meinem Gesicht und vor allem an meinen Lippen. Wir konnten nicht aufhören. Unmöglich.

Und wir hörten nicht auf. Wir ließen uns fallen in dieses Gefühl und in die Bewegung unserer Lippen und unseres Atems. Erst als es immer dunkler und stiller um uns herum wurde, lösten wir uns langsam voneinander. Sahen uns an. Meine Wangen fühlten sich heiß an, genau wie der Rest meines Körpers. Ich glühte.

»Wir sollten heim«, sagte Jack schließlich leise.

Ich nickte, weiterhin atemlos. Gleichzeitig hatte ich Angst vor dem nun folgenden Moment. Dem Moment des Loslassens. Der Trennung. Kam danach womöglich das Bedauern? Das Gefühl, vorschnell gehandelt zu haben?

Eher zögernd stand ich auf und half danach Jack auf die Beine. Das war schwieriger als erwartet. Er bemühte sich, mich nicht zu sehr zu belasten, doch es blieb nicht aus, sonst wäre er nicht hochgekommen.

»Der alte Mann und sein Stock«, brummte er genervt, während er darauf wartete, dass ich ihm die Krücken anreichte.

»Aber es wird schon viel besser«, protestierte ich. »Deine Bewegungen sind flüssiger, und du wirkst deutlich entspannter.«

»An was das wohl liegen mag.« Er grinste mich breit an, und ich fühlte, wie mein Gesicht erneut aufflammte. Gleichzeitig war ich erleichtert. Nein. Da kam kein seltsamer Moment auf uns zu. Dafür waren wir uns mittlerweile zu vertraut. Selbst wenn ich noch immer nicht glauben konnte, dass wir uns geküsst hatten.

Wir! Jack und ich! Und ich bereute es nicht einmal. Im Gegenteil. Ich wollte es gerne wiederholen.

Mein Blick war auf seine Lippen geheftet, was ihm nicht entging. »Verführ mich nicht schon wieder«, tadelte er mich spielerisch. »Wir müssen nach Hause. Der Sand bringt mich um, und du siehst völlig erledigt aus.«

Das stimmte leider. Es war ein langer Tag. Gefühlt der längste überhaupt. Bei der Erinnerung an die letzten Stunden verflog mein Hochgefühl umgehend und machte einem inneren Druck

Platz, den ich nur schwer ertragen konnte. Jack spürte vermutlich meine veränderte Stimmung, denn er klemmte sich kurz die rechte Krücke unter den Arm, um mit der freien Hand über meine zu streichen. »Alles wird gut«, sagte er. »Für jedes Problem finden wir eine Lösung.«

Wir. Das musste ich erst mal verdauen.

Jack

Sobald wir unsere Wohnung betreten hatten, wollte ich Tess am liebsten sofort wieder in meine Arme ziehen und nicht mehr loslassen. Leider juckte und brannte der Sand auf meinen Brandnarben. Das konnte und durfte ich keine Sekunde länger ignorieren.

Unter normalen Umständen hätte ich zumindest ihre Hand genommen, um ihr klare Signale zu senden. *Das mit uns war kein zufälliger Kuss. Kein unbedachter Moment. Kein Versehen.*

All das hätte ich ihr allein durch diese Geste klarmachen können. Leider ließen das meine Krücken nicht zu – mal ganz davon abgesehen, dass Worte ohnehin nicht meine Stärke waren. Ich hätte mich um Kopf und Kragen geredet.

Dass sie mir daher immer wieder fragende Blicke zuwarf, konnte ich verstehen. Wir zogen uns nebeneinander im Hausflur die Schuhe aus, dicht an dicht. Okay. Ich schüttelte sie mir eher von den Füßen, während Tess sich bückte, wie normale Menschen das machten.

Du bist normal, erinnerte ich mich selbst. *Nur gerade etwas gehandicapt*. Es fiel mir noch immer schwer, das so zu sehen.

»Ich fürchte, ich muss duschen. Oder frierst du so, dass ich dir den Vortritt lassen sollte?«, sagte ich schließlich in die Stille hinein. *Alternativ könntest du auch mit mir duschen*. Doch ich war nicht sicher, ob Tess sich je darauf eingelassen hätte.

Der Kuss war der Wahnsinn gewesen. Und sie hatte es wohl ähnlich gesehen, denn die Art und Weise, wie sie sich an mich geschmiegt und den Kuss erwidert hatte, war recht deutlich gewesen. Wenn ich jetzt einen flapsigen Spruch gemacht hätte, wäre diese Chemie zwischen uns sofort umgeschlagen. Bei ihr kam ich mit meiner vermeintlich coolen Show nicht weiter, und ich wollte das auch gar nicht.

Also verkniff ich mir die Frage, ob sie mit mir duschen gehen würde.

»Nein, alles gut. Geh du ruhig ins Bad.« Da war er wieder: Dieser lodernde Blick aus weit aufgerissenen Augen. Oder bildete ich mir das nur ein?

Ich wollte im ersten Moment an ihr vorbeigehen, dann stoppte ich. Die Krücken behinderten mich. Doch auch wenn sie mich daran hinderten, ihre Hand zu nehmen – einen sanften, vorsichtigen Kuss konnte ich ihr dennoch geben.

»Bis gleich«, sagte ich, woraufhin wir uns zaghaft anlächelten.

Der Gedanke an Tess hielt mich aufrecht, als ich mich im Bad aus dem Anzug quälte und für gut zwanzig Minuten den Sand von mir runterwusch. Noch vor ein paar Wochen wäre ich an dieser Aufgabe völlig verzweifelt. Jetzt akzeptierte ich es. Ich überwand sogar meinen Stolz und holte mir einen Klappstuhl in die Dusche, um mich zwischendurch setzen zu können. Es sah ja auch niemand – und wozu sollte ich mich quälen?

Ein erster Schritt, den mir meine Therapeutin angefangen hatte einzubläuen. Sich über kleine Erfolge freuen. Positiv denken. Alles zu seiner Zeit angehen.

Das klang zunächst so einfach, aber es war harte Arbeit. Jeden Tag. Jede Sekunde. Wenigstens hatte ich nicht mehr das Gefühl, mit dieser Aufgabe allein auf der Welt zu sein.

Nach meiner Duschsession tupfte ich mich vorsichtig ab und wartete, bis auch der letzte Rest Wasser eingezogen war. Danach zog ich mir meine Boxershorts über und atmete tief ein. Was jetzt folgen würde, hatten Tess und ich in den letzten zwei

Wochen schon sehr oft getan. Ich brachte ihr die Creme. Sie massierte sie ein. Keine große Sache. Heute jedoch fühlte es sich verändert an, denn da stand ein Kuss zwischen uns im Raum.

Jetzt dreh mal nicht am Rad, dachte ich genervt und verließ entschlossen das Bad, um an der Tür von Tess zu klopfen.

»Komm rein«, rief sie von innen. Sie saß an ihrem Schreibtisch vorm Laptop. Seltsamerweise hatte sie die Bücher, die sich sonst immer vor ihr stapelten, auf den Boden gelegt. Als wollte sie sie nicht mehr länger anfassen. Sobald ihr Blick auf meinen nackten Oberkörper fiel, sah ich genau, wie sie zögerte. Auch sie wusste, dass sich etwas zwischen uns verändert hatte. Unwiederbringlich.

Sie räusperte sich. »Bist du so weit?«, fragte sie mit ein wenig zu lauter Stimme, woraufhin ich sie beruhigend anlächelte.

»Das Übliche.« Ich überlegte. »Küche?«, hakte ich dann nach und deutete mit dem Daumen nach hinten.

Tess nickte eilig und sprang so abrupt auf, dass ihr Bücherstapel direkt vor ihren Füßen ins Rutschen kam. Zu meiner absoluten Irritation ignorierte sie die Unordnung und stieg einfach über sie hinweg. Dabei bemerkte sie meinen Blick. »Ich sortiere aus«, sagte sie lapidar.

»Alle deine Lernbücher?«

»Zumindest die, die mit Mathe zu tun haben.«

Ich wollte sie ungern nerven oder gar in die Ecke drängen, also sagte ich darauf lieber nichts und ging ihr voraus in die Küche. Ohne Krücken. So langsam traute ich mir das zu. Trotzdem war ich froh, als ich auf einem der Küchenstühle saß, mit der Brust zur Lehne, damit Tess an meinen Rücken herankam. Über die Schulter reichte ich ihr die Creme.

Als ihre noch immer recht kühlen Hände meine Haut berührten, konnte ich eine Gänsehaut nicht verhindern. Das hatten wir schon häufiger gemacht, nur fühlte sich das heute einfach anders an.

Falls sie meine Reaktion bemerkte, ignorierte sie sie. Wie die

Male zuvor schwieg sie beim Auftragen, als müsste sie sich voll darauf konzentrieren. Das war natürlich albern, aber vielleicht brauchte sie das, damit die Atmosphäre zwischen uns nicht seltsam wurde.

Als sie fertig war, schraubte sie die Tube wieder zu, und ich stand auf, drehte mich zu ihr um. Sie wirkte tief in Gedanken versunken. Kurzerhand nahm ich ihr die Creme aus der Hand, stellte sie auf den Küchentisch und legte sanft meine Arme um ihre Taille.

»Darf ich dich noch mal küssen?«, fragte ich und ließ dabei meine Hand über ihren Rücken gleiten.

Sie seufzte leise auf, schloss die Augen und nickte, woraufhin ich meine Lippen vorsichtig auf ihre legte. Sie kam mir erneut entgegen, und ich vergaß die Küche und meinen brennenden Rücken. Nur Tess zählte.

Als wir uns lösten, lächelte sie mich vorsichtig an. »Ich bin froh über diesen Kuss. Ich hatte schon Angst, wir hätten einen Fehler gemacht.«

»Ein Fehler? Diesen Kuss am Strand einen Fehler zu nennen wäre eine echte Schande!« Ich grinste, wobei ich natürlich genau wusste, was sie gemeint hatte. Das mit uns. Mit der WG. Mit unserer vorsichtig entstehenden Freundschaft, die ganz abrupt in eine andere Richtung abdriftete.

»Wir verlassen mit Volldampf die Friendzone«, bestätigte sie meine Gedanken.

»Wir waren nie in der Friendzone. Erst waren wir auf dem Kriegspfad, danach eine Zweckgemeinschaft und jetzt …« Ich ließ es offen, denn so richtig benennen konnte und wollte ich es nicht.

Tess musste den Kopf in den Nacken legen, um mir ins Gesicht sehen zu können. So dicht standen wir beieinander. Ihre Wangen waren leicht gerötet, was unfassbar süß aussah. Vor allem, weil ihre Augen dabei wild funkelten. »Ich will nicht, dass es komisch zwischen uns wird«, stellte sie klar.

»Dann lass uns weiter knutschen. Das ist nie komisch, sondern ausgesprochen anregend.«

Sie verdrehte die Augen. »Du weißt, was ich meine.«

Eine Weile blickten wir uns schweigend an, dann seufzte ich. »Wie wäre es, wenn wir es einfach auf uns zukommen lassen? Ich mag dich, finde dich unfassbar scharf und stehe total auf deine Hände auf meinem Rücken. Ja, genau da. Lass sie an der Stelle bitte liegen. Sollte es nach mir gehen, könnten wir gerne noch eine ganze Weile rumknutschen und …«

»Jetzt werd nicht zum Macho«, unterbrach Tess mich leicht verärgert.

Ich klappte unverzüglich meinen Mund zu und zog eine Augenbraue in die Höhe. »Tu ich gar nicht. Ich spreche nur aus, was wir beide denken.«

»Was denke ich denn bitte schön?«

»Dass du mich genauso heiß findest. Dass deine Hände nicht einfach so ein wenig tiefer gerutscht sind. Dass du ständig auf meine Lippen schauen musst und dich fragst, ob diese Hitze von mir oder von dir oder von der Energie zwischen uns stammt. Dass …«

»Ich bin nicht so eine«, sagte Tess energischer und trat zu meinem Entsetzen einen Schritt zurück. Sie wollte sich ernsthaft gänzlich aus meinen Armen winden. Als ich locker dagegenhielt, blieb sie, wo sie war. Allerdings funkelte sie mich nun mit einem anderen Ausdruck in den Augen an. Eine Mischung aus Frustration und Genervtheit.

»Was für eine denkst du denn, die du bist?«, hakte ich nach einer Pause nach.

»Keine, die mit jedem Kerl rumknutscht.«

»Dann haben wir ja Glück, denn ich bin nicht jeder Kerl. Im Gegenteil. Wenn man es genau betrachtet, kennen wir uns sogar schon fast ein ganzes Jahr.«

Ich sah, wie sie nachdachte und meine Behauptung überprüfte. Überrascht nickte sie. »Stimmt. Und trotzdem …«

»Ich weiß, was du sagen willst. Lass es uns langsam angehen. Lass es uns nicht versauen. Lass uns erst mal drüber sprechen. Lass uns nachdenken. In allen Dingen bin ich leider nicht gut. Besonders nicht im Bereich »nicht versauen« und »miteinander reden«. Das, was dich gerade verunsichert, ist vermutlich nicht allein die Tatsache, dass du mit Jack, dem Neandertaler, rumgeknutscht hast. Es ist die Tatsache, dass es sich richtig gut angefühlt hat, aber wir zusammenwohnen. Das macht es komplizierter. Normalerweise hätte ich dich vor deiner Wohnungstür abgesetzt, dich noch einmal geküsst und wäre dann abgedampft, damit du mit deinen Freundinnen das Für und Wider abwägen könntest. Ich hätte dich am nächsten Tag angerufen und wir hätten uns für nächsten Samstag verabredet. Also noch mal viel Zeit zum Nachdenken. Wir hingegen hocken aufeinander und …«

»Ich mag dich«, unterbrach Tess meine Ausführungen. »Allein das schockiert mich.«

Ich blinzelte und bemühte mich, die Zusammenhänge zu begreifen. Dann musste ich leise lachen. »Ich dich auch, Prinzessin.« Sie ging nicht darauf ein, sondern schob kampflustig das Kinn nach vorne. »Sei ernst.«

»Bin ich. So ernst, dass ich dich auf ein Date einladen möchte. Morgen Abend. Nur du und ich. Was sagst du?«

Sie hatte vermutlich mit allem gerechnet. Mit einem Versuch meinerseits, sie rumzukriegen. Mit einem heftigen Streit, weil wir zwei nun einmal Streithähne waren. Mit Tränen, weil ich ihr doof gekommen war. Aber nicht damit.

Sie starrte mich an, als käme ich vom Mond.

»Du darfst dir auch Nachtisch bestellen. So viel Eis, wie du möchtest«, setzte ich nach, und endlich, endlich sah ich, wie sie sich entspannte. Sie nickte – und lachte leise in sich hinein.

»Du überraschst mich immer wieder, Jack Ambrose«, sagte sie.

»Ist das ein Ja?«

»Ja, klar. Denkst du, ich lass mir ein von dir bezahltes Essen entgehen?« Sie strich mir sanft mit dem Finger über mein Kinn. Da sie das bereits zuvor getan hatte, schien das eine interessante Angewohnheit von ihr zu sein. »Ich freue mich.«

»Ich mich auch.«

KAPITEL 13

Tess

Es war wirklich unfassbar, aber ich machte mich für ein Date mit Jack Ambrose fertig. Ein richtiges Date! Noch schräger fand ich, wie aufgeregt ich war und wie schwer ich mich für ein Kleid entscheiden konnte. Normalerweise war ich die pragmatischste Frau auf diesem Planeten, doch heute schien nichts für den Anlass passend zu sein.

Das Ballkleid war zu speziell. Meine Jeans zu schlicht. Mein Rock zu kurz, das Kleid zu lang. Sehr viel Auswahl hatte ich nicht, wodurch es theoretisch hätte einfacher werden müssen. Schließlich gab ich seufzend auf und rief Anne an. Eigentlich hatte ich ihr nichts von meinem Date erzählen wollen, weil … ich Angst davor hatte, dass sie es mir ausreden würde. Wegen Jack, dem Neandertaler. Bloß war er seit einigen Wochen nicht mehr so richtig Jack, der Neandertaler. Er hatte sich gewandelt. Auf eine unfassbar süße Art und Weise. Vermutlich war das schon immer in ihm drin gewesen, nur hatte ich es übersehen – oder er hatte es sorgsam versteckt. Jedenfalls freute ich mich auf dieses Date. Negative Kommentare waren unwillkommen – und gleichzeitig seltsamerweise auch keine positiven.

Anne war nämlich total begeistert, allerdings auf eine schräge Art.

»Rauf aufs Pferd! Das hab ich doch schon die ganze Zeit gesagt. Du musst endlich daten, damit du dich aus dem Single-

Dasein lösen kannst. Dass es ausgerechnet Jack Ambrose sein soll, versteh ich nicht so ganz, aber vielleicht ist er genau der Richtige dafür. Er sieht heiß aus, hat diese sexy Grübchen-Ausstrahlung und den absoluten Bad-Boy-Blick. Bei ihm weiß man, wohin die Reise geht. Tob dich aus!«

Ich war mit Annes merkwürdigen Ansichten über Jack überfordert, nahm ihr Angebot, zum Kleidergucken bei ihr vorbeizufahren, aber trotzdem an. Dort angekommen, bereute ich es allerdings sofort. Sie wohnte mit Amber zusammen, die mich natürlich in die Mangel nahm.

»Hast du ihn denn schon geküsst? Er hat diesen speziellen lodernden Blick drauf, wenn er dich ansieht. Ist mir schon beim ersten Mal aufgefallen«, erklärte sie mir direkt zur Begrüßung.

»Der lodernde Blick kam daher, dass wir uns nicht wirklich ausstehen konnten«, entgegnete ich trocken. »Wir waren wie Feuer und Wasser.«

»Und was hat sich geändert?«

Gute Frage! Ich brummelte was vor mich hin und war unendlich dankbar, als Anne uns mit drei viel zu kurzen Kleidern im Schlepptau unterbrach. »Das, das oder das?«

»Äh … keins davon? Ich würde gerne angezogen auf ein Date gehen. Wenn er vorher schon alles sieht, nimmt das den Reiz raus.«

Anne sah mich einen Moment verdutzt an, dann mussten wir lachen. Danach war meine Anspannung wie verpufft, und ich hatte wirklich richtig Spaß mit den beiden. Wir fanden tatsächlich das passende Kleidungsstück: Ein fluffiges gelbes Sommerkleid, das sexy und gleichzeitig nicht zu aufreizend wirkte. Dank eines raffinierten Schlitzes im Rock blitzte ab und zu mein linkes Bein zwischen den Stofflagen hervor.

»Steht dir wahnsinnig gut. Wenn ich auf Frauen stehen würde, würde ich dich daten«, schloss Anne unsere kleine Umstylingaktion ab. »Im Ernst, Tess. Du musst ja nicht ständig so was tragen, aber ab und zu mal Abwechslung zu deinen finsteren T-Shirts wäre schon ganz nett.«

Ich gab ihr in Gedanken recht. Meine Shirts waren meine Abstandshalter. Viele mieden mich allein wegen dieser fiesen Sprüche. Wer trotzdem das Gespräch mit mir suchte, merkte schnell, dass ich eigentlich echt nett war. Das waren dann genau die Leute, mit denen ich zu tun haben wollte.

Als ich fertig zurechtgemacht war, bedankte ich mich schließlich bei Anne und Amber und lief zurück zu unserer Wohnung. Eigentlich ganz praktisch. Dadurch, dass ich mich woanders umgezogen und auch geschminkt hatte, war Jack völlig ahnungslos. So wie es sich für ein richtiges Date gehörte.

»Mann, da bist du ja endlich«, wurde ich von Jack begrüßt, kaum dass ich einen Fuß in den Flur gesetzt hatte. »Ich hab schon Angst gehabt, du willst mir einen Korb geb… Wow! Du siehst *heiß* aus!« Seine Augen wurden riesig, als er mein hübsches Kleid und Ambers Schminkkunst in meinem Gesicht erblickte. Ich hatte auf ein sehr dezentes Make-up bestanden, und Amber hatte sich diesbezüglich übertroffen.

»Du nicht so«, merkte ich schließlich an, als ich seine Badelatschen und seinen Jogginganzug bemerkte.

»Ich war in Panik. Plötzlich warst du weg, und ich war mir sicher, dass du kalte Füße bekommen hast. Da wollte … Ach, vergiss es. Ich ziehe mich schnell um.« Bevor er in sein Zimmer huschte, blieb er noch mal kurz stehen. »Ich mag dich auch ohne Schminke, aber dieses Kleid … das steht dir wirklich … wow!«

Er verschwand und kam nur wenig später mit einer Bluejeans und einem ordentlichen Hemd zurück. »Tut mir leid, aber das ist die einzige Hose, die über den Kompressionsanzug geht. Ich muss mich da mal neu einkleiden«, entschuldigte er sich, angelte die Wohnungsschlüssel von der Anrichte und hielt mir mit einem Grinsen den Arm zum Unterhaken hin. »Wollen wir?«

»Und deine Krücken?«

»Ich hab geübt und trainiert. Bis zum Aufzug schaffe ich es, und ich hab beim Italiener hier direkt an der Ecke einen Tisch reserviert. Planung ist alles.«

Er grinste mich mit so funkelnden Augen an, dass meine Knie weich wurden. Ich hatte davon bislang nur gelesen, aber jetzt passierte mir genau das. Trotzdem schaffte ich es irgendwie in den Aufzug und klammerte mich dabei nur ein klein wenig an Jack fest.

Der bemerkte es dennoch. »Bist du aufgeregt?«, fragte er mich, und ich überlegte zu lügen. Letztlich nickte ich. Jack lächelte mich warm an. »Das ist gut. Ich nämlich auch.«

Diese schlichte Feststellung half uns beiden über den seltsamen Moment hinweg. Wir spürten, dass wir uns auf eine neue Ebene zubewegten. Weg von Freundschaft hin zu etwas anderem. Noch vor Kurzem hatte mir das Sorgen bereitet. Jetzt fühlte es sich völlig natürlich an. Ich freute mich sogar auf das kleine Abenteuer. Ich! Die Veränderung sonst verabscheute.

Jack schaffte es tatsächlich ohne Straucheln bis zur Pizzeria. Hätte ich nicht auf jede Bewegung von ihm geachtet, wäre ich nie im Leben auf die Idee gekommen, dass er normalerweise Krücken zum Laufen benötigte. Er bewegte sich fast schon fließend. Elegant. Nur bei bestimmten Linksdrehungen ging der gesamte Körper auf steife Art und Weise mit. Allein daran konnte ich ausmachen, dass er eine Schonhaltung eingenommen hatte.

Er rückte mir sogar galant den Stuhl zurecht und wartete, bis ich mich gesetzt hatte. »Das hat Nathan mir eingetrichtert«, sagte er mit einem schelmischen Augenzwinkern, das ich bislang nicht bei ihm gesehen hatte. »Ein wenig Manieren haben noch nie geschadet.«

Ich lachte und wartete, bis er sich mir gegenüber hingesetzt hatte. Es war früher Abend, und um diese Uhrzeit war nicht viel los im Restaurant. Ich mochte den Laden sehr, obwohl er die volle Bandbreite von italienischen Klischees auffuhr: rot-weiß karierte Deckchen auf den Tischen, frische Blumen in bunten Vasen, ocker getünchte Wände und dazu leise Operettenmusik aus den Lautsprechern. Aber gerade weil es so übertrieben war, fühlte ich mich sofort wohl.

»Ich hoffe, es ist okay, dass wir drinnen sitzen. Draußen war schon alles reserviert.« Jack runzelte beim Anblick der leeren Tische um uns herum die Augenbrauen. »Wobei ich mich frage, wo der Ansturm bleibt.«

Ich wusste genau, dass das vermutlich nur die halbe Wahrheit war. Jack mied das Meer, wann immer er konnte. Von der Terrasse aus konnte man den Strand sehen, was im Inneren des Gebäudes nicht der Fall war. Löste das Wasser womöglich einen Flashback aus? Unwahrscheinlich war das nicht, immerhin war der Unfall auf einer Ölplattform im Pazifik passiert. Ich hütete mich allerdings davor, das anzusprechen, und ließ ihm seine Beweggründe, uns den hintersten Tisch in der Ecke reserviert zu haben – in einem ansonsten leeren Raum.

Stattdessen nahm ich seine Hand in meine. Einfach so. Weil es sich richtig und schön anfühlte. »Ich freue mich sehr, dass wir hier sind.«

Der Kellner unterbrach uns, indem er uns die Karten reichte. Ich bestellte Wasser, Jack eine Cola. Dann warteten wir, bis wir wieder allein waren. »Kein Wein?«, fragte Jack schließlich. »Du darfst dir gerne auch was Teureres als Leitungswasser bestellen.«

»Alleine trinken ist blöd. Willst du denn welchen?«, antwortete ich.

Sofort schüttelte Jack den Kopf. »Ich trinke keinen Alkohol.«

Das war mir schon öfter aufgefallen. Ich hätte gerne nach den Gründen gefragt, doch letztlich kam ich mir albern vor. Niemand sollte sich dafür rechtfertigen müssen, dass er Alkohol verschmähte. Also verkniff ich mir eine neugierige Frage. »Dann bleib ich bei meinem Wasser.«

»Musst du aber nicht.«

»Will ich aber.« Ich warf ihm einen genervten Blick zu und bemerkte erst dadurch das amüsierte Funkeln in seinen Augen. »Du willst mich provozieren«, stellte ich trocken fest.

»Du bist immer ganz bezaubernd, wenn du wütend wirst. Dann pocht da diese niedliche Ader an deiner linken Schläfe.«

Ich bewarf ihn mit der Serviette und musste lachen. »Also deshalb nervst du ständig rum.« Wir neckten uns, bis der Kellner zurückkam, unsere Getränke brachte und die Bestellung aufnahm. Wir hatten uns beide für Pizza entschieden. Ich hatte die vegetarische mit viel Gemüse gewählt, Jack eine mit Parmaschinken und Rucola.

Sobald der Kellner weg war, nahm Jack meine Hand in seine und strich mit dem Daumen über meine Haut. »Meine Eltern waren Trinker«, sagte er ruhig. »Deshalb meide ich Alkohol. Nathan und Kane gehen da entspannter mit um, aber mir wird schon allein vom Biergeruch schlecht. Es erinnert mich an die schlimmsten Tage meiner Vergangenheit. Immer wenn mein Vater getrunken hatte, wurde es übel. Als Ältester bekam Kane meist die volle Aggression meines Dads ab. Mum lag zu diesem Zeitpunkt eh volltrunken in der Ecke. Meine Aufgabe war es, Nathan aus der Schusslinie zu bringen. Später haben wir das mit unseren Schwestern genauso gehandhabt. Kane hat die Aufmerksamkeit auf sich gelenkt, wir haben gemacht, dass wir rauskamen.« Jack räusperte sich, während er noch immer meine Handoberfläche streichelte. Dann straffte er die Schultern. »Entschuldige. Ich wollte den Abend nicht ruinieren. Normalerweise rede ich nicht gerne über meine Vergangenheit, aber eine gute Freundin hat mir ans Herz gelegt, nicht immer alles in mich hineinzufressen.« Mein Herz flog ihm zu. Schon wieder. »Du musst dich nicht verpflichtet fühlen, aber ich bin froh, dass du dich ein wenig öffnest. Sonst bleibt Jack Ambrose auf ewig ein großes Rätsel für mich.«

»Wobei das eigentlich kein Thema fürs erste Date ist«, wandte er ein. »Da sollte man eher abklopfen, was der andere gerne hört, sieht oder tut. Allerdings weiß ich das alles schon längst.«

»Das glaubst auch nur du!«

»Wetten?«

»Dann schieß los.«

»Ich will nicht, dass du mich für einen Stalker hältst, aber als Mitbewohner kriegt man so einiges mit.«

»Ich warte!«

Jack atmete tief ein und zählte langsam auf. »Du liebst die Charts und meidest dabei Herzschmerz-Lieder jeder Art. Aus diesem Grund sind James Blunt und Ed Sheeran Abschaltgarantien. Heimlich hörst du gerne Justin Bieber, The Weeknd und noch viel klammheimlicher Countrysänger Morgan Wallen. Hast du dir wirklich eingebildet, dass ich die Songs unter der Dusche überhöre?«

Ich spürte, dass ich rot wurde. Bevor ich mich erklären konnte, redete Jack bereits weiter.

»Du suchtest alles an Fantasy-Serien weg, das dir vor die Flinte kommt. Je blutiger, desto besser. Liebesschnulzen meidest du wie die Pest. Du liebst Joggen, Strandspaziergänge und liest aus einem mir unerklärlichen Grund leidenschaftlich gern Müll auf. Shoppen hasst du total, dafür färbst du dir gerne die Haare und sammelst heimlich NFL-Sticker. Du tust so, als wärst du eine begnadete Köchin, dabei magst du es eigentlich eher weniger, und du wärst gerne eine tolle Gärtnerin, nur liegt dir das leider gar nicht. Stattdessen malst du echt schön. Ich finde, du könntest unseren Flur mal aufhübschen.«

Ich blinzelte überrascht. Das hatte er bemerkt? »Ich *kann* kochen«, wandte ich ein.

»Ja, das kannst du durchaus. Du tust es nur ungern.«

Das stimmte leider. Und auch bei allen anderen Punkten hatte er recht. »Ich wünschte, ich könnte jetzt kontern«, sagte ich traurig. »Nur leider weiß ich rein gar nichts über dich. Hörst du überhaupt Musik? Magst du Filme?«

»Ich lese gern. Okay. Ich habe gern gelesen. In letzter Zeit ging das nicht, weil mir schon nach kurzer Zeit im Sitzen alles wehtat. Ich … « Er unterbrach sich, und sein Griff um meine Hand wurde fester, während er die Augen leicht zusammenkniff. »Ich hab mich ein wenig selbst verloren«, stellte er schließlich fest.

»Nicht nur nach dem Unfall. Schon vorher. Auf der Bohrinsel war alles anders. Mein Alltag bestand aus Arbeit, Schlaf und großer Langeweile. Im Krankenhaus war es sogar noch schlimmer, dort war ich noch isolierter. Ich kenne keine einzige aktuelle Serie. Und Musik? Ich fand deinen Countrysänger gar nicht mal so schlecht. Wenn ich früher Musik gehört habe, dann hab ich das beim Wandern getan. Beim Joggen. Beim Training. Das sind alles Dinge, die ich im Moment nur schwer machen kann. Darum höre ich nun gar keine Musik mehr.«

»Du bist joggen gegangen? Und wandern?« Sofort hatte er meine volle Aufmerksamkeit.

»Klar. Mit Naomi bin ich gerne losgezogen. Surfen war nie so meins, das hab ich Nathan überlassen. Ich bin … war ein echt guter Schwimmer, hab sogar einen Tauchschein.«

»Und wie bist du dann Sanitäter geworden?«

»Freiwillige Feuerwehr. Die haben immer wieder Kurse in Erste Hilfe für Jugendliche angeboten. Ich habe jede Möglichkeit wahrgenommen, die ich finden konnte. Kane hatte ständig Blessuren. Er war bestes Übungsmaterial. Ein Chief der Hauptwache hat mich dann gefördert. Er hat dafür gesorgt, dass ich eine Ausbildung bekam und im Rettungsdienst mitfahren durfte. Das gab gutes Geld, nur leider langfristig nicht genug. Als auf einer Ölplattform ein Sanitäter gesucht wurde, hab ich zugeschlagen.« Sein Gesicht verfinsterte sich. »Kane und Nathan waren gegen mein Vorhaben. Sie wollten sich was anderes überlegen, damit wir alle über die Runden kommen konnten. Ich hingegen war mir sicher, das Richtige zu tun. Ein Fehler, der womöglich mein ganzes Leben zerstört hat.«

Ich wusste, was er andeuten wollte. Daher rutschte ich auf den Stuhl direkt neben ihn, damit ich ihm näher sein konnte. »Du wirst wieder gesund. Mental und physisch. Ich glaube fest daran, dass du es schaffen kannst. Den ersten Schritt hast du doch getan. Jetzt musst du nur weitergehen.«

Jack wandte sich mir zu, drehte sich, sodass sich unsere Knie unter dem Tisch berührten. Er hob die Finger an meine Wangen. Strich darüber. Die Berührung ließ meine Haut aufflammen, allerdings im positiven Sinn. Es fühlte sich schön an. Vertraut und … heiß. »Wenn ich es mir recht überlege, bist du das Beste an meiner schlechten Entscheidung. Ohne den Plan mit der Bohrinsel wäre ich nie bei dir eingezogen.«

Vermutlich hätte er mich jetzt geküsst, nur leider kam da der Kellner und setzte die schweren Pizzateller auf dem Tisch ab. Der Zauber verflog, allerdings nur für einen Moment. Ich hätte mich unserem Essen zugewandt, doch Jack hielt mich auf und stahl sich einen süßen, nach einem Hauch Melancholie schmeckenden Kuss. Danach brannten meine Wangen noch heißer.

Den Rest des Abends vermieden wir düstere Themen. Ich registrierte durchaus, dass Jack eher beiläufig die Kerze auf dem Tisch auspustete, die der Kellner immer wieder hartnäckig ansteckte. Jack gewann das stumme Duell. Der Kellner gab auf. Ich hingegen merkte mir, dass ich zukünftig auf Kerzenscheinromantik verzichten musste. Etwas, das mir nicht schwerfallen würde.

Am Ende des Abends waren wir uns deutlich nähergekommen. Ich fühlte mich wie berauscht, als wir das Restaurant verließen – diesmal Hand in Hand. Jacks Haut war nach wie vor rau und rissig und dennoch warm und haltgebend. Weil ich wusste, dass er vermutlich müde war, dirigierte ich uns unauffällig zurück zu unserer Wohnung.

»Das ›zu dir oder zu mir‹ entfällt in unserem Fall wohl«, flachste er und verstummte mitten im Lachen, als er meinen Blick bemerkte. Sanft zog er mich an sich, küsste mich eindringlich und zugleich zart. »Keine Sorge. Wir lassen es langsam angehen.«

Müssen wir gar nicht. Beim ersten Date gleich mehr? Das wäre für mich definitiv ungewöhnlich gewesen, doch die Möglichkeit, mich jetzt schon von Jack zu verabschieden, gefiel mir nicht. Es gab ja auch noch jede Menge anderer Dinge außer Sex, die wir machen konnten.

Als ich vorschlug, einen Film zu gucken, ging Jack tatsächlich darauf ein. Wir brauchten eine Weile, um eine geeignete Sitzposition zu finden. Die Couch war für ihn nach wie vor ungemütlich. Dass er mich nicht loslassen wollte, machte die Sache noch komplizierter.

Wenn ich ehrlich war, wusste ich nicht mal, welchen Film ich angemacht hatte. Das war letztlich auch egal, denn Jacks Hand auf meinem Rücken war viel spannender. Ich spürte jede seiner Bewegungen überdeutlich. Ob es seine Finger waren, die über die Falten meines Kleides glitten. Sein Arm, der mich immer fester an sich zog. Oder seine Lippen, die meine teilten und mich um den Verstand küssten.

Wie genau ich auf seinem Schoß gelandet war, konnte ich hinterher nicht mehr sagen. Er lehnte noch halb an der Sofalehne, ansonsten lag er unter mir. Seine Hände hatten den Weg unter mein Kleid gefunden, lagen nun auf meinen Oberschenkeln. Mir war unfassbar heiß, und ich glühte vor Verlangen. Am liebsten hätte ich mir das Kleid selbst über den Kopf gezogen, doch Jacks immer träger werdende Bewegungen ließen mich davon Abstand nehmen. Als ich testweise seinen obersten Hemdknopf öffnen wollte, hielt er mich tatsächlich auf.

»Das verstehe ich nicht unter *langsam machen*«, sagte er leise und umfasste meine Hände, damit sie nicht weiter auf Wanderschaft gehen konnten. »Bitte nicht falsch auffassen. Du bist heiß. Unfassbar sexy. Wahnsinnig anziehend und wunderbar. Am liebsten würde ich dir dieses hübsche Kleid vom Körper reißen und jeden Zentimeter deiner Haut küssen, aber …« Er verstummte, sah mich an.

»Aber?«, half ich schließlich nach, weil er nichts sagte.

»Das ist zu schnell für uns.«

Ich starrte ihn an, versuchte zu ergründen, wo sein Umschwenken herrührte. Er wollte mich. Da war ich mir absolut sicher. Seine

Küsse, seine Bewegungen, jede Berührung hatte uns hierhingebracht. Dass er jetzt die Handbremse anzog, fühlte sich seltsam an.

Dann erst registrierte ich seine verkrampfte Haltung. Seine schnell gehende Atmung, die womöglich nicht nur von unserer Leidenschaft kam. Seine angespannten Kiefermuskeln. Ich kannte ihn und die Anzeichen. Wenn er Schmerzen hatte. Es ihm zu viel wurde.

Wie dumm von mir.

Dennoch war mir absolut klar, dass ich es nicht aussprechen durfte. Sein Stolz ließ das nicht zu. Natürlich wäre es einfacher gewesen, wenn wir offener zueinander gewesen wären, doch wie war das gleich? Immer ein Schritt nach dem anderen.

Ich nickte daher lediglich und rutschte von ihm runter. »Sorry. Kam so über mich«, murmelte ich beschämt und bemühte mich darum, nicht noch röter zu werden. Vermutlich vergeblich. Man sah mir immer sofort an, was ich fühlte.

Er versuchte, möglichst lässig aufzustehen, allerdings erkannte ich natürlich die Wahrheit. Der Tag und besonders dieser Abend hatten ihm alles abverlangt. »Ich fürchte, ich muss ins Bett«, sagte er entschuldigend zu mir.

Ich kam ebenfalls hoch und stand dann etwas hilflos neben ihm. Meine Lippen brannten von unseren Küssen. Ich wollte mehr. Unbedingt. Am liebsten hätte ich vorgeschlagen, dass ich mit ihm zu Bett gehen könnte. Nicht für Sex. Darauf konnte ich warten. Aber um ihm nahe zu sein. Ihn zu spüren.

Doch das war vermutlich für den Moment zu viel für ihn.

Zu schnell.

Also nickte ich lediglich und versuchte mich an einem tapferen Lächeln. Er sah mir natürlich an, was ich dachte. »Schlaf gut. Morgen sehen wir uns wieder«, sagte er sanft und küsste mich auf eine Weise, die mein Inneres erneut nach außen drehte. Es war wirklich so. Ich war ausgehungert nach Berührungen, nach dem intensiven Gefühl, jemandem so nah zu sein, dass man jeden seiner Atemzüge spüren konnte.

»Du auch«, murmelte ich erst, als Jack längst in seinem Zimmer verschwunden war. Erst dann wurde mir bewusst, dass ich reglos mitten im Raum stand.

Seufzend ließ ich mich auf die Couch fallen, verfolgte einen Moment stumpfsinnig den Film weiter und holte schließlich mein Handy, um Amy eine Nachricht zu schicken.

Tess: Jack ist heißer, als gut für uns beide ist. Ich wollte mehr, aber er irgendwie nicht.

Sie antwortete umgehend.

Amy: War das Date denn schön?

Tess: Ja. Wahnsinnig schön. Beinahe perfekt. Es endete etwas merkwürdig, aber ... ja! Ja, es lief richtig gut.

Amy: Darauf kommt es doch an.

Da hatte sie natürlich recht. Sofort ging es mir besser. Als ich mich jetzt wieder dem Film zuwandte, tat ich das mit einem anderen Gefühl. Jack und ich hatten ein bezauberndes erstes Date hinter uns.

Ich freute mich schon auf das nächste.

Jack

Es war das erste Mal seit meinem Unfall, dass ich zumindest drei Stunden am Stück schlafen konnte, ehe mich ein Albtraum weckte. Er brachte mich allerdings nicht so aus der Fassung wie sonst, was ich als gutes Zeichen wahrnahm. Zwar musste ich mich wie immer in meine Ecke setzen, doch dort berappelte ich mich deutlich schneller. Das Wissen, dass Tess direkt nebenan in ihrem Bett lag und schlief, war tröstlich.

Ich lächelte unwillkürlich, als ich an sie dachte. Der Abend war jetzt nicht so geendet, wie wir uns das vorgestellt hatten, aber ich war trotzdem glücklich. Vermutlich hatte sie bemerkt, warum ich die Notbremse gezogen hatte. Hoffte ich zumindest. Es auszusprechen wäre mir unangenehm gewesen. Da war ich halt noch immer der alte Jack.

Mein Bein und vor allem die Hüfte hatten so sehr geschmerzt, dass an Sex nicht zu denken gewesen war. Die bittere Wahrheit schmeckte mir nicht, gab mir aber gleichzeitig einen Schubs. Ich musste es anpacken.

Am nächsten Morgen war ich schon weg, bevor Tess überhaupt aufgestanden war. Hoffentlich bekam sie das nicht in den falschen Hals und verstand es als Signal, dass ich den Abend gestern bereute. Im Gegenteil. Er war wunderschön gewesen, und ich freute mich auf mehr.

Doch für dieses *mehr* musste ich leider auch mehr tun.

Mein Physiotherapeut in der Klinik ließ zum Glück mit sich reden. Er war damit einverstanden, mein Pensum zu erhöhen. »Ich passe mich grundsätzlich an das Tempo meiner Patienten an. Die einen lassen es langsam angehen, die anderen scharren ungeduldig mit den Hufen. Bislang hatte ich bei Ihnen den Eindruck, dass Sie psychisch noch nicht so weit waren, um sich zusätzlich mit Ihren körperlichen Behinderungen auseinanderzusetzen.«

Das waren Informationen, die ich erst mal verdauen musste. War es so offensichtlich gewesen, wie schlecht es mir gegangen war? »Jetzt bin ich so weit und will loslegen. Mit einem anstrengenderen Physioplan als bisher.«

Mir war etwas peinlich, was der Anstoß für mein Umdenken gewesen war. Es war nicht nur allein die Aussicht auf Sex. Sondern generell der Gedanke an Tess. Ich wollte unbedingt mit ihr am Strand entlanglaufen, ohne dabei zu zittern. Ich wollte mit ihr Müll aufsammeln, joggen oder Rad fahren. Alles Dinge, die sie gerne und mit viel Leidenschaft betrieb. Sie machte das allein. Vermutlich genoss sie die Stille auch, doch tief in mir war ich mir sicher, dass sie mich gerne mitnehmen würde.

Also strengte ich mich mehr an, als ich es je für möglich gehalten hätte.

Am Ende kehrte ich völlig erschöpft und sehr zufrieden in unsere Wohnung zurück. Tess kam mir bereits im Flur entgegen und lächelte mich auf eine Weise an, die mein Herz schneller schlagen und meinen gesamten Körper warm werden ließ. Kein Zweifel. Sie hatte nicht eine Sekunde darüber nachgedacht, dass ich ihr womöglich nach dem gestrigen Abend aus dem Weg gehen würde. Das machte sie mit einer herzlichen Umarmung und einem langen, vielversprechenden Kuss sofort deutlich.

»Du warst aber früh los«, sagte sie.

»Ich hab beschlossen, die Krücken loszuwerden«, antwortete ich grinsend. »Jetzt muss ich leider erst mal duschen, und danach müsstest du mich eincremen. Passt das zeitlich bei dir?«

Den Schatten, der über ihr Gesicht huschte, bemerkte ich nur, weil ich sie mittlerweile so gut kannte. »Ich hab für heute nicht mehr viel vor.«

»Keine Uni?«

»Vielleicht. Ich muss mal schauen. Wenn Anne geht, schließe ich mich ihr möglicherweise an.«

Das sagte wohl alles. Tess war drauf und dran, ihr Studium zu schmeißen. Durfte ich mich einmischen? Eher nicht. Außerdem war mir unklar, für welche Seite ich mich starkmachen sollte. Letztlich musste sie das selbst entscheiden.

Also schwieg ich, ging duschen und genoss danach das Gefühl ihrer Hände auf meinem Rücken. Zum ersten Mal zeigte ich ihr auch, wie glücklich mich das machte. Vorher war mir das unangenehm gewesen. Doch in diesem Moment entspannte ich mich tatsächlich. Das war vermutlich das Verrückteste überhaupt.

Erneut fanden wir recht schnell in einen gemeinsamen Alltag. Tess ging pro forma zur Uni, ich konzentrierte mich auf meine Genesung – und diesmal machte ich es richtig.

Ich begann endlich die EMDR-Therapie, die mir mehr abverlangte, als ich es je für möglich gehalten hätte. Die Verarbeitung meines Traumas durch Augenbewegung klang so harmlos – was es leider nicht war. Nach jeder Sitzung war ich völlig fertig und fühlte mich trotzdem wie befreit. Die Therapie half mir wirklich, und genau das motivierte mich.

Ich sträubte mich sogar nicht länger gegen Gehübungen, über die eine Großmutter nur müde gelächelt hätte. Selbst beim Gummiballtraining machte ich zwischen alten Damen und einem zahnlosen Opa mit und stellte fest, dass die alten Leute eine lustige Gesellschaft darstellten.

Selbst auf Yoga ließ ich mich ein, nachdem mein Therapeut mich darauf ansprach: »Yoga hat gerade im Bereich PTBS sehr viele positive Effekte. Es klingt banal, doch es beruhigt buchstäblich die überstrapazierten Nerven.«

Also versuchte ich es und stellte schnell fest, dass es mit einer anderen Einstellung wie eine Offenbarung war.

Ich spürte bei jeder kleinen Übung, wie sich etwas in mir löste. Verspannungen körperlicher und seelischer Natur lockerten sich auf eine Weise, die ich so nie für möglich gehalten hätte. Mit jeder Bewegung nahm ich wahr, dass ich meinem Körper wieder vertraute. Ich bekam neue Sicherheit und Selbstbewusstsein.

Als ich sogar eine Halteübung im Stand ohne Krücken hinbekam, hatte ich das Gefühl, einen Meilenstein erreicht zu haben, und als ich mich das erste Mal im Schutz unseres Wohnzimmers zu Tess gesellte, um mit ihr Yoga zu machen, war ihr Blick unbezahlbar.

»Wer bist du, und wo hast du den Neandertaler gelassen?«, fragte sie mich und lachte über mein gehauchtes »Namasté«. Nach und nach konnte ich die Krücken immer öfter stehen lassen, traute mir weitere Strecken zu und konnte beim Spaziergang mit Tess endlich auch Händchen halten.

Ich kam mir vor wie ein Teenager, der sich langsam an das Thema Beziehung, Körperbewusstsein und Sex herantastete. Mein Körper war mir nach wie vor eher fremd. Das lag weniger an den Narben, sondern an meinem Gefühl für ihn. Dass er mich nicht mehr zehn Kilometer weit joggen ließ, war seltsam für mich, doch allmählich bewegten wir uns aufeinander zu. Er wurde stärker, und ich erwartete nicht länger das Unmögliche von ihm.

Als ich mich stark und bereit fühlte, mit Tess morgens an den Strand zu gehen und Müll aufzusammeln, kam ich mir wie Superman vor. Ich sagte das natürlich nicht laut, aber allein an ihrem breiten Grinsen meinte ich zu erkennen, dass Tess genau wusste, was ich dachte.

Beinahe feierlich versenkte ich die erste Coladose im mitgebrachten Müllbeutel. »Im Namen meines ökologischen Fußabdrucks«, sagte ich wie ein Pastor. »Ruhe in Frieden.«

Tess bewarf mich daraufhin mit Sand, und wir kabbelten uns so unbeschwert wie zwei Teenies. Es war schön und leicht und hätte niemals enden müssen. Doch leider machte unsere rosarote Blase eine Vollbremsung.

»Was ist das?«, fragte Tess mitten in unsere fröhliche Alberei hinein. Mit einem Schlag wirkte sie alarmiert. Sie deutete auf etwas, das am Strand lag.

Ich erkannte es sofort, obwohl es auf den ersten Blick nur wie ein schwarzer Klumpen aussah. Es war ein Wasservogel. Vielleicht ein Pelikan. Das war schwer zu sagen, denn er war über und über mit Öl überzogen und vermutlich schon sehr lange tot, zumindest seinem Aussehen nach zu urteilen.

Tess verstand in dieser Sekunde ebenfalls, was sie entdeckt hatte. »Scheiße«, sagte sie und rannte bereits los zu dem verendeten Tier.

»Nicht mit bloßen Händen anfassen!«, brüllte ich ihr hinterher. Zum Glück war sie erfahren genug, um so etwas nicht zu tun. Stattdessen starrte sie auf das schwarze Gefieder runter und wurde dabei immer blasser. Gleichzeitig nahm der Druck in meinem Magen zu.

Ölverschmiertes Gefieder. Öl. Plattform.

Ich atmete tief ein und aus, um dem Druck entgegenzuwirken. Mein Hinterkopf wurde heiß, und ich wappnete mich innerlich vor einem möglichen Flashback, doch der blieb zum Glück aus, sodass ich mich auf Tess konzentrieren konnte.

Die sah sich bereits hektisch um. »Siehst du noch mehr?«

Wir musterten gut eine Minute lang unsere Umgebung, doch wir entdeckten nichts. Keine weiteren Tierkadaver. Den Blick Richtung Meer vermied ich wenn möglich, um keine unerwünschte Reaktion meines Körpers zu provozieren. Das machte die Suche natürlich schwieriger.

»Ich glaube, der Pelikan war der einzige«, sagte ich schließlich mit etwas rauerer Stimme als normal. Ich räusperte mich und brachte es endlich über mich, näher an Tess und den Kadaver zu treten. Definitiv. Das Tier war schon ziemlich lange tot. Vermutlich hatte das Meer ihn erst vor Kurzem angespült.

Tess wurde nun aktiv. Nur Sekunden später hatte sie bereits das Telefon am Ohr und meldete der Küstenwache unseren Fund. Eine Weile lauschte sie, dann reagierte sie erstaunlich ärgerlich. »Jetzt sagen Sie mir nicht, dass ein einzelner ölverschmierter Pelikan total normal ist. Ist er nicht. Ich lebe hier schon seit Jahren und habe noch nie einen gefunden. Ja … ja … ich verstehe. Ein Foto? Kann ich Ihnen schicken. Natürlich. Wir haben Mülltüten dabei und könnten das Tier zu Ihnen bringen. Okay … nein … wirklich? Wenn Sie meinen …« Gleich darauf legte sie ärgerlich auf, bückte sich, hob einen Stein auf und warf ihn mit viel Wut ins Meer. »Arschloch«, sagte sie dann zu niemand Bestimmtes.

»Was ist los?«

»Solange wir keinen zweiten Kadaver finden, kommen die nicht mal zu uns. Wir sollen das Tier fotografieren, eintüten und neben den Mülleimer am Pier legen. Da holen sie es dann bei Gelegenheit ab. Klang nicht danach, als ob sie sich sonderlich dafür interessieren würden.«

Ich überlegte, ob ich das aussprechen sollte, was mir auf der Zunge lag. »Das ist doch eigentlich ein gutes Zeichen. Wenn die Küstenwache nicht alarmiert ist, gibt es kein größeres Loch in einer Pipeline oder Schlimmeres. Vielleicht hat ein Boot Öl verloren und das arme Tier hat zu nah daran getaucht.«

Tess starrte eine Weile aufs Meer und atmete lautstark ein und aus, ehe sie sich mir zudrehte. »Oder ist es vom Feuer auf deiner Ölplattform? Da ist einiges an Öl ausgelaufen, und die ökologischen Schäden sind ungeklärt.«

Die Hitze in meinem Hinterkopf verdreifachte sich. Allein das Wort *Ölplattform* sorgte dafür, dass mein Magen rebellierte. Ich kniff die Augen zusammen, um mich auf das Gespräch konzentrieren zu können. »Das ist zu lange her«, antwortete ich knapp, nahm Tess eine noch unbenutzte Mülltüte aus der Hand und schüttelte sie auseinander. Mithilfe unserer Müllgreifzangen schoben wir den toten Vogel hinein, nachdem Tess ein paar Fotos von ihm gemacht hatte. Es war eine unangenehme, stinkende Arbeit. Zum Glück war das Tier so weit verwest, dass nur das Öl zu riechen war. Doch das allein reichte, um mich atemlos zu machen.

Fuck.

Ich verknotete die Mülltüte gleich doppelt und bemerkte erst dann, dass Tess hektisch auf ihr Handy tippte. Sie wirkte völlig entrückt und zugleich traurig und verärgert. Wenigstens übersah sie so meine deutlichen Anzeichen einer aufziehenden Panikattacke. Ich kämpfte gegen sie an, damit ich Tess helfen konnte.

»Was machst du?«, fragte ich schließlich, als sie selbst nach einer Minute noch immer konzentriert tippte.

»Ich alarmiere Jamie und seine Leute. Wir müssen den Küstenabschnitt absuchen. Wenn die Behörden abwinken, dann müssen wir das in die Hand nehmen.« Sie ließ ihr Handy sinken und sah mich mit feurigen Augen an. »Ich sammle doch nicht all die Jahre mühsam Müll auf und ignoriere dann eine mögliche Ölpest. Wir müssen sicher sein, dass alles in Ordnung ist.«

Ich gab ihr recht. Trotzdem missfiel mir der Gedanke, dass hier bald eine Menge Umweltaktivisten auflaufen würden, um nach Ölspuren zu suchen. Zeit für mich zu verschwinden. Bloß musste ich in dem Fall Tess allein lassen, und das war undenkbar. »Ich bring den Vogel zum Mülleimer am Pier. Kommst du nach?«, sagte ich schließlich und ging los, bevor sie überhaupt genickt hatte.

Als ich endlich am Mülleimer angekommen war, fühlte ich mich müde und erschlagen. Zum Glück stand da eine Bank, auf der ich mich kurz ausruhen konnte. Tess kam fünf Minuten später zu mir.

»Alles in Ordnung?«, fragte sie. Offenbar war ihr doch aufgefallen, dass ich zu kämpfen hatte. *Mann!* Da wollte ich das erste Mal mit ihr Müllsammeln gehen, und dann passierte so was. Eigentlich hatten wir nur zehn Minuten am Strand laufen und anschließend wieder zurückgehen wollen. Jetzt war es schon eine halbe Stunde. Ich begann in meinem Kompressionsanzug schrecklich zu schwitzen, was katastrophal war. Durch den Schweiß setzte das Jucken der Hölle ein. Beschweren war aber nicht drin, vor allem, weil in dieser Sekunde eine größere Gruppe aufgeregter Studierender am Pier auflief. Jamies hochgewachsene Gestalt erkannte ich sofort. Natürlich ging er voran.

Jamie umarmte Tess, die seine großspurige Geste eher zögernd erwiderte.

»Was ist passiert?«, fragte er im Ton eines Kavalleriekommandanten.

Ich verkniff mir eine fiese Bemerkung und hörte stattdessen Tess zu, die mit wenigen Worten zusammenfasste, was anstand. Als sie fertig war, teilte Jamie unverzüglich die mittlerweile etwa zwanzig Leute in drei Gruppen auf. Bei mir zögerte er kurz. »Was ist mit dir, Ölarbeiter? Bereit, deinen Mist wegzuräumen?«

»Leck mich«, antwortete ich mindestens genauso unfreundlich und wandte mich Tess zu. »Ich geh heim.« Bevor sie darauf etwas sagen konnte, hatte ich mich bereits umgedreht und ließ die Gruppe einfach stehen.

»Ja, genau! Drück dich ruhig vor deiner Verantwortung!«, brüllte Jamie mir hinterher.

Ich atmete tief durch, um nicht zurückzugehen und ihm zu zeigen, was ich von ihm hielt. Einzig der Gedanke, dass Tess ihn vielleicht brauchen würde, hielt mich von einer gewaltigen Dummheit ab. Stattdessen ballte ich die Hände zu Fäusten und lief weiter. Ich kam etwa zehn Schritte, da spürte ich eine Berührung am Arm. Als ich mich umdrehte, sah ich Tess neben mir stehen. Ihre Wangen waren gerötet, ihre Augen traurig, die Haare vom Wind zerzaust. Sie sah unfassbar niedlich und genauso verloren aus.

»Ich beeil mich«, sagte sie zu mir und überraschte mich, indem sie mir einen kurzen Kuss auf die Lippen hauchte. »Jamie ist ein Arsch«, flüsterte sie hastig. »Wir reden später darüber.« Noch ein Kuss, den ich nur zu gerne erwiderte. Dann war sie bereits zurückgelaufen.

Ich sah ihr nach und begegnete dabei Jamies Blick. Lässig grüßte ich ihn mit zwei Fingern an der Stirn zum Salut und ging danach breit grinsend weiter. Aus irgendeinem Grund fühlte ich mich gleich viel leichter. Und glücklicher.

KAPITEL 14

Tess

War klar, dass Jamie mich in seine Gruppe beordert hatte. Er hielt sich viel zu dicht bei mir auf und textete mich zu. Natürlich schimpfte er auf die Öllobby, die Plattformbetreiber, die mangelnde Sicherheit, die von Pipelines und Tankerunglücken ausging. Mit allem hatte er recht, und normalerweise hätte ich ihm beigepflichtet, doch in diesem Fall hatte er eindeutig Hintergedanken. Er sorgte sich nicht allein um die Umwelt. Er wollte mir vor Augen führen, was für ein vermeintlich schlechter Kerl Jack war.

Irgendwann hielt ich es nicht mehr aus und blieb stehen. »Muss ich mir das jetzt noch die nächste halbe Stunde anhören? In dem Fall wechsle ich die Gruppe«, sagte ich scharf.

Jamie stoppte ebenfalls und sah mich mit großen Augen an. »Was meinst du?«

»Mir ist schon klar, dass Jack einer *von denen* war. Ein Ölfuzzi. Einer, der mit Öl sein Geld verdient hat. Aber er ist auch viel mehr als das. Er ist mein Freund. Also hör auf, deine aggressiven Reden zu schwingen.«

»Genau da liegt das Problem. Leute wie er sind dafür verantwortlich, dass …«

»Ich weiß«, unterbrach ich ihn ruppig. »Glaub mir. Ich weiß es. Er aber auch.«

»Tja, das hat man nicht besonders bemerkt. Statt mit uns zu

kommen und den Strand abzusuchen, liegt er lieber auf der Couch.«

Ich hätte jetzt viel dazu sagen können. Dass er für seine Arbeit auf der Bohrinsel bereits einen hohen Preis bezahlt hatte. Dass er längst anders dachte. Dass er mir zuhörte. Müll aufsammelte. Nicht freiwillig umgekehrt war, sondern wegen seiner Verletzungen zu müde geworden war, um weiterzugehen.

Doch Jack hätte garantiert nicht gewollt, dass ich Jamie auch nur einen Hauch seiner Geschichte erzählte. Also schwieg ich. »Halt einfach deine Klappe, okay?«, sagte ich stattdessen und ließ Jamie stehen.

Ich spürte seinen finsteren Blick auf mir und bemühte mich, ihn zu ignorieren. Da ich Streit hasste, fiel mir das allerdings schwer.

»Du bist Tess, nicht wahr?« Jemand sprach mich von der Seite an. Eine Frau, vermutlich etwa zehn Jahre älter als ich. Sie trug ihr schwarzes Haar streichholzkurz, war gertenschlank und eindeutig durchtrainiert. Sehr sportlich.

»Ja«, antwortete ich vorsichtig.

Die Frau hielt mir ihre Hand hin. »Ich bin Sarah, und das hier ist mein Mann Tade.« Sie deutete auf einen Kerl, der direkt neben ihr lief. Als ich ihn erkannte, riss ich die Augen auf.

»Du bist der Jogger, der mich ständig anquatschen wollte!«, platzte ich heraus.

Der Mann wurde rot. »Ja, sorry. Sarah hat mir schon den Kopf gewaschen und gesagt, dass ich so was nicht machen kann. Entschuldige. Ich wollte dir echt keine Angst machen, sondern nur ins Gespräch mit dir kommen.«

»Du hast dich mir in den Weg gestellt und mich gefragt, wie ich heiße.«

»Ja, wie gesagt. War nicht mein schlauester Moment.«

»Was mein Mann eigentlich sagen wollte, ist, dass wir dich schon länger beobachten.« Sarah stutzte, dann lachte sie. »Okay, das klingt jetzt auch wieder unheimlich. Du bist uns nur schon vor einer Weile aufgefallen. Als der Ölteppich vor Santa Barbara die Strände erreicht hat, warst du beeindruckend. Du hast mit angepackt, dich bei Problemen eingemischt, Lösungsvorschläge gemacht und beinahe unmerklich eine echte Führungsrolle eingenommen. Ich wollte dich mehrmals ansprechen, aber es ergab sich nie die richtige Gelegenheit. Dann wurde alles normaler, und wir haben dich aus den Augen verloren – bis mein Mann dir am Strand begegnet ist. Dass jemand jeden Morgen Müll sammelt, ist definitiv ungewöhnlich.«

Meine Verwirrung wuchs. »Es ist mein kleiner Beitrag«, sagte ich trocken. »Seid ihr in Jamies Umweltteam von der Uni?« Ich sparte mir die Anmerkung, dass die beiden nicht so richtig wie Studierende aussahen. Sie fielen schon allein durch das Alter aus dem Rahmen.

»Nein. Wir leiten *Green Tomorrow*, eine private Umweltschutzorganisation hier in Santa Barbara. Wir finanzieren uns über Spenden und Fördermittel der Stadt und haben uns auf Beratungen spezialisiert: Wie kann man Wasser einsparen, obwohl man einen Pool hat? Wo sind Photovoltaik-Anlagen sinnvoll? So was in der Art. Gleichzeitig gehen wir an Schulen und zeigen interessierten Gruppen die Naturschutzgebiete.« Sie griff in ihre Hosentasche und reichte mir eine Visitenkarte. »Jamie sagte uns, dass du kein Interesse an einer dauerhaften Zusammenarbeit mit ihm hast. Vielleicht ist das bei uns anders.«

Völlig erstaunt nahm ich die Karte an mich und starrte darauf. Das sah alles tatsächlich seriös aus, und *Green Tomorrow* sagte mir auch was. Ich hatte mich am Anfang meines Studiums bei ihnen über Umweltschutzgruppen informiert. Sie hatten mich an Jamie verwiesen. Weil ich nichts sagte, verstand Sarah den Moment falsch. Sie nickte mir noch einmal freundlich zu und zog mit ihrem Mann weiter.

Trau dich. Rede. Sei aktiv und mutig. Ich dachte an mein verhasstes Studium. An die Wand, vor der ich stand. An Jack, der gerade dabei war, seine eigene Wand hochzukraxeln, und mich dabei mit seiner Energie beeindruckt hatte. Ich sah mich selbst davorstehen, den Kopf im Nacken und mich fragend, wie ich sie jemals überwinden sollte.

Zeit, das Rettungsseil anzupacken.

Ich holte wieder zu den beiden auf. »Im Moment orientiere ich mich um«, sagte ich mit vor Aufregung leicht überkippender Stimme. »Ich suche neue Herausforderungen. Neue Möglichkeiten, um mich besser zu engagieren. Mein Studium führt mich eher davon fort. Gibt es bei Ihnen eine Möglichkeit, ein Praktikum zu machen?«

Sarah wirkte überrascht und zugleich erfreut. »Engagierte junge Menschen können wir immer gebrauchen«, sagte sie mit warmer Stimme. »Ehrlich gesagt hatte dich mein Mann deswegen auch angesprochen. Wir suchen jemanden, der an den Schulen über die Müllproblematik spricht. Der klarmacht, was eine weggeworfene Coladose für Auswirkungen haben kann. Gerade Grundschülerinnen und Grundschüler lassen sich mit solchen Aktionen sensibilisieren. Wenn du Lust hast, dann können wir bestimmt etwas Tolles auf die Beine stellen. Reich wirst du erst mal nicht, aber …«

»Ich bin dabei«, platzte ich raus und konnte es kaum glauben, als Sarah mir die Hand reichte und feierlich sagte: »Wir freuen uns. Wie wäre es am Montag um neun? Komm vorbei, ich zeige dir alles, und wir können unsere Zusammenarbeit dingfest machen. Falls es dir doch nicht gefällt, kannst du jederzeit Nein sagen.«

Die nächsten zwei Stunden blieb ich an Sarahs Seite und quatschte mit ihr. Sie war eine beeindruckende Frau, die wusste, was sie in ihrem Leben erreichen wollte. Sie hatte eine Persönlichkeit, wie ich sie selbst gern gehabt hätte: eloquent, charismatisch, redegewandt. Doch als sie mich nach meiner Meinung fragte, stellte ich fest, dass ich problemlos mit ihr mithalten konnte. Gerade im Bereich Müllentsorgung machte mir kaum jemand etwas vor.

Zum Glück fanden wir am Strand keine weiteren Hinweise auf eine mögliche Ölpest. Der Vogel war vermutlich wirklich ein Einzelfall gewesen. Dafür hatten wir zusammen so viel Müll aufgesammelt, wie ich es in einer Woche nicht geschafft hätte. Ich war euphorisch und dankbar. Vielleicht war man in der Gruppe doch stärker.

Wir trennten uns schließlich wieder. Jamie winkte ich nur kurz zu, während ich Sarah sogar umarmte. Danach lief ich beschwingt und überglücklich nach Hause. Ich freute mich darauf, Jack von Sarah zu erzählen. Bei dem Gedanken bekam ich ein ganz warmes Gefühl im Bauch. Es war schön zu wissen, dass da jemand zu Hause wartete, der ehrlich an meinem Leben interessiert war.

Als ich unsere Wohnung betrat, lächelte ich noch breiter. Es roch nach Essen. Jack hatte gekocht. Womöglich Nudeln, auf jeden Fall Gemüse und …

Ich vergaß alles, als ich die Küche betrat und er sich vom Herd mir zuwandte, den Kochlöffel in der Hand und eine Spur Tomatensoße am linken Mundwinkel. Er sah so unfassbar süß aus. So wunderbar entspannt. So wahnsinnig sexy und anziehend.

Und das Beste: Er stand in meiner Küche und lächelte mich auf eine Weise an, die meinen gesamten Körper in Wärme eintauchte.

Statt etwas zu sagen, ging ich auf ihn zu, umarmte und küsste ihn und drängte ihn dabei unwillkürlich gegen die Küchenzeile. Er reagierte instinktiv, legte den Kochlöffel hinter sich ab und umschlang mich mit seinen langen Armen. Das wunderbare Gefühl des Gehaltenwerdens durchströmte meinen gesamten Körper und sorgte dafür, dass ich unseren Kuss noch intensivierte.

»Keine zusätzlichen unschönen Entdeckungen am Strand, nehme ich an?«, murmelte Jack an meinen Lippen, während ich meine Hand bereits unter sein Shirt am Rücken schob. Mit der Zeit war ich mutiger geworden. Daher wusste ich genau, wie weit ich gehen durfte. Als ich jedoch warme Haut an meinen

Fingern spürte, zögerte ich. Normalerweise war da immer noch der Kompressionsanzug gewesen, der uns getrennt hatte. Jetzt war da … nichts.

»Ich war duschen. Sand«, erklärte Jack, als hätte er meine Gedanken gelesen.

Das war logisch, und doch brachte es mich kurz aus dem Konzept. Ich fühlte nämlich nicht nur warme Haut, sondern auch den ersten Ansatz seiner vielen Narben am Rücken. Weil ich nicht zu schnell vorgehen wollte, änderte ich die Richtung, strich an seiner Seite entlang, weiter nach vorne.

Er zog mich fester an sich und überraschte mich, als er mein Hemd mit einem Ruck aus meiner Jeans zog und meine Streichelbewegung imitierte. Normalerweise war ich an der Seite kitzelig, doch durch meine aufsteigende Erregung fühlte es sich eher verdammt heiß an. Vor allem, weil er das Shirt immer weiter hochschob, bis mir nichts anderes mehr übrig blieb, als die Arme zu heben.

Der kurze panische Gedanke: *Was für einen BH trage ich denn überhaupt?*, verging, als er mir das Oberteil komplett über den Kopf zog und seine Lippen meinen Hals hinunterwandern ließ. Die Schultern entlang, danach zurück Richtung Kehle. Ich legte genießerisch den Kopf in den Nacken und wollte die Augen schließen, um den Moment intensiver nachfühlen zu können, als er mich erneut überraschte. Mit einer Hand öffnete er meinen BH und strich ihn eher beiläufig fort. So weit waren wir noch nie gegangen.

Unsere Blicke begegneten sich. Das Feuer in seinen Augen hatte ich schon oft gesehen, und trotzdem hatte er dem Brennen nie nachgegeben und es kurz vor dem Inferno gelöscht. Diesmal sah ich kein Zögern. Keine Zweifel.

Er wollte mich genauso sehr wie ich ihn.

Seine Hände liebkosten meine Brüste, wanderten zum Rücken, ersetzt durch seine Lippen. Ich spürte seine Zunge auf meiner Haut und konnte ein Stöhnen nicht unterdrücken. Das machte ihn noch mutiger. Er ließ meinen obersten Hosenknopf aufspringen und sorgte dafür, dass mir pures Adrenalin durch die Adern schoss. Mein Atem ging augenblicklich schneller.

Erst jetzt bemerkte ich, dass sich meine Hände verselbstständigten. Ich hatte instinktiv sein Hemd fast bis zu seinen Schultern hochgeschoben, forderte ihn auf diese Weise wortlos auf, es ganz auszuziehen. Er küsste mich zunächst noch einmal intensiv, ehe er zurücktrat, das Hemd abstreifte und kurz die Herdplatten direkt neben mir ausschaltete. Ich grinste, als ich sein amüsiertes Funkeln in den Augen bemerkte.

»Sicherheit geht vor«, murmelte er und drehte mich so, dass diesmal ich mit dem Po gegen die Küchenzeile lehnte. Er stand nun vor mir, so dicht, dass sich zum ersten Mal überhaupt unsere nackte Haut aneinanderschmiegen konnte. Er war nur leicht behaart. Trotzdem kitzelte es, und seine Wärme sprang von ihm auf mich über.

Der nächste Hosenknopf. Ich hielt die Luft an, als der letzte aufsprang und er seine Hand unter den Slip schob. Zunächst Richtung Po, wo er sich Zeit ließ, um meine Erregung weiter anzustacheln.

Ich vergaß meine Vorsicht und strich ihm mutiger erst über die Schultern, danach quer über den Rücken. Dort verharrte ich kurz, plötzlich unsicher geworden.

»Da tut nichts mehr weh«, sagte er zwischen zwei Küssen. »Nur Narbengewebe und dadurch angespannte Haut. Du darfst dich gerne austoben.«

Ich hatte bislang den Eindruck gehabt, dass ihm die Narben eher unangenehm waren. Offenbar ein Irrtum, oder er hatte sich mittlerweile an den Gedanken gewöhnt, dort berührt zu werden. Jedenfalls nutzte ich den Moment, um seinen Körper genauer erkunden zu können. Er trug lediglich eine schlichte Jogginghose, die seiner Hüfte den benötigten Bewegungsfreiraum ließ. Keine Knöpfe. Als ich mit den Fingern am Saum seiner Boxershorts entlangstrich, konnte ich seine Erregung nun deutlich fühlen. Er küsste mich zugleich noch leidenschaftlicher. Heißer. Das war Antwort genug, zumal seine Hand mittlerweile vom Po nach vorne gewandert war.

Meine Hose landete am Boden, gefolgt vom Slip. Ich trat sie fort, als Jack mich etwas überraschend hochhob und auf die Theke setzte.

»Ich hab nachgelesen. Über Sex und Hüftprobleme«, sagte er mit einem schelmischen Funkeln in den Augen. »Manchmal sind Lösungen so einfach.«

Ich musste lachen und keuchte gleich darauf auf, als mir klar wurde, dass er diesmal wirklich ernst machen würde. Er wusste, was er tat, und ich war nur zu bereit, ihm zu folgen.

* * *

Diesmal waren wir nicht in getrennten Betten gelandet, sondern ich hatte mich zu Jack gelegt. Er hielt mich fest umschlungen, während ich wegdämmerte. Seine Wärme hüllte mich ein und sorgte für ein wohliges, entspanntes Gefühl in meinem gesamten Körper. Ich war glücklich. Unendlich glücklich.

Kurz bevor ich einschlief, erzählte ich ihm noch rasch von Sarah und ihrem Angebot. Jack freute sich ehrlich für mich, vor allem, weil ich so drum herumkam, Jamie etwas schuldig zu sein.

»Was für ein Sack«, grollte Jack, sobald ich Jamies Namen auch nur erwähnt hatte.

»Tut mir leid, dass er dich so angegangen ist.«

»Der Kerl ist mir so was von egal. Ich hab mir eigentlich nur Sorgen gemacht, dass er seine schlechte Laune wegen mir an dir auslässt. Aber offenbar hast du ja eine viel bessere Lösung gefunden.« Ich spürte Jacks Grinsen mehr, als dass ich es sah.

Müde hob ich meinen Kopf und strich ihm mit den Fingern am Kinn entlang. »Darf ich dich was fragen? Ich hab mich bislang nie getraut, und jetzt brennt es mir auf der Seele.«

Jack zog eine Augenbraue hoch. »Klingt dramatisch.«

»Was wirst du machen, sobald es dir körperlich und seelisch besser geht? Willst du zurück auf die Ölbohrinsel?«

Er wurde still. Beinahe reglos. Da ich halb auf ihm lag, bemerkte ich natürlich, dass er die Luft anhielt. Als wäre er erstarrt. Ich strich ihm beruhigend über die nackte Brust, küsste seine Wange. »Entschuldige«, flüsterte ich. »Lass uns später drüber reden.«

Er zog mich daraufhin fester an sich und seufzte. »Ich weiß nicht, was ich machen soll. Die größte Hürde erschien mir bislang, schmerzfrei laufen zu können. Das funktioniert allmählich richtig gut. Ich kann mir sogar vorstellen, wieder als Sanitäter zu arbeiten, solange ich meine Flashbacks in den Griff bekomme. Der Therapeut ist da erstaunlich zuversichtlich. PTBS gilt mit der korrekten Behandlung als gut heilbar, und ich merke es bereits: Dinge, die mich vorher getriggert haben, tun das nicht mehr. Ich habe den Eindruck, dass ich das Erlebte allmählich verarbeite. Es schmerzt noch, aber es überfällt mich nicht mehr.« Jack atmete hörbar ein, dann nickte er. »Ich würde gerne wieder als Sanitäter arbeiten. Am liebsten hier.« Er sah zu mir runter, was ich nur spüren und nicht sehen konnte, und gab mir einen sanften Kuss auf die Stirn. »Hier bei dir.«

Ich fühlte, wie meine Augen feucht wurden. Vor Rührung. Vor bislang unterdrückten Emotionen. Vor Freude und Erleichterung. Dieser eine kleine Satz bedeutete mir unendlich viel. Es war keine Liebesbekundung gewesen, doch es kam einer schon ziemlich nah.

Und trotzdem spürte ich, dass ihn etwas bedrückte. Er erzählte mir nicht alles über seine Pläne. Als könne er sich selbst nicht entscheiden, in welche Richtung er sich wenden sollte. Weil ich den Moment nicht zerstören wollte, fragte ich nicht nach.

Stattdessen drehte ich mich in seiner Umarmung, damit ich ihn küssen konnte. Nur zu gerne hätte ich ihm jetzt und hier gesagt, was ich für ihn empfand, doch es in Worte zu kleiden würde es real machen. Außerdem hatte ich Angst, Jack mit Gefühlen zu überfordern.

Daher sagte ich ihm nicht, wie wichtig er mir geworden war. Dass er der Mensch war, zu dem ich am liebsten ging. Dem ich meine Sorgen und Ängste anvertrauen wollte. Dem ich bedingungslos vertraute und dessen Meinung ich sehr schätzte, selbst wenn sie oft ganz anders war als meine. Ich sagte ihm nicht, dass er für mich wie ein Zuhause war, zu dem ich wahnsinnig gerne zurückkehrte. Wo ich mich geborgen und verstanden fühlte.

Ich verschwieg, wie sehr ich ihn mochte.

Wie sehr ich ihn liebte.

Stattdessen küsste ich ihn und hoffte, dass er es auch so begriff.

KAPITEL 15

Jack

»Kann ich wirklich so gehen? Ich komme mir in dem Kleid so seltsam vor. Vielleicht sollte ich doch einfach nur ein T-Shirt mit Jeans anziehen.«

»Ich bin kein Modegenie, aber du kannst wirklich nicht mit deinen Sprüche-Shirts auf Brautkleidsuche gehen. Die lassen euch damit nicht mal in den Laden. Du siehst wahnsinnig schön in diesem Outfit aus. Und sexy.« Ich musste Tess regelrecht aus der Wohnung schieben, um sie vor einem Umstyling in letzter Sekunde zu bewahren. »Geh doch einfach mal shoppen und kauf dir neutrale T-Shirts. Dann musst du nicht immer eines deiner einzigen drei Kleider tragen, wenn gerade kein Motto-Shirt gefragt ist.«

Ich bemühte mich, mein amüsiertes Grinsen zu unterdrücken. Sie hätte es womöglich falsch verstanden. Ich wollte mich keineswegs über sie lustig machen, aber ihr Hang zu seltsamen Sprüche-Shirts war schon bemerkenswert.

Tess ließ sich zum Glück nach draußen verfrachten und hüpfte dann nervös von einem Bein aufs andere. Vor Anspannung hatte sie die Nacht über kaum schlafen können und sich von einer Seite auf die nächste gewälzt. Da ich ebenfalls weiterhin mit Schlaflosigkeit kämpfte, hatten wir uns schließlich miteinander beschäftigt. Das war schön gewesen und rächte sich jetzt. Tess war müde, aufgeregt und unsicher. Keine angenehme Kombination.

»Alles wird gut«, sagte ich beruhigend zu ihr und öffnete auffordernd die Beifahrertür. »Setz dich endlich rein. Ich bring dich.«

Ursprünglich hatte Tess ohne mich fahren wollen, sich dann aber doch Rückendeckung von mir erbeten. Nicht, dass ich ihr viel hätte helfen können. Ich verstand das Familienproblem weiterhin nur in Teilen, und Tess machte keine Anstalten, mich aufzuklären. Allein der Gedanke, darüber sprechen zu müssen, ließ sie verstummen. Ich hatte daraufhin auf Fragen verzichtet und beschlossen, einfach für sie da zu sein. Hoffentlich reichte das.

Mein Handy brummte in meiner Hosentasche. Lediglich Nathan, Kane und mein Arbeitgeber hatten meine neue Nummer. Wer immer es war, musste dennoch warten. Tess ging vor.

Die folgte endlich meinem Wink, warf sich auf den Beifahrersitz und schnallte sich mit deutlich zitternden Händen an. »Hauptsache, Mum kommt nicht«, murmelte sie. »Natalie hat sie ausgeladen, noch bevor der Termin feststand, aber ich kenne meine Mutter.«

»Natalie wird ja wohl so schlau gewesen sein und den heutigen Termin verschwiegen haben«, antwortete ich, schloss die Tür und ging um den aufgemotzten Wagen herum, um mich auf den Fahrersitz zu setzen. Es war das erste Mal seit meinem Unfall, dass ich mich ans Steuer setzte. Um ehrlich zu sein, war ich angespannt. Es fühlte sich seltsam an, sich nach und nach den Alltag zurückzuerobern. Früher war Autofahren völlig normal für mich gewesen. Heute hatte ich Respekt davor. Was, wenn mich unterwegs etwas triggerte?

Das wird nicht passieren. Seit gut zwei Wochen war kein Flashback mehr aufgetaucht. Meine Therapie schlug gut an, und mein Therapeut war äußerst zufrieden mit meinen Fortschritten. Ich auch – und trotzdem war da eine Unsicherheit tief in mir drin, die mich nervte.

Jetzt gerade ging es allerdings nicht um mich, sondern um Tess. Daher überspielte ich meine Zweifel und fuhr los, fädelte den Wagen geschickt in den Verkehr von Santa Barbara ein. Mein Handy brummte erneut. *Mist.*

Tess starrte nach draußen, doch ganz plötzlich richtete sie sich wie von der Tarantel gestochen auf. »Wir können nicht mit dem Wagen vorfahren. Wenn sie Logans altes Auto sieht, könnte das Natalie total aus der Fassung bringen«, rief sie aufgeregt. »Fahr ran. Ich gehe den Rest zu Fuß!«

»Es sind noch fast zwei Meilen. Jetzt entspann dich. Ich parke weit genug entfernt, sodass kein Risiko besteht.« Beruhigend legte ich ihr eine Hand auf den Oberschenkel, woraufhin sie sich regelrecht an mich klammerte. Sehr ungewöhnlich für sie.

Einen Block vom Treffpunt entfernt fand ich eine Parklücke und manövrierte das Ungetüm geschickt hinein. Es war ein kleiner Sieg, den ich still nur für mich feierte. Ein weiteres Stück Alltag, das ich zurückerobert hatte. Eine weitere Angst, die ich besiegen konnte.

Tess war schneller ausgestiegen, als ich gucken konnte. Nervös kontrollierte sie die Umgebung, schaute nach rechts und nach links. Ich ließ mir Zeit, stellte sorgsam den Motor ab und stieg dann aus. Endlich holte ich auch mein Handy hervor.

Kane hatte angerufen. Da aber keine Nachricht auf dem AB war, konnte es nicht so dringend sein. Ich würde ihn später zurückrufen.

»Du musst nicht auf mich warten. Fahr doch einfach wieder zurück«, sagte Tess zu mir, kaum dass ich neben ihr auf dem Bürgersteig stand.

»Ich warte, bis ihr im Brautladen seid. Soll ich dich hinbringen?«

Tess zögerte. Keine Schwäche zeigen. Was das anging, war sie fast noch schlimmer als ich. Zu meiner Überraschung nickte sie jedoch. »Ein wenig Unterstützung wäre nicht schlecht.«

Sie nahm meine Hand, und gemeinsam schlenderten wir zu der Adresse des Brautladens. Davor entdeckten wir zwei junge

Frauen, die sich angeregt miteinander unterhielten. Eine davon kannte ich bereits. Natalie.

Sie sah Tess im selben Moment und wollte gerade zur Begrüßung loslaufen, als eine ältere Frau zwischen den parkenden Autos hervortrat und dadurch erst jetzt in unserem Blickfeld auftauchte.

Tess' Reaktion war erschreckend. Sie blieb wie angewurzelt stehen, und das Blut wich aus ihrem Gesicht: Ihre Mutter war doch gekommen.

Tess

Es fühlte sich an, als hätte mir jemand einen Eimer eisiges Wasser über den Kopf gekippt. Der Schock saß tief, ließ mich zunächst erstarren und dann erzittern.

Natalie musste mein geschocktes Gesicht gesehen haben, denn sie sah irritiert zur Seite, erkannte Mum. Die Verwirrung in ihrer Mimik wirkte echt, doch das war mir egal. Ich war auf diese Begegnung nicht vorbereitet.

Kurzerhand drehte ich auf dem Absatz um und beeilte mich wegzukommen.

»Tess!«, schrie Natalie hinterher. »Bleib bitte stehen!«

Ich blieb natürlich nicht stehen, sondern ging nur schneller. Ein Treffen mit meiner Mutter? Nie im Leben! Das schaffte ich nicht, konnte es nicht. Unmöglich.

»Ich hab es nicht gewusst!«, hörte ich Natalie hinter mir herrufen, dann redete eine andere Frau dazwischen. *Mum.*

Ich ballte die Hände zu Fäusten und spürte, wie meine Brust immer enger und enger wurde. Mein Hinterkopf fühlte sich seltsam heiß an, und mein Magen krampfte. Panikattacke. Auch das noch. Wenigstens war Jack neben mir, angelte sich meine Hand.

Ein Blick in mein Gesicht genügte ihm. Er fragte nicht, sondern zog mich lediglich zum Auto. Um die Ecke, sodass ich Mum und Natalie nicht mehr sehen musste. Wie ich in den Wagen gekrabbelt war, wusste ich hinterher nur ungenau. Ein Nebel packte mein Hirn in Watte. Ich war zu atemlos, um klar denken zu können.

Das Kribbeln in meinen Gliedern kannte ich bereits von ähnlichen Anfällen. Sobald ich saß, ging ich daher radikal dagegen vor. Es half mir meist, die Panikattacke als solche anzuerkennen. Mir zu sagen: *Okay, es ist jetzt eine, aber du stirbst nicht daran.* Parallel atmete ich. Vier Sekunden ein. Sechs Sekunden anhalten. Acht Sekunden aus.

Langsam. Ruhig.

Dabei schloss ich die Augen, um nur ja nicht einen Blick auf Mum oder Natalie zu riskieren. Womöglich war mir meine Schwester gefolgt. Ich hätte es an ihrer Stelle getan.

Der erwachende Motor des Wagens unterbrach meine Gedanken. Jack brachte mich fort. Außer Reichweite. Das allein half bereits.

Ich wurde ruhiger und zwang mich, die Augen zu öffnen. »Kannst du mich zum Meer bringen?«, fragte ich mit zitternder Stimme. Mein Wohlfühlort. Früher hatte ich mir bei einer Attacke das Wasser und die Wellen vorgestellt, mich in den salzigen Duft geträumt, um mich abzulenken. Jetzt war das Meer nicht weit. Vielleicht half es schneller, wenn ich live vor Ort war.

»Klar«, antwortete Jack knapp.

Ich zwang mich, ihn anzusehen. Er sah besorgt aus. Um ihn und mich zu beruhigen, nahm ich seine Hand, drückte sie. Danach ließ ich wieder los, damit er in Ruhe parken konnte.

Sobald das Auto stand, lief ich zum Strand voraus, zog mir meine Sandalen aus und spürte dem Gefühl von Sand unter meinen Füßen nach. Die Panik verebbte unverzüglich. Es war erstaunlich, wie schnell mir mittlerweile das Gegensteuern gelang. Vermutlich war ich geübt darin, womöglich waren die Attacken auch nicht mehr so heftig wie früher, und vielleicht hatte ich tief in mir bereits geahnt, dass heute ein schwerer Tag werden würde. Mich gewappnet. Falls man sich vor so etwas überhaupt wappnen konnte.

Jack holte mich etwa zwei Minuten später ein. Wie selbstverständlich nahm er meine Hand und folgte mir zum Meer. Auch er hatte die Schuhe ausgezogen. Als ich so weit zum Wasser ging, dass meine Füße nass werden konnten, stellte er sich neben mich.

»Geht das denn mit den Wellen?«, fragte ich besorgt. Es war das erste Mal, dass er bis in den feuchten Bereich gegangen war.

»Zu einem gewissen Grad, ja. Es ist noch ein weiter Weg, aber irgendwann kann ich hoffentlich wieder ganz normal das Meer ansehen. Ohne schlechtes Gefühl.« Jack atmete tief ein, und ich ahnte, was kommen würde. »Du musst darüber sprechen. Über deine Familie. Über den Tod deines Bruders. Über alles, das dich so belastet, dass du komplett dichtmachst. Du quälst dich. Bislang habe ich dich mit Fragen in Ruhe gelassen, doch jetzt muss ich dir deinen eigenen Rat vor Augen halten: Sprich über das, was dir zusetzt!«

Meine Augen brannten vor ungeweinten Tränen. »Ich kann nicht.«

»Doch. Du kannst. Du musst. Sonst frisst es dich auf. Wenn du nicht mit mir reden willst, ist das völlig in Ordnung. Sprich mit Amy darüber. Mit Anne oder mit Nathan. Aber sprich mit jemandem!«

Er nahm mich in die Arme. Fest und liebevoll. Dabei strich er mir immer wieder über den Rücken. »Ich mache mir Sorgen um dich«, setzte er hinzu.

Da beschloss ich, ihm endlich alles zu erzählen.

Jack

»Meine Eltern geben mir die Schuld an Logans Tod«, sagte sie tonlos.

Ich hatte etwas Derartiges bereits befürchtet. Um seine Tochter auf eine solche Art und Weise abzulehnen, wie ihre Eltern es taten, musste etwas Schwerwiegendes geschehen sein. Vorsichtig schob ich Tess von mir, damit ich sie ansehen konnte. »Warum?«

Sie atmete geräuschvoll ein, mied meinen Blick. Gleichzeitig runzelte sie die Stirn. Das Brummen meines Handys war gut zu hören. Verwirrte sie. »Klingelt da ein Telefon?«

Mann! Ein schlechteres Timing ging echt nicht mehr. Mit einem Ruck zog ich mein Handy hervor, wollte es auf lautlos stellen. Dann zögerte ich. Kane hatte mir eine Nachricht geschrieben.

Kane: Geh ran! Es geht um Leben und Tod!

Mein Magen zog sich ruckartig zusammen, als ich das las. Als ein erneuter Anruf von meinem Bruder einging, nahm ich ihn sofort an.

»Die haben die beiden!«, brüllte Kane mich augenblicklich an.

»Was?«, fragte ich irritiert nach.

»Hanna und Emma sind verschwunden. Der Kindergarten hat gerade angerufen. Die beiden Mädchen werden vermisst. Die Erzieherinnen wissen nicht, wie das passieren konnte. Sie sind einfach weg!«, brüllte Kane weiter.

»Hat Val sie vielleicht abgeholt?«

»Nein, die hab ich längst angerufen. Aber es kommt noch schlimmer. Naomi ist gerade von der Schule zurückgekommen und hat einen Zettel gefunden. Der pinnte an unserer Haustür. ›Wir wollen unser Geld‹ stand drauf. Scheiße, Jack! Die haben die beiden!«

Je mehr ich verstand, desto panischer wurde ich. »Hast du die Polizei eingeschaltet?«

»Ernsthaft, Jack? Wenn ich die Polizei einschalte, sind die Mädchen erledigt. Ich …«

Kane verstummte abrupt.

»Kane?« Keine Antwort. »Kane!«

Mein Bruder hatte abrupt aufgelegt und ließ mich komplett panisch zurück.

Tess

Dieser Tag entwickelte sich zur absoluten Katastrophe. Immerhin hielt mich Kanes Anruf davon ab, über mein Familiendrama sprechen zu müssen. Die Mädchen waren jetzt wichtiger. Jack hatte mir mit wenigen Worten erzählt, was los war, und mich danach reglos angestarrt. Er ging in Gedanken vermutlich sämtliche Notfallszenarien durch.

Wie immer schaltete ich in dramatischen Situationen automatisch in den Arbeitsmodus und war dadurch schneller als er. »Ruf Nathan an. Wir holen ihn ab«, sagte ich zu Jack und zog ihn Richtung Auto.

Jack wählte, und ich rutschte auf den Fahrersitz. Sofort dachte ich an die Rettungsaktion von Amy zurück. Damals hatten Jack und ich uns wild darüber gestritten, wer von uns fahren durfte. Jetzt agierten wir, als wären wir eine Person. Während er versuchte, Nathan zu erreichen, fuhr ich bereits aus der Parklücke.

Jack hatte Glück. Nathan ging ran und hielt sich gerade an der Uni auf. Mit knappen Worten erzählte Jack seinem Bruder, was vorgefallen war. »Er ist in der Nähe der Mensa. Kann man da parken?«, fragte er parallel zum Telefonat an mich gewandt.

»Eigentlich nicht, aber in unserem Fall schon. Er soll zu der Parkbank direkt neben der Cafeteria kommen. Da kann ich drehen.« Theoretisch war in dem Bereich die Durchfahrt verboten, doch das juckte mich gerade nicht wirklich. In Momenten wie diesen war ich mutiger als sonst. Immer. Das war bereits bei Amys Rettungsaktion so gewesen. Jede Art von Lähmung fiel von mir ab, und es galt nur noch die Lösung des Problems.

Wenn es doch bei meiner Familie genauso laufen könnte.

Jack legte auf, während ich auf den Campus fuhr. Ich hupte eine Gruppe Studenten weg und bahnte mir rücksichtslos den Weg zur Parkbank. Nathan kam uns bereits entgegengerannt, riss die linke hintere Tür auf und warf sich ins Auto.

»Kann losgehen«, keuchte er.

In der Sekunde klingelte Jacks Telefon erneut. »Kane«, erklärte er uns und ging ran. Gleich darauf entspannte er sich sichtbar. »Sie sind wieder da«, sagte er zu uns und stellte auf Lautsprecher um. »Nathan und Tess hören mit.«

»Die Mädchen kamen mit einem Eis auf der Hand nach Hause, sagt Naomi. Da war ein finsterer Kerl bei ihnen. Naomi hat ihm mit dem Baseballschläger gedroht, aber er hat nur gelacht. ›Das war eine Warnung für deine Brüder. Wir wollen unser Geld‹ hat er zu ihr gesagt, dann ist er gegangen und hat die Mädchen zurückgelassen. Die sitzen jetzt im Wohnzimmer und schauen fern. Offenbar haben drei Typen unbemerkt von den Erzieherinnen auf dem Kindergartenspielplatz auf Hanna und Emma gewartet. Sie haben die Mädchen gepackt und mitgenommen. Ich hab noch mal mit der Leiterin des Kindergartens gesprochen. Es hat angeblich niemand etwas gesehen. Die Erzieherinnen haben die Polizei gerufen, sodass diese nun doch involviert ist. Die sitzen mir jetzt also auch auf der Pelle.« Kane fluchte ungehalten, aber ich hörte deutlich die Erleichterung aus jedem Wort heraus. »Die Typen waren wohl ganz nett zu den Mädchen. Sie durften Süßigkeiten futtern, fernsehen und haben Barbiepuppen geschenkt bekommen. Trotzdem waren sie insgesamt drei Stunden weg. Eine klare Warnung.« Kane atmete zischend ein. »Kommt ihr trotzdem?«

»Worauf du einen lassen kannst.«

»Gut. Ich bin zugegeben grad durch den Wind und … Wir müssen uns was überlegen.«

Ich fuhr unwillkürlich schneller. Obwohl die direkte Gefahr vorüber war, hörte ich die Anspannung nicht nur bei Kane heraus, sondern spürte sie auch bei Nathan und Jack.

Jack legte auf und schwieg eine Weile, bis er die Stille mit einem derben Fluch durchbrach. »Ich dachte echt, dass wir uns Zeit erkauft hätten.«

»Hatten wir auch, nur ist die jetzt offenbar abgelaufen. Die Typen machen ernst«, antwortete Nathan von der Rückbank aus. »Bleibt die Frage, wie wir dreißigtausend Dollar auftreiben können.«

Ich erinnerte mich, dass es ursprünglich um fünfzigtausend Dollar gegangen war. Spielschulden, die die Brüder von ihrer Mutter hatten übernehmen müssen. Amy hatte ihnen eine Kette im Wert von zehntausend Dollar geschenkt. Weitere zehntausend hatte Jack durch seine Arbeit auf der Bohrinsel abtragen können. Da fehlte noch einiges.

Ich schluckte, als ich an die Optionen dachte. Jack hatte das Thema nur einmal angeschnitten. Seine Einnahmen durch zusätzliche Schichten fehlten hinten und vorne. Wenn er nicht wieder auf die Ölplattform zurückgehen wollte, gab es kaum noch Möglichkeiten, um schnell genügend Geld zusammenzukriegen. Wenn sie Pech hatten, mussten die Brüder doch ihr geliebtes Haus verkaufen.

Da erinnerte ich mich an den Moment, als wir über seine Zukunft gesprochen hatten. Damals. Im Bett. Aneinandergekuschelt. Ich hatte den Eindruck gehabt, dass er mir etwas verschwieg. Dass ihn etwas bedrückte. Womöglich hatte er da bereits geahnt, dass er in der Klemme steckte.

Den Rest der Fahrt über hing jeder seinen Gedanken nach. Zum Glück ging es von Santa Barbara nach Los Angeles recht zügig. Um die Uhrzeit fehlte der typische Stau, sodass wir nicht mal eineinhalb Stunden später bei Kane vorfuhren.

Der saß auf der Veranda und wartete auf uns.

Jack und Nathan waren schon bei ihm, da hatte ich mich nicht mal abgeschnallt. Ich ließ mir Zeit. Zum einen, um den Brüdern Raum füreinander zu geben. Zum anderen, weil ich endlich die vielen Nachrichten auf meinem Handy anschauen musste.

Ich wusste natürlich, von wem sie waren. Ich wusste auch, dass sie mich schmerzen würden. Und noch viel mehr wusste ich, dass es Zeit war, mich ihnen zu stellen.

Jack, Nathan und Kane standen sich so unendlich nah. Sie waren füreinander da. Kämpften für ihre Schwestern, für sich, für ein Leben, das sie sich gemeinsam aufbauen wollten. Sie hielten zusammen.

Genau das wollte ich auch wieder fühlen. Logan und ich hatten vieles zusammen gemacht, doch noch näher hatte ich Natalie gestanden. Natalie, die sich in dem Moment abgewandt hatte, als ich sie am meisten gebraucht hätte.

Ich straffte meine Schultern und las die erste Nachricht.

Natalie: Ich wusste nicht, dass Mum kommen würde. Ehrlich nicht. Ich hatte sie aktiv ausgeladen.

Allein dass das nötig war, tat weh. Eigentlich war ich ein Mensch, der nicht konfliktscheu war. Doch Mum und Dad hatten deutlich gemacht, dass Reden nicht mehr helfen würde. Sie waren mich nach Logans Beerdigung derart angegangen, dass ich daran beinahe zerbrochen wäre.

Um mich zu schützen, hatte ich ihnen aus dem Weg gehen müssen. Selbst wenn es mir das Herz zersplitterte.

Natalie: Mum hat den Termin von meiner Trauzeugin erfahren. Es tut mir so leid. Das war ein Missverständnis. Bitte ruf mich an. Lass uns reden. Bitte!

Die folgende Nachricht war eine Sprachnachricht, die sie mir eine halbe Stunde nach der letzten SMS geschickt hatte.

> **Natalie:** Ich weiß, dass du mir nicht glaubst, aber es ist ehrlich wahr. Ich habe nicht versucht, dich zu überrumpeln und dich dazu zu zwingen, mit Mum zu reden. Ich habe ihr heute endlich gesagt, was ich über ihr Verhalten denke. Das hätte ich natürlich schon viel eher machen sollen, nur habe ich mich nicht getraut. Mum und Dad waren so tief in Trauer, dass sie nicht klar denken konnten. Sie haben um sich geschlagen. Ich hatte Angst, dass sie auch auf mich losgehen könnten. Ich weiß jetzt, dass das feige war. Mittlerweile glaube ich aber, dass man mit ihnen darüber reden könnte. Zumindest mit Mum. Ich habe ihr erzählt, wie schrecklich ihr Auftauchen für dich gewesen ist. Dass ich dich vermisse. Dass ich dich wieder in meinem Leben haben will und das nicht funktioniert, wenn sie dich weiter anfeinden. Dass ihr euch aussprechen müsst, um Frieden zu finden. Und sie hat mir tatsächlich zugehört. Tess … Bitte … Vielleicht ist die Hochzeit nicht der letzte Nagel im Sarg. Vielleicht …

Ich zuckte zusammen, als jemand an die Glasscheibe des Autos klopfte: Jack, der zu mir zurückgegangen war.

»Alles in Ordnung bei dir?«, fragte er durch das geschlossene Fenster.

Ich bemühte mich um einen gelassenen Ausdruck, doch so richtig schien mir das nicht zu gelingen, denn Jack sah alarmiert aus. »Ich höre mir nur kurz ein paar Nachrichten an«, antwortete ich, während ich hastig auf Stopp drückte, um Natalies Stimme zum Schweigen zu bringen.

Jack starrte mich einen langen Moment intensiv an. »Natalie?«, fragte er dann ruhig.

Ich nickte.

»Kommst du klar?«

Ich nickte wieder. »Geh ruhig schon rein. Ich komme gleich nach. Immer ein Drama nach dem nächsten, nicht wahr?«

Jack wirkte nicht wirklich überzeugt, doch nach einem Blick in mein Gesicht gab er nach. Freiraum geben. Das war ihm sehr wichtig. »Du weißt, dass du jederzeit mit mir reden kannst«, sagte er und verschwand ins Haus.

Ich atmete noch einmal ein, dann klickte ich auf weiter, und Natalies Stimme schwebte erneut durch das Auto.

> **Natalie:** Vielleicht könnten wir den Streit begraben und Logans Tod als das ansehen, was es war: ein tragischer Unfall. Dich trifft genauso wenig Schuld wie Mum, mich oder Logan selbst. Ich hatte den Eindruck, dass Mum das mittlerweile auch so sieht. Kannst du sie nicht anrufen? Können wir uns treffen? Vielleicht sogar mit ihr?

Ich brauchte lange, um eine passende Antwort zu senden. Zunächst versuchte ich mich an einer Sprachnachricht, letztlich tippte ich allerdings lieber einen Text. Das erschien mir klarer und gab mir mehr Zeit, die Sätze abzuwägen.

Seltsamerweise fühlte ich relativ wenig dabei. Keine Freude darüber, dass Mum eventuell mit mir sprechen wollte. Keinen Zorn, weil Natalie schon wieder drängte. Keine Verzweiflung, weil ich mich ausgestoßen fühlte.

> **Tess:** Liebe Natalie, ich liebe dich. Von Herzen. Ich will mich auch mit euch aussprechen und versöhnen. Nichts lieber als das. Allerdings fühlt sich mein ganzes Leben momentan so an, als würde sich alles verändern. Manches zum Guten, anderes zum Schlechten. Ich habe Angst vor der Zukunft. Mir ist heute klar geworden, dass es so nicht weitergehen kann. Wir müssen uns aussprechen. Da hast du recht. Allerdings nicht jetzt. Nicht sofort. Und schon

gar nicht auf deiner Hochzeit. Feier bitte ohne mich. Danach sehen wir weiter.

Ich schickte den Text ab, ohne noch einmal gegenzulesen. Danach versuchte ich zu ergründen, ob ich jetzt glücklich oder besorgt war. Verwirrt traf es wohl am nächsten. Aufgewühlt.

Als mein Handy piepte, zuckte ich erschrocken zusammen, las dann aber sofort Natalies Antwort.

Natalie: Du bist meine Schwester und fehlst schon viel zu lange in dieser Familie. Meine Einladung besteht weiterhin. Ich habe Mum und Dad deutlich gesagt, was geschehen wird, wenn sie sich nicht zusammenreißen können. Das haben sie verstanden. Fühl dich also jederzeit willkommen, auch ohne vorherige Aussprache. Du gehörst zu mir. Das wird uns niemand nehmen können. Solltest du jemanden zum Reden brauchen – ob es nun um die Familie oder um andere Dramen in deinem Leben oder deiner Zukunft geht – ich bin für dich da. Ich liebe dich. Pass auf dich auf.

Mir wurde warm ums Herz, als ich die Zeilen las. Die Tränen, die diesmal meine Wange herunterrannen, fühlten sich anders an. Sie waren Tränen der Rührung.

Gleichzeitig geschah etwas, das ich niemals für möglich gehalten hätte: Das Loch in meinem Herzen, das nach Logans Tod entstanden war, fühlte sich gleich viel weniger finster an. Vielleicht hatte ich nur solch liebe Worte von einem Teil meiner Familie hören müssen, um verzeihen zu können. Meiner Mum. Meinem Dad. Meiner Schwester und womöglich auch mir selbst.

Ich las die Nachricht noch einmal, dann schickte ich eine schlichte Antwort, die sich besser anfühlte als jede große Rede:

Tess: Ich liebe dich auch, Schwesterherz.

KAPITEL 16

Jack

Naomi kam aus dem Haus gestürmt, als Nathan und ich gerade hineingehen wollten. Tess saß noch im Auto und beschäftigte sich mit ihrem Handy. Meine Schwester fiel mir auf der Veranda um den Hals. »Bin ich froh, dass ihr hier seid«, flüsterte sie. Sie war groß geworden. Für eine mittlerweile Siebenjährige vermutlich riesig. Die für Mädchen ungewöhnlich breiten Schultern hatte sie ihrem Schwimmtraining zu verdanken. Sie liebte den Sport genauso sehr wie ich damals das Laufen.

»Der Schreck sitzt tief, hm?«, murmelte ich und wusste nicht so recht, wohin mit so viel Zuneigung. Natürlich umarmte ich meine Schwestern gerne, aber nicht unbedingt häufig. Dafür war Nathan zuständig – oder Kane. »Kane ist völlig durchgedreht.« Naomi drückte sich von mir weg und starrte mich so intensiv an, dass mir unheimlich wurde.

»Was ist?«, fragte ich irritiert.

»Geht es dir besser? Ich weiß, dass ihr eine Menge vor mir verheimlicht. Das nervt langsam. Ich bin kein Baby mehr wie Hanna und Emma. Ich verkrafte das.«

Aus alter Gewohnheit wollte ich schnell abwiegeln und stoppte mich dann. »Ich war eine Zeit lang mies drauf, hatte schlimme Schmerzen und musste einiges erst mal verdauen, aber jetzt geht's mir besser.« Ich wuschelte durch ihre kurzen

Haare. »Mach dir keine Sorgen um mich. Ich komme langsam wieder auf die Beine.«

Sie wirkte noch immer skeptisch, aber nickte dennoch. »Okay. Dann kann ich es dir ja sagen, ohne dass du direkt ausflippst.« Sie atmete tief ein. »Ich glaub, ich hab Mum gesehen. Gestern hat sie sich vor unserem Haus herumgedrückt. Letzte Woche meine ich sie vor Hannas und Emmas Kindergarten entdeckt zu haben.«

Ich spürte, wie mir blitzartig das Blut aus dem Gesicht wich, und meine Hände und Füße begannen zu kribbeln. Hastig bewegte ich sie und bemühte mich, das pure Entsetzen nicht zu dicht an mich heranzulassen. Da hatten wir schon Schlimmeres überstanden. Wobei – Mum in direkter Nähe war niemals gut.

»Hast du es Kane erzählt?«

»Nein. Ich war mir zu unsicher und wollte ihn nicht beunruhigen. Er ist eh schon am Limit. Nathan weiß auch noch nichts davon. Der war wegen Amy total gestresst. Was machen wir denn jetzt?«

Wenigstens hatten wir jetzt eine Erklärung dafür, warum die Biting Snakes plötzlich aktiv geworden waren: Mum hatte sie vermutlich aufgeschreckt, womöglich sogar um neue Kredite gebeten. Deshalb haben sie unsere Familie jetzt wieder auf dem Radar.

»Ich kümmere mich drum«, brachte ich schließlich schwach hervor, als mir Naomis intensiver Blick bewusst wurde.

»Nein. *Wir* kümmern uns drum. Ich will mithelfen! Es macht mich wahnsinnig, dass ihr so viel vor mir verheimlicht.«

Das konnte ich sogar nachempfinden. Daher nickte ich. »Erster Schritt: Es Nathan und Kane sagen!«

Die nahmen es erstaunlich gelassen auf, was mich sofort misstrauisch machte. Kane war bezüglich unserer Eltern normalerweise noch empfindlicher als Nathan. Er hatte viel aushalten müssen, womöglich mehr als wir zwei zusammen. Als Ältester war er der Prellbock zwischen Mum und Dad und uns gewesen.

Dass er Naomis Nachricht über Mums Auftauchen so stoisch aufnahm, war seltsam.

Bevor ich jedoch nachhaken konnte, war Tess zu uns gekommen. Sie legte wie selbstverständlich den Arm um meine Hüfte und setzte damit vermutlich eher versehentlich ein Zeichen. Ich bemerkte Nathans erstaunten Blick und lächelte schwach zurück. *Ja, Mann, wir haben uns angenähert,* signalisierte ich ihm stumm.

»Alles gut bei dir?«, fragte ich sie und erinnerte mich daran, dass bei ihr momentan ebenfalls viel zu viel los war. Dafür sah sie allerdings erstaunlich gefestigt aus. Beinahe erleichtert.

»Ja. Natalie hat sich noch mal gemeldet. Genaueres erzähle ich dir später.« Sie sah Kane fragend an. »Kann ich was tun?«

»Ja, du könntest Naomi ins Bett bringen.«

»Kane!«, brauste Naomi auf. »Ich bin kein Baby mehr und kann mich selbst ins Bett bringen. Außerdem will ich wissen, was ihr plant.«

»Wir erzählen es dir morgen früh, sobald wir einen Plan gefasst haben«, antwortete Kane ruhig und bestimmt.

»Aber …«

»Naomi, du bist erst sieben und hast heute eine Menge mitgemacht. Lass dich von Tess ins Bett bringen. Lest was zusammen. Ruht euch aus. Morgen erfährst du alles. Versprochen.«

Naomi wollte protestieren, sah dann aber Kanes Blick und gab auf. Ab einem gewissen Punkt war mit unserem großen Bruder nicht mehr zu diskutieren – und dieser Punkt war soeben erreicht. Tess hatte sich bereits von mir gelöst und war zu Naomi gegangen, um sie vor sich her ins Haus zu schieben. »Komm. Wir machen uns bettfertig. Ich bin auch völlig erledigt.«

Wir warteten, bis die Tür ins Schloss gefallen war, dann tauschten wir bedeutsame Blicke untereinander aus.

»Wir müssen das Haus verkaufen«, sprach ich schließlich das aus, was wir alle längst wussten. »Und ich rufe morgen früh bei Primaoil an und lasse mir die zwanzigtausend auszahlen.« Keiner widersprach mir, was wohl das Schlimmste von allem war.

»Und was machen wir langfristig? Wo sollen die Mädchen wohnen? Hier in der Gegend werden wir nichts Bezahlbares finden. Sie werden den Kindergarten oder die Schule wechseln müssen«, warf Kane nach einer langen Pause ein.

»Ich schätze, ein Umzug weg aus L. A. wäre ohnehin clever. Wir sollten mehr oder weniger von der Bildfläche verschwinden, sobald wir die Schulden abbezahlt haben. Nur so werden wir Mum los.« Ich wusste, wie schwer es Kane fiel, aus der Stadt fortzugehen. Er liebte L. A. Es war seine Heimat. Und er liebte dieses Haus. Womöglich vor allem, weil es direkt neben dem von Val stand. Er leugnete es beharrlich, doch ich war mir ziemlich sicher, dass Val die Liebe seines Lebens war. So wie er sie immer ansah oder von ihr sprach, lag es auf der Hand.

»Apropos Mum«, sagte Nathan plötzlich tonlos. Seine gesamte Körperhaltung veränderte sich mit einem Schlag. Er richtete sich auf. Wirkte alarmiert.

Ich folgte seinem Blick und entdeckte gleich darauf eine hagere, hochgewachsene ältere Frau mit grauschwarzen Haaren auf dem Gehweg. Selbst im Halbdunkeln sah ich, wie ausgemergelt und krank sie aussah. Alkohol und Drogen hatten ihre Spuren hinterlassen. Sie wirkte eher wie sechzig und nicht wie Mitte vierzig.

Wir starrten sie an wie eine Erscheinung und rührten uns auch nicht, als sie durch das Gartentor auf uns zugeschlichen kam. Ein Schauer rann über meinen Rücken.

Mum. Sie näherte sich uns wie ein Raubtier.

Kane löste sich als Erster aus seiner Starre. Er sprang plötzlich von der Veranda und ging so schnell auf sie zu, dass ich schon befürchtete, er würde auf sie losgehen. Er packte sie, riss sie herum und zerrte sie zurück zum Gartentor.

Das war der Zeitpunkt, in dem auch Nathan und ich losliefen. Nathan war natürlich schneller als ich. Noch immer musste ich mich vorsichtig bewegen, vor allem, wenn ich meine Krücken nicht dabeihatte.

»Kane!«, kreischte Mum. »Begrüßt man so seine Mutter?«

»Wenn die Mutter sich so benimmt wie du, dann ja.« Kane blieb stehen, starrte Mum an. Dann brüllte er los. »Wie konntest du uns das antun? Wie konntest du uns in Schulden ertrinken lassen?«

Mum hatte zumindest den Anstand, ein wenig blasser zu werden. »Sind … sind die Mädchen wieder da?«

Wir erstarrten alle in der Bewegung. Nathan war längst neben Kane angekommen, ich war noch zwei Schritte von ihnen entfernt. Mum hatte also von der Entführung gewusst.

»Ja«, sagte Kane schließlich leise. »Sie sind wieder da.«

»Ich will sie sehen!«

»Im Leben nicht.«

»Sie sind noch immer meine Kinder. Ich habe ein Recht darauf, sie zu sehen!«

»Das Recht hast du dir in dem Moment verspielt, als du uns verlassen hast. Also vergiss es.«

Es war beinahe unheimlich, wie abrupt Mums Haltung sich veränderte. Wir kannten das bereits. Aus der zuvor geduckten Frau wurde eine sprungbereite Viper, die Kane mit funkelndem Blick in Augenschein nahm. »Ihr habt nicht das Sorgerecht beantragt. Rein rechtlich darf ich die Mädchen jederzeit mitnehmen.«

Kane starrte Mum an. Ein, zwei Atemzüge lang. Dann wandte er sich abrupt von ihr ab und trat einige Schritte zurück. »Übernimm du ab hier, Nathan. Sonst vergesse ich mich«, sagte er tonlos.

Nathan wirkte überfordert. Mein jüngster Bruder war normalerweise gelassen und freundlich, wortgewandt. Doch bei Mum vergaß er alles. Ich konnte ihn verstehen. Es war seltsam, eine Frau gleichzeitig zu hassen und sich so sehr danach zu sehnen, von ihr anerkannt, wenn nicht sogar geliebt zu werden.

»Mum, was willst du?«, mischte ich mich schließlich ein und zwang mich dazu, dicht neben sie zu treten.

Kara Ambrose war zwar völlig verlebt, aber noch immer eine charismatische und beängstigende Person. Von ihr ging eine aggressive und zugleich unübersehbar beeindruckende Ausstrahlung aus. Ich bemühte mich, ihrem kalten Blick gelassen zu begegnen.

»Du siehst schlecht aus, Jack«, waren die ersten Worte seit Jahren, die sie an mich richtete.

»Danke, Mum. Du auch.«

»Sei nicht respektlos.«

»Du auch nicht.«

Sie hob die Hand, als wollte sie mir eine Ohrfeige verpassen. Dann besann sie sich eines Besseren und reckte kampflustig das Kinn vor. »Ich habe gehört, du hattest einen schlimmen Arbeitsunfall. Hoffentlich bist du so klug, die Drecksäcke von Arbeitgebern bluten zu lassen.«

»Damit du uns das Geld abknöpfen kannst?«

Sie maß mich mit einem durchdringenden Blick, der mich sofort alarmierte. Es war eindeutig: Sie plante etwas. Etwas, das uns garantiert nicht gefallen würde. »Was bleibt mir anderes übrig? Das Leben ist teuer, und euer Vater zahlt mir keinen Cent. Vor allem deshalb, weil er seit einem gewissen Streit mit einem deiner Brüder wie vom Erdboden verschluckt ist.« Jetzt wandte sie sich Kane zu, woraufhin sich mein Magen unwillkürlich verkrampfte. Dieser seltsame Tag, als mein Vater verschwand, war für uns alle ein Aufatmen gewesen. Kane hatte nie auch nur ein Wort darüber verloren – im Gegensatz zu Mum. Die hatte ein riesiges Theater veranstaltet und Dads Verschwinden zum Anlass genommen, ebenfalls fortzugehen. Ein denkwürdiger Tag.

Und doch spürte ich, dass genau dieser Tag, mochte er auch noch so lange zurückliegen, jetzt gefährlich für uns alle werden konnte.

»Du warst der Letzte, der deinen Dad gesehen hat. Weißt du, wo er hin ist?« Es war eine rein rhetorische Frage an Kane. Das war eine Drohung. Eindeutig. »Ich spiele schon seit Längerem mit dem Gedanken, ihn als vermisst zu melden«, setzte sie noch einen drauf.

»Wenn du das tust, wirst du von uns keinen Cent mehr bekommen. Wie viel braucht es, damit du uns in Ruhe lässt?«, entgegnete Kane so kalt, wie ich ihn noch nie gehört hatte.

Ich hielt unwillkürlich die Luft an. Das alles hier konnte uns den Hals brechen. Wir hätten schon längst das Jugendamt einschalten müssen, hatten uns dann aber dagegen entschieden, um keine schlafenden Hunde zu wecken. Jetzt rächte sich das.

Mum bekam bei Kanes Frage nach Geld umgehend einen gierigen Ausdruck im Gesicht. »Ich bin nicht käuflich«, sagte sie jedoch, um den Schein zu wahren.

»Wie viel?«

»Zehntausend Dollar, und ihr seid mich los.«

»So viel haben wir nicht. Dreitausend, und du lässt dich nie wieder blicken. Vergiss nicht, dass wir noch immer deine fünfzigtausend Dollar abstottern. Wenn wir die nicht zahlen können, wenden sich die Biting Snakes an dich, und dann siehst du alt aus. Dreitausend werden dir helfen, aus L. A. zu verschwinden.«

»Fünftausend.«

Kane und Nathan wechselten einen Blick, der mich verwirrte. Vor allem, weil Nathan ganz leicht nickte. Was war hier los?

»Warte hier«, sagte Kane und lief bereits ins Haus. Wir sahen ihm hinterher. Mittlerweile wirkte Nathan etwas gefasster, war aber noch immer angespannt.

Die Stille zwischen uns war äußerst unangenehm. Mum musterte mich auf eine Weise, die mich schaudern ließ. Sie suchte nach Schwachstellen, um zuzuschlagen. »Nimmst du Schmerzmittel?«, fragte sie nur scheinbar mitfühlend.

»Willst du welche haben, um damit zu dealen?«, entgegnete ich im selben Ton. Wenn sie Spielchen spielte, dann konnte ich das auch.

Ihr ärgerliches Funkeln in den Augen überführte sie. Endlich kam Kane zurück. Er schloss möglichst lautlos die Tür und sprang von der Veranda, in den Händen ein Päckchen, das er Mum überreichte. »Viertausendfünfhundert Dollar. Mehr haben wir nicht. Nimm es und verschwinde.«

Mum öffnete die Verpackung und linste hinein. Dann nickte sie zufrieden. »Das sollte mich über den Verlust deines Dads hinwegtrösten«, erklärte sie mit einem fiesen Grinsen auf den Lippen.

Kane starrte sie ausdruckslos an. »Verschwinde«, wiederholte er. »Und kehr nie wieder zurück. Die Mädchen kommen besser ohne dich klar.«

Mum blinzelte. Dann sah sie auf. Musterte das Haus. »Will euer steinreicher Nachbar das Haus noch immer kaufen? Damit er euch endlich los ist? Das wäre eine gute Lösung für unsere Geldprobleme.«

»Das Haus geht dich nichts an.«

»Ach, nein? Soviel ich weiß, hat eure Grandma es eurem Dad vermacht. Selbst wenn ihr es verkaufen wolltet, könntet ihr das ohne seine Zustimmung nicht. Und wie wollt ihr an seine Zustimmung kommen, wenn er nicht aufzufinden ist?«

Kane wollte nach dem Päckchen greifen, doch Mum war schneller und hielt es außer Reichweite. »*Geh endlich*«, zischte er.

Mum wusste, wann sie verloren hatte. Daher nickte sie, sichtbar zufrieden mit sich, und wandte sich zum Gehen. »Grüßt die Mädchen von mir«, flötete sie, ehe sie im Halbdunkel verschwand.

Wir starrten ihr hinterher, unfähig, uns auch nur zu rühren. Schließlich atmete Nathan laut auf. »Das war unheimlich«, stellte er fest.

»Das war eine deutliche Warnung«, erwiderte Kane.

Ich hingegen verschränkte die Arme vor der Brust und starrte meine Brüder nacheinander finster an. »In Ordnung, ihr zwei. Woher habt ihr die viertausendfünfhundert Dollar? Und wieso weiß ich nichts von dem Bargeld?«

Kane fuhr sich müde mit der Hand übers Gesicht. »Lass gut sein, Jack. Mach kein Drama raus.«

»Mach ich nicht. Ich will es nur verstehen.« Wieder dieser nervige Blick zwischen den beiden. »Und zwar jetzt«, setzte ich schärfer hinzu.

Da gaben sie nach.

»Nathan hat seine Ducati verkauft und ich so ziemlich alles, was ich zu Geld machen konnte. Außerdem habe ich bis nachts um zwei jeden Abend Autos und Mofas in der Garage repariert. Wir mussten am Haus einiges reparieren lassen, und der Kindergarten ist teuer, aber alles, was übrig blieb, haben wir zur Seite gelegt. Uns war klar, dass Mum irgendwann hier auftauchen würde.« Kane wirkte niedergeschlagen. »Dass sie dabei so kalt und unberechenbar sein würde, hätte ich mir allerdings in meinen schlimmsten Albträumen nicht ausgemalt. Schätze, sie war auf Drogen.«

Vermutlich. Das erklärte auch ihre riesigen Pupillen und den leicht irren Glanz in ihren Augen. Doch Mum interessierte mich momentan nicht. »Warum habt ihr mir nicht gesagt, wie schlimm es wirklich ist?«, fragte ich stattdessen.

»Du hattest mit dir selbst zu kämpfen. Wir wollten dich nicht noch weiter belasten. Schließlich hast du schon genug geopfert, um für Mums Fehler zu bezahlen.«

Ich hatte so etwas bereits geahnt, und trotzdem traf es mich. »Ihr hättet mir sagen müssen, wie ernst die Lage ist«, sagte ich traurig. »Wir drei sitzen im selben Boot.«

Kane und Nathan schwiegen, bis Letzterer schließlich aufseufzte. »Wenn das Boot gesunken wäre, hätten Kane und ich noch die Kraft gehabt, uns über Wasser zu halten. Bei dir hatten wir das Gefühl, dass du untergehen würdest.«

KAPITEL 17

Tess

Seit einer Weile saß ich im Wohnzimmer am Fenster und sah dem Treiben vor dem Haus zu. Natürlich heimlich, denn ich war mir ziemlich sicher, dass die Brüder keine Zeugen wollten. Sie sprachen mit einer unheimlich aussehenden Frau. Dass die unwillkommen war, war eindeutig an ihrer Körpersprache zu erkennen. Zum Glück hatte Kane mich übersehen, als er ins Haus gestapft war und ein seltsames Päckchen geholt hatte.

Obwohl ich sie noch nie in meinem Leben gesehen hatte, wusste ich dennoch, um wen es sich dabei handeln musste. Jacks Mum. Die Frau, über die er so ungern sprach. Jetzt verstand ich endlich, warum das so war.

Seltsamerweise schienen sich die Brüder nach ihrem Fortgang zu streiten. Jack sah schrecklich wütend aus. Verletzt. Verwirrt. Kane und Nathan redeten auf Jack ein, bis der verärgert abwinkte und zum Haus lief.

Ich beeilte mich, vom Fenster wegzukommen, ließ mich auf die Couch fallen und tat so, als säße ich hier schon länger und hätte nichts vom Streitgespräch mitbekommen.

Jack blieb abrupt stehen, als er mich dort sah. »Ist Naomi im Bett?«, fragte er das Offensichtliche.

»Ja. Sie ist fast sofort eingeschlafen.« Ich stand auf, unsicher, was ich jetzt machen sollte. Zum Glück half Jack mir, indem er auf mich zutrat und fest in die Arme nahm. »So schlimm?«, fragte ich leise.

Er nickte als Antwort und umarmte mich noch fester. Ich gab ihm einen Kuss auf den Hals und hielt ihn, bis Nathan und Kane ebenfalls hereinkamen. Die beiden sahen schrecklich niedergeschlagen aus.

»Ich geh schlafen«, murmelte Kane, als er uns bemerkte. »Nathan kann bei mir pennen. Nehmt ihr die Couch.« Er nickte mir kurz zu, dann war er schon verschwunden.

Nathan blieb noch einmal stehen und sah Jack flehend an. »Sei nicht böse«, sagte er.

»Bin ich nicht. Eher schockiert. Mach dir keinen Kopf. Morgen hab ich mich wieder gefangen.«

Nathan wirkte nicht ganz überzeugt, gab dann aber für den Moment auf. »Nacht, Tess«, sagte er zu mir und verließ das Wohnzimmer.

Ich wandte mich umgehend an Jack. »Was ist los?«

»Familiendrama.«

»Hab ich bemerkt. Glaub ja nicht, ich lass mich damit abspeisen.«

Jack ließ mich los und wandte sich der Couch zu, um sie auszuklappen. Es war eindeutig, dass er mir damit ausweichen wollte. Ich ließ es zunächst zu, half ihm bei seiner Arbeit und legte zusammen mit ihm ein Spannbetttuch über das zerschlissene Möbel.

Erst als er das Tuch sorgsam geglättet hatte, fand Jack seine Sprache wieder. »Mum wollte Geld, damit sie geht. Kane und Nathan haben vorausschauend welches zurückgelegt, um sie loszuwerden. Mir haben sie nichts davon gesagt. Um mich zu schonen.« Jack schnaubte leise. »Ich muss die letzten Monate echt armselig gewirkt haben.« Er ließ sich auf das fertige Bett fallen und vergrub das Gesicht in den Händen, stöhnte. »Wir waren immer ein Team. Nathan plant die Zukunft und studiert, Kane kümmert sich um die Mädchen, und ich beschaffe das

Geld, bis Nathan das übernehmen kann. So war unser Plan. Bis ich versagt habe und alles außer Kontrolle geraten ist.«

Ich setzte mich neben ihn und legte ihm vorsichtig einen Arm um die Schulter. »Sag so was nicht. Du hast nicht versagt. Das, was dir passiert ist, war ein Unfall. Dafür konntest du rein gar nichts.«

»Aber Kane hat immer gesagt, dass dieser Job auf der Bohrinsel nicht sicher wäre. Er war dagegen und Nathan eigentlich auch. Ich hingegen wollte so schnell es geht meinen Teil zur Abmachung beitragen und hab das getan, von dem ich dachte, es sei das Richtige. Das war falsch, und meine Familie muss jetzt meinen Fehler ausbügeln.«

»Ich bin mir sicher, dass sie das so nicht sehen. Sie sind nur froh, dass es dir wieder besser geht.«

Jack nahm die Hände vom Gesicht, um mich aus müden Augen anzusehen. »Und dennoch stehen wir vorm Abgrund. Mum hat mit einer Sache recht. Wir können das Haus gar nicht verkaufen. Es gehört Dad. Ehrlich gesagt habe ich mir bis eben gar keine Gedanken darüber gemacht, aber jetzt, wo Mum das angesprochen hat … Ich hab echt keine Ahnung, wie es weitergehen soll.«

Ich nahm ihn fest in die Arme und ließ mich danach gemeinsam mit ihm auf die Unterlage sinken. Er brauchte etwas, um halbwegs erträglich zu liegen. Vermutlich war die Couch nicht das Beste für seine Hüfte, nur gab es momentan keine andere Möglichkeit. Wir hätten die Mädchen sonst aufscheuchen oder Kane vertreiben müssen. Ich war mir ziemlich sicher, dass Jacks Stolz das nicht zuließ.

Ich kuschelte mich an ihn und hielt ihn fest, während ich ihm sanft über das Gesicht strich. »Schlaf ein wenig. Vielleicht sieht morgen früh alles schon etwas anders aus.«

»Was ist mit dir? Wir hatten heute beide eine unliebsame Begegnung mit unseren Müttern. Hast du das einigermaßen verdaut?«

Ich nickte nach kurzem Zögern. »Ja, tatsächlich geht es mir sogar besser als heute Morgen. Mum aus der Ferne zu sehen hat mir geholfen, sie wieder ins rechte Licht zu rücken. Sie sah so normal aus. Wie meine Mutter eben. In meiner Erinnerung ähnelte sie eher einer Furie. Ich sehe sie ständig in meiner Fantasie mit böse blitzenden Augen, dem fest zusammengepressten Mund und der schrecklichen Trauer auf dem Gesicht. Als wir uns das letzte Mal gesehen haben, war sie wie von Sinnen. Das hat sich eingebrannt. Die Begegnung heute hat dafür gesorgt, dass ich mich wieder an meine alte Mum erinnert habe. Sie sah so normal aus und beinahe so wie in meinen Kindheitserinnerungen, als sie noch viel gelacht und mich in den Arm genommen hat, wenn es mir schlecht ging. Mir ist klar geworden, dass ich diese alte Mum womöglich niemals wiedersehen werde, aber gleichzeitig, dass die neue aus meiner Fantasie nur halb so schlimm ist wie in Wirklichkeit. Ihr Anblick hat geholfen, den Schock von damals besser zu verdauen.«

Jack sah mich fragend an, sagte aber nichts. Ich wusste, dass es langsam an der Zeit war, ihm alles zu erzählen. Gerade erschien mir jedoch nicht der richtige Moment. »Wir sollten schlafen«, sagte ich sanft.

»Wir sollten über heute reden«, antwortete er im gleichen Ton. »Meine Mutter ist drogen- und spielsüchtig und lässt uns für ihre Schulden bluten. Sie kommt nur hierher, um Geld einzutreiben, uns zu drohen und einzuschüchtern, und geht dabei besonders Kane an. Dad und das Jugendamt holt sie wie ein Damoklesschwert hervor und sorgt dafür, dass wir ihrem Dunstkreis nur schwer entkommen können. Es ist hart, aber ich habe immerhin noch Kane und Nathan an meiner Seite. Naomi versteht auch immer mehr, und schon bald werden Hanna und Emma auch so weit sein. Und du? Bei deiner Familie sehe ich lediglich ganz viel Schmerz.«

Ich schluckte, denn seine Worte trafen ins Schwarze. Ich vermisste den Zusammenhalt meiner Familie. Wie sehr, war mir heute erst richtig klar geworden. »Natalie hat mir so liebe Worte geschrieben, dass ich fest davon überzeugt bin, dass wir daran anknüpfen können. Sie haben dafür gesorgt, dass sich alte Wunden schließen können.« Ich zog mein Handy hervor und reichte ihm den Chatverlauf. Jack las vermutlich nur quer und lächelte, als er die letzten Zeilen erreicht hatte.

»Das klingt schön«, sagte er. »Ich freue mich für dich.«

»Ich möchte mich definitiv versöhnen. Mich aussprechen. Natürlich nicht auf der Hochzeit, aber gerne davor«, verkündete ich nach einem Moment der Stille. Dann sammelte ich all meinen Mut. »Kommst du mit? Als Rückendeckung bei einem möglichen Gespräch mit meinen Eltern?«

Jack legte zunächst mein Handy zur Seite und nahm mich fest in den Arm. »Natürlich. Allerdings sollte ich in dem Fall besser im Bilde sein.«

Also gab ich nach. Eher stockend, danach flüssiger begann ich zu erzählen.

»Logan wollte nicht immer Ökonomie studieren. Sein Ursprungsplan war, Anwalt zu werden. Er ackerte sich tot, um die erforderlichen Noten zu bekommen. Sein Lebensziel. Dann wurde er mit Marihuana erwischt.«

Jack runzelte verwirrt die Stirn. »Aber das ist in Kalifornien doch gar nicht illegal.«

»In Kalifornien nicht, aber du darfst es nicht ausführen. Logan wollte einen Freund besuchen und war so dumm, das Zeug über die Landesgrenze bringen zu wollen. Die Bundesbehörden haben ihn rausgefischt und verhaftet. Klingt alles erst mal nur nach einem kleinen Problem, nur dass Logan vehement gegen seine Verhaftung protestiert hat. Letztlich kam er zusätzlich wegen Beamtenbeleidigung vor Gericht. Im Fall einer Verurteilung wegen mutmaßlichen Drogenhandels hätte er sein Jurastudium definitiv vergessen können. Als Anwalt darf man nicht vorbestraft sein. Er war verzweifelt, genau wie ich.« Ich atmete tief durch, bevor ich weitersprach. »Dann hatte ich die dümmste Idee, die mir jemals gekommen war. Die Idee, wegen der meine Eltern denken, dass ich an Logans Tod schuld sei. In einer alten

Zeitschrift hatte ich gelesen, dass sich junge Leute bei kleineren Vergehen für den Armeedienst statt für eine Haftstrafe entscheiden können. Alles Ermessenssache des Richters. Unser Anwalt kannte Logans Richter recht gut und fädelte das ein. Logan musste sich verpflichten. Dafür wurde er nicht verurteilt.«

Ich musste schlucken, weil mein Mund plötzlich staubtrocken war und mein Gehirn sich wie Matsch anfühlte. Es war schwer, die Geschichte zu erzählen. Zumal ich das bislang noch nie getan hatte. Jack umarmte mich fester und schwieg, wartete geduldig, bis ich weiterreden konnte.

»Logan gefiel es in der Army überraschend gut. Die Regeln, die Hierarchien, die Anerkennung. Er wollte nun über die Army Ökonomie studieren. Dafür musste er sich allerdings länger verpflichten. Nie im Leben hätte ich gedacht, dass er wirklich ins Ausland geschickt werden würde. Aber dann musste er nach Afghanistan. Was dort geschehen ist, weiß ich nicht genau. Er hat nie darüber gesprochen. Jedenfalls kehrte er gut zwei Monate später völlig traumatisiert zurück. Eine Schusswunde im Oberschenkel verheilte wesentlich schneller als seine seelischen Verletzungen. Er war plötzlich ein ganz anderer Mensch. Daher kenne ich mich auch so gut mit PTBS aus. Mum und ich erkannten die Anzeichen und flehten ihn an, sich Hilfe zu holen. Stattdessen wollte er nur so schnell es ging körperlich gesund werden, um wieder zurückzugehen. Nach Afghanistan. Er hatte den Eindruck, seine Leute im Stich gelassen zu haben.« Ich konnte nicht weitersprechen, weil ich zu weinen begonnen hatte. Jack zog mich an sich und hielt mich fest.

»Du musst nicht weitersprechen. Ich kann es mir denken«, flüsterte er in mein Ohr und küsste mich sanft.

Ich hielt mich an ihm fest und brauchte etwa zehn Minuten, bis ich mich gesammelt hatte. Dann erzählte ich weiter. Ich musste einfach. Musste es endlich aussprechen und darüber berichten, was vorgefallen war. Wie sehr sich eine Familie selbst zerfleischen konnte. »Logan kam nicht lebend zurück. Die

Army war recht zugeknöpft, was die genauen Todesumstände angeht, aber letztlich mussten sie es doch zugeben. Logan hatte sich selbst erschossen. Mit seiner eigenen Dienstwaffe. In seinem Abschiedsbrief erklärte er, er könne nicht mehr mit den Bildern in seinem Kopf leben. Mum machte sich zunächst selbst Vorwürfe deswegen. Weil wir nicht genug gegen seine offensichtliche PTBS vorgegangen sind. Weil wir es seinen Vorgesetzten nicht gemeldet haben. Weil wir ihn haben ziehen lassen. Und dann … Dann schlug dieser Groll um.« Allein die Erinnerung an diesen Tag brachte meinen Magen zum Kochen. »Logan vermachte mir nicht nur seinen Wagen, sondern alles, was er besaß. Inklusive Rücklagen für sein Studium, Sterbegeld und Lebensversicherung. Meine Eltern sind nie reich gewesen und weder neidisch noch geldgierig, aber das war dann zu viel. Mum ist einfach ausgeflippt und hat mich angebrüllt. Das sei alles meine Schuld. Ich hätte ihm den Floh mit der Army ins Ohr gesetzt. Wegen mir sei er verletzt worden und hätte Schreckliches gesehen und hätte sich mental nie wieder davon erholt. Jetzt würde ich von seinem Tod profitieren. Es war einfach furchtbar.«

Ich schluckte, als ich an den Streit zurückdachte. An das Geschrei. Die Tränen. Die schlimmen Worte, die niemand mehr zurücknehmen konnte. »Ich kam gar nicht dazu, mich zu verteidigen. Dad hieb in die gleiche Kerbe, Natalie war völlig passiv. Im Nachhinein kann ich das sogar verstehen. Sie stand genau wie ich unter Schock. Als Mum mich anschrie, sie könne meinen Anblick nicht mehr länger ertragen, und Dan mich bat zu gehen, habe ich genau das getan. Mit dem Geld, dem Wagen und dem Wissen, dass ich mit meinem Fortgang für immer einen Keil zwischen mich und meine Familie treiben würde. Aber was blieb mir übrig? Ich bin nicht mal nach Hause gefahren, um meine Sachen zu holen. Stattdessen bin ich ins Auto gestiegen und losgefahren. Heimat- und familienlos. Von einer Sekunde auf die andere. Das war heftig.«

Ich drehte mich in Jacks Armen, damit ich ihn besser ansehen konnte. »Ich habe mich für ein Ökonomie-Studium beworben, und als die UCSB mich angenommen hat, habe ich die Chance ergriffen. Ich habe neu angefangen. Ohne Familie, aber dafür tief verstört. Seitdem bin ich anders. Viel stiller. Viel in mich gekehrter. Nathan muss mich für total introvertiert gehalten haben, aber der Schock steckte mir tief in den Knochen. Bis heute.«

»Habt ihr euch denn nie ausgesprochen?«

Ich schüttelte den Kopf. »Mum und Dad haben nie Anstalten gemacht. Natalie schon. Sie hat nicht lockergelassen. Immer wieder Textnachrichten geschrieben. Briefe geschickt. Sich bemüht. Im Nachhinein tut es mir ehrlich leid, dass ich sie ignoriert habe. Damals konnte ich nur nicht anders. Ich musste einen glatten Schnitt machen, und, ja, ich war auch sauer auf sie. Immerhin hatte sie mich mit keinem Wort verteidigt. Jetzt, mit etwas Abstand, glaube ich sie besser zu verstehen. Es war auch für sie hart. Ich bin ihr dankbar, dass sie den Kontakt halten wollte. Das allein ist schon ein Zeichen großer Liebe. Und genau aus diesem Grund werde ich ihren Wunsch akzeptieren und mich mit Mum und Dad aussprechen. Weil es ihr wichtig ist. Weil ich es ihr schuldig bin.«

Ich straffte meine Schultern. »Es wird Zeit, dass ich dieses Kapitel in meinem Leben angehe«, sagte ich abschließend.

Jack streichelte meinen Rücken, schloss die Augen. Er sah erschöpft aus. Mittlerweile konnte er sich zwar freier bewegen, das hieß aber nicht, dass er fit wie ein Turnschuh war. Der Tag forderte seinen Tribut.

»Ich bin froh, dass du es mir endlich erzählt hast«, sagte er leise. »Und eins sage ich dir: Du kannst wirklich nichts dafür. Dein Bruder war alt genug, um selbst zu entscheiden. Er hat den Deal mit der Army angenommen. Er ist ins Ausland gegangen. Er hat das Testament geschrieben. Dich dafür zur Rechenschaft zu ziehen ist lächerlich.«

Ich nickte traurig. »Und dennoch haben sie es getan.«

»Das tut mir unendlich leid für dich.« Er gab mir einen vorsichtigen Kuss auf die Lippen, den ich ebenso zart erwiderte.

»Wir sollten schlafen«, murmelte ich, als ich bemerkte, dass er kaum noch die Augen offen halten konnte. »Wir können morgen noch darüber sprechen.« Er nickte schwach, und ich musste lächeln, als ich keine zehn Sekunden später Jacks ruhige Atemzüge bemerkte. Er war eingeschlafen. Einfach so. Das war vermutlich seit seinem Unfall noch nie passiert.

***

Am nächsten Tag war von Jacks Ruhe nicht mehr viel übrig. Er telefonierte. Stundenlang. Was immer er trieb, sowohl Kane, Nathan als auch ich beobachteten ihn dabei mit gerunzelter Stirn. Zwischendurch ließ er sich von den Mädchen zum imaginären Teetrinken einladen und bemühte sich, mir gegenüber eine gelassene Fassade zur Schau zu tragen.

Ich hingegen kannte ihn mittlerweile gut genug. Er plante etwas.

»Weißt du, was Jack vorhat?«, fragte ich schließlich Kane, während wir Spaghetti fürs Mittagessen kochten. Er hatte sich heute freigenommen und die Kinder bei Schule und Kindergarten krankgemeldet. Die Polizei war bereits hier gewesen, hatte uns befragt und war danach wieder weggefahren. Ihnen war ins Gesicht geschrieben, was sie bei Kanes Anblick gedacht haben mussten: Gangprobleme waren bei dem Kerl zu erwarten.

Von deren Seite hatten wir also nicht viel zu erwarten. Vom Jugendamt hingegen schon. Das hatte bereits bei den Ambrose-Brüdern einen Besuch angekündigt. Wenn die von den Schulden und den Drohungen der Biting Snakes erfuhren, konnte es übel werden.

»Jack organisiert uns Geld«, antwortete Kane mit einiger Verspätung. »Er nimmt die zwanzigtausend Dollar von Primaoil und verzichtet damit auf eine Klage. Das wird uns den Arsch retten.«

»Und warum wirkt er dann so nervös?«

»Vermutlich feilschen die Arschlöcher mit ihm. Lass ihn einfach machen. Er wird um keinen Cent runtergehen.«

Ich wünschte, ich hätte Kanes Vertrauen in die Dinge. Das schlechte Gefühl entwickelte sich zu einem beständigen Begleiter, vor allem, weil Jack mit einem Schlag so schweigsam wurde. Vorher hatte er mit Nathan und den Mädchen rumgeblödelt. Plötzlich zog er sich zurück und beschäftigte sich viel zu viel mit seinem Handy. Das hatte ich bei ihm noch nie gesehen.

Selbst beim Mittagessen wirkte er nachdenklich und abwesend. Er sagte kaum ein Wort und beeilte sich, zügig von uns fortzukommen, um erneut zu telefonieren.

Ich gab ihm zwei Stunden, spielte mit den Mädchen Brettspiele und beschäftigte mich mit dem Abwasch. Dann reichte es mir. Entschlossen ging ich zu ihm raus. Er lehnte an der Brüstung der Veranda und las konzentriert etwas auf dem Handy.

»Was hast du vor?«, fragte ich ihn direkt.

Hastig steckte Jack das Handy in die hintere Hosentasche. »Was meinst du? Ich hab gerade den Vertrag bekommen, in dem ich auf meine Rechte zur Klage verzichte. So richtig legal fühlt sich das nicht an, aber es winken zwanzigtausend Dollar.«

Ich reichte ihm eine von mir mitgebrachte Kaffeetasse und nippte an meinem Tee. Dabei fixierte ich Jack mit meinem Blick. »Aha«, sagte ich wenig überzeugt. »Und weiter?«

»Nichts weiter.«

»Erzähl mir nichts. Dich beschäftigt etwas. So sehr, dass es dich komplett vereinnahmt.«

Jack zögerte. Ich sah genau, dass er es mir gerne erzählen wollte, aber unsicher war, wie ich es aufnehmen würde. »Sie haben mir einen Job angeboten«, sagte er schließlich leise. »Mitsamt Prämie. Seit dem Vorfall auf der Bohrinsel finden sie kaum noch Mitarbeiter und haben die Konditionen erhöht. Sie würden mich selbst mit meinem Handicap einstellen. Etwas, das so schnell niemand tun wird.«

Vor Schreck ließ ich die Teetasse sinken, sodass ich die Hälfte des Inhalts verschüttete. »Nicht dein Ernst!«, rief ich empört. »Bist du irre?«

»Sie sagen, sie hätten ihr Sicherheitskonzept überarbeitet und so ein Unglück würde nicht noch einmal geschehen. Ich hab aber auch noch nicht zugesagt.«

»Aber du überlegst – und das allein ist schon verrückt genug. Sag ihnen, dass sie dir gestohlen bleiben können. Ihr scheiß Sicherheitskonzept ist für den Arsch, es hat Menschenleben gefordert, und du bist überhaupt nicht fit genug, um auf einer Ölplattform zu arbeiten. Mann, Jack! Das ist Wahnsinn.«

»Wir brauchen Geld.«

»Deine Familie braucht *dich*. Ich dachte, das hättest du mittlerweile verstanden. Was ist mit deinem schlechten Gewissen, weil Kane dich die ganze Zeit vor diesem Job gewarnt hat und du nicht hören wolltest? Du bist drauf und dran, den gleichen Fehler erneut zu machen.«

»Es wäre meine Möglichkeit, es wiedergutzumachen.«

»Schwachsinn!«

»Tess! Die Prämie beläuft sich auf zehntausend Dollar. Sie wird direkt nach Unterzeichnung bezahlt. Ich muss nur drei Monate durchhalten, dann brauchen wir sie nicht mal zurückzuzahlen. Drei Monate! Wir wären die Schulden mit einem Schlag los und …«

»Du gehst nicht zurück auf die Bohrinsel!«, unterbrach ich ihn heftig. Ich war selbst erschrocken, mit wie viel Wut ich das sagte. Mit welchem Frust – und mit wie viel Panik im Herzen. »Wie kannst du darüber nur eine Sekunde nachdenken? Du leidest noch immer unter deiner PTBS – und selbst wenn die Trigger weniger geworden sind, kannst du dir nicht sicher sein, was auf einer Bohrinsel passiert. Es ist physisch und psychisch ein gefährlicher Ort. Das könnte dich umbringen!«

»Tess …«

»Nein, diesen Schwachsinn höre ich mir keine Sekunde länger an. Glaub ja nicht, dass ich dich gehen lasse. Echt nicht.« Tränen schossen in meine Augen, sodass ich ihn nur noch verschwommen sehen konnte. »Ich habe dir erst gestern Abend erzählt, was mit Logan geschehen ist. Er ist gegen jeden Rat wieder an den Ort zurückgekehrt, der ihn zerstört hat. Dort ist er gestorben. Auf gar keinen Fall lasse ich das erneut zu.«

Jack starrte mich lange und intensiv an. Dann trat er vor und nahm mich in die Arme. Ich zitterte vor Empörung und bemühte mich, die Tränen zurückzuhalten. Ich musste stark sein. Haltung bewahren. Das war jetzt wichtig, um Jack vor einer riesigen Dummheit zu bewahren.

»Alles wird gut«, flüsterte er und gab mir einen Kuss auf den Kopf. Das war kein Zugeständnis an mich, und wir wussten das beide sehr genau.

»Ich werde dir Kane und Nathan auf den Hals hetzen«, murmelte ich in sein Hemd. »Wehe, du denkst nur noch drei Sekunden drüber nach.«

Jack antwortete nicht, was Antwort genug war. Sein Plan war längst nicht verworfen.

Den Rest des Tages sprachen wir nicht mehr darüber. Jack wirkte weiter abwesend und bemühte sich lediglich, das weniger zu zeigen. Nacheinander gab er uns den Vertrag zu lesen, um ihn auf mögliche Fallen zu untersuchen. Vermutlich wäre es klug gewesen, einen Anwalt hinzuzuziehen, doch der war teuer. Auch ich war skeptisch, nur blieb den Brüdern letztlich kaum eine Wahl.

Zumal am späten Nachmittag das Jugendamt vor der Tür stand.

Die beiden Frauen runzelten bei der schieren Anzahl an Menschen im Haus die Stirn. Die Ältere mit den grauen Haaren und dem strengen Gesichtsausdruck vermerkte direkt etwas in einer Kladde, während die Jüngere sich an mich wandte.

»Wohnen Sie alle hier?«

»Nein. Wir sind nur hergekommen, als wir vom Verschwinden der Mädchen gehört haben. Ich bin … äh …« Was wollten Behörden in dem Fall hören? »Ich bin eine Freundin von Jack Ambrose und Studentin an der UCSB. Kane wohnt im Haus und kümmert sich um die Mädchen. Nathan studiert IT an der gleichen Universität wie ich.« Ja, da hatte ich alle relevanten Informationen untergebracht, die wichtig waren und sich gut anhörten. IT wirkte definitiv wie ein solider Lebensplan.

Die Jüngere runzelte dennoch die Stirn. »Und die Mutter der Mädchen? Wo ist die?«

Oje. Ich hatte glatt vergessen, dass Jacks Mum das Sorgerecht hatte. »Äh … da sollten Sie Kane fragen.«

Der trat eilig neben mich und gab der Jüngeren die Hand. Die betrachtete zunächst das Schlangentattoo an seinem Hals und danach den Totenkopf auf seinem Bizeps. Warum trug er ausgerechnet heute ein kurzärmeliges Shirt?

Kane bemerkte den Blick natürlich sofort. »Wir sind in einer rauen Gegend aufgewachsen. Um dort zu überleben, muss man sich anpassen. Daher der Totenschädel. Die Schlange fand ich einfach cool.« Er grinste charmant, was mich faszinierte. Ich hatte Kane noch nie lächeln sehen. Da sah er komplett anders aus. Richtig sexy. »Meine Brüder und ich waren nie in einer Gang, falls Sie das wegen der Tattoos denken sollten. Stattdessen sind wir für die Mädchen in diese sichere Gegend gezogen. Das Haus gehört der Familie. Wir haben es von unserer Grandma geerbt.«

Sofort bemerkte ich, wie sich beide Frauen entspannten. Ganz offensichtlich gefiel ihnen die Idee einer Großfamilie, die gemeinsam einem düsteren Leben in einem üblen Viertel entkommen war. »Und Ihre Mutter?«, hakte die Jüngere dennoch unbarmherzig nach.

Kane wechselte einen kurzen Blick mit Jack. Der nickte, gab stumm sein Einverständnis. Über diese Taktik hatten die Brüder bereits nach dem Mittagessen diskutiert und sich schließlich für volles Risiko entschieden. »Unsere Mutter hat das Sorgerecht, allerdings kümmert sie sich seit Jahren nicht mehr um die Mädchen. Das machen wir. Jack, Nathan und ich. Mum kommt nur alle paar Monate vorbei, um Geld einzufordern. Ich kümmere mich um die Mädchen und würde behaupten, dass ich das ganz gut mache.«

Die Ältere schnaubte. »Zwei der drei waren für mehrere Stunden verschwunden. Die Polizei wurde eingeschaltet.«

»Das war meine Mutter. Sie hat sie unerlaubt vom Kindergarten mitgenommen, ihnen ein Eis spendiert und dann erst nach Hause gebracht. Sie können die Mädchen gerne fragen.«

Das war der Punkt gewesen, den die Brüder lange diskutiert hatten. Sie wollten die Mädchen auf keinen Fall zwingen zu lügen. Doch die Geschichte, dass finstere Geldeintreiber der Familie im Nacken saßen, hätte die Sozialarbeiterinnen vom Jugendamt erst recht aufhorchen lassen. Bis Nathan trocken eingeworfen hatte: »Hanna und Emma reden eh nicht mit Fremden. Da können die so viel fragen, wie sie wollen.«

Tatsächlich ergab die Befragung der Behördendamen in etwa so viel wie gehofft – nämlich nichts. Die Mädchen sagten keinen Ton. Stattdessen übernahm Naomi das Reden. Sie erzählte das Märchen von einer Mutter, die ihre beiden Schwestern völlig unerwartet vor der Tür abgesetzt und dann wieder verschwunden war. Dabei betonte sie äußerst geschickt, wie toll Kane als Ersatzvater war, wie sehr sich Jack einbrachte und wie unfassbar klug Nathan war.

»Sie sollte zur Schauspielschule gehen«, flüsterte Nathan mir zu. Wir verstanden meist nur Bruchstücke, denn die beiden Damen hatten sich mit den Mädchen zurückgezogen, um sie ohne Beeinflussung zu befragen.

Gut eine halbe Stunde dauerte es, bis die beiden Frauen endlich wieder zu uns Erwachsenen in die Küche kamen. »Wir sind froh, dass sich das geklärt hat«, sagte die Jüngere wohlwollend. Dann schaute sie zu Kane. »Sie hätten uns das mit Ihrer Mutter längst melden müssen.«

»Niemand verpfeift gerne seine Mutter. Wir sind sehr gut auch so klargekommen.«

Die Jüngere seufzte. »Genau solche Ansichten machen uns die Arbeit ungleich schwerer. In Ordnung. Wir gehen jetzt wie folgt vor: Fürs Erste belassen wir alles beim Alten, allerdings werden wir regelmäßig vorbeischauen. So lange, bis wir sicher sind, dass Sie und Ihre Brüder der schwierigen Aufgabe, drei kleine Kinder zu erziehen, gewachsen sind. Wir werden uns bemühen, Kontakt mit Ihrer Mutter aufzunehmen, um sie auf das Sorgerechtsproblem aufmerksam zu machen. Wissen Sie, wie wir sie erreichen können?«

Alle schüttelten synchron den Kopf.

»Das hatte ich bereits befürchtet.« Die Ältere vermerkte erneut etwas auf ihrem Klemmbrett und nickte uns dann zu. »Wir melden uns.«

Es nicht als Drohung aufzufassen war unmöglich.

Kane blieb dennoch der liebreizende Gastgeber, geleitete die Frauen zur Tür und winkte sogar, bis sie verschwunden waren. Danach drehte er sich langsam zu uns um und entließ zischend seinen angehaltenen Atem. »Das war knapp.« Er fluchte. »Jetzt haben die uns auf dem Kieker. Wir müssen die Biting Snakes loswerden. Noch ein Fehltritt, und wir verlieren die Mädchen. Ganz zu schweigen davon, dass das Jugendamt auf Mum aufmerksam geworden ist. Das macht alles noch komplizierter.«

»Aber erst einmal sind wir mit einem blauen Auge davongekommen«, warf Nathan ruhig ein.

Ich sah Jack an, der tief in Gedanken vor sich hin starrte. Wahrscheinlich ging er gerade sämtliche Notfallpläne durch. Dann straffte er die Schultern und wandte sich übergangslos an Naomi, die mit großen Augen neben uns aufgetaucht war. »Das war grandios«, sagte er zu ihr und nahm sie fest in die Arme. »Das hast du super gemacht.«

»Ich sag doch, dass ich euch helfen kann«, antwortete Naomi zufrieden und wurde gleichzeitig rot.

Ich war froh, dass Jack die finstere Atmosphäre durchbrochen hatte. Trotzdem spürte ich die Anspannung der Brüder. Sie wussten, dass sie jetzt im Visier der Behörden waren. Ein Umstand, den sie seit Jahren zu vermeiden versucht hatten.

Eine Weile sah ich den Ambrose-Geschwistern zu, hatte dann aber den Eindruck zu stören. Also verließ ich das Haus möglichst lautlos und setzte mich auf die Schaukel am Rand des Grundstückes, um tief durchzuatmen. Der Garten der Ambrose-Brüder stand im krassen Kontrast zu denen der anderen. Statt Mauern gab es nur einen windschiefen Zaun. Statt Designerskulpturen lag Spielzeug im viel zu hohen Gras. Statt Zierpflanzen wuchsen Wildblumen und Unkraut.

Ich grinste, als ich die Figur eines kleinen grünen Schafes im Gras entdeckte, das vor Hässlichkeit schon wieder schön war. Es passte hierher. Ein Rebell.

»Ist alles in Ordnung bei euch?«

Eine Frauenstimme riss mich aus meiner Betrachtung. Ich sah die Sprecherin gleich darauf hinter dem Gartenzaun. Wir kannten uns bereits von der Zeit, als Jack noch im Krankenhaus gelegen hatte.

Valerie, die Nachbarstochter.

Ich sprang von der Schaukel und ging zu ihr rüber, um sie kurz zu umarmen. Wir waren zwar keine Freundinnen, doch ich mochte die junge Frau sehr. Obwohl wir äußerlich so verschieden waren, verstanden wir uns auf anderer Ebene richtig prima.

»Val, wie schön, dich zu sehen«, sagte ich lächelnd.

»Das kann ich nur zurückgeben.« Val trug wie immer ein perfekt auf ihre dunkle Hose abgepasstes helles Shirt mit V-Ausschnitt, die passenden Sneaker dazu und eine tadellos sitzende Frisur. Ihre langen blonden Haare hatte sie geschickt hochgesteckt. Was andere nur zu besonderen Anlässen machten, war für sie Alltag. »Was wollten die beiden wichtig aussehenden Damen?«, hakte sie nach.

Vor Val blieb nichts verborgen. Sie sorgte sich. Viel mehr, als vielleicht normal gewesen wäre. »Möglicherweise fragst du das besser Kane«, wich ich aus.

»Der erzählt mir eh nichts, der alte zugeknöpfte Kerl.« Ich spürte den Schmerz, der hinter ihren Worten steckte. In der Not musste Val immer einspringen. Lief alles wieder rund, hielt Kane sie auf Abstand. Das hatte selbst ich in den wenigen Wochen erkannt, in denen wir uns begegnet waren. Es musste hart für sie sein.

Ich haderte kurz mit mir, doch dann erzählte ich ihr alles.

Val seufzte tief. »Mit den Ambrose-Brüdern wird es nie langweilig«, stellte sie trocken fest. »Sie bedeuten viel Ärger und Drama. Und dennoch gehen sie einem unter die Haut.«

KAPITEL 18

Jack

Noch nie in meinem Leben war mir eine Entscheidung dermaßen schwergefallen. Ich fühlte mich innerlich zerrissen. Entzweit von zwei unmöglichen Wegen. Und doch wusste ich, was ich letztlich tun musste.

Es war das einzig Richtige. Die Mädchen. Der Familienplan. Die Sicherheit meiner Brüder. All das ging vor. Dass ich ausgerechnet derjenigen damit wehtun würde, die in kürzester Zeit so wichtig für mich geworden war, fand ich schrecklich. Aber welche Wahl hatte ich?

Ich hatte es in der Hand, mit meinem Fortgang die Schulden meiner Mutter zu tilgen. Es nicht zu tun wäre unverantwortlich. Und dennoch …

Es fühlte sich wie ein Verrat an Tess an. Trotzdem hoffte ich inständig, dass sie es verstehen konnte. Irgendwie. Irgendwann.

Als es Abend wurde, verabschiedete ich mich stumm von meinen kleinen Schwestern. Ich brachte jede einzelne ins Bett, blödelte danach eine Weile mit meinen Brüdern herum und verzog mich dann ins Bad, um meinen Anzug zu waschen. Mit dabei hatte ich einen Stapel unbeschriebener Blätter Papier, einen Briefumschlag und einen Stift.

Auf dem Klo sitzend bemühte ich mich, die richtigen Worte zu finden. Es war schwierig, vor allem, weil sich jede Zeile, die ich niederschrieb, falsch anfühlte. Wie sollte ich Tess sagen, wie wichtig sie mir geworden war, wenn ich sie gleichzeitig verließ?

Natürlich wäre es fairer gewesen, sich offen von ihr zu verabschieden. Doch das hätte nur ein Drama mit sich gezogen. Eines, in dem Tess aufgelöst wäre und ich sie dennoch verlassen musste.

Nein. Dann schrieb ich lieber einen Abschiedsbrief. Das wäre für alle leichter.

Nach etwa zehn Versuchen hatte ich es endlich geschafft. Der Brief war nicht perfekt und dennoch gut. Nur das Ende gefiel mir nicht. Da fehlte etwas, und ich wusste auch genau, was.

Nach reichlichem Zögern schrieb ich den einen Satz, den ich noch nie in meinem Leben gesagt oder auf Papier gebracht hatte. Einen Satz, der so gar nicht zu Jack Ambrose passen wollte und der den Abschied womöglich noch schwieriger machte. Und dennoch musste ich ihn niederschreiben.

Weil ich das, was ich da von mir gab, wirklich fühlte. Und weil ich zumindest in diesem Punkt Tess gegenüber fair sein wollte.

Ich versteckte den Brief unauffällig in meiner Tasche, bevor ich zu ihr ging. Sie wartete im Wohnzimmer und packte nebenbei, wobei es nicht viel zu packen gab. Wir waren in Santa Barbara völlig überhastet aufgebrochen und mussten morgen dringend wieder zurück. Zurück in unser altes Leben. Zumindest theoretisch.

Ich hielt ihr die Creme hin, die ich mir von Naomi ausgeliehen hatte. Es war keine medizinische Creme, aber besser als nichts. »Würdest du bitte?«

»Klar.« Sie kam zu mir, strich mir wie selbstverständlich zunächst über die Schulter, bevor sie wirklich mit Eincremen begann. Es war ein schönes Gefühl. Vertraut und voller Zuneigung. Und dennoch war da eine Distanz zwischen uns, die neu war. Sie kannte mich zu gut, als dass sie dem Frieden traute.

»Hast du den Ölheinis abgesagt?«, fragte sie prompt.

Ich seufzte in Gedanken. »Müssen wir jetzt darüber diskutieren?«

»Ja, müssen wir. Ich habe den Eindruck, bei dir ist der Ernst der Lage nicht wirklich angekommen. Du kannst erst seit Kurzem wieder ohne Krücken laufen. Du bewegst dich noch immer viel zu vorsichtig. Du bist …«

Ich drehte mich zu ihr um. »Ich weiß, was ich tue. Mach dir keine Sorgen.« Entschlossen nahm ich ihr die Creme aus der Hand und zog Tess in meine Arme, um sie zu küssen. Sie ließ es für den Moment zu. »Du weißt, was du mir bedeutest, oder?«, sagte ich leise zu ihr.

»Nein. Das darfst du gerne präzisieren.«

»Du bist die süßeste, charmanteste und niedlichste Nervensäge, der ich je begegnet bin. Ich mag deinen Sturkopf und deine Art, Dinge beim Namen zu nennen. Ohne dich weiß ich nicht, was mit mir passiert wäre. Ich schulde dir eine Menge. Das hier zum Beispiel.« Ich ließ meine Lippen über ihre gleiten und intensivierte den Kuss, als sie mir entgegenkam. »Du machst mich wahnsinnig«, murmelte ich. »Und trotzdem will ich dich nie wieder hergeben.«

»Musst du nicht. Solange du keine dummen Dinge tust.«

Ich ließ den Satz unkommentiert und lenkte sie ab, indem ich mit meiner Hand unter ihr Shirt fuhr. Dabei hoffte ich, dass sie mich morgen früh nicht für mein Vorhaben hassen würde.

Tess

Ich wachte davon auf, dass etwas fehlte. Oder besser gesagt: jemand. Jack war offenbar bereits aufgestanden. Wahrscheinlich hatte er es auf der unbequemen Klappcouch keine Sekunde länger ausgehalten.

Müde rollte ich mich zusammen und runzelte die Stirn, weil

es dabei knisterte. Es klang wie raschelndes Papier. Ich hob den Kopf und sah mich um, entdeckte einen Brief, der neben mir und meinem Kopfkissen lag.

Augenblicklich war ich hellwach. *Nein!* Das hatte er nicht getan!

Ich setzte mich auf, schnappte mir den Umschlag und riss ihn rücksichtlos auf. Darin befand sich ein kleiner Zettel, auf dem ich Jacks Handschrift sofort erkannte.

Scheiße.

Obwohl ich wusste, dass mich der Inhalt vernichten konnte, las ich ihn.

Liebe Tess,
bitte hass mich nicht dafür, dass ich gegangen bin. Ich musste es tun. Für meine Familie. Für ein Leben ohne Schulden. Das bin ich Nathan und Kane schuldig, nachdem ich sie über Monate im Stich gelassen habe. Ich muss meinen Pflichten der Familie gegenüber nachkommen.

Es tut mir leid, dass ich dich damit verletze. Ich wünschte, ich hätte eine andere Lösung gesehen. Bitte denk nicht eine Sekunde, dass du etwas hättest anders machen können, um mich aufzuhalten. Es ist nicht dasselbe wie bei Logan. Ich fahre in kein Kriegsgebiet, und ich habe die Freigabe von meinen Ärzten, im Offshore-Bereich arbeiten zu dürfen. Natürlich hat Primaoil da ein wenig nachgeholfen, aber ich versichere dir, dass ich ganz genau weiß, auf was ich mich einlasse. Ich passe gut auf mich auf. Versprochen.

Ich hoffe, dass du mir eines Tages vergeben kannst. Gib mich nicht auf. Gib uns nicht auf. Das zwischen uns ist etwas Wundervolles, und ich habe Angst, es mit meinem Fortgang zerstört zu haben. Das muss aber nicht sein.

Weil ich dich liebe. Weil ich mit dir zusammen sein will.

Zu gerne hätte ich es dir gesagt, aber ich habe nie den richtigen Moment gefunden. Nicht genug Mut gehabt. Meine Gefühle nicht in Worte fassen können. Aber es ist so.

Ich liebe dich.
Jack

Es war der schönste und gleichzeitig schrecklichste Brief, den ich je bekommen hatte. Wobei das Testament von Logan auch nicht ohne gewesen war. Damals war ich jedoch auf traurige Zeilen vorbereitet gewesen. Das hier hatte ich nicht kommen sehen.

Jack war gegangen. Einfach so. Er hatte seinen Sturkopf durchgesetzt und hatte das getan, was er wollte. Was er für richtig hielt. Ohne Rücksicht auf die Meinung anderer Menschen. Nathan hatte mich vorgewarnt, und dennoch traf es mich heftig.

Als Nathan etwa eine halbe Stunde später ins Zimmer kam, blieb er wie angewurzelt stehen. Ein Blick in mein verheultes Gesicht reichte vermutlich, um die Situation zu begreifen. Ich hielt ihm schweigend den Brief hin.

Er setzte sich zu mir und las. Danach nahm er mich fest in die Arme und hielt mich, bis ich mich halbwegs beruhigt hatte.

»Dein Bruder ist so ein Arschloch«, sagte ich dann.

»Ich weiß.«

»Hol ihn zurück. Halt ihn auf. Wir müssen irgendwas tun.«

»Jack ist wie eine Naturgewalt. Wenn er sich einmal was in den Kopf gesetzt hat, kannst du nichts dagegen machen. Du kannst nur warten, bis er seinen Fehler selbst erkennt.«

»Das ist doch bescheuert.« Unwirsch löste ich mich aus der Umarmung, strich mir über die verweinten Augen, richtete mich auf und starrte Nathan finster an. »Ich hasse ihn.«

»Tust du nicht.«

Ich blieb noch etwa zehn Sekunden standhaft, dann stöhnte ich laut auf. »Nein, tue ich nicht«, gab ich zu. »Aber ich wünschte, es wär so. In dem Fall wär es viel leichter. Wie konnte er nur?«

»Was konnte wer?« Kane war zu uns gekommen.

Nathan gab mit meinem Einverständnis den Brief an seinen Bruder weiter. Der las konzentriert und wirkte am Ende richtiggehend verärgert. »Ich dachte, die Alleingänge hätten wir ihm ausgetrieben?« Dann wurde sein Ausdruck weicher, sobald er mich ansah. »Aber schön zu lesen, wie nahe ihr euch steht.«

Ich spürte, dass ich rot wurde. *Ups.* Da hatte ich wohl den ersten Liebesbrief, den Jack jemals geschrieben hatte, an seine Brüder weitergegeben. »Wehe, ihr verratet, dass ihr den Brief gelesen habt«, sagte ich mit scharfer Stimme.

»Wir würden ihn doch nie damit aufziehen«, antwortete Kane ironisch und wurde dann ernst. Er hob den Zettel in die Höhe. »Und was machen wir jetzt?«

»Ich ruf den Vollpfosten an«, knurrte Nathan, das Handy bereits in der Hand.

Natürlich ignorierte Jack ihn. Damit hatten wir ohnehin gerechnet. Ich versuchte es gar nicht erst, denn dazu war ich zu geschockt. Vor allem, weil mir allmählich die Bedeutung seiner letzten Zeilen am Ende des Briefes bewusst wurden.

Ich liebe dich.

Das hatten wir noch nie zueinander gesagt. Ich hatte nicht einmal gewagt, es zu denken. Jack war mir nie wie der Kerl vorgekommen, der so etwas sagen oder hören wollte. So konnte man sich irren.

Ein warmes Gefühl breitete sich in meinem Bauch aus, begleitet von Wehmut und Trauer. Wieso hatte er erst gehen müssen, um es mir zu sagen? Wieso hatte er mir die Chance genommen, ihn zur Vernunft zu bringen?

Ich rollte mich auf der Couch zusammen und schloss die Augen, während Nathan und Kane weiterhin vergeblich versuchten, Jack zu erreichen. Dachte an Jacks Umarmung, seine Berührungen und seine Küsse. Er war gegangen, ohne das mit mir abzusprechen. Das machte mich wütend. Und es fühlte sich an wie ein Verrat. Eigentlich hatte ich gedacht, dass wir in unserer

Beziehung weiter gewesen wären. Mit einem Schlag war das so mühsam aufgebaute Vertrauen dahin.

Und was sollte ich jetzt machen?

Nur zu gerne hätte ich ihm verziehen, denn die Alternative wäre die Verbannung aus meinem Leben gewesen. Doch das konnte ich mir nicht vorstellen. Auf der anderen Seite hatte er etwas getan, das für mich unverzeihlich war: Statt mit mir zu diskutieren, hatte er seine eigenen Pläne durchgesetzt. Als würde meine Meinung nicht zählen. Er hatte mir nicht die Chance gelassen, gemeinsam nach einer Lösung zu suchen.

So wie es meine Eltern auch stets getan hatten. Für sie war ich sofort die Schuldige gewesen. Meine Sicht der Dinge hatten sie nicht hören wollen. Mir nicht mal zugehört.

Und jetzt tat Jack etwas ganz Ähnliches.

Das tat weh. Und letztlich war klar: Mit solch einem Mann konnte ich nicht zusammen sein. Egal, wie ehrenhaft seine Motive auch sein mochten.

Jack

Mein Handy bimmelte am laufenden Band. Erst Nathan. Dann Kane. Dann wieder Nathan. Doch die Person, bei der ich vielleicht abgenommen hätte, verzichtete auf einen Anruf.

Es war keine wirkliche Überraschung. Ich hatte Tess wehgetan. Sie von mir gewiesen, als sie mich eigentlich als Unterstützung gebraucht hätte. Und dennoch blieb es dabei: Mir war nichts anderes übrig geblieben.

Mit dem Bus war ich zum Bahnhof gefahren. Von dort ging es weiter zum Offshore-Komplex. Dort lief ich zunächst in den Bürotrakt, um den Papierkram zu erledigen. Die hatten es eilig, alles hieb- und stichfest zu machen.

Meine medizinischen Unterlagen hatte Primaoil ohnehin

vorliegen. Sie wussten, wie es körperlich um mich bestellt war. »Kein Ding. Wir bekommen Sie vor Ort schon wieder fit. Der Trainingsbereich steht Ihnen jederzeit zur Verfügung«, sagte die Sekretärin und nickte wohlwollend.

Alles klar. Die hatten wirklich Personalmangel.

Ich erhielt eine nach dem Unfall überarbeitete Sicherheitseinweisung, musste erneut tausend Unterschriften leisten und wartete darauf, dass man mir meine Arbeitsklamotten überreichte.

»Morgen früh um neun fliegt Sie der Helikopter zu Ihrem neuen Arbeitsplatz. Seien Sie pünktlich. Wir warten nicht. Sonst noch Fragen?«

»Auf welche Plattform geht es denn überhaupt?«

Die Sekretärin kramte eine Karte heraus und tippte auf einen Punkt im Meer. »Da hin. Ist sicherer als Ihr letzter Arbeitsort. Versprochen.«

»Na, unsicherer geht ja auch nicht mehr.«

Ein böser Blick traf mich. »Denken Sie an Ihre Verschwiegenheitsklausel.«

Daraufhin verkniff ich mir weitere Kommentare, immerhin ging es um dreißigtausend Dollar. Ich wurde noch zu einem Arzt geschickt, der mich eher oberflächlich untersuchte und meine Hüftprobleme nicht allzu genau in Augenschein nahm. Den Haken für die Unbedenklichkeit führte er besonders schwungvoll aus, danach war ich wieder ein Teil der Ölindustrie.

»Was passiert, wenn ich auf der Plattform einen Flashback bekomme? Wenn meine Psyche doch nicht mitspielt und ich durchdrehe?«, fragte ich, bevor mich der Kerl vor die Tür setzen konnte.

»Das sollten Sie sich verkneifen. Drei Monate verpflichtend. Sie erinnern sich?«

Daraufhin fehlten mir die Worte. Wer *Flashback* und *verkneifen* in einem Satz erwähnte, der hatte sie nicht mehr alle. »Sie wissen schon, dass PTBS eine Krankheit ist? Da ist nicht viel mit ›verkneifen‹!«, sagte ich dann doch in einem schärferen Ton als gewollt.

Der Kerl musterte mich eher gelangweilt. »Sie hatten nie PTBS. Zumindest nicht, soweit es unsere Unterlagen betrifft. Wenn Sie vor Ort durchdrehen, liegt das nicht mehr an Ihrem Unfall. Diesbezüglich haben Sie das Unternehmen von jeder Schuld befreit. Sonst noch Fragen?«

»Nein. Ich habe verstanden.« Mit einem mulmigen Gefühl nickte ich ihm zu und beeilte mich, aus dem Raum zu kommen. Erst jetzt wurde mir die Tragweite dessen bewusst, was ich da unterschrieben hatte. Keine weitere Therapie. PTBS konnte ich mir ab sofort nicht mehr leisten.

Schöne Scheiße.

Ehrlich gesagt ging alles etwas zu schnell, aber vielleicht war das auch ganz gut so. Auf diese Weise kam ich nicht ins Grübeln und blieb stattdessen in Bewegung. Ich bekam ein Motelzimmer zugeteilt, das so dreckig und verlebt war, dass ich mich kaum aufs Bett legen mochte.

Letztlich siegte meine Müdigkeit, und ich streckte mich zum ersten Mal an diesem Tag aus. Mir tat jeder Knochen im Leib weh, doch für Jammern hatte ich keine Energie.

Zu gerne hätte ich Tess angerufen. Sie fehlte mir. So sehr, dass ich es kaum in Worte fassen konnte. Sie anzurufen war jedoch unmöglich. Trotzdem kramte ich mein Handy hervor und runzelte die Stirn, als ich eine Nummer sah, die ich zwar eingespeichert, von der aus ich aber noch nie angerufen worden war.

Amy.

Beunruhigt haderte ich mit mir und rief sie eher widerwillig zurück. Wir mochten uns sehr, waren aber nie auf eine solche Ebene der Freundschaft gekommen, dass wir uns gegenseitig angerufen hätten. »Amy? Alles in Ordnung?«, fragte ich, sobald sie rangegangen war.

»Das fragst du mich?«, entgegnete sie hitzig. »Was zur Hölle meinst du, was du tust?«

»Ich erarbeite meiner Familie das nötige Kleingeld, um zu

überleben«, antwortete ich defensiv. Offenbar lag kein Notfall vor. Amy hatte nur angerufen, weil ich bei den anderen nicht rangegangen war.

»Nathan und Kane sind außer sich. Von Tess ganz zu schweigen.«

»Du bist bei ihnen?«

»Nein, aber gleich. Ich hab meine Reha unterbrochen.«

»Amy ...«, hob ich an.

»Komm mir nicht mit Amy. Komm lieber wieder zurück.«

»Das kann ich nicht. Ich hab schon unterschrieben. Aber ich bin sehr erleichtert zu hören, dass du zu Nathan gehst. Er hat dich sehr vermisst, genau wie Tess.«

»Du bist so ein Vollpfosten!« Amy seufzte tief. »Ich bin jetzt vor dem Haus angekommen. Und du bist dir sicher, dass du nicht zur Vernunft kommen wirst?«

»Ich tue das Richtige.«

»Das glaubst auch nur du.«

»Grüßt du Nathan von mir?«

»Klar.«

»Und Tess?«

Eine Pause entstand. »Ja, mach ich, aber sie klang am Telefon sehr traurig.«

Ich schluckte. »Sag ihr, dass es mir leidtut.« Ich zögerte, dann sprach ich es doch aus. »Und sag ihr, dass ich sie liebe.«

»Sag ihr das besser selbst.«

Tess

Als Amy vor der Tür stand, versuchte ich noch für drei Sekunden, tapfer zu bleiben. Dann warf ich mich in ihre Arme und sprudelte all das hervor, was mir auf der Seele brannte. Dass ich so froh war, meine Freundin leibhaftig zu sehen, überraschte mich selbst. Wir telefonierten regelmäßig miteinander, aber das war einfach nicht das Gleiche.

»Jack ist bescheuert«, sagte Amy, nachdem ich geendet hatte. »Total irre.«

Ich löste mich von ihr und musterte sie. Sie sah besser aus. Viel besser als noch vor ein paar Wochen. Ihre Haare bedeckten mittlerweile ihre Kopfhaut so weit, dass diese nicht mehr durchschimmerte. Ein feiner Flaum aus Aschblond. Auch die Augenbrauen wuchsen endlich, wodurch ihr Gesicht gleich ganz anders aussah. Und dennoch waren da die dunklen Schemen unter ihren Augen, die womöglich niemals komplett verschwinden würden.

»Wie geht's dir?«, fragte ich vorsichtig. »Sorry, dass ich dich mit meinem Lebensdrama vollgelabert habe.«

»Eigentlich ganz gut. Die Ärzte haben meine Nieren endlich unter Kontrolle. Meine Leberwerte sind auch besser, und bald hab ich eine Teddybärhaarpracht.« Sie grinste breit und deutete auf ihre nachwachsenden Wimpern. »Die sehen bald besser aus als alle False Lashes.«

»Und wann geht es vor Gericht?« Ich musste einfach fragen. Dass sich ihre Mutter vor dem Richter zu verantworten hatte, weil sie ihre eigene Tochter und ihren Sohn über Jahre vergiftet hatte, war weiterhin unvorstellbar für mich.

»Erst in drei Monaten. Die Anwälte meiner Mum haben noch ein weiteres Gutachten beantragt. Ich muss mich erneut durchchecken lassen, weil unklar ist, welche Schäden ich durch die Chemo und welche durch das Gift davongetragen habe. Mir ist das mittlerweile alles egal. Ich will nur, dass ich das Kapitel endlich abschließen kann.«

Das verstand ich nur zu gut. Ich drückte sie und machte dann Platz für Nathan. Die beiden hatten sich ebenfalls eine ganze Weile nicht gesehen. Es war schön zu sehen, wie sich Nathans gesamte Körperhaltung veränderte, sobald er seine Freundin in den Armen hielt. Er entspannte sich merklich. Ich musste mich abwenden, weil mich der Anblick gleichzeitig rührte und schmerzte. Dabei bemerkte ich Kanes Blick. Auch er wirkte in Gegenwart der zwei seltsam wehmütig. Als wünschte er sich das, was die beiden hatten.

Um mich abzulenken, ging ich zu Hanna, die wie immer etwas abseits stand und zwiegespalten wirkte. Zu gerne hätte sie sich wie ihre Schwestern, die nun angelaufen kamen, ins Getümmel geworfen und Amy genauso begeistert begrüßt. Ihre Schüchternheit ließ das jedoch nicht zu. Ich legte ihr verständnisvoll eine Hand auf die Schulter. »Sollen wir puzzeln?«, fragte ich sie, woraufhin sie erleichtert nickte und mir zum Wohnzimmertisch folgte.

Obwohl ich eigentlich hatte abreisen wollen, blieb ich dann doch noch diesen Tag. Gegen Abend musste ich allerdings dringend los. Am nächsten Morgen sollte ich mein Vorstellungsgespräch bei *Green Tomorrow* haben. Das Gespräch am Strand mit Sarah kam mir mittlerweile Lichtjahre entfernt vor. Noch am Freitag hatte ich mich so unglaublich auf die neue Jobchance gefreut. Jetzt fühlte sich das alles wenig Erfolg versprechend an.

Amy musste mich regelrecht ins Auto zerren, damit ich fuhr. Natürlich hatte ich ihr längst über *Green Tomorrow* berichtet, sodass sie vom wichtigen Termin am Montag wusste. »Mach bloß keinen Rückzieher. Das ist deine Chance, etwas Neues zu starten. Scheiß auf Jack. Scheiß auf seinen Alleingang. Er ist gegangen, daher musst du dich jetzt voll auf dich konzentrieren. Ich bleibe noch zwei Nächte hier, um Kane und Nathan zu unterstützen und mich auszuruhen. Dann komm ich zu dir, okay? Zumindest für eine Nacht, danach muss ich zur Reha zurück.« Sie drückte mich fest, gab mir ein Küsschen auf die Wange und schlug die Tür zu, ehe ich antworten konnte. Nathan winkte mir mit den Mädchen von der Veranda aus zu.

Ich grüßte zurück und fuhr endlich los, schwermütig und eher widerwillig. Mir war klar, dass mir das volle Ausmaß von Jacks Fortgang erst bei meiner Rückkehr bewusst werden würde.

Kaum war ich in unserer … nein … in meiner Wohnung angekommen, steuerte ich Jacks leeres Zimmer an. Ich starrte die einsamen Möbel gut eine halbe Stunde reglos an und spürte, wie sich dunkle Schwermut über meine Gedanken legte.

Es war also wieder so weit. Erneut war ein Mitbewohner gegangen, hatte mich allein gelassen. Jetzt war es amtlich. Ich war einfach nicht in der Lage dazu, Menschen über einen längeren Zeitraum in meinem Leben halten zu können. Früher oder später verließen sie mich und kehrten nie zurück.

Wobei ... das war so nicht richtig.

Ich holte mein Handy hervor und überwand meinen Stolz, mein Zögern und meine Selbstzweifel. Ich schrieb Natalie.

Tess: Könntest du vielleicht zu mir kommen? Ich brauche gerade dringend eine Schwester, die mich in den Arm nimmt.

Natalie: Ich bin in einer halben Stunde da. Wein oder Eis?

Tess: Beides.

Natalie war vierzig Minuten später bei mir, nahm mich tatsächlich in den Arm und hielt mich für eine ganze Weile. Es war, als wäre meine Familie zu mir zurückgekehrt.

Dankbar lehnte ich meinen Kopf an ihre Schulter und beschloss, mein Leben nicht mehr länger mit Abwarten zu verbringen. Wieder mehr auf mein Herz zu hören. Meinem eigenen Weg zu folgen und nicht weiter der Vergangenheit nachzufühlen.

Genau wie bei Amy erzählte ich Natalie alles über Jack, über meine Ziele und meine Ängste. Sie hörte zu, lotste mich vom Flur zum Wohnzimmer, sorgte dafür, dass ich mich setzte, und drückte mir einen Becher Ben & Jerry's Chocolate Fudge Brownie samt Löffel in die Hand.

»Das mit Jack tut mir sehr leid. Er erschien mir wie ein anständiger Kerl.«

Ich löffelte etwas von dem Eis. »Das ist er auch«, sagte ich leise. »Ein wenig fehlgeleitet, aber mit dem Herz am rechten Fleck. Dummerweise bin ich auf der Strecke geblieben.«

Natalie schwieg, überlegte vermutlich, ob sie widersprechen oder sich zurückhalten sollte. Dann seufzte sie tief auf. »Liebst du ihn denn ebenfalls?«

»Ja. Ja, das tue ich. Sehr sogar. Ich vermisse ihn und will ihn zurück. Gleichzeitig weiß ich nicht, wie ich ihm seinen stummen Fortgang verzeihen soll.«

»Mir hast du auch verzeihen können.«

Ich sah sie zweifelnd an. »Das hat Jahre gedauert.«

Natalie überlegte, klaute mir den Löffel und schob sich selbst Eis in den Mund. »Red erst mal mit ihm. Dann siehst du bestimmt klarer.«

Ja, das war ein ermutigender Rat. Leider hing Jack auf einer Bohrinsel fest. »Er weiß genau, was ich von seinem Job halte. Primaoil verrät alles, wofür ich mich engagiere«, sagte ich bitter. »Und Jack jetzt auch.«

»Dann zieh dein eigenes Ding durch und schau, wer du ohne Jack bist. Du hast dich seit seinem Einzug verändert. Das hast du mir gerade selbst erzählt. Willst selbstbewusster sein, einen neuen Weg einschlagen. Allein dass du mich angerufen hast, ist ein Meilenstein. Dafür werde ich Jack immer dankbar sein. Ohne ihn hättest du das vermutlich nie gemacht. Vielleicht war das seine Aufgabe in deinem Leben. Den richtigen Anstoß geben. Jetzt schau, wohin es dich führt.«

Genau das hatte ich mir bereits zuvor überlegt. Also nickte ich und stand auf.

»Wo willst du hin?«, fragte Natalie irritiert.

»Fotos von Jacks Zimmer machen. Ich brauche eine neue Mitbewohnerin. Für Kerle ist hier zukünftig kein Platz mehr.«

* * *

Also packte ich es an. Ich rockte das Vorstellungsgespräch, bastelte erneut einen Aushang für die Suche nach einer neuen Mitbewohnerin, sprach mit meinem Studienbetreuer und wechselte das Hauptfach. Dass das überhaupt ging, fand ich faszinierend. Nie im Leben hätte ich gedacht, dass die Universität so verständnisvoll reagierte und sich tatsächlich Gedanken darüber machte, wie sie mich unterstützen konnte.

Ich durfte Soziale Ökonomie als Hauptfach nehmen und bekam einige bereits bestandene Kurse anerkannt. Dazu kamen Umweltwissenschaften und Umweltmanagement, das ich im Master würde vertiefen können. Ich sollte so viele Kurse wie möglich bestehen und dann im nächsten Semester durchstarten.

Die Last, die von meinen Schultern fiel, war riesengroß. Warum nur hatte ich nicht eher um Hilfe gebeten? Warum hatte ich mich so lange stumm gequält? Ich ärgerte mich über die verlorene Zeit und rief mich gleichzeitig zur Ordnung. Alles war ein Prozess. Alles im Fluss. Ich hatte in diesem Semester zwar an der Uni nicht viel geschafft, dafür im Privatleben viel dazugelernt.

Ich hatte meine Schwester wiedergefunden.

Das allein half mir über den Abschiedsschmerz von Jack hinweg.

Zweimal nahm ich Anlauf und versuchte, ihn zu erreichen. Denn so oder so mussten wir reden. Ich rief also an, doch ich kam nicht durch. Vermutlich kein Empfang. Als Jack zurückrief, arbeitete ich gerade zum ersten Mal für *Green Tomorrow* und verpasste ihn. Mein Rückruf ging dann wieder ins Leere, woraufhin ich aufgab. Keine Textnachricht der Welt schien zu passen. Ich sprach an die tausend Sprachnachrichten ein und löschte jede einzelne davon, bevor ich sie abschicken konnte. Was Jack anging, war der Knoten noch immer nicht geplatzt.

Bei Natalie hingegen schon. Wir verabredeten uns jetzt regelmäßig, und ich schloss Frieden mit Dan. Er entschuldigte sich für seinen Auftritt, ich vergab ihm und umarmte ihn zum

Abschied sogar. Dabei flüsterte er mir ins Ohr: »Du darfst natürlich zur Hochzeit kommen!«

Darauf sagte ich lieber nichts, denn bezüglich meiner Eltern war ich nicht wirklich weitergekommen. Schließlich nahm ich meinen Mut zusammen und schrieb Natalie am Abend eine Textnachricht:

Tess: Glaubst du, Mum würde sich mal mit uns treffen? Es ist nicht mehr lang bis zur Hochzeit, und ohne sich vorher ausgesprochen zu haben, kann ich unmöglich kommen.

Natalie: Du überlegst ernsthaft, zur Hochzeit zu kommen??? Oh, Tess! Ich freue mich so unendlich!

Tess: Hast du meine Zeilen davor überlesen? Den kausalen Zusammenhang? Ich kann nur kommen, wenn ich mich vorher mal mit Mum ausgesprochen habe, besser noch mit Mum und Dad.

Natalie: Okay. Ich fädel das ein.

Als ich das las, wurde mir ganz anders. War ich mutig genug, um es durchzuziehen? Hoffentlich. Ich musste es versuchen. Genau wie die Sache mit Jack. Das durfte ich nicht einfach verschleppen, wie ich es bei Natalie getan hatte.

Bevor ich darüber nachdenken konnte, schickte ich Jack endlich die längst überfällige Sprachnachricht.

Tess: Ich bin unendlich traurig, dass du einfach so gegangen bist. Traurig, enttäuscht und verwirrt. Ich dachte, du hättest verstanden, wie wichtig du mir geworden bist. Dass ich mir ein Leben mit dir vorstellen konnte. Es tut weh, dass du meine Wünsche ignorierst. Ich verstehe natürlich, warum du es getan hast, und dennoch fühle ich mich

> verraten. Ich möchte so gerne mit dir darüber sprechen, aber wir verpassen unsere Anrufe ständig. Das frustriert mich. Wie es jetzt mit uns weitergehen soll, weiß ich daher noch nicht. Ich bin ratlos und müde. Pass auf dich auf. Das ist alles, was ich dir wünschen kann.

Beinahe hätte ich etwas mit *Liebe* angefügt. Erzählt, wie sehr mich sein Brief berührt hatte. Letztlich ließ ich es bleiben.

Er war gegangen, und jeder Versuch, darüber zu diskutieren, war ins Leere verlaufen. Das war der springende Punkt.

KAPITEL 19

Jack

Es war die Hölle. Ernsthaft. Die pure Hölle. Allein der Helikopterflug brachte mich an meine Grenzen. Über Wasser zu schweben. Die Laustärke. Die Plattform, die am Horizont auftauchte.

Ich brauchte all meine erlernten Techniken, um tapfer zu bleiben, rief mir ständig meine Wohlfühlorte in Erinnerung und ging alles Gute in meinem Leben durch. Atmete. Konzentrierte mich. Atmete. Meditierte.

Ich saß auf der Bank vor unserem Haus mit Tess in meinen Armen.

Spielte mit den Mädchen am Wohnzimmertisch.

Küsste Tess und kuschelte mich mit ihr ins Bett. Fühlte sie. Schmeckte sie.

Ich umarmte Nathan und klopfte Kane auf die Schulter.

Dann hielt ich wieder Tess in meinen Gedanken fest.

Als ich an der Plattform angekommen war, war ich völlig erschlagen und um eine Erkenntnis reicher: Jeder Wohlfühlort war mittlerweile mit Tess verbunden. Selbst am Wohnzimmertisch hatte sie gestanden. Bei der Erinnerung an meine Brüder hatte sie im Hintergrund gewartet und gelächelt.

Tess.

Ich fluchte leise und bemühte mich, auf die Worte des Einweisers zu hören. Mit mir waren vier weitere neue Mitarbeiter hergekommen, alles komplette Anfänger. Ich war der einzig Erfahrene, der hinzugestoßen war.

Der Einweiser machte seinen Job gut. Kurz und knapp nordete er uns ein, dann zeigte er uns die Umgebung. Mein Magen brodelte bei dem Geruch nach Öl, und ich zuckte bei jedem kleinen Geräusch zusammen. Als wir immer weiter auf die Plattform vordrangen, wäre ich beinahe wieder umgedreht. Ich brauchte meine gesamte Willenskraft, um mich vorwärtszuzwingen.

Denk an die Mädchen. Denk ans Geld. Denk daran, warum du das hier machst.

Ich biss fest die Zähne zusammen und zwang mich weiter. Dennoch war mir klar, dass ich vor der schlimmsten Prüfung meines Lebens stand.

* * *

Die nächsten Tage waren für mich kaum zu ertragen. Ich bemühte mich um innere Ruhe, und die Arbeit lenkte mich ab, aber alles andere war heftig. Die Leute ließen mich schon bald in Ruhe. Vermutlich hielten sie mich für unfreundlich, dabei brauchte ich nur all meine Kraft, um nicht durchzudrehen. Für Gespräche hatte ich keine Kapazitäten.

Dabei half es wenig, dass mir Nathan und Kane böse Nachrichten schickten. Sie forderten mich auf, den Wahnsinn zu lassen. Erst fünf Tage später kam die erste nettere Nachricht.

> **Kane:** Das Geld ist da. Ich danke dir, denn ab sofort lassen die Biting Snakes uns in Ruhe. Bitte melde dich bei uns. Geh an dein verdammtes Telefon. Wir vermissen dich und machen uns Sorgen.

Danach hatte er nacheinander Naomi, Hanna und Emma ans Mikro gelassen.

Ich musste lachen und fühlte mich gleich viel besser. Sobald meine Nerven drohten mit mir durchzugehen, hörte ich die Nachrichten immer und immer wieder an. Doch eine Stimme fehlte.

Tess.

Wir hatten uns mehrmals verpasst, und sie hatte offensichtlich aufgegeben. Keine Sprachnachricht. Keine Textnachricht. Nur die beiden Anrufe. Seitdem Funkstille.

Ich haderte mit mir, ob ich eine schicken sollte, wollte aber nicht aufdringlich erscheinen. Sie hatte den Brief gelesen. Sie wusste, wo ich stand.

Als dann die ersehnte Nachricht von ihr kam, hörte ich sie mir verbotenerweise während der Schicht an. Das war ein Kündigungsgrund, doch das war mir gerade egal.

Sie war nicht das, was ich erhofft hatte, aber weniger schlimm als befürchtet. Es war kein Abschluss. Kein *Ich will dich nie wieder sehen*. Und dennoch spürte ich, dass mir die Zeit davonlief. Tess war wütend auf mich. Und mit jeder Minute unserer Trennung würde sie sich weiter von mir entfernen und irgendwann unerreichbar für mich sein.

Tess

Ich war schrecklich nervös und konnte meinen wunderbar duftenden Kaffee nicht wirklich genießen. Ständig blickte ich auf die Uhr.

»Sie kommt immer zu spät. Du kennst sie doch«, sagte Natalie, als sie mein Tun bemerkte.

Ich nickte und sah stattdessen aufs Handy. Keine Nachricht. War das gut oder schlecht? »Hat Mum dir geschrieben?«, fragte ich mit einem immer schlechter werdenden Geschmack im Mund.

Natalie blickte pflichtschuldig auf ihr Handy und schüttelte den Kopf. »Nope. Sie hat gesagt, dass sie kommt. Dann kommt sie auch. Vielleicht hat sie Muffensausen, aber diesen Termin wird sie nicht platzen lassen.«

Ich hörte genau, wie sich in Natalies möglichst überzeugend vorgetragene Sätze so etwas wie Zweifel einschlichen. Auch sie wurde nervös. Das sah ich an ihren auf der Tischdecke trommelnden Fingern, ihren angespannten Schultern und dem nervösen Blick, der viel zu oft zur Tür huschte.

»Sie ist jetzt fast eine halbe Stunde zu spät«, sagte ich schließlich bitter.

Natalie presste die Lippen fest zusammen, dann nahm sie ihr Handy zur Hand und wollte wählen, als in der gleichen Sekunde das Gerät zu klingeln begann. »Mum!«, begrüßte meine Schwester unsere Mutter ungehalten. »Wo zur Hölle steckst du?«

Ich sah schweigend zu, wie sich Natalies Haltung versteifte und ihr Gesicht sich verdüsterte. »Nicht dein Ernst! Ja, Mum, ich bin sauer. Natürlich bin ich sauer. Schmeiß dir ein paar Schmerztabletten rein und komm. Die Migräne kommt nur von deiner Anspannung. Was? Ja, Tess ist hier … Du willst mit ihr sprechen?«

Ich schüttelte hektisch den Kopf und zeigte mit den Händen an, dass ich das auf keinen Fall wollte.

Natalie seufzte hörbar. »Nein. Sie will übers Telefon nicht mit dir reden. Verständlich. So etwas kann man nicht auf diese Weise besprechen.« Natalie hörte konzentriert zu, dann wurde sie ärgerlich. »Ja, gut. Dann eben nicht. Glaub aber nicht, dass ich Tess deswegen wieder von meiner Hochzeit ausladen werde. Du bist es, die die Chance nicht ergriffen hat. Einen neuen Termin? Mum! Ich heirate nächste Woche. Ich habe keine Nerven für dein Lebensdrama. Komm her oder lass es bleiben. Solltest du dich für Letzteres entscheiden, will ich auf der Hochzeit aber kein Wort von dir hören.«

Natalie legte ohne Verabschiedung auf und warf so verärgert das Handy auf den Tisch, dass es quer über die Fläche rutschte und beinahe auf der anderen Seite heruntergepoltert wäre. Ich fing es in letzter Sekunde auf. »Sie kommt also wirklich nicht«, stellte ich traurig fest.

Natalie fluchte so laut, dass sich die anderen Gäste im Café zu uns umdrehten. Das interessierte meine Schwester allerdings wenig. »Sie sagt, sie hätte Migräne und … machen wir uns nichts vor. Mum hatte zu großen Bammel und drückt sich jetzt vor der großen Aussprache.«

Wir sahen uns traurig an und wussten beide, was nun auf der Hand lag. »Keine Aussprache, kein Auftauchen von mir auf der Hochzeit«, sagte ich ruhig.

»Ich weiß.«

Eine ganze Weile blieben wir niedergeschlagen sitzen. Ich versuchte mich an einem Käsekuchen, doch der schmeckte mir nicht. Also gaben wir schließlich auf, bezahlten und gingen. Tief in mir hatte ich geahnt, dass Mum die Konfrontation meiden würde. Nur an jenem verhängnisvollen Tag der Testamentseröffnung war das anders gewesen. Da waren ihr die Nerven durchgebrannt.

Die darauffolgende jahrelange Funkstille war jedoch typisch für sie.

»Es tut mir leid, dass du jetzt darunter leiden musst«, sagte ich zu meiner Schwester und umarmte sie fest. »Aber ich will nicht, dass das Ganze deinen Hochzeitstag beeinflusst.«

»Ich bin drauf und dran, unsere Eltern auszuladen, damit du kommen kannst«, knurrte Natalie.

»Nein!«, sagte ich erschrocken. »Das ist wirklich lieb von dir, aber du wirst es bereuen. Mach meinen Streit nicht zu deinem. Es bringt nichts, wenn wir beide unsere Eltern verlieren.«

»Es macht mich so traurig. Und so wütend!«

»Ich weiß.« Erneut umarmte ich sie fest, dann stand ich auf und wandte mich zum Gehen.

»Sollen wir nicht noch was Schönes machen? Shoppen? Kino? Strand?«, hielt Natalie mich etwas hilflos zurück.

Ich schüttelte traurig den Kopf. »Nein. Ich gehe spazieren, um den Kopf freizubekommen. Mach dir keine Sorgen um mich.« Um sie zu beruhigen, winkte ich ihr möglichst entspannt zu, dann beeilte ich mich, ihrem Blickfeld zu entkommen.

Der Schmerz rumorte tatsächlich nur ein wenig in meinem Magen. Ein dumpfes Pochen der Enttäuschung. Ansonsten war ich beinahe erleichtert, dieser Begegnung entkommen zu sein. Wenigstens hatte ich es versucht. Das allein tröstete mich sehr und bekräftigte mich darin, das Richtige zu tun.

Einzig die Hochzeit lag mir schwer im Magen.

Ich schlug gerade den Weg zum Meer ein, als mein Handy klingelte. Sofort zog sich alles in mir zusammen, und einen panischen Moment war ich mir sicher, dass Mum mich persönlich anrief. Aber nein. Es war ... Val? Ich hatte ihre Nummer eingespeichert, als Jack im Krankenhaus gelegen hatte. Nur zur Sicherheit. Benutzt hatte ich sie jedoch nie.

»Hey, Val«, begrüßte ich sie schließlich und bemühte mich dabei um einen möglichst lockeren Tonfall. »Was kann ich für dich tun?«

»Es ist mir ein wenig peinlich, und verrat Nathan bitte nichts davon, falls du ihn triffst, aber ... Ist dein WG-Zimmer noch frei?«

Überrascht blieb ich stehen. »Äh, ja. Die Gespräche habe ich erst morgen. Warum? Hast du jemanden im Auge?«

»Ja. Mich.«

Okay. Die Information musste ich erst einmal sacken lassen. »Aber du studierst doch an der UCLA«, rutschte es mir heraus.

»Ich möchte wechseln. Unbedingt. Dieses Jahr habe ich mir eine Auszeit gegönnt, um klarer sehen zu können. Jetzt bin ich mir sicher, dass ich weiß, wohin die Reise gehen soll. Als ich von Jacks Auszug gehört habe, hat es klick gemacht. Ich würde schrecklich gerne bei dir einziehen. Amy könnte jederzeit in meinem Zimmer übernachten, und ich würde ins Wohnzimmer umsiedeln. Sie hat nichts dagegen. Außerdem geht sie ohnehin davon aus, dass sie für eine ganze Weile nicht zurückkommen wird«, sprudelte Val hervor. »Und? Was meinst du?«, fragte sie dann deutlich zaghafter.

Ich dachte an die freundliche, sanfte Val. An ihr Styling. Ihre Klamotten. Ihre Ausstrahlung. Sie würde perfekt zu meiner ehemaligen Zimmergenossin Hanna passen. Mit der war ich nicht besonders gut ausgekommen. Bei Val fühlte es sich allerdings anders an. Entspannter.

»Ich muss dich leider warnen. Dieses Zimmer scheint verflucht zu sein. Oder liegt es an mir? Irgendwie hält es niemand länger darin aus als wenige Monate«, gab ich zu bedenken.

Val lachte leise. »Das hat garantiert nicht an dir gelegen.«

»Frag mal meine Ex-Mitbewohnerin. Die hat meinen Kleidungsstil total peinlich gefunden. Eigentlich hat sie mich insgesamt total peinlich gefunden. Und Jack …« Ich verstummte.

»Ich verspreche dir, ich werde nicht an dir herumkritteln. Ich mag deinen Kleidungsstil. Er hat was. Und du willst mich hoffentlich nicht mit Jack vergleichen.«

Jetzt musste wiederum ich lachen und fühlte mich dadurch gleich viel besser. »Okay«, sagte ich schließlich ohne Zögern. »Du kannst das Zimmer haben, wenn du es wirklich ernst meinst. Dann würde ich die Gespräche morgen absagen. Deal?«

»Deal! Ich danke dir. Oh, und Tess?«

»Ja?«

»Bitte sag Kane nichts von meinen Plänen. Ich habe keinen Nerv, über das Warum und Wieso diskutieren zu müssen.«

Erneut fragte ich mich, wie genau die beiden zueinanderstanden. Das war wirklich schwer zu durchschauen. »Kein Problem«, versprach ich und war mir sicher, bald eine Erklärung von Val geliefert zu bekommen. Aber alles zu seiner Zeit.

Wir besprachen noch kurz die weitere Vorgehensweise, dann verabschiedete ich mich von ihr und setzte mich in den Sand, um von dort aus alle Vorstellungsgespräche für das Zimmer abzusagen. Dabei bekam ich deutlich bessere Laune, vor allem, weil mir jetzt mit jeder Nachricht klarer wurde, wie sehr ich mich freute.

Val war die Richtige. Kein Ersatz für Amy, aber definitiv besser als völlig Fremde. Wir mochten uns – und darauf kam es an.

Und dann passierte es … Derart berauscht schrieb ich Jack eine Nachricht. Einfach so. Weil es sich richtig anfühlte und ich mich so freute, dass ich es mit jemandem teilen musste.

Tess: Val zieht jetzt in dein Zimmer ein. Ich hoffe, es ist okay, wenn sie vorerst deine Schränke und das Bett übernimmt. Wenn du irgendwann von deinem Bohrinseltrip zurück sein solltest, werden wir uns bestimmt auf die eine oder andere Art einig. Oh! Und ich wollte mich mit Mum aussprechen, aber sie hat gekniffen. Ehrlich gesagt hatte ich gar nicht wirklich mit ihr gerechnet. Immerhin sind Natalie und ich uns jetzt so nahe wie noch nie, und ich überlege ernsthaft, ob ich doch zur Hochzeit gehe. Natalie wünscht es sich so sehr, und sie kann nichts für das Verhalten unserer Eltern. Ja. Jetzt, wo ich das schreibe, habe ich mich entschlossen. Ich gehe auf diese verflixte Hochzeit, egal, was Mum und Dad davon halten. Ich bin mutig und kann über mich selbst bestimmen, bin keine Ja-Sagerin. Sondern eine Rebellin. Ich werde meiner Schwester zur Seite stehen und Logan würdig vertreten. Das bin ich den beiden schuldig.

Ich schickte die Nachricht ab und ließ mich danach rücklings in den Sand fallen, starrte zum blauen Himmel hinauf. Wieder mal allein. Diesmal machte mich das nicht ganz so traurig wie sonst. Da waren Menschen dort draußen, die mich schätzten. Die mich mochten und die mich in ihrem Leben haben wollten.

Leute wie Amy, Nathan oder Natalie.

Es piepte, und ich las liegend die Nachricht.

Jack: Ich wünschte, ich könnte bei dir sein. Es tut mir leid, dass ich das nicht bin.

Tess: Dann komm heim.

Jack

Ich starrte die drei Wörter an, die Tess geschrieben hatte, und alles in mir rebellierte. *Befolg ihren Rat! Scheiß auf das Geld! Du gehst hier vor die Hunde!*

All das flitzte durch meinen Kopf und noch viel mehr. Ich hasste mein Leben auf dieser Plattform. Erst jetzt bemerkte ich, wie sehr ich mich verändert hatte. Den einsamen Jack, der nicht mehr als drei Wörter am Tag sagen musste, um zufrieden zu sein, gab es nicht mehr. Ich vermisste meine Brüder und Schwestern, festen Boden unter den Füßen und die Ruhe am Abend. Strandspaziergänge, Yoga im Wohnzimmer, frische Luft statt Ölgestank.

Und Tess. Vor allem Tess.

Sie hatte mich verändert.

Die Ölflecken auf dem Wasser nahm ich jetzt ganz anders wahr. Es war nie viel, aber dennoch zu viel. Jede Bohrinsel verlor täglich ein wenig davon. Das hatte ich immer als Kollateralschaden betrachtet. Jetzt sah ich ständig tote Möwen vor meinem geistigen Auge.

Ich vermisste Tess schrecklich, vor allem nach ihren schlichten Worten.

Dann komm heim.

Es klang so einfach, nur war es das leider nicht. Ich würde die Prämie in dem Fall zurückzahlen müssen. Das war Geld, das Kane bereits ausgegeben hatte. Geld, das wir dringend benötigten. Ich hatte Verantwortung. Verpflichtungen.

Mein Atem wurde zu schnell, meine Brust verkrampfte sich. Ich bemühte mich um innere Ruhe und Gelassenheit, dachte an meine Wohlfühlorte und spürte: Es würde mich viel kosten, um die nächsten Wochen zu überstehen. Womöglich zu viel.

KAPITEL 20

Tess

Ich schlich mich in letzter Sekunde in die Kirche, um nicht bereits vorher ein Drama heraufzubeschwören. Das hatte ich am Tag zuvor mit Natalie so abgesprochen, denn sie wollte lieber bei meiner ersten Begegnung mit Mum und Dad dabei sein. Da sie als Braut jedoch als Letzte kommen würde, durfte auch ich mich kurz vorher erst reinschleichen.

Hastig setzte ich mich mit wild flatterndem Herzen in die hinterste Bankreihe. So nervös war ich die vergangenen Jahre nicht mehr gewesen.

Du bist stark. Du bist tapfer. Du stehst das durch, sagte ich mir und ignorierte die ersten neugierigen Blicke. Ich sah genau, wie meine Tante Caroline mich entdeckte und aufgeregt ihren Gatten knuffte und mit dem Kinn zu mir deutete. Der drehte sich wenig unauffällig um, woraufhin ich ihm ganz offen zuwinkte. Er wurde rot, nickte hastig und sah rasch weg. Sein Manöver war natürlich bemerkt worden, sodass sich nach und nach weitere Leute mal mehr, mal weniger auffällig zu mir umwandten. Die meisten Blicke waren ungläubig, einige erfreut, ein paar regelrecht fassungslos.

Mum und Dad waren allerdings noch nicht da. Die Bank in der ersten Reihe war verwaist, und ich hatte einen Moment, um mich auf das Unvermeidbare einzustellen.

Die Turmglocke schlug, und der Bräutigam eilte zusammen

mit seinem Trauzeugen herein. Die beiden nickten ihren Gästen zu, schüttelten die ein oder andere Hand und beeilten sich dann, nach vorne zu gehen.

Da! Mum und Dad betraten die Kirche. Ursprünglich hatte Natalie von unserem Vater hereingeführt werden sollen, sich dann aber dagegen entschieden. Sie wollte lieber allein zum Altar schreiten. Angeblich, um ein Statement gegen archaische Bräuche zu setzen. Eigentlich, um meinen Eltern klarzumachen, worum es hier ging. Sie würde sich von ihnen distanzieren, wenn sie sich heute schlecht benahmen.

Das Stechen in meinem Magen verschärfte sich, als ich die Wirkung ihrer stummen Geste nun leibhaftig bei den Gästen zu sehen bekam. Die meisten wirkten irritiert, als sie meinen Dad neben meiner Mutter sahen. Die beiden blickten nicht rechts und nicht links und rannten regelrecht durch den Mittelgang zu ihren Plätzen. Trotzdem hatte ich es gespürt. Die Millisekunde, in der Dad mich erkannt hatte.

Langsam entließ ich meinen angehaltenen Atem und bemühte mich zu entspannen. Ein Zurück gab es ohnehin nicht mehr. Der Stein war ins Rollen gekommen. Gleichzeitig sehnte ich mich jetzt doch nach Gesellschaft. Amy und Anne hatten unabhängig voneinander angeboten, mich zu begleiten. Nathan hatte mich regelrecht bequatschen wollen. Letztlich hatte ich allen abgesagt. Es gab nur einen Menschen, den ich mir in dieser Sekunde an meiner Seite gewünscht hätte. Der war nur leider unerreichbar. Daher blieb ich allein und erinnerte mich konsequent an meine innere Stärke.

Du packst das!

Endlich begann die Orgel zu spielen, und die Hochzeitsgesellschaft sprang auf. Nur Sekunden später kam Natalie herein. Sie trug ein wunderschönes schneeweißes Kleid, das in eleganten Wellen bis weit über den Boden floss. Auf Spitze und Rüschen hatte sie verzichtet, stattdessen hatte sie einen tiefen Rückenausschnitt gewählt, der für die Kirche durch einen bauschigen Schleier verdeckt wurde. Sie sah umwerfend aus. Sofort schossen mir Tränen in die Augen, und ich spürte, dass meine Entscheidung richtig gewesen war. Diesen Moment hätte ich um nichts auf der Welt verpassen wollen.

Selbstbewusst, stolz und glücklich schritt sie zu ihrem Dan, der lediglich Augen für sie hatte. Ein schöner Augenblick. Voller Liebe und Zuversicht. So sahen zwei Verliebte aus, die selbst nach zehn Jahren Beziehung nie genug voneinander bekamen. Vielleicht würde ich das auch eines Tages finden.

Vielleicht.

Die Zeremonie selbst floss zügig an mir vorüber. Ich bemühte mich zuzuhören, doch so ganz gelang es mir nicht. Immer wieder entdeckte ich alte Bekannte auf den Bänken. Meine Cousinen. Meinen Onkel väterlicherseits. Die Schwestern meiner Mutter, die sich unglaublich ähnlich sahen. Zwei Jugendfreundinnen meiner Schwester und …

Dad hatte sich zu mir umgedreht, starrte mich an. Als er bemerkte, dass ich seinen Blick gespürt hatte, drehte er sich hastig wieder um. Er war alt geworden. Grau. Mit mehr Falten, als ich erwartet hatte. Ein alter, trauriger Mann mit verbitterten Zügen.

Der Ringtausch und die Schwüre lenkten meine Gedanken dann doch wieder auf Natalie. Die Zeremonie an sich war rührend und würde mir für immer in Erinnerung bleiben. Die anschließenden Fürbitten meines Onkels taten dann wieder weh. Logan wurde mit keinem Wort erwähnt, und ich natürlich auch nicht. Vermutlich hatte ursprünglich mein Vater diese Rolle übernehmen sollen und es sich dann wegen mir anders überlegt. Natalie hatte sie vorgewarnt, dass ich kommen würde. Das hatte vermutlich ihre kompletten Pläne über den Haufen geworfen.

Sofort drifteten meine Gedanken ab.

Ich erschrak, als die Orgel plötzlich einsetzte. Die Hochzeitsgesellschaft erhob sich erneut, die Braut und der Bräutigam verließen die Kirche. Reis flog. Rosenblüten wirbelten durch die Luft. Natalie strahlte, genau wie ihr Mann. Hand in Hand passierten sie meine Bank, und meine Schwester ließ es sich nicht nehmen, mir einen Luftkuss zuzuwerfen. Ein deutliches Zeichen an alle in dieser Kirche, dass ich erwünscht war.

Ich lächelte erleichtert und beeilte mich hinterherzukommen. Auf keinen Fall würde ich die gesamte Gesellschaft an mir vorbeiziehen lassen, also musste ich schneller sein als der Rest. Auf diese Weise war ich die Erste, die gratulierte.

Draußen flog ich der Braut regelrecht in die Arme, woraufhin Natalie mich so heftig umarmte, dass ich Angst um den Schleier und ihre Schminke bekam. »Danke, dass du da bist. Kommst du auch zur Feier?«

Ich nickte. Die Entscheidung hatte ich mir bislang offengehalten, aber wenn ich schon hier war, dann zog ich es jetzt komplett durch. Obwohl mich langsam der Mut verließ. In einer Kirche zu sitzen und der Zeremonie beizuwohnen war etwas anderes, als bei einer Party den bohrenden Fragen der Verwandtschaft ausgeliefert zu sein.

Ich löste mich von Natalie, umarmte danach Dan und wollte zu meinem weit entfernt parkenden Auto hasten, als ich ihn bemerkte. Er lehnte am Rand des Kirchvorplatzes an einem kleinen Mäuerchen und wartete. Auf mich.

Noch nie hatte ich ihn im Anzug gesehen, und nie im Leben hätte ich gedacht, dass er ihm so verteufelt stehen würde. Vor allem, weil dieser Mann bei meinem Anblick lächelte und sich von seinem Beobachtungsposten löste, um langsam auf mich zuzugehen.

Vergessen waren die Hochzeitsgäste, die langsam hinter mir aus der Kirche strömten und mich neugierig beobachteten. Vergessen meine Eltern, die gerade Natalie nacheinander umarmten und mir dabei finstere Blicke zuwarfen. Vergessen die malerische Kulisse – die mit roten Schindeln gedeckte, weiß getünchte Kirche, das Meer zu meiner Rechten und die Santa Ynez Mountains zu meiner Linken.

Nur Jack war wichtig. Jack, der wie durch ein Wunder hier war.

Ungläubig ging ich ihm entgegen, haderte mit mir. Umarmen? Ohrfeige geben? Küssen?

Er nahm mir die Entscheidung ab, indem er mich fest in seine Arme zog und einen Moment einfach nur hielt. »Es tut mir leid«, flüsterte er in mein Ohr. »Ich wollte früher da sein, aber die Reise hat dann doch länger gedauert als erwartet.«

»Du bist … hier. Aber … was … wie?« Ich war in diesem Moment so überwältigt, dass mir die Worte fehlten.

»Ich habe gekündigt. In diesem Leben werde ich nie wieder eine Bohrinsel betreten. Das garantiere ich dir. Ich dachte, ich sterbe dort.« Er drückte mich von sich und nahm mein Gesicht in seine Hände, sah mir tief in die Augen. »Ich habe dich so dermaßen vermisst, dass ich beinahe wahnsinnig geworden bin. Vor allem hatte ich panische Angst davor, dich für immer zu verlieren. Das hab ich nicht ausgehalten.«

»Aber das Geld. Die zehntausend Dollar!«

Jack schnaubte. »Ich habe Kane angerufen, als ich kurz vorm Durchdrehen war. Weißt du, was er gesagt hat? Dass er das Geld eh nur geparkt und den Biting Snakes nie übergeben hat. Damit ich jederzeit zurückkann. Mein Bruder kennt mich offenbar besser als ich mich selbst.« Er strich mir sanft über die Wange und schob eine vorwitzige Haarsträhne zurück. »Kane hat nur darauf gewartet, dass ich es selbst erkenne.«

»Was?«

»Dass meine Gesundheit ebenfalls zählt. Dass die Familie wichtig ist, aber ich selbst genauso. Ich hätte so oder so keine drei Monate durchgehalten, und falls doch, hätte ich dafür einen hohen Preis bezahlt. Es war grässlich. Noch schlimmer, als ich es mir ausgemalt hatte. Meine psychischen Wunden sind für solche Aktionen noch zu groß, werden vermutlich nie ganz verschwinden. Ich konnte nicht schlafen, mich kaum konzentrieren und hatte das Gefühl zu ersticken. Um mich zu schützen, musste ich die Reißleine ziehen. Und um dich nicht zu verlieren.«

Ich wusste nicht, was ich dazu sagen sollte. Es hatte mir schlicht die Sprache verschlagen.

»Verzeihst du mir?«, fragte Jack schließlich vorsichtig.

»Du bist hier«, antwortete ich noch immer verwirrt.

Jack lächelte. »Ja, und wenn du es erlaubst, dann bleibe ich.«

Daraufhin küsste ich ihn. So leidenschaftlich, so glühend, dass kein Zweifel mehr darin bestand. Ich verzieh ihm. Mit allem. Mit meinem Herzen, meiner Seele und meinem ganzen Sein.

Jack erwiderte meinen Kuss, bis ich mich nach hinten lehnte und ihn anlächelte. »Ich liebe dich auch«, sagte ich sanft.

Jack

Tess hatte mir verziehen. Mich umarmt, geküsst und die entscheidenden Worte zu mir gesagt. Jetzt konnte mich nichts und niemand mehr erschüttern. Es dauerte eine Weile, bis uns die Umgebung wieder bewusst wurde, woraufhin wir uns ins Auto flüchteten und zur Hochzeitslokation fuhren. Diesmal überließ Tess mir das Steuer. Sie war zu aufgewühlt, um zu fahren. Ich spürte ihren Blick auf mir ruhen.

»Was?«, fragte ich schließlich.

»Ich kann nicht glauben, dass du hier bist.«

»Und ich nicht, dass du tatsächlich zur Hochzeit gegangen bist. Das ist mutig von dir und ein wichtiger Schritt.«

»Umso besser, dass ich jetzt Verstärkung habe. Ich bezweifle, dass das heute die große Versöhnung gibt.« Ihr Gesicht verdüsterte sich beinahe sofort.

Ich griff über die Mittelkonsole hinweg und nahm ihre Hand, küsste sie kurz, ohne den Blick von der Straße abzuwenden. »Du siehst übrigens wunderschön in deinem Kleid aus. Sonnengelb steht dir«, sagte ich. Ein Satz, der mir mittlerweile überraschend leicht über die Lippen kam. Der Neandertaler in mir hatte sich in seine Höhle verkrochen. Hoffentlich blieb er da.

»Du auch«, antwortete Tess grinsend, dann deutete sie nach vorne. »Da ist es. Das Restaurant direkt an der Steilklippe.«

Wow. Das war mal eine Lokation. Ich wollte den Wagen zunächst auf den Parkplatz lenken, doch Tess hielt mich auf.

»Park lieber hinter der Kurve. Meine Eltern sollen nicht beim Anblick von Logans Erbe noch wütender werden.«

Ich seufzte, aber gehorchte. Wir parkten am gefühlt anderen Ende der Welt und hatten dadurch den Vorteil, beinahe als Letzte einzutrudeln.

Die Feier fand draußen statt. Weiße Baldachine spendeten Schatten und ließen nur den frischen Wind hindurch. Überall hingen weiße und rosafarbene Lampions, dazwischen Lichterketten und Blumen. Noch war es hell, sodass die Lichter kaum sichtbar vor sich hin leuchteten. Trotzdem sah es echt hübsch aus.

Ich gratulierte der Braut, sobald sich eine Gelegenheit ergab. Natalie strahlte mich an, als sie mich erkannte. »Jack!«, rief sie. »Bin ich froh, dass du da bist.«

»Entschuldigung, dass ich unangemeldet komme. Ich weiß, das gehört sich nicht bei einer Hochzeit.«

»Du bist mehr als willkommen. Tess sitzt am Tisch meiner Freundinnen. Nimm dir einfach einen Stuhl dazu und rückt zusammen.« Sie umarmte mich fest. »Bleib an ihrer Seite. Den ganzen Abend«, flüsterte sie mir ins Ohr. »Und meidet Dad.«

Ich hatte verstanden, selbst wenn mich ihre Worte für Tess schmerzten. Das klang übel. Tess hatte von der Warnung nichts mitbekommen und unterhielt sich gerade mit Dan. Ich nickte ihm lediglich zu. Nach unserer Auseinandersetzung war mir nicht danach, ihm die Hand zu reichen. Er sah das genauso. Unser Nicken war daher im gegenseitigen Einvernehmen vollkommen ausreichend. Wir hatten alles geklärt. Freunde würden wir nie werden, aber wir würden miteinander auskommen.

Die Freundinnen von Natalie waren wirklich sehr nett und freuten sich über männliche Gesellschaft. Offenbar war das der Singletisch. Die junge Frau direkt neben mir fragte mich unverblümt, ob ich Brüder hätte und ob die noch zu haben wären – prompt war das Eis gebrochen. Die nächste Stunde versuchte Tess Kane wie sauer Bier anzubieten, was durchaus amüsant war.

Und dann, wie aus dem Nichts, stand Jonathan neben uns, Tess' Vater. »Auf ein Wort«, sagte er leise und beinahe zischend zu Tess. »Bevor das noch lächerlicher wird.«

Tess drehte sich verwirrt um und erkannte erst jetzt ihren Dad. Ich hingegen war längst aufgesprungen. »Jack Ambrose«, stellte ich mich vor, obwohl ich gar nicht gefragt worden war. Ich hielt ihm dennoch die Hand hin. »Der Freund von Tess.«

»Mir egal. Ich muss mit meiner Tochter sprechen.«

Ich ließ meine Hand sinken und maß ihn mit einem finsteren Blick. Jonathan Neylan war beinahe so groß wie ich, allerdings deutlich korpulenter und eher nicht in Würde gealtert. Er sah aus wie ein griesgrämiger alter Mann, dem das Leben schlecht mitgespielt hatte.

Ich wich kein Stück zurück. Im Gegenteil. Ein kleiner Schritt nach vorne sorgte dafür, dass Jonathan Neylan zurückweichen musste, sonst wären wir kollidiert. Ärger blitzte in seinen Augen auf, die mich irritierend an Tess erinnerten.

Die war mittlerweile ebenfalls aufgestanden, blieb aber noch stumm. Ich spürte ihre Hand, die sich langsam in meine schob.

»Dad!« Das war Natalie. Die Braut war höchstpersönlich zu uns gekommen und zog dadurch natürlich alle Aufmerksamkeit auf sich. Sie packte ihren Vater am Ellbogen und zog daran. »Komm. Wir eröffnen gleich das Buffet.«

Jonathan rührte sich keinen Millimeter. Stattdessen sah er Tess aus funkelnden Augen an. »Du bist hier nicht willkommen und solltest gehen, bevor du Natalie den Abend ruinierst. So wie uns das ganze Leben.«

Tess

Jack sah aus, als würde er meinem Dad gleich eine reinhauen. Womöglich hätte er das auch getan, wenn ich mich nicht hastig an ihm vorbeigeschoben, meinem Vater die Hände auf die Brust gelegt und ihn nach hinten gedrückt hätte. Zusammen mit Natalies Ziehen musste er ein ganzes Stück zurückweichen. Fort von Jack.

Gleichzeitig wurde mir erst jetzt klar, was er da gesagt hatte.

»Hört auf, mich zu eurem Sündenbock zu machen«, sagte ich leise, aber in scharfem Ton. »Ich bin nicht dafür verantwortlich, dass ihr in Trauer ertrinkt und euch nicht daraus befreien könnt. Das könnt nur ihr selbst. Hass ist wenig hilfreich. Das sollte euch mittlerweile bewusst geworden sein. Hass sorgt nur dafür, dass ihr niemals nach vorne schauen könnt.« Ich atmete tief durch, um mich selbst zu stoppen. Wir zogen schon viel zu viel Aufmerksamkeit auf uns.

»Das muss ich mir nicht anhören. Du gehst jetzt. Sonst vergesse ich mich.«

»Dad!« Natalie schob sich zwischen mich und unseren Vater. »Lass das. Das ist meine letzte Warnung.«

Dad sah von mir zu ihr und hatte plötzlich Tränen in den Augen. »Wieso hast du sie eingeladen? Wieso hast du uns das angetan?«

»Wieso tust du mir das gerade an?«, entgegnete Natalie. Dann hob sie die Hand und deutete zum Ausgang. Eine schlichte, aber dadurch noch sehr viel eindrucksvollere Geste. Augenblicklich wurde es mucksmäuschenstill um uns herum. Nur die Musik war noch zu hören. »Tess kann nichts für Logans Tod«, sagte meine Schwester mit erstaunlich ruhiger Stimme. »Das hätte ich euch schon vor vielen Jahren in aller Deutlichkeit sagen müssen. Es war eine Verkettung der schlimmsten Umstände.

Niemand hat Logan zu etwas gezwungen. Es war sein eigener Wunsch, zur Army zu gehen, im Ausland zu dienen und dorthin zurückzukehren. Tess hat lediglich eine Information weitergegeben, die sie aufgeschnappt hat. Sie wollte helfen. So wie wir alle. Logan ist tot, Dad. Aber deine Töchter leben noch. Doch wenn du unseren Anblick nicht erträgst, dann musst du gehen. Jetzt.«

Die Band spielte tapfer weiter, doch aller Augen waren auf die Braut und mich gerichtet. Und auf Dad, der steif und geschockt vor uns stand.

Ich weiß nicht, was Dad getan hätte. Letztlich war es meine Mutter, die die Entscheidung fällte. Sie kam auf uns zu, ihre Tasche bereits über die Schulter gehängt. Auch Mum war alt geworden, doch in ihrem schicken Kostüm sah man das nicht ganz so wie bei meinem Vater. Sie war blass und bewegte sich eher ruckartig. Als müsste sie sich zwingen, sich zu nähern. Sie sah ihren Mann ernst an. »Komm, Jonathan. Wir sollten wirklich gehen. Natalie hat recht.«

»Was?« Dad sah Mum fassungslos an.

Die umarmte Natalie, anschließend trat sie zu mir. Ich starrte sie lediglich an, unfähig, etwas zu sagen. Da war sie. Die Frau, die mir die tiefste Wunde meines Lebens zugefügt hatte. Die Frau, die mich von sich gewiesen hatte, als ich sie so dringend gebraucht hätte. Dad war ein Choleriker. Ein Mann, der auch mit beinahe siebzig nicht zu seinen Gefühlen stehen konnte und sie durch Kälte und Wut ersetzte. Aber Mum?

Wir blickten einander stumm an. Dann tat sie etwas Unglaubliches. Sie umarmte auch mich. So fest, dass es keinen Zweifel gab. Sie wartete sogar so lange, bis ich die Umarmung erwiderte.

»Ich vermisse dich«, sagte sie in mein Ohr. »Und es tut mir leid, dass es so weit gekommen ist. Eines Tages werden wir miteinander reden. Bestimmt.«

Sie löste sich von mir und strich mir kurz und liebevoll über die Wange, ehe sie sich an ihren völlig fassungslosen Mann wandte. »Wir gehen jetzt«, sagte sie zu ihm, packte seinen Arm und zog ihn zum Ausgang.

Jack

Ich wartete, bis Natalie zu ihrem Bräutigam zurückgekehrt war, dann zog ich Tess an mich. »Alles in Ordnung?«

»Ja.« Sie versuchte, sich zu sammeln, und sah mich fest an. »Ja«, bekräftigte sie erneut. »Das war weniger schlimm, als ich gedacht hätte. Natalie hat sich vor mich gestellt, Mum hat mich umarmt – und ich musste nicht mal viel sagen.« Sie kicherte leicht hysterisch und wurde schlagartig ernst. »Es wird noch ein langer Weg, bis wir uns vertragen. Vielleicht werden wir auch niemals wieder so miteinander umgehen wie früher, aber wenigstens habe ich nicht mehr das Gefühl, völlig allein zu sein. Ich habe meine Schwester zurück. Das ist mehr als genug.«

»Ich weiß, was du meinst.« Sofort dachte ich an Kane, der bei unserem Telefonat keine Sekunde gezögert hatte. Er hatte sich hinter mich gestellt. Ohne Wenn und Aber. Vor allem, als ich ihm sagte, dass ich in Santa Barbara bleiben wollte.

»Kein Ding«, hatte er gesagt. »Wir müssen das Haus eh verkaufen. Dann ziehen wir halt auch nach Santa Barbara. Je weiter weg von Mum, desto besser.«

»Aber das können wir nicht. Schon vergessen?«

»Ich hab einen Käufer, dem das so was von egal ist. Dass Dad mit auf dem Vertrag steht, hat ihn nicht gejuckt. Wo kein Kläger, da kein Richter.«

Das klang windig, und das wussten wir beide.

»Ist er denn vertrauenswürdig? Wird er zahlen?«, hatte ich vorsichtig gefragt.

Kane hatte nur gelacht. »Jack, er hat schon bezahlt! Er hat es nämlich ziemlich eilig, dass wir aus seinem Vorgarten verschwinden – wie er nicht müde wird zu erzählen.«

Sofort hatte ich gewusst, um wen es sich dabei handelte. »Vals Dad.«

»Ja. Endlich hat er seinen Willen bekommen und ist mich … äh … uns losgeworden. Wir ziehen weg. Der Schandfleck wurde vertrieben. Aber die Kohle stimmt, und als Anwalt weiß er ganz genau, auf was er sich da eingelassen hat.«

»Und wenn Dad auftaucht und das Haus zurückwill?«

»Dad taucht nicht auf. Der ist weg.«

Wie immer, wenn Kane das so entschieden sagte, rann mir ein Schauer über den Rücken. Es war unheimlich. Egal, wie sehr Nathan und ich ihn bedrängten: Diesbezüglich sagte er kein Wort. Was mit Dad an jenem verhängnisvollen Abend passiert war, blieb sein Geheimnis. Manchmal fragte ich mich, ob wir ihn nicht doch hätten als vermisst melden müssen – und was anschließend geschehen wäre.

»Und das Jugendamt? Die haben uns jetzt auf dem Schirm.«

»Die machen mir weniger Sorgen als Mum. Mit denen rede ich noch. Wird schon werden.« Kane hatte so optimistisch gewirkt, dass ich mich sofort entspannen konnte.

»Kane hat das Haus verkauft«, sagte ich zu Tess und fand dadurch aus meinen Erinnerungen zurück. »Er zieht mit den Mädchen nach Santa Barbara. Wahrscheinlich sind sie gerade am Packen. Laut Nathan haben sie sogar schon eine Bleibe gefunden.«

Tess sah mich sprachlos an, dann lächelte sie. »Das sind gute Neuigkeiten.«

»Ja, vor allem, weil sie bedeuten, dass ich in deiner Nähe bleiben kann.« Ich lächelte sie an. »Und da du ja mein Zimmer untervermietet hast, ziehe ich zu Kane. Das spart Miete, und ich kann ihm mit den Mädchen helfen. Der Schritt war ohnehin überfällig.«

Ich sah ihre Erleichterung ganz deutlich in ihrem Gesicht und küsste sie, um ihr zusätzlich ein Lächeln zu entlocken. In der Sekunde fühlte ich mich so angekommen wie noch nie. Alle Anspannung fiel von mir ab, und mir wurde klar: Hier bei Tess konnte ich gesund werden und endlich auch die Reste meiner Vergangenheit loslassen. Meine Familie kehrte L.A. den Rücken, und wir fingen neu an.

Gemeinsam.

KAPITEL 21

Tess

So ganz allmählich hatten wir Ordnung im Chaos. Die Zimmer der Mädchen waren eingerichtet, Jacks Möbel zum Haus gebracht, und selbst Kane hatte so etwas wie einen gemütlichen Raum. Der Kerl neigte dazu, alles für andere zu geben und sich selbst dabei zu vergessen.

Dass Val zeitgleich bei mir einzog, sorgte dann noch für ordentlich Wirbel. Ich hatte wie versprochen den Mund gehalten und niemandem gesagt, wer meine neue Mitbewohnerin war. Als Kane davon erfuhr, war er fassungslos.

»Ist sie mir nachgezogen?«, fragte er verwirrt und eindeutig beunruhigt.

»Ich glaube, nicht. Ehrlich gesagt fürchte ich, dass sie eigentlich von dir wegkommen wollte und das mal so gar nicht geklappt hat. Sie war genauso schockiert, als sie von eurem Auszug gehört hat«, antwortete ich vorsichtig. Ich achtete peinlich genau darauf, gegenüber Kane nicht zu viel über mein Wissen bezüglich Val preiszugeben und andersherum. In diesem Fall musste ich allerdings eine Ausnahme machen. Langsam wurde das alles seltsam.

Kane nahm meine Überlegung mit einem bestätigenden Nicken hin. »Das klingt plausibel«, sagte er und verließ mich, um Jack in der Küche beim Frühstück zu helfen. Die Mädchen lagen noch in ihren Betten. Mittlerweile lebte die Familie nun schon seit fast einem Monat in dem kleinen Häuschen am Rand von Santa Barbara. Die Mädchen mochten die Gegend sogar lieber, da hier Spielgefährtinnen ohne überteures Spielzeug auf der Straße herumdüsten. Naomi hatte bereits eine beste Freundin gefunden, während sich Hanna und Emma noch aneinander festhielten. Ich hatte jedoch keine Zweifel, dass auch sie sich schnell einleben würden.

Bei Kane war ich mir da nicht so sicher.

Ich räumte ein wenig das Wohnzimmer auf. Das tat ich eigentlich immer, sobald ich zu Besuch war. Mein Beitrag zum Familienfrieden. Kane und Jack hatten die Mädchen gut im Griff, nur im Alltag blieb viel liegen. Ich holte gerade den Staubsauber heraus, als Jack sich zu mir gesellte.

»Das musst du echt nicht machen«, sagte er liebevoll zu mir und nahm mich in die Arme. »Schon gar nicht um diese Uhrzeit. Das ist ja brutal.«

»Ich muss es ausnutzen, dass ausnahmsweise mal nichts rumliegt«, erwiderte ich grinsend und ließ mich bereitwillig mit einem langen Kuss ablenken. Dabei erhaschte ich einen Blick auf die Uhr an der Wand. »Musst du nicht zur Arbeit?«

Jack ließ mich eher ungern los und seufzte. »Sorry, dass du extra hierhergekommen bist und ich jetzt doch wegmuss. Als Springer kann ich mir nun mal nicht aussuchen, wo und wann ich eingesetzt werde.« Jack hatte einen Job bei der Feuerwehr von Santa Barbara als Sanitäter ergattern können. Momentan war er ein Springer, was gerade an den Wochenenden nervig war. Er war jedoch zuversichtlich, dass er bald eine feste Wache zugeteilt bekommen könnte. Ich hoffte das ebenfalls sehr, um meine Besuche besser planen zu können.

Trotzdem war mir alles lieber als eine Bohrinsel.

»Was machst du denn jetzt mit dem freien Tag?«, fragte er mich.

»Ich bleibe, besuche mit den Mädchen wie versprochen den Spielplatz und hab danach ein Abendmeeting bei *Green Tomor-*

row. Das wollte ich eigentlich sausen lassen, aber jetzt, wo du eh nicht da bist, gehe ich hin.«

»Miss Workaholic.« Jack grinste breit, um seine Worte abzumildern. Er wusste, wie sehr ich meine Arbeit liebte.

»Frühstück ist gleich fertig!«, rief Kane uns zu. »Weckt jemand die Mädchen?«

»Ich mach schon. Saug du meinetwegen weiter«, sagte Jack zu mir und verließ das Wohnzimmer. Ich wollte gerade den Staubsauger anschmeißen, als es klingelte. Nanu? So früh am Morgen?

Kane kam stirnrunzelnd aus der Küche, das Trockentuch noch über der Schulter. Er lief an mir vorbei durch den Wohnbereich in den kleinen Vorflur, um die Tür zu öffnen.

Davor standen zwei uniformierte Polizisten, die synchron ihre Dienstmarken vorzeigten. »Sind Sie Kane Ambrose?«, fragte der Ältere der beiden.

»Ja. Was ist los?«

»Mr. Ambrose, Sie sind vorläufig festgenommen wegen Mordverdacht.«

Kane rührte sich nicht, ich hingegen ließ scheppernd den Staubsauger fallen. Zeitgleich kam Jack aus dem Schlafbereich. Totenbleich. Offenbar hatte er die Worte des Polizisten gehört.

»Wen soll ich denn ermordet haben?«, fragte Kane tonlos.

»Samuel Ambrose. Ihren Vater.«

CONTENT NOTE

Dieses Buch enthält potenziell triggernde Inhalte:

Tod/Verlust
Trauma